АЛЕКСАНДРА
МАРИНИНА
КОРОЛЕВА ДЕТЕКТИВА

Адрес официального сайта Александры Марининой в Интернете
http://www.marinina.ru

АЛЕКСАНДРА
МАРИНИНА

УКРАДЕННЫЙ СОН

МОСКВА

2010

УДК 882
ББК 84(2Рос-Рус)6-4
　　М26

Разработка серии и илл. на обложке Geleografic

　　Маринина А. Б.
М 26　　Укра́денный сон: Роман. — М.: Эксмо,
　　2010. — 400 с.

　　　ISBN 978-5-699-28808-3

　　Выстрелы прозвучали одновременно. Ларцев рухнул как подкошенный, а Олег стал медленно оседать, привалившись к дверному косяку. Наталья Евгеньевна едва успела осознать случившееся, как раздался звонок в дверь. Послышались голоса: «Откройте, милиция!» Почему они здесь? Неужели Олежка? Где-то ошибся, прокололся, заставил себя подозревать и притащил за собой «хвост»? Олежка, сынок, как же ты так! Ей хотелось кричать. Она слишком часто видела смерть и как врач, и как охотница. Олег был мертв, никаких сомнений.

УДК 882
ББК 84(2Рос-Рус)6-4

Глава первая

— Стоп, стоп! Остановились! Пока все плохо.

Помощник режиссера Гриневич раздраженно хлопнул в ладоши и повернулся к молодой женщине, сидящей рядом.

— Видишь? — жалобно сказал он. — Эти красавицы не в состоянии сделать простейшие вещи. Порой я прихожу в отчаяние, мне кажется, что у меня ничего с этим спектаклем не получится. Какой бы образ они ни создавали, каждая старается, чтобы ее достоинства были непременно всем видны. Лариса!

Высокая стройная девушка в темном трико подошла к краю сцены и грациозно села, свесив одну ногу и подтянув к груди другую.

— Лариса, ты кто? — требовательно начал Гриневич. — Ты играешь роль собаки-метиса, она — плод запретной любви фокстерьера и болонки. Ты должна быть игривой, дружелюбной, ласковой, немного суетливой. Но самое главное — ты должна быть мелкой. Мелкой, понимаешь? Короткий шаг, никаких широких жестов. А ты мне кого показываешь? Русскую борзую? Конечно, так тебе удобнее демонстрировать свою великолепную фигуру. Здесь, дорогая моя, не конкурс красоты, твоя фигура здесь никому не нужна. Я хочу видеть маленькую беспородную собачку, а не твой волнующий бюст. Ясно?

Лариса слушала помощника режиссера, нахмурившись и покачивая изящной ножкой.

— Если у меня есть грудь, так что мне теперь, отрезать ее, чтобы сыграть эту собаку? — резко бросила она.

— Хочешь, я скажу тебе, что нужно сделать? — миролюбиво ответил Гриневич. — Перестань собой любоваться, вот и весь секрет. Иди работай. Ира!

Лариса медленно поднялась и ушла в глубь сцены. Все, что она в тот момент думала о помреже Геннадии Гриневиче, было огненными буквами написано на ее красивой спине, а знаки препинания в этой нелицеприятной тираде четко обозначились вызывающими движениями округлых бедер и точеных плеч. Общий смысл сводился к тому, что некоторым, не будем указывать пальцем, кому именно, очень легко давать советы не любоваться собой, если сами они — чуть лучше обезьяны.

Очередная жертва критики Гриневича спрыгнула со сцены и оперлась на нее спиной.

— Что, Гена, у меня тоже плохо? — огорченно спросила она.

— Ирочка, родненькая, ты в жизни очень добрая девушка. Это, бесспорно, твое достоинство, за это мы все тебя любим. А играешь ты невероятно стервозную суку-добермана. И когда ты своими собачьими методами выясняешь отношения с другими персонажами, то тебе неловко. Ты все время остаешься Ирочкой Федуловой, и тебе стыдно за свою собаку, которая ведет себя грубо и несправедливо. Тебе жалко всех тех, кого она обижает, и это очень заметно. Убери свой характер, ладно? Вышла на сцену — забудь, какая ты в жизни, забудь, чему тебя папа с мамой учили. Ты в этой собачьей компании — вор в законе, ты самая сильная, ты укрепляешь и поддерживаешь свой авторитет и свою власть. Ты — первостатейная стерва, и не смей этого стесняться. Не пытайся сделать свою героиню лучше, чем задумал автор. Договорились?

Ира молча поднялась на сцену, а Гриневич снова обратился к своей собеседнице:

— Как ты думаешь, Анастасия, может, зря я все

это затеял? Еще в театральном институте у меня была мечта сделать спектакль из жизни собак. Я бредил этой идеей, болел ею. Наконец нашел автора, уговорил его попробовать написать пьесу, потом чуть ли не в ногах у него валялся, чтобы он ее переделывал, чтобы она стала такой, как мне хотелось. Потом режиссера уламывал, чтобы он согласился ставить спектакль. Столько лет, столько сил потрачено. А в результате оказывается, что молодые актеры не умеют сыграть то, что нужно.

— Так уж и не умеют? — недоверчиво переспросила Анастасия Каменская, внимательно наблюдавшая за актерами с самого начала репетиции. — Я понимаю, что тебя беспокоит, но этому нельзя научиться, это нужно только понять на собственном опыте. Здесь не поможет ни режиссер, ни педагог. Их надо научить переставать любить себя, свою внешность, свою индивидуальность, но не забывай, Геночка, что вообще-то это противоестественно. Если бы ты взял на себя труд почитать книги по психиатрии и психоанализу, ты бы узнал, что полное отрицание собственных достоинств и собственной ценности — признак нездоровой психики. Нормальный здоровый человек должен любить себя и уважать. Не до эгоцентризма, конечно, но в разумных пределах. Ты хочешь, чтобы вне сцены актеры были личностями, со всеми своими достоинствами и комплексами, а сделав шаг из-за кулис на сцену, тут же теряли бы внутренний стержень и превращались бы в глину, из которой что вылепишь, то и получишь. Ты ведь этого добиваешься? Я тебе советую пригласить в труппу психолога.

— Ну... пожалуй, да... ты, наверное, права, — неуверенно пробормотал Гриневич, который, слушая Настю, не переставал наблюдать за актерами на сцене. — Хотя я не уверен, что с точки зрения актерского мастерства это правильно. Виктор! Сергадеев! Иди сюда!

Огромный мускулистый парень, игравший черного лабрадора-ретривера, спустился к первому ряду и, тяжело плюхнувшись в кресло, начал вытирать полотенцем лицо и шею.

— Чего, Ген? — чуть задыхаясь, произнес он. — Опять не так?

— Не так. Я не понимаю, почему у тебя не получается сцена с хромым пуделем. Тебе что-нибудь мешает?

Виктор пожал могучими плечами, блестевшими от пота.

— Не знаю. Понять не могу. Я — молодой, глупый, а пудель — старый и хромой. Я не понимаю, что моложе и сильнее, и гоняю его по всей сцене, будто он мне ровня. А он гордый и не хочет показывать, что ему тяжело со мной играть. Только когда он падает без сил, я должен догадаться и устыдиться. Правильно?

— Правильно. Так что тебе мешает? Не знаешь, как показать, что тебе стыдно?

— Не в этом дело. Просто мне не стыдно. Понимаешь, Шурик так легко бегает по сцене, что, когда он падает замертво, его почему-то совсем не жалко.

Игравший хромого старого пуделя Шурик действительно был мастером спорта по легкой атлетике, бегал легко и красиво, а когда падал и неподвижно замирал, это воспринималось как притворство и розыгрыш.

Гриневич взглянул на Анастасию полными отчаяния глазами.

— Опять двадцать пять! И здесь то же самое.

Настя не была актрисой и по роду своей деятельности не имела с театром ничего общего. С Геной Гриневичем она жила когда-то в одном доме, на одной лестничной площадке, и с тех пор, как он начал работать в театре, регулярно, три-четыре раза в год, приходила к нему на репетиции. Приходила с одной-единственной целью: смотреть и учиться, как при помощи мельчайших пластических и мимических нюансов лепятся самые разные образы. Гриневич против этих визитов не возражал, напротив, бывал очень доволен, когда давняя подруга приходила к нему в театр. Маленький, лысоватый, с лицом уродливого, но смешливого тролля, Геннадий много лет был тайно влюблен в Настю Каменскую и ужасно гордился тем, что до сих пор никто об этом не догадался, в том числе и сама Настя.

— У меня тут все сплошь Мадонны и Ван Даммы, — продолжал раздраженно ворчать он. — Красавиц и спортсменов любят в себе больше, чем актерскую профессию и театр. Как же, столько лет упорного труда, тренировок, пота, режима, диеты — жалко, если никто этого не увидит и не оценит. Перерыв — полчаса! — громко крикнул он.

Гриневич и Настя пошли в буфет и взяли по чашке невкусного, чуть теплого кофе.

— Как ты живешь, Настюша? Как дома, на работе?

— Все то же самое. Мама в Швеции, папа преподает, на пенсию пока не собирается. Одни люди убивают других и почему-то не хотят, чтобы их за это наказывали. Ничего нового в жизни не происходит.

Гриневич легко погладил Настю по руке.

— Устала?

— Очень, — кивнула она, не поднимая глаз от чашки.

— Может, тебе твоя работа надоела?

— Ты что! — Настя вскинула глаза и укоризненно взглянула на помрежа. — Что ты такое говоришь! Я ужасно устаю от своей работы, в ней много грязи, в прямом и переносном смысле, но я ее люблю. Ты же знаешь, Гена, я много чего умею, я могла бы даже переводчицей зарабатывать намного больше, не говоря уж о репетиторстве. Но я ничем не хочу заниматься, кроме своей работы.

— Замуж не вышла?

— Дежурный вопрос! — засмеялась Настя. — Ты мне задаешь его каждый раз, когда мы встречаемся.

— А ответ?

— Тоже дежурный. Я же сказала: ничего нового в моей жизни не происходит.

— Но у тебя есть кто-нибудь?

— Конечно. Все тот же Леша Чистяков. Тоже дежурный.

Гриневич отставил чашку и внимательно посмотрел на Настю.

— Послушай, тебе не кажется, что ты просто соскучилась в своей однообразной жизни? Ты мне сегодня совсем не нравишься. Я впервые вижу тебя такой, а ведь я знаю тебя... дай Бог памяти...

— Двадцать четыре года, — подсказала Настя. — Когда вы переехали в наш дом, мне было девять, а тебе — четырнадцать. Тебя как раз должны были в комсомол принимать, но из-за переезда тебе пришлось перейти в другую школу, а там сказали, что ты для них человек новый и рекомендовать тебя в комсомол они не могут. Так что всех приняли в восьмом классе, а тебя — в девятом. Ты тогда ужасно переживал.

— Откуда ты знаешь? — изумился Геннадий. — Мы же с тобой тогда не общались, ты для меня совсем малявка была. Я точно помню, мы с тобой подружились, когда наши родители купили нам с тобой одинаковых щенков, из одного помета. А до этого я, по-моему, даже в квартире у вас не бывал.

— Зато твои предки бывали. И все про тебя рассказывали. И про комсомол, и про девочку из десятого класса, и про контрольную по физике.

— Про какую контрольную? — недоуменно спросил помреж.

— Которую ты писать не хотел. Принял горячий душ, вымыл голову и вышел в одной пижаме босиком на заснеженный балкон, а было это в феврале. Там тебя родители и застукали.

— И что было?

— А ничего. Здоровье у тебя могучее, так что контрольную пришлось писать.

— Ну ты подумай! — расхохотался от души Гриневич. — Я ведь совершенно этого не помню. Ты, случаем, не врешь?

— Не вру. Ты же знаешь, у меня память хорошая. А насчет того, что мне скучно от однообразия жизни, тут ты не прав. Мне никогда не бывает скучно. Всегда есть о чем подумать, даже при однообразной жизни.

— И все-таки ты какая-то кислая, Настасья. Обидел кто?

— Это пройдет, — она грустно улыбнулась. — Усталость, магнитные бури, парад планет... Все пройдет.

* * *

Что может быть нелепее отпуска в ноябре? В снежные месяцы можно кататься на лыжах, в марте и апреле живительное солнце курортов Кавказских Минеральных Вод вольет силы в ослабевшие от зимнего авитаминоза тела, про отпуск с мая по август и вовсе говорить нечего, сентябрь и октябрь — бархатный сезон на побережьях теплых южных морей, а что делать с ноябрем? Ноябрь — самый безрадостный месяц, когда золотая прелесть осени уже исчезла и неотвратимость долгих темных холодных дней становится до боли очевидной. Ноябрь — самый тоскливый месяц, ибо дождь и грязь, в марте и апреле выступающие предвестниками тепла и удовольствия, в предзимний период навевают тоску и уныние. Нет, ни один разумный человек не будет уходить в отпуск в ноябре.

Старший оперуполномоченный уголовного розыска ГУВД Москвы майор милиции Анастасия Павловна Каменская, тридцати трех лет, образование высшее юридическое, была человеком весьма и весьма здравомыслящим. И тем не менее в отпуске она оказалась именно в ноябре.

Конечно, задумывался этот осенний отпуск совсем по-другому. Настя впервые в жизни поехала в санаторий, причем санаторий очень дорогой и с прекрасным обслуживанием и лечением. Но через две недели она оттуда уехала, потому что случилось в этом санатории убийство, в связи с чем ей пришлось вступить в сложные и запутанные отношения сначала с местным уголовным розыском, потом с местной мафией. А когда убийство, на первый взгляд ничем не выдающееся, раскрыли, то за ним потянулась такая цепь чудовищных преступлений, что Настя поспешно покинула гостеприимный санаторий, не дожидаясь ареста главных фигурантов, с которыми она оказалась хорошо знакома. В итоге — ноябрь, отпуск, испорченное настроение, отвратительное самочувствие, одним словом, все тридцать три удовольствия.

Выйдя из театра, Настя не спеша пошла по проспекту в сторону метро, пытаясь успеть до посадки в вагон решить, куда ехать: к себе домой или к отчиму. Решение принять она успела, но весьма своеобразное: она поехала на работу. Зачем — и сама не знала.

Настин начальник Виктор Алексеевич Гордеев, как ни странно, оказался на месте, поэтому ее бредовому замыслу суждено было сбыться. Не оказалось бы Гордеева в кабинете — как знать, чем бы все обернулось. Но Виктор Алексеевич восседал за своим столом и сосредоточенно грыз дужку очков, что являлось признаком глубоких размышлений.

— Виктор Алексеевич, отзовите меня из отпуска, — попросила Настя Каменская, не тратя слов попусту. Она уже виделась с начальником после возвращения из санатория, и он был полностью в курсе ее неудачной эпопеи с отдыхом и лечением. Кроме того, Гордеев любил Настю, ценил ее и понимал, может быть, как никто другой.

— Что, Стасенька, тошно тебе? — сочувственно спросил он.

Настя молча кивнула.

— Ладно, считай, ты с сегодняшнего дня на работе. Иди к Мише Доценко, возьми у него материалы по трупу Ереминой. И напомни мне, чтобы я бумажку в отдел кадров написал насчет твоего отпуска. Не забудь только, а то дни пропадут. Мало ли когда пригодятся.

Взяв у Доценко материалы, Настя заперлась в своем кабинете и начала их читать. Дело было возбуждено по факту обнаружения трупа молодой женщины. Никаких документов или чего-либо еще, позволяющего установить ее личность, при погибшей не обнаружено. Смерть наступила от удушения примерно за 4—5 дней до того, как тело осматривал эксперт. Для установления личности убитой были подняты все заявления о розыске молодых женщин, ушедших из дома и по неизвестным причинам не вернувшихся. Из этих заявлений были отобраны те, в которых указывалось, что пропавшая была брюнеткой с длинными волосами, рост 168—173 см. Подходящих заявлений оказалось четырнадцать, заявителей пригласили для опознания трупа, и девятый по счету опознававший сказал, что погибшая — Виктория Еремина, двадцати шести лет, работала секретарем в фирме, которую он возглавляет. Заявление о розыске подавал тоже он, так как Вика сирота, воспитывалась в детдоме, ни мужа, ни родственников у нее нет. В этом случае розыскное дело было заведено по официальному запросу с места работы.

Далее из материалов следовало, что Виктория Еремина в понедельник, 25 октября, не вышла на работу. Никого это, однако, всерьез не обеспокоило: все знали, что Вика любит выпить и частенько ударяется в загулы, после которых может и на работу не выйти. Когда она не появилась на фирме и на следующий день, решили позвонить ей домой — не случилось ли чего. К телефону никто не подошел, из чего был сделан вывод о длительном запое. В среду, 27 октября, на фирму позвонил любовник Ереминой Борис Карташов с вопросом: где Вика? После того, как обзвонили Викиных подружек и побывали у нее дома (у Карташова были ключи от ее квартиры), поняли, что дело неладно. Карташов помчался в милицию, но ему, как водится, ответили, что оснований для паники нет и надо бы еще денька три подождать: девица молодая, пьющая, семьей не обременена — наверняка сама объявится. На всякий случай предупредили, что от него, Карташова, заявление о розыске все равно не примут, нужен запрос с места работы.

Запрос такой поступил 1 ноября, а через день, 3 ноября, Вика Еремина была найдена убитой в лесу, в 75 километрах от Москвы по Савеловской дороге. Если верить заключению эксперта, смерть Ереминой наступила не раньше 30 октября. Иными словами, пока Борис Карташов метался в поисках своей возлюбленной, на работе пожимали плечами, а милиция старалась отфутболить от себя заявление о розыске, Виктория еще была жива, и если бы вовремя начали ее искать, может, успели бы найти до того, как ее убили.

Многих документов в Настином распоряжении не было; все документы, составленные после возбуждения уголовного дела, находились у следователя городской прокуратуры Константина Михайловича Ольшанского. В ее же руках были только копии материалов из розыскного дела, отражавших лишь ту информацию, которая была получена с момента заявления о розыске и до обнаружения трупа. Не густо, но и в таком небольшом количестве сведений надо было тщательно разобраться. В голове у Насти возникали все новые и новые вопросы.

Почему солидная фирма, которая платит своим сотрудникам часть зарплаты в долларах и имеет неплохую репутацию в деловых кругах, держит на работе недисциплинированную и пьющую секретаршу? Не может ли быть, что означенная секретарша шантажирует руководство фирмы, обеспечивая тем самым себе необременительную работу и стабильный валютный доход? И не это ли послужило причиной ее смерти?

Почему любовник погибшей кинулся ее искать только 27 октября, в среду, хотя, судя по информации, полученной от знакомых Вики, ее никто не видел и не слышал, начиная с субботы, 23 октября? В пятницу, 22 октября, Еремина была на работе, это подтверждают все сотрудники фирмы, в 17.00 рабочий день был официально окончен, и все собрались в небольшом банкетном зале для дружеского закрепления удачной сделки с иностранными партнерами. После «банкета» Вика уехала домой, ее повез в своей машине один из фирмачей. Довез он ее, судя по всему, вполне благополучно, потому что около одиннадцати вечера в тот же день Вика разговаривала по телефону со своей приятельницей, договорилась с ней встретиться в воскресенье и никаких планов, связанных с возможным отъездом из Москвы, не строила. Была ли она в этот момент одна в квартире? Бизнесмен, отвозивший ее домой, утверждает, что он пытался напроситься на чашку кофе, но девушка сослалась на усталость и пообещала пригласить его в гости в следующий раз, с чем он и уехал, проводив даму до лифта и поцеловав ей ручку. Лжет или нет? Как проверить?

После 23 часов пятницы наступает полное молчание. Виктория Еремина никому из знакомых не звонит, не появляется в местах, где ее могут узнать, но и дома ее нет, так как на звонки по телефону она не отвечает. А если она все-таки была дома, но к телефону не подходила, то почему? И где она пропадала целую неделю, с 23 до 30 октября? Неужели была в таком глубоком запое, что никому не позвонила, ни на работу, ни любовнику?

Когда Настя «вынырнула» из своих размышлений и созерцания бумаг, было почти восемь вечера. Она позвонила по внутреннему телефону Гордееву.

— Виктор Алексеевич, кто занимается делом Ереминой?

— Ты.

Ответ был настолько неожиданным, что Настя чуть не выронила трубку. За все годы, что она проработала в отделе у Гордеева, она занималась почти исключительно аналитической работой, но зато по всем делам, по которым работали гордеевские сыщики. Это они бегали, стаптывая ботинки и натирая мозоли, в поисках свидетелей и доказательств, это они осуществляли хитроумные операции, внедрялись в преступные группировки, участвовали в задержаниях опасных уголовников. Но всю информацию, добытую в таких вот бегах, они, подобно муравьям, добросовестно тащили в кабинет Каменской и, устало выдохнув, сваливали прямо у порога: Настасья сама разберется, что к чему, какой факт на какую полочку положить и какой ярлычок к нему приклеить; она сама оценит весомость каждого кусочка информации, надежность ее и достоверность, прикинет, нужна ли эта информация для какого-нибудь дела, по которому сейчас работают, или ее можно отложить «про запас», а если нужна, то можно ли ей доверять и как ее проверить. Настасья включит свой компьютер, который работает у нее не от электросети, а от кофе и сигарет, и завтра, ну, в крайнем случае послезавтра расскажет, какие версии могут быть построены, кого нужно опросить, что еще в процессе такой беседы выяснить и т.д. Каждый месяц Настя изучала все дела об убийствах, тяжких телесных повреждениях и изнасилованиях и составляла для Гордеева аналитическую справку. Благодаря этим справкам Виктор Алексеевич видел не только типичные ошибки и промахи в раскрытии тяжких преступлений, но и новые и оригинальные методы и приемы сбора улик и изобличения виновных, а также, что было самым главным, все новое в совершении самих преступлений: организацию, способы и даже мотивы.

Задачей Анастасии Каменской была кропотливая аналитическая работа, и, спрашивая начальника о том, кто занимается делом об убийстве Виктории Ереминой, она готовилась услышать два-три имени своих коллег, с которыми она этим же вечером созвонилась бы. Она готова была услышать что угодно, только не «ты».

— Можно к вам зайти? — спросила она.

— Я позвоню, — коротко ответил Гордеев, из чего Настя поняла, что в кабинете у него кто-то был.

Когда она наконец дождалась приглашения и вошла в кабинет начальника, тот стоял, отвернувшись к окну и задумчиво постукивая по стеклу монеткой.

— Беда у нас, Стасенька, — произнес он, не оборачиваясь. — Кто-то из наших ребят нечестен. А может быть, их даже несколько. А может, и все. Кроме тебя.

— Откуда вы знаете?

— Я твоего вопроса не слышал.

— А я его и не задавала. Я имею в виду: почему кроме меня? За что такое доверие?

— Это не доверие, а расчет. У тебя нет возможности быть нечестной, ты не работаешь непосредственно с людьми. Ты можешь оказаться недобросовестной, но это не спасет того, кто даст тебе взятку. Пусть ты якобы не додумаешься до чего-то, не заметишь что-то важное, существенное для дела. Где гарантия, что опер, который ведет дело, тоже не додумается и не заметит? Нет, деточка, ты опасна тем, что делаешь. А бездействие твое, даже умышленное, роли не играет. Для взяткодателя ты не фигура.

— Ну, спасибо, — криво усмехнулась Настя. — Выходит, вы мне верите по расчету, а не по любви. Что ж, ладно.

Гордеев резко повернулся, и Настя увидела его лицо, искаженное такой болью, что ей стало неловко.

— Да, я верю тебе по расчету, а не по любви, — жестко сказал он. — И до тех пор, пока мы со своей бедой не справимся, я должен забыть, какие вы все у меня хорошие и как я вас всех люблю. Мне непереносима мысль, что кто-то из вас двурушничает, потому что каждый из вас мне дорог и близок, потому что каждого я лично брал на работу, обучал, воспитывал. Вы все — мои дети. Но я должен вычеркнуть все это из своей души и заниматься только расчетом, чтобы любовь или просто хорошее отношение не затмили мне свет и не застили глаза. Уйдет беда — вернется любовь. Не раньше. Теперь о деле.

Виктор Алексеевич медленно отошел от окна и сел за стол. Был он невысок ростом, широкоплеч, с выпирающим животиком, круглой, почти совсем лысой головой. Подчиненные любовно звали его Колобком, причем прозвище это накрепко приклеилось к Гордееву лет тридцать назад и бережно передавалось его коллегами, а потом и преступниками из поколения в поколение. Настя глядела на него и думала, что сейчас он совсем не соответствует своему ласковому прозвищу, сейчас он весь налит болью и свинцовой тяжестью.

— В свете того, что я тебе сказал, я никому не хочу поручать дело об убийстве Ереминой, кроме тебя. Поэтому я рад, что ты прерываешь отпуск. Дело отвратительное, пахнет дурно аж за километр. Фирма, доллары, банкет, иностранные партнеры, красотка секретарша, которую находят задушенной и со следами истязаний, какой-то богемный любовник — все это мне не нравится. Пока я не выясню, кто из наших берет деньги у преступников за нераскрытие убийств, делом Ереминой будешь заниматься ты. Если ты его не раскроешь, я, по крайней мере, буду уверен, что сделано все возможное. Завтра с утра поезжай в горпрокуратуру к Ольшанскому, посмотри материалы дела и приступай.

— Виктор Алексеевич, я одна ничего не смогу сделать. Вы что, шутите? Где это видано, чтобы по убийству работал один-единственный оперативник?

— Кто сказал, что ты будешь одна? Есть уголовный розыск ГУВД области, есть милиция по месту жительства Ереминой, где и завели розыскное дело. Есть сотрудники нашего отдела, которым можно давать поручения через меня, не открывая карт. Соображай, крутись. Голова у тебя хорошая, а опыта пора набираться.

* * *

В этот день, 11 ноября, Настя Каменская, выйдя с работы в десятом часу вечера, решила поехать ночевать в квартиру родителей, которая находилась от

Петровки, 38, гораздо ближе, чем ее собственное жилье. Заодно она рассчитывала на вкусный горячий ужин, ибо ее отчим, Леонид Петрович, которого Настя за глаза называла просто Леней, был человеком, в отличие от нее самой, неленивым и хозяйственным, и длительная загранкомандировка жены, профессора Каменской, никак не повлияла ни на чистоту и порядок в квартире, ни на наличие в ежедневном меню питательных и хорошо приготовленных блюд.

Помимо ужина, Настя преследовала еще одну цель. Она решилась наконец на непростой и очень деликатный разговор с отчимом, которого, сколько себя помнила, называла папой и искренне любила. Начать разговор, однако, оказалось не легче, чем решиться на него в принципе. Настя оттягивала момент, медленно поглощая жаркое, потом тщательно заваривала чай, долго и методично мыла посуду, оттирая накипь с кастрюль и сковородок. Но Леонид Петрович знал падчерицу достаточно хорошо, чтобы понять, что пора прийти ей на помощь.

— Что тебя гложет, ребенок? Давай выкладывай.

— Папуля, тебе не кажется, что у нашей мамы в Швеции кто-то есть? — выпалила Настя, не глядя на отчима.

Леонид Петрович долго молчал, прохаживаясь по комнате, потом остановился и спокойно взглянул на нее.

— Кажется. Но еще мне кажется, что, во-первых, это не должно тебя касаться, а во-вторых, в этом нет никакой трагедии.

— То есть?

— Я объясню. Твоя мама рано вышла замуж, если ты помнишь, за своего одноклассника. Ей тогда только-только исполнилось восемнадцать. Они поженились, потому что должна была родиться ты. Этот брак был обречен с самого начала. Мама развелась с твоим отцом, когда тебе еще двух лет не было. Двадцатилетняя студентка с малышкой на руках! Пеленки, детские болезни, отличная учеба, аспирантура, кандидатская диссертация, собственное направление в науке, статьи, конференции, командировки, докторская диссертация, монографии... Не многовато ли для одной женщины? От меня помощи было мало, я работал в уголовном розыске, уходил рано, приходил поздно, а нас с тобой надо было кормить и обихаживать. Даже когда ты стала достаточно большой, чтобы помогать матери по дому, она не заставляла тебя ходить в магазин, чистить картошку и пылесосить ковры, потому что видела, с каким удовольствием ты читаешь и занимаешься математикой и иностранными языками, и считала, что дать ребенку возможность тренировать мозги куда важнее, чем приучать к ведению хозяйства. Ты когда-нибудь задумывалась о том, какую жизнь прожила твоя мать? Сейчас ей пятьдесят один год, она по-прежнему красавица, хотя один Бог знает, как ей при такой жизни удалось сохраниться. Когда ей предложили поработать в Швеции, она наконец-то получила возможность пожить спокойно и, если хочешь, красиво. Да-да, красиво, не морщись, пожалуйста, ничего зазорного в этом нет. Я знаю, ты расстроилась, когда мама согласилась продлить контракт и осталась за границей еще на год. Ты думаешь, что она нас с тобой не любит, о нас не скучает, и тебя это обижает. Настенька, ребенок мой дорогой, да она просто устала от нас. Мы ей немножко надоели. Конечно, в большей степени это относится ко мне. Но все равно, пусть она отдохнет от нас. Она это заслужила. И даже если у нее роман — пусть. Она и это заслужила. Я был ей всегда хорошим мужем, но никудышным возлюбленным. Твоя мама уже лет двадцать не видела от меня ни цветов, ни внезапных подарков, я не мог предложить ей поездку в какое-нибудь интересное место, потому что свободное время у нас с ней практически никогда не совпадало. И если сейчас там, в Швеции, все это у нее есть — я рад. Она достойна этого.

— И что же, ты совсем не ревнуешь?

— Ну почему, ревную, конечно. Но в разумных пределах. Видишь ли, мы с мамой очень дружны. Да, в наших отношениях нет романтики, но мы прожили вместе двадцать семь лет, так что сама понимаешь... Мы друзья, а это в нашем возрасте намного важнее. Ты боишься, что наша семья развалится?

— Боюсь.

— Ну, что ж... Либо мама получит то, чего ей так недостает, и вернется домой, либо выйдет замуж в Швеции, разведясь со мной. Что изменится лично для тебя? Мамы не будет в Москве? Так ее и сейчас здесь нет, и совершенно непонятно, когда она захочет вернуться. И потом, положа руку на сердце, признайся: неужели ты так сильно нуждаешься в мамином присутствии? Прости, ребенок, я знаю тебя так давно, что имею право кое-что сказать. Тебе не так уж и нужно, чтобы мама жила в Москве, просто тебя задевает, что она готова жить вдали от тебя. А что касается нас с тобой, то ты же не перестанешь приходить ко мне только потому, что я больше не являюсь мужем твоей матери, верно?

— Конечно, папуля. Ты мне как родной отец. Я тебя очень, очень люблю, — грустно сказала Настя.

— И я люблю тебя, ребенок. А маму не осуждай. И меня, кстати, тоже.

— Я знаю, — кивнула Настя. — Ты меня с ней познакомишь?

— А надо? — засмеялся Леонид Петрович.

— Интересно же!

— Ладно, если интересно — познакомлю. Только дай слово, что не будешь расстраиваться.

* * *

Уснуть Насте удалось только ближе к утру. Она все пыталась осмыслить то, что услышала от своего начальника Гордеева. Милиция, купленная мафией, — не новость. Но до тех пор, пока это случалось с другими, в другом подразделении, в другом городе, это воспринималось как факт объективной реальности, с которым надо считаться и который следует принимать во внимание при анализе информации и принятии решений. А когда это случается рядом с тобой, в твоем отделе, с твоими друзьями, то из служебно-аналитической проблема становится нравственно-психологической, не имеющей однозначного решения. Как работать дальше? Как себя вести с коллегами? Кого подозревать? Всех? И тех, кого недолюбливаешь, и тех, кому симпатизируешь, и тех, к кому искренне привязана? И если заметишь что-то, вызывающее подозрение, в поведении кого-нибудь из сотрудников отдела, то что с этим делать? Бежать к Колобку доносить? Или таить в себе, внутренне зажмурившись и повторяя, что ничего такого не было? А может быть, самоустраниться, сказав себе, что предавать друзей нельзя, даже если они не правы, и пусть с ними разбираются враги? Тогда кто же здесь враг? Инспекция по личному составу? Или все-таки тот, кто оказывает услуги преступникам вопреки интересам правосудия? Господи, как много вопросов! И ни одного ответа...

Глава вторая

В кабинет к следователю городской прокуратуры Константину Михайловичу Ольшанскому Настя попала впервые. Они знали друг друга давно, но встречались только на Петровке, где Ольшанский частенько бывал. Он был умным человеком и опытным следователем, грамотным, добросовестным, мужественным, но Настя его почему-то недолюбливала. Она не раз пыталась разобраться в своем отношении к нему, но причин нелюбви к Ольшанскому так и не поняла. Более того, она знала, что очень многие относились к нему точно так же неприязненно, хотя открыто признавали его профессионализм и высокую квалификацию.

Внешне Константин Михайлович производил

впечатление недотепы-неудачника: смущенный взгляд, мятый пиджак, на любом галстуке — непременно какое-то постороннее пятнышко непонятного происхождения, далеко не всегда вычищенные ботинки, очки в чудовищно старомодной оправе. Кроме того, Ольшанский отличался весьма живой мимикой и тем, что совершенно не следил за лицом, особенно когда занимался писаниной. Сторонний наблюдатель с трудом удерживался от смеха, видя эти невероятные гримасы и высунутый кончик языка. Вместе с тем следователь бывал резок и невежлив, хотя и не часто, и, как ни странно, в основном с экспертами. Он был помешан на криминалистике, читал всю новейшую литературу, вплоть до диссертаций и материалов научно-практических конференций, и во время осмотра места происшествия буквально стоял над душой у экспертов, предъявляя им какие-то немыслимые требования и ставя перед ними самые неожиданные вопросы.

Кабинет Ольшанского был довольно точным отражением своего хозяина: на полированной поверхности приставного стола — круги от горячих стаканов, рабочий стол захламлен донельзя, пластмассовый абажур настольной лампы померк под вековым слоем пыли, из ярко-зеленого превратившись в тускло-серый. Короче, кабинет Насте не понравился.

Ольшанский встретил ее дружелюбно, но тут же спросил про Ларцева. Владимир Ларцев вместе с Михаилом Доценко первые девять дней, с 3 по 11 ноября, выполняли поручения следователя по делу об убийстве Виктории Ереминой, и Константин Михайлович ожидал увидеть кого-то из них. В отделе Гордеева знали, что Ольшанский особенно ценил Ларцева и признавал за ним умение вести допросы, частенько поручал ему работу со свидетелями и обвиняемыми и всегда подчеркивал, что результаты такой работы у Володи гораздо лучше, чем у него самого.

— Ларцев пока занят, — уклончиво ответила

Настя, — ему поручили другое задание. По делу Ереминой буду работать я.

Надо отдать следователю должное: если он и был разочарован, то виду не показал. Достав из сейфа уголовное дело, он усадил Настю за приставной стол.

— Читай тихонечко. Я должен закончить обвинительное заключение. Через сорок минут у меня очная ставка, так что придется тебя выгнать. Постарайся успеть.

Документов в деле оказалось не так уж много. Заключение судебно-медицинского эксперта: причина смерти — асфиксия, наступившая вследствие удушения, скорее всего, полотенцем (частицы волокон ткани обнаружены на заостренных краях серьги в форме цветка с пятью лепестками). На теле убитой обнаружены множественные кровоподтеки в области спины и груди, образовавшиеся от ударов толстой веревкой или ремнем. Время образования кровоподтеков — от двух суток (самые ранние) до двух часов (самые поздние) до наступления смерти.

Протокол допроса начальника Ереминой, генерального директора фирмы гласил: «Вика много пила, но на работу ходила исправно. Конечно, в поведении были странности, как у всякой пьющей женщины. Она могла, например, уехать на два-три дня с малознакомым мужчиной. Но Еремина при всем при том никогда не забывала отпроситься у начальника, причем не стесняясь заявляла в открытую, зачем ей нужны эти два-три дня. В последнее время она сильно изменилась, стала замкнутой, непредсказуемой, часто отвечала невпопад, подолгу сидела, уставившись в одну точку, и порой даже не слышала, как к ней обращаются. Создавалось впечатление, что она серьезно больна».

Протокол допроса Бориса Карташова, любовника Ереминой: «Я совершенно уверен, что Виктория была больна. Около месяца тому назад у нее появилась навязчивая идея, что кто-то воздействует на нее по радио и крадет ее сны. Я уговаривал ее проконсультироваться у психиатра, но она категорически отказывалась. Тогда я сам обратился к знакомому врачу, и он выразил уверенность, что у Вики острый психоз и она нуждается в немедленной госпитализации. Однако Вика меня не послушалась. Иногда она вела себя крайне легкомысленно, заводила какие-то случайные знакомства и близко сходилась с подозрительными типами, особенно в периоды запоев. Бывало, что и пропадала на несколько дней с очередным любовником. Я уехал из Москвы в командировку 18 октября, вернулся 26 октября, начал разыскивать Викторию, опасаясь, что в болезненном состоянии она могла попасть в беду. О том, что она собиралась куда-то уезжать, мне ничего не известно. Никаких сообщений от нее я не получал».

Протокол допроса Ольги Колобовой, подруги Ереминой: «Я знаю Вику всю жизнь, мы вместе воспитывались в детдоме. Естественно, Бориса Карташова я тоже знаю. Примерно месяц назад Борис сказал мне, что Вика заболела, у нее появилась навязчивая идея, что кто-то при помощи радио крадет у нее сны. Борис просил, чтобы я поговорила с Викой, убедила ее показаться врачу. Вика категорически отказалась, сказала, что считает себя абсолютно здоровой. Когда я спросила ее, правда ли, что она говорила Борису, будто у нее крадут сны, она подтвердила, что это правда. Последний раз я разговаривала с Викой вечером 22 октября, примерно в 23 часа, я звонила ей домой. Мы договорились встретиться в воскресенье. Больше я Еремину не видела и не разговаривала с ней».

Протокол допроса кандидата медицинских наук Масленникова, врача-психиатра, у которого консультировался Карташов: «Примерно две-три недели назад, в середине октября, ко мне обратился Борис Карташов по поводу своей знакомой, у которой появились навязчивые идеи. Описанные им симптомы позволили мне сделать вывод, что молодая женщина находится на грани серьезнейшего заболевания и нуждается в немедленной госпитализации. Такое состояние, как у нее, называется синдромом Кандинского-Клерамбо. Больные в состоянии острого психоза бывают чрезвычайно опасны, так как слышат «голоса», и эти «голоса» могут приказать им сделать все что угодно, вплоть до убийства случайного прохожего. Точно так же такие больные легко могут стать жертвой преступления, так как не в состоянии адекватно оценивать обстановку, особенно если в этот момент «голос» им что-нибудь «посоветует». Я объяснил Карташову, что госпитализировать его знакомую нельзя без ее согласия до тех пор, пока нарушения психики не приведут к явным нарушениям в поведении и она не попадет в милицию. Карташов сказал мне, что она категорически отказывается даже от простой консультации у специалиста и считает себя полностью здоровой. К сожалению, в таких случаях сделать ничего нельзя, принудительная госпитализация возможна только, как я уже говорил, если больной поведет себя так, что попадет в поле зрения милиции».

Еще несколько протоколов с показаниями сотрудников фирмы, где работала Еремина, а также знакомых погибшей и ее друга Карташова. Ничего нового в этих протоколах Настя не увидела. На глаза ей попался листок с перечнем мест и адресов, где Виктория имела обыкновение напиваться. К листку подколото шесть справок о том, что в указанных местах в период с 23 октября по 1 ноября никто Еремину не видел. Непроверенными оставались еще два адреса.

Настя закрыла уголовное дело и посмотрела на Ольшанского. Следователь быстро печатал на машинке, повернувшись к Насте спиной и ссутулившись на неудобном стуле.

— Константин Михайлович! — позвала она.

Он резко обернулся к ней, задев при этом локтем высокую стопку бумаг на рабочем столе. Документы разлетелись в разные стороны, некоторые упали на пол. Ольшанского это, однако, ничуть не обеспокоило.

— Да? — спокойно отозвался он, словно ничего не случилось, снял очки и принялся ожесточенно тереть пальцами глаза.

— У меня к вам три вопроса. Один — по делу и два — не по делу.

— Начинай с тех, которые не по делу, — добродушно сказал следователь, по-птичьи склонив голову набок и зажав пальцами переносицу. Как все люди, страдающие сильной близорукостью, без очков он выглядел растерянным и беспомощным. Что-то неуловимо изменилось, и Настя вдруг поняла, что у Ольшанского удивительно красивое лицо и огромные глаза с девически длинными ресницами. Толстые стекла «близоруких» очков делали глаза маленькими, а чиненая-перечиненая оправа с многочисленными следами склеивания уродовала следователя до полной неузнаваемости.

— Вам хватает вашей зарплаты?

— Смотря для чего, — пожал плечами Ольшанский. — Для того, чтобы не подохнуть под забором, — вполне, даже с избытком. А для того, чтобы хорошо себя чувствовать, — не хватает.

— Что для вас означает «хорошо себя чувствовать»? — допытывалась Настя.

— Для меня лично? А ты, оказывается, нахалка, Каменская! Сейчас я начну тебе отвечать, а ты мне в душу полезешь. Мне придется рассказывать о своих вкусах, пристрастиях, о хобби, о семейных проблемах и еще Бог знает о чем. С какой стати? Ты мне кто — сват, брат, лучший друг? Давай второй вопрос.

Следователь откровенно хамил, но при этом весело улыбался, сверкал ослепительными ровными зубами, и было совершенно непонятно, сердится он или шутит.

— Вы недовольны, что вместо Ларцева по делу Ереминой буду работать я?

Улыбка на лице Ольшанского стала еще шире, но ответил он не сразу.

— Я люблю работать с Володей, он классный специалист, настоящий мастер. И вообще он мне глубоко симпатичен. Я всегда радуюсь и как следователь, и как человек, когда мне доводится с ним общаться. Что же касается тебя, Анастасия, то с тобой я никогда раньше не работал и почти тебя не знаю. Гордеев тебя очень хвалит, но для меня это — пустой звук. Я привык сам составлять мнение о человеке. Ты удовлетворена моим ответом?

— Честно говоря, нет. Но ведь другого ответа не будет?

— Не будет.

— Тогда третий вопрос: где тот бизнесмен, который отвозил Еремину домой в пятницу, 22 октября, после банкета?

— К сожалению, уехал домой, в Нидерланды. Но в квартире Ереминой его, похоже, не было. Ты протокол осмотра квартиры прочла?

— Не успела. Я читала только свидетельские показания. А протокола допроса этого бизнесмена там нет. Его что, не допрашивали?

— Нет. Он улетел до того, как обнаружили труп и возбудили дело. Однако когда Еремину начали разыскивать, он еще был в Москве, и гендиректор фирмы звонил ему и справлялся о девушке. Таким образом, о событиях вечера 22 октября мы знаем только со слов начальника Ереминой. Так вот, в квартире отпечатков пальцев этого бизнесмена не обнаружено.

— А как вы определили? С чем сравнивали? — удивилась Настя.

— С отпечатками на документах, которые подписывал этот богатый джентльмен.

— Документы представил все тот же гендиректор?

— Совершенно точно.

— Слабовато, — с сомнением произнесла Настя.

— Слабовато, — с готовностью согласился Ольшанский. — Но, может быть, тебя утешит то обстоятельство, что сей господин в 22.30 того же вечера звонил из гостиницы «Балчуг» в Париж, о чем есть соответствующая запись у телефонисток. А Еремина, если ты помнишь, около одиннадцати вечера была жива-здорова и беседовала по телефону с подругой. И вообще маловероятно, чтобы этот голландец был причастен к убийству, потому что убили-то ее никак не раньше 30 октября. Конечно, надо бы его допросить, но это, как ты сама понимаешь, долгая песня — через МИД, посольство и так далее, тем паче, что он вполне может куда-нибудь уехать из Нидерландов по своим коммерческим делам. Не гоняться же за ним по всему миру.

— Константин Михайлович, мне работать по вашим версиям или самой думать?

— А у меня пока всего две версии. Первая — убийство Ереминой связано с темными делами на фирме. Вторая — она действительно психически больна и стала жертвой какого-то подонка, случайно попавшегося ей на пути. Первую версию проверять пока не начали, по второй сделано достаточно много, но, к сожалению, безрезультатно. Никаких следов передвижения погибшей за те несколько дней, что прошли с момента ее исчезновения и до обнаружения трупа, найти не удалось.

— И в чем вы видите мою задачу? — спросила Каменская.

— Я хочу, чтобы ты подумала, как еще можно поработать над второй версией. Я хочу, чтобы ты придумала, где и как обнаружить след Ереминой, если допустить, что она и в самом деле была в состоянии острого психоза. Поговори со специалистами, посоветуйся с психиатрами, выясни, как ведет себя больной в таком состоянии, прикинь, куда и зачем девушка могла бы отправиться.

— А как же первая версия? Насчет махинаций на фирме? Не будем проверять?

— Анастасия, ты меня умиляешь, ей-крест! — взмахнул руками Ольшанский. — Разве ты в состоянии одновременно делать и то, и другое? Я хочу, чтобы ты работала по версии, которая, исходя из материалов дела, кажется мне более перспективной. Если ты можешь при этом работать еще по одной версии, я буду только рад. Но, скажу тебе честно, я в это не больно-то верю, пока ты одна. Гордеев собирается выделять людей на это дело или нет? Где это видано, чтобы по убийству работал один человек?!

Настя раздумывала, как бы ответить следователю, чтобы не подвести своего начальника Колобка. Не говорить же Ольшанскому в самом деле, что у Гордеева появилась информация о нечестности кого-то из сыщиков, поэтому он не хочет поручать дело никому, кроме нее, Насти, поскольку здесь могут быть замешаны интересы мафии. Но Константин Михайлович, к счастью, не стал долго задерживаться на выяснении намерений начальника отдела по борьбе с тяжкими насильственными преступлениями. Он выразил свое негодование и счел вопрос исчерпанным. Тем более что наступило время, на которое у него была назначена очная ставка.

* * *

Напряженно глядя под ноги, чтобы не провалиться в лужу по щиколотку, Настя Каменская медленно брела от автобусной остановки к своему дому. Она ужасно уставала в последние дни, ибо ей, привыкшей к кабинетному сидению, пришлось заниматься обычной работой сотрудника уголовного розыска: ездить по всей Москве, разыскивая нужные адреса и нужных людей, разговаривать с ними, и не просто разговаривать, а зачастую и уговаривать, не просто спрашивать, а упрашивать, чтобы ответили. Что поделать, мало кому нравится беседовать с милицией.

Результат же Настиных усилий был плачевным: Еремина как сквозь землю провалилась после 22 октября. Ее не видел никто из тех, с кем она имела обыкновение проводить время как в дружеской беседе, так и в попойках. Круг этих людей был не особенно велик, но, кроме такого постоянного «ядра» давних знакомых, была и довольно обширная группа тех, кто участвовал в алкогольных мероприятиях нерегулярно, от случая к случаю. Все они были разысканы и опрошены, и все, как один, уверенно говорили, что после 22 октября Вику Еремину они не видели и по телефону с ней не разговаривали. Со многими из них общаться было весьма непросто: вместо того чтобы рассказывать о своей трагически погибшей знакомой, они пытались доказать, что употребление спиртного — их личное дело и не является поводом для вмешательства милиции.

Однако из всех этих бесед Настя вынесла важную информацию: чем пьянее делалась Вика, тем сильнее становилась у нее потребность кому-нибудь позвонить. Во время пьянок, длившихся иногда два-три дня, она чуть ли не каждые два часа звонила Борису Карташову, чтобы заплетающимся языком сообщить ему, что с ней все в порядке, что все мужики — дураки и сволочи и не имеют права указывать ей, как жить и сколько и с кем пить. Помимо Бориса, она звонила и своей подруге Леле, той самой, с которой вместе росла в детдоме. Более того, она ухитрялась даже несколько раз позвонить на работу, чтобы заверить, что завтра она непременно появится. Поскольку и начальник Ереминой, и подруга Леля, и Борис Карташов уверяли, что в период безвестного отсутствия Вика им не звонила, можно было сделать вывод, что, по крайней мере, в запое девушка в это время не была. С известной оговоркой: если все трое говорят правду. Если же все они, такие разные, живущие в разных местах и имеющие мало общего, дружно лгут, значит, тому есть веская причина. И Настя пыталась понять, что же ей делать в первую очередь: искать эту таинственную причину, если она, конечно, есть, или все-таки пытаться обнаружить следы Ереминой.

Вместе с Настей по делу об убийстве работал Андрей Чернышев из областного управления внутренних дел. Андрей был симпатичным малым, толковым, расторопным, а главное — имел собственную машину, благодаря чему успевал сделать за день раза в три больше, чем сама Настя. Он обожал собак, а со своей овчаркой носился не то что как с писаной торбой, а как с ребенком-вундеркиндом, постоянно опасаясь, что неправильное питание и уход могут повлиять на ее умственные способности. Надо, однако, отдать ему должное: овчарка со странной кличкой Кирилл была идеально выдрессирована, беспрекословно выполняла все команды и понимала своего хозяина не только с полуслова, а с полувзгляда и с полувздоха, чем Андрей ужасно гордился. И Настя знала, что достоинства Кирилла вовсе не преувеличивались. Полтора года назад, во время задержания наемного убийцы Галла, именно эта собака, повинуясь незаметным командам хозяина, обеспечила ей, Насте, возможность, не вызывая подозрений преступника, отойти от опасного места и не мешать тем, кто ожидал его в засаде. Кирилл делал вид, что собирается вцепиться ей в горло, а Настя, в свою очередь, делала вид, что очень этого боится, но в итоге, набив на голове шишку, разбив коленку и сломав каблук, ей удалось благополучно убраться с линии огня.

Внешне Настя и Андрей Чернышев были похожи, как брат и сестра: оба высокие, худощавые, светловолосые, с тонкими чертами лица и серыми глазами. Но если Андрей был красивым, то о Насте вряд ли кто-нибудь мог это сказать. Она не была ни красавицей, ни уродиной, она просто была никакой, незаметной, неброской, с незапоминающимся лицом и блеклыми глазами. Она от этого не страдала, так как знала, что при помощи умело наложенного макияжа и элегантной одежды может стать совершенно неотразимой, и иногда даже пользовалась этим. В остальное же время Настя была невзрачной серой мышкой, не испытывая ни малейшей потребности нравиться и вызывать восхищение. Это было ей неинтересно.

Конечно, вдвоем с Чернышевым они успевали делать много, но вот толку от этого было, прямо скажем... Дело замерло на мертвой точке. Сотрудники отдела по борьбе с экономическими преступлениями никаких данных о махинациях на фирме, где работала убитая, не имели, а когда Настя выразила сомнение в том, что в наше время есть коммерческие предприятия, работающие абсолютно чисто, ей ответили:

— Грязи кругом полно, и у них наверняка тоже. Но не по части денег, мы проверяли.

Оказывается, Гордеев уже успел обратиться к ним по этому поводу. И все-таки Настя решила сама побывать на фирме.

Генеральный директор, вопреки ожиданиям, от беседы не уклонялся, принял Каменскую, как говорится, по первому требованию и выразил готовность еще раз ответить на все вопросы.

— Почему вы так терпимо относились к пьющей и недисциплинированной секретарше? — спросила его Настя.

— Я уже говорил об этом вашему сотруднику, — пожал плечами гендиректор. — Конечно, это нас не украшает, но скрывать не вижу смысла, тем более что Вике ничто уже повредить не может. В обязанности Вики входило сидеть в приемной, отвечать на телефонные звонки, а также подавать чай, кофе и напитки, особенно когда у меня в кабинете находились иностранные партнеры. Вы меня понимаете?

— Нет, — сухо ответила Настя.

— Странно. Ладно, скажу открытым текстом: иногда, чтобы уговорить партнера, надо его напоить и подсунуть ему красивую девицу, чтобы размяк. Ну что вы на меня так смотрите? Впервые слышите? Не притворяйтесь, Анастасия Павловна, вы же не первый день на свете живете. Все так делают. И Вику я держал здесь именно для этого. Она была просто фантастически красива, ни один мужчина не мог остаться равнодушным, какие бы вкусы у него ни были. Если надо, я отпускал ее с нужным человеком на несколько дней, она сопровождала иностранцев, если им хотелось поехать в Питер, или по «Золотому кольцу», или еще куда-нибудь. Вика никогда не капризничала, всегда выполняла мои просьбы, какого бы мужчины они ни касались. За это я прощал ей запои и прогулы. Кстати, несмотря на пьянство, она была обязательной. Вы не поверите, но если я предупреждал ее, что, к примеру, в среду у меня важные переговоры и она будет мне нужна, то в каком бы глухом загуле она ни была, сколько бы ни выпила, в среду она была в офисе при полном параде. Она ни разу, вы слышите, ни разу меня не подвела. Поэтому совершенно естественно, что я многое ей прощал.

— Иными словами, вы держали Еремину как штатную проститутку, — тихо подытожила Настя.

— Да! — взорвался гендиректор. — Если вам так больше нравится, то — да! В чем тут криминал? Она работала секретарем, получала за это зарплату, а спать с клиентами ей нравилось, она делала это добровольно и, заметьте себе, бесплатно. Внешне это будет выглядеть только так и никак иначе! А то, что я вам рассказал, — ерунда.

— То есть вы отказываетесь от своих слов? — уточнила Настя.

— Бог мой, нет, конечно. Я сказал вам правду, но только лишь для того, чтобы помочь найти убийцу Вики, а вовсе не для того, чтобы вы мне тут мораль читали. И если вы будете грозить мне пальчиком и упрекать в безнравственности, то я от всего откажусь, тем более, я вижу, вы протокол не ведете. Я, знаете ли, прожил достаточно и в ваших нравоучениях не нуждаюсь. А убийство — вещь серьезная, и я не считаю себя вправе что-то скрывать. Я, однако, надеялся, что буду понят правильно. Видимо, я ошибся. Очень жаль, Анастасия Павловна.

— Да нет, вы не ошиблись, — Настя постаралась

улыбнуться как можно приветливее, но это у нее не получилось, улыбка вышла смущенная, стыдливая и какая-то покаянная. — Спасибо вам за откровенность. Скажите, мог кто-нибудь из этих... клиентов приехать в октябре в Москву и попытаться, минуя вас, снова встретиться с Ереминой?

— Разумеется. Но я об этом тут же узнал бы. Вика работает... работала у меня больше двух лет. За это время ее услуги требовались мне множество раз, но далеко не всегда партнеры были новыми. Некоторым она так нравилась, что они хотели встретиться с ней и в свои последующие приезды. Кое-кто из них действительно делал это за моей спиной. Но Вика таких вещей никогда от меня не скрывала, ведь это была ее работа, а не личная жизнь. Она прекрасно понимала, что если иностранный партнер оказался в Москве и не позвонил мне хотя бы для того, чтобы перекинуться парой слов по-дружески, то это показатель его отношения и ко мне лично, и к фирме, и к нашему совместному бизнесу. Она понимала, что о таких фактах я должен знать, да и я сам ее неоднократно предупреждал. Нет, не думаю, чтобы она решила утаить что-то от меня.

— Значит, в октябре ничего подобного не случалось?

— Нет. Кстати, тот фирмач-голландец, который 22 октября отвез Вику домой, спал с ней уже два года, в каждый свой приезд.

— Мне нужен перечень всех клиентов Ереминой, — потребовала Настя.

Перечень этот, довольно длинный, был ей предоставлен, и теперь Настя ждала, когда через отдел виз и регистраций проверят, не был ли кто из указанных в списке людей в Москве в тот период, когда исчезла Виктория Еремина. Настя очень надеялась на эту версию, но понимала, что ждать придется долго.

...Добравшись до дома, она обессиленно плюхнулась на диван и блаженно вытянулась. Хотелось есть, но вставать и идти на кухню было лень. Вообще

Настя Каменская говорила про себя, что лень родилась намного раньше ее самой.

Провалявшись на диване до позднего вечера, она собралась с силами и выползла на кухню. Еды в холодильнике было совсем мало, выбирать не пришлось: яйцо всмятку и сайра из консервной банки. Погруженная в мысли, Настя не чувствовала вкуса того, что ела. Очень хотелось выпить кофе, но она мужественно боролась со своим желанием, так как знала, что и без того заснет с большим трудом.

Ее мучило ощущение бесполезности того, что она делает, отсутствие даже малейших сдвигов в раскрытии убийства. Ей казалось, что она все делает неправильно, и она боялась, что Колобок будет разочарован. Впервые она работает самостоятельно, а не занимается анализом информации, добытой другими сотрудниками, и не дает им умных советов. Теперь она сама добывает информацию, и советчиков у нее нет.

А еще мучило Настю сострадание к своему начальнику, Виктору Алексеевичу Гордееву, который узнал откуда-то, что среди его подчиненных завелся нечестный человек, а может быть, и не один, и теперь он никому из них не верит, а должен делать вид, что ничего не произошло и он их всех уважает и любит по-прежнему. Похоже на театр, подумала Настя, вспоминая репетицию у Гриневича. С той лишь разницей, что у Колобка отныне и до выяснения ситуации вся жизнь превратилась в спектакль, весь день он должен быть актером на сцене. А настоящая жизнь — только то, что у него внутри, в душе. И если актер, сыграв спектакль, может разгримироваться, пойти домой и пожить своей настоящей жизнью, то у Колобка такой возможности нет, потому что даже дома он постоянно помнит, что кто-то, кого он любит и кому верит, его обманывает. Как он сможет жить с такой тяжестью?

Настя почему-то совсем не думала о том, что с такой же тяжестью на сердце отныне будет жить и она...

* * *

Полковника Гордеева трудно было узнать. Энергичный, подвижный, в периоды раздумий любивший быстро ходить по кабинету, сейчас он словно окаменел, неподвижно восседая за своим столом и обхватив голову руками. Казалось, эмоции в нем бушуют и он опасается, что одно неосторожное движение — и все, что накипело, выплеснется наружу. Впервые за все время работы на Петровке Насте стало не по себе в присутствии начальника.

— Что по делу Ереминой? — спросил Виктор Алексеевич. Голос его был ровным, бесстрастным. В нем не было даже любопытства.

— Глухо, Виктор Алексеевич, — честно ответила Настя. — Ничего у меня не получается. Полный тупик.

Ну да, ну да, — пробубнил Колобок, глядя куда-то поверх ее головы. Насте показалось, что начальник ее не слушал, думая о чем-то другом. — Помощь нужна? — вдруг спросил он. — Или пока справляетесь вдвоем?

— Будет нужна, если я придумаю новые версии. На сегодняшний день проверены...

— Не надо, — все так же равнодушно прервал ее Гордеев. — Я верю, что ты не халтуришь. С Ольшанским отношения нормальные?

— Не ссоримся, — коротко и суховато сказала Настя, чувствуя, как в ней поднимается обида и недоумение.

— Ну да, ну да, — снова кивнул полковник, и снова Насте показалось, что он задает ей вопросы только для того, чтобы изобразить руководящую роль. Ее ответы его не интересуют, он в это время думает о своем. — Ты не забыла, что с первого декабря у нас должен быть стажер из Московской школы милиции?

— Я помню.

— Что-то непохоже. Осталось десять дней, а ты туда еще не съездила. Почему тянешь?

— Сегодня же позвоню и договорюсь. Не беспокойтесь, Виктор Алексеевич.

Настя старалась говорить ровным голосом, хотя больше всего на свете ей хотелось в этот момент убежать сломя голову из кабинета Гордеева, запереться у себя в кабинете и расплакаться. Почему он так разговаривает с ней? Чем она провинилась? За все годы работы ее ни разу нельзя было упрекнуть в том, что она по забывчивости чего-то не сделала. Да, она многого не умела, она не владела огнестрельным оружием и приемами единоборств, не могла обнаружить слежку и оторваться от нее, плохо бегала, но память у нее была феноменальная. Анастасия Каменская *никогда ничего не забывала*.

— Не откладывай, — продолжал между тем Гордеев. — Выбирай стажера для себя, а не для чужого дяди. Подключишь его к делу Ереминой. Похоже, что за десять дней мы убийство все равно не раскроем. Так что будешь с ним работать, а заодно и учить. Не ошибешься — возьмем его на работу, у нас людей не хватает. Теперь другое. Весной к нам приезжала делегация сотрудников итальянской полиции. В декабре планируется ответный визит. Ты тоже едешь.

— Почему? — растерялась Настя. — С чего это?

— А ты не вникай. Едешь — и все. Считай, что это компенсация за испорченный отпуск. Я уговаривал тебя ехать в санаторий, я сам доставал тебе путевку и чувствую себя отчасти ответственным за то, что ты так толком и не отдохнула. Поедешь в Рим.

— А как же Еремина? — глупо спросила Настя.

— Еремина? А что Еремина? Если по горячим следам не раскрыла, то потом уже пять-шесть дней роли не играют. В Рим летишь 12 декабря. Если к этому времени ты убийцу Ереминой не найдешь, то ты не найдешь его никогда. Это очевидно. И потом, без тебя жизнь не остановится. Надо будет что-то делать — сделает Чернышев. Да и стажер будет...

К подбору кадров Виктор Алексеевич относился весьма серьезно, не пренебрегая и выпускниками высших учебных заведений МВД. Каждый год перед началом периода стажировок он по негласной договоренности с начальником учебного отдела Московской высшей школы милиции посылал Каменскую выбрать слушателя, которого направят к ним на практику. Для этого существовала такая удобная «крыша», как приглашение практических работников для проведения отдельных занятий, особенно по криминалистике, уголовному процессу и оперативно-розыскной деятельности. Настя проводила семинар или практическое занятие в двух-трех группах старшекурсников, после чего Гордеев звонил в школу и называл фамилию того слушателя, которого он хотел бы видеть на стажировке у себя в отделе. Конечно, это делалось в нарушение всяческих правил, но Колобку редко в чем-либо отказывали. Личностью он был известной, да и добрых знакомых у него немало. Именно таким путем попал в МУР самый молодой сыщик отдела Миша Доценко, которого Настя «выкопала» аж в Омской школе, когда была там в командировке. Сам Гордеев лет десять назад высмотрел в Московской школе, проверил во время стажировки и привел в отдел Игоря Лесникова, который теперь стал одним из лучших оперативников, находившихся в подчинении Колобка.

Настя позвонила в учебный отдел школы, где ей предложили на выбор несколько тем, по которым в ближайшие два-три дня должны состояться семинары и практические занятия. Она попросила отдать ей практическое занятие по психологическим особенностям показаний очевидцев.

— Очень кстати, — обрадованно ответили ей в учебном отделе. — Преподаватель, который должен проводить эти занятия, сейчас болен, так что никаких проблем. И нам легче: замену искать не надо.

Настя точно знала, по какому принципу она будет отбирать стажера. Принцип этот подсказал ей широко известный графический тест Равена. Тест состоял из шестидесяти задач, пятьдесят девять из которых построены на одном и том же принципе и различались только по степени сложности: если первые шесть были примитивно простыми, то начиная с пятьдесят четвертой для поиска правильного ответа требовалось значительное напряжение, связанное с необходимостью удерживать глазами и отслеживать несколько показателей одновременно. Пятьдесят девять задач, таким образом, проверяли способность испытуемого сконцентрировать внимание и быстро принять решение в условиях ограниченного времени. Помимо многого другого, тест Равена показывал, умеет ли испытуемый сосредоточиться и не впадать в панику при цейтноте. А вот последняя, шестидесятая, задача была очень коварной, ибо, будучи на удивление простой, основывалась на совершенно ином принципе. Если испытуемый сумел решить последнюю задачу, это означало, что он умеет взглянуть на задачу со стороны, подняться над ней и поискать новые пути, а не двигаться в заданном направлении, тупо пытаясь открыть замок тем же ключом, что и раньше, на том лишь основании, что предыдущие замки легко открывались именно этим ключом. Конечно, говорила себе Настя, с точки зрения физика, пятьдесят девять экспериментов — вполне достаточно, чтобы сделать вывод о шестидесятом. А с точки зрения математика, это далеко не так. И Настя искала среди слушателей того, у кого окажется мышление именно математическое.

Она порылась в старых записях, позвонила двум знакомым сотрудникам ГАИ и составила наконец задачу, на примере которой будет проводить практическое занятие.

* * *

— Как дела? — улыбаясь, поинтересовался Ольшанский у вошедшей в кабинет Насти.

— Плохо, Константин Михайлович. Надо начинать все сначала.

Она села за стол и приготовилась к длинной беседе. Но следователь, судя по всему, ее намерений не разделял. Он мельком взглянул на часы и вздохнул.

— Почему надо начинать сначала? Почему нельзя двигаться дальше?

Настя не ответила на вопрос, ибо ответ был трудным и для нее самой, и для Ольшанского.

— Нужно повторно допросить Бориса Карташова, друга Ереминой.

Следователь медленно поднял голову и, не мигая, уставился на нее. Из-за толстых линз в очках глаза его казались маленькими, и оттого лицо было неприятным, а взгляд — сверлящим.

— Зачем? Ты обнаружила что-то, что позволяет его подозревать?

Настя и в самом деле кое-что обнаружила, но, во-первых, это не давало оснований подозревать Бориса Карташова, а во-вторых, она вообще не была уверена, что то, что она обнаружила, представляет какой-то интерес. Чтобы укрепиться в своих мыслях, ей просто необходим был повторный допрос.

— Я вас очень прошу, — упрямо повторила она, — допросите, пожалуйста, Карташова. Вот список вопросов, ответы на которые надо непременно получить.

Настя достала из сумки сложенный листок и протянула следователю. Тот, однако, листок не взял, а вместо этого вытащил из стола бланк отдельного поручения.

— Хорошо, допрашивай, — сухо произнес он, быстро заполняя бланк.

— Я думала, вы сделаете это сами.

— Зачем? Это же у тебя появились вопросы к Карташову, а не у меня. По крайней мере, ты сможешь задавать их до тех пор, пока не получишь ответ, который тебя устроит. А то вдруг тебе результаты моего допроса тоже не понравятся.

— Ну зачем вы так, Константин Михайлович, — укоризненно сказала Настя. — Я же не говорю, что предыдущий допрос проведен плохо. Просто в деле открылись новые обстоятельства...

— Какие? — Он резко поднял голову.

Настя молчала. Она привыкла доверять своим, пусть даже неясным, ощущениям, но никогда не рассказывала о них, пока не получала в руки факты. Дело об убийстве Виктории Ереминой вовсе не было запутанным делом, в котором было много противоречивой информации. Все, что Насте удалось узнать, было логичным и стройным, но не проливало ни малейшего света на вопрос о том, где была погибшая с 22 октября до 1 ноября, когда ее, судя по всему, задушили. Если девушка и впрямь находилась в состоянии острого психоза, то она могла уйти или уехать куда угодно, познакомиться с кем угодно, и никакой нормальной логике ее поступки не подчинялись. Когда человек в здравом уме, то его можно искать у родственников или знакомых, и вопрос только в том, чтобы как можно полнее установить круг этих людей. А угадать возможные маршруты передвижения сумасшедшего — занятие пустое. Уходит человек из дома без документов куда глаза глядят... Труп обнаружен местными жителями случайно, ягодно-грибная пора прошла, в лесу людям в ноябре делать нечего. Повезло, что хотя бы опознать сумели, и то лишь благодаря тому, что было заявление о розыске. Нет, убийство Ереминой не было запутанным. В деле было поразительно мало информации, а это было еще хуже.

Хотя ответ из ОВИРа еще не поступил, Настя мысленно распрощалась и с той версией, на которую так надеялась еще два дня назад. Обнаруженное ею «кое-что» подсказывало, что Вика убита не каким-то заграничным любовником, что дело здесь совсем в другом...

— Так какие появились новые обстоятельства? — тихо и очень жестко спросил Ольшанский, протягивая ей бланк с поручением на допрос Бориса Карташова. — Ты мне не ответила.

— Можно, я отвечу вам после допроса?

— Хорошо, ответишь после. Но имей в виду, Каменская, утаивать от меня информацию ты не имеешь права, даже если считаешь, что она не важна для дела. Мы с тобой работаем в первый раз, поэтому я тебя по-хорошему предупреждаю, что со мной эти фокусы не пройдут. Узнаю — за шкирку выкину, как паршивого котенка. И ни к одному делу, которое будет находиться в работе у следователей городской прокуратуры, тебя больше никогда близко не подпустят. Уж об этом я позабочусь. Не думай, что ты самая умная и можешь решать, что годится для дела, а что — нет. И не забывай, что процессуальное лицо — я, а не ты, поэтому играть будешь по моим правилам, а не по тем, которые у вас на Петровке приняты. Усвоила?

— Я все поняла, Константин Михайлович, — пробормотала Настя и быстро выскользнула из кабинета следователя. «Не зря я его не люблю, — зло подумала она. — Вот как разошелся. Хам трамвайный!»

Надо было позвонить Карташову и договориться о встрече. Настя спустилась на второй этаж, где, как она знала, располагался кабинет ее сокурсника, ныне старшего помощника прокурора. Она позвонит оттуда, на уличные автоматы надежда слабая: они или не работают, или требуют как раз тех монет, которых у нее не окажется.

* * *

Настя никогда не составляла мнения о людях с первого взгляда. Но Борис Карташов понравился ей сразу.

Когда он открыл ей дверь, огромный, почти двухметрового роста, в джинсах, байковой рубашке в сине-белую клетку и темно-сером свитере из верблюжьей шерсти, Настя попыталась сдержать улыбку, но не справилась с собой и расхохоталась. Слезы текли из глаз, и, сотрясаясь от приступов смеха, она успела подумать, что, слава Богу, не красила сегодня ресницы, иначе все лицо было бы в потеках от туши.

— Что с вами? — испуганно спросил хозяин. Но Настя лишь махнула рукой. Расстегнув куртку, она протянула ее Карташову, и тут он сам начал судорожно всхлипывать от смеха. Настя была одета в точно такие же джинсы, в такую же сине-белую рубашку, а ее свитер из верблюжьей шерсти был чуть-чуть светлее, чем у Бориса.

— Мы с вами как из одного инкубатора, — сказал Карташов, с трудом переводя дыхание. — Вот уж не думал, что одеваюсь, как работник уголовного розыска. Проходите, пожалуйста.

Оглядывая квартиру художника, Настя недоумевала, почему Гордеев назвал его «богемным». Ничего богемного в любовнике Вики Ереминой не было — ни во внешности, ни в одежде. Короткие волосы, довольно густые, но с начинающей появляться плешью на макушке, аккуратные усы, крупный, пожалуй, несколько длинноватый нос, атлетическое сложение спортсмена. Ни малейшей небрежности ни во внешнем облике, ни в обстановке квартиры. Напротив, комната была обставлена удобной и вполне традиционной мебелью. У окна — большой письменный стол, на котором Настя увидела множество эскизов и законченных рисунков.

— Хотите кофе?

— С удовольствием, — обрадовалась Настя, которая двух часов не могла прожить без чашки кофе.

Они расположились на кухне, чистой и уютной, где господствовали бежевый и светло-коричневый цвета, и это тоже Насте понравилось. Она с удовлетворением отметила, что кофе вкусный и крепкий, а хозяин управляется с джезвой ловко и быстро и, несмотря на внушительную фигуру, двигается грациозно и легко.

— Расскажите мне о Вике, — попросила она.

— Что именно? О том, как она заболела?

— Нет, с самого начала. О том, почему она оказалась в детском доме.

В детском доме трехлетняя Вика Еремина оказалась после того, как ее мать отправили на принудительное лечение от алкоголизма. В лечебно-трудовом профилактории Еремина-старшая и скончалась спустя несколько месяцев, отравившись невесть откуда взявшимся денатуратом. Мать девочки замужем никогда не была, других родственников не обнаружилось, так что Вика осталась в доме ребенка, а потом и в детском доме насовсем. Выросла, окончила ПТУ, получила специальность «маляр-штукатур», начала работать, получила место в общежитии. В рабочее время трудилась, в нерабочее — на полную мощь пользовалась своей яркой, неординарной красотой. Так длилось довольно долго, пока примерно два с половиной года назад она не прочла в газете объявление о том, что какой-то фирме требуется девушка не старше 23 лет для работы секретарем. Вика была достаточно цинична, чтобы сообразить, почему в таком объявлении указан возраст. Она купила несколько рекламных газет, внимательно их прочитала и выбрала предложения, адресованные молодым привлекательным девушкам. Так она и оказалась сотрудником фирмы.

— Когда вы с ней познакомились?

— Давно, когда она еще была маляром. В соседней квартире делала ремонт. Сначала заходила ко мне на чашку чаю, когда делала перерыв. Потом предложила приготовить мне обед, сказала, что хорошо готовит и ей ужасно хочется приготовить обед для мужчины, а не для подруг по общежитию. Я не сопротивлялся, Вика мне нравилась, она казалась очень славной и открытой. Ну и потом, красавица была редкостная.

— Борис... — Настя помялась. — Вы не возражали против той работы, которую Вика выполняла на фирме?

— Я не был в восторге, но не из ревности, а по соображениям чисто человеческим. Когда молодая женщина зарабатывает на жизнь проституцией не потому, что ей это безумно нравится, а потому, что она больше ничего не умеет, а денег хочет иметь много, — это печально во всех отношениях. Но высказываться вслух я не мог.

— Почему же?

— А что я мог предложить ей взамен? Фирма сразу же приобрела для нее квартиру, купила мебель. И платили ей столько, сколько я за год зарабатываю. Пока она была маляром, я делал ей подарки, баловал ее. А в последние два года все переменилось, теперь уже Вика делала мне подарки. Меня поначалу это очень смущало, потом я многое понял...

— Что именно? — насторожилась Настя.

— Детский дом. Вы постарайтесь вникнуть, представить себе, и вы тоже поймете. Все общее, все как у всех. В ее детстве не было многого из того, что есть у детей, растущих в семьях. И Вике все время хотелось как бы компенсировать это, «добрать», что ли. Она совсем не дорожила памятью о детском доме, отношения поддерживала только с Лелей Колобовой. Отношения с подругами по общежитию тоже порвала. Ей хотелось, чтобы у нее были не общие, а свои, индивидуальные подруги, свой собственный круг друзей, которых она выбрала бы сама, а не таких, которых судьба случайно свела в один класс, в одну группу или в одну комнату. Она хотела сама выбирать, что ей делать и с кем ей общаться. Конечно, этот выбор оставлял желать много лучшего, но... Свою голову ведь не приставишь. Для нее важным было только то, что она выбирает знакомых по своей воле и желанию, а то, что это порой бывали какие-то сомнительные личности, ее не волновало. То же самое с обедами и подарками: ей хотелось выбрать себе объект и заботиться о нем, ей хотелось иметь семью. Все это в полную силу обрушилось на меня, и со временем мне это стало даже нравиться.

— Она хотела выйти за вас замуж?

— Может быть. У нее хватало ума не говорить об этом. С ее образом жизни разве могла она предложить себя в качестве жены?

— А что, этот образ жизни непременно надо было сохранять?

— Я ведь говорил, Вика хотела иметь очень много денег. Поймите, она не была жадной, совсем наоборот, она не копила деньги, а тратила направо и налево. Безудержное стремление к достатку — тоже компенсация нищего детдомовского детства. Так что ей приходилось выбирать, чего же ей хочется больше — замужества или денег.

— А вы, Борис? Вы бы хотели жениться на ней?

— Ну, я уже дважды был женат, плачу алименты на дочку. Конечно, я хотел бы иметь нормальную семью, детей. Но не от Вики. Она слишком много пила, чтобы родить здорового ребенка и быть хорошей женой и матерью. Ей нравилось поиграть в жену здесь, у меня, но — два, от силы три дня в неделю, на большее ее не хватало. Или проводила время с очередным клиентом, или со своими друзьями, или просто валялась на диване и мечтала. Еще кофе?

Борис насыпал зерна в кофемолку и продолжил свой рассказ о безалаберной и непутевой Вике Ереминой.

Много лет, собственно, наверное, всю жизнь, сколько она себя помнила, ей периодически снился страшный сон. Порой часто, порой с перерывом в несколько лет, но сон этот возвращался к Вике, заставляя ее просыпаться и дрожать от страха. Она видела окровавленную руку. Человек, которого во сне не было видно, вытирает руку о белую оштукатуренную стену, оставляя на ней пять красных полос. Появляется другая рука, владельца которой тоже не видно, и чем-то рисует поперек пяти полос скрипичный ключ. Раздается мерзкое хихиканье, постепенно перерастающее в отвратительный злобный хохот, и под этот хохот Вика в ужасе просыпалась.

В конце сентября Вика пришла к Карташову и прямо с порога заявила:

— Кто-то подсмотрел мой сон и рассказывает об этом по радио.

В первый момент Борис растерялся. «Приехали, — подумал он. — Девочка допилась». Что в подобных случаях делать, он не знал. То ли объяснять ей, что такого не может быть, что это — проявление болезненной психики, то ли поддакивать и соглашаться, делать вид, что веришь. Борис выбрал третий вариант, сочетающий, как ему казалось, лечебный момент и внешнее согласие. После того как навязчивая идея не покинула девушку и через неделю, он предложил:

— Давай попробуем нарисовать твой сон. Если существует сила, которая крадет твои сны, то ее это должно испугать.

Вика, вопреки опасениям, не отказывалась, и Борис сделал несколько эскизов, пока не получилось нечто очень близкое к тому, что ей снилось. Но это не помогло. Вика все больше погружалась в свою идею, но болезненное состояние отрицала и идти к психиатру категорически отказывалась. Тогда Карташов решил сам проконсультироваться у специалиста. Врач признал, что внешние симптомы похожи на начало острого психического заболевания, что идея воздействия на человека по радио и проникновения в мысли характерна для синдрома Кандинского-Клерамбо, но с уверенностью ничего утверждать нельзя. Заочно диагнозы не ставятся. Если девушка отказывается добровольно идти к врачу, то выход только один: он, врач, может приехать к Карташову в гости под видом приятеля, когда там будет Вика, посидеть с ними пару часов, попить чаю и своими глазами взглянуть на больную, на ее поведение. Они договорились, что как только Борис вернется из поездки, такой визит непременно нужно будет организовать. Вот, собственно, и все. Вернувшись 27 октября из Орла, где Борис делал эскизы для книги, выпускаемой местным издательством, он узнал, что Вика куда-то пропала и уже третий день не появляется на работе.

— Что было дальше, вы сами знаете. Я начал обивать пороги в милиции, принялся обзванивать Викиных приятелей. Все безрезультатно.

— А вы пытались поговорить с другим врачом? Или удовлетворились мнением одного?

— Да мне и одного-то было трудно найти. У меня знакомых врачей нет, круг общения, знаете ли, не тот.

— Где же вы этого психиатра нашли?

— Через знакомого, и то случайно. Он как-то обмолвился, что у него много друзей в медицинском мире и, если у меня будут проблемы со здоровьем, он всегда рад помочь. Вот к нему я и обратился, а он уже вывел меня на того врача.

Настя услышала, как в комнате зазвонил телефон, но Борис остался сидеть, будто и не слышал.

— Вы не подойдете к телефону? — спросила она удивленно.

— У меня автосекретарь. Если нужно, я потом сам перезвоню.

Когда Настя шла к Борису Карташову, ей хотелось проверить, не является ли заболевание Ереминой выдумкой самого художника. Мировая практика, говорила она себе, знает такие случаи, когда человеку ловко внушается, что у него нелады с психикой, чтобы использовать это в своих интересах. Врач Вику в глаза не видел, практически все, что мы знаем о болезни девушки, мы знаем со слов Карташова. А если он лжет? Правда, существуют показания Ольги Колобовой, подруги по детдому, о том, что она разговаривала с Викой об ее украденном сне и та якобы не выразила удивления и ничего не отрицала. Но ведь и Колобова может лгать, сговорившись с Борисом. Зачем? Ну, мало ли зачем. Они вместе решили избавиться от Вики и соорудили эту психиатрическую балладу. Мотив? Пока неясен, но ведь версию еще не начали отрабатывать. Может, и есть такой мотив, может быть, он даже лежит на поверхности, просто его никто не искал.

Чтобы проверить эту версию, нужно было попытаться обнаружить противоречия или хотя бы несостыковки в показаниях Карташова, Лели Колобовой и врача-психиатра Масленникова. Теперь добавился еще один потенциальный свидетель — знакомый Бориса, порекомендовавший ему врача. Должен же был Борис как-то объяснить ему, зачем нужен психиатр.

Вместе с тем затеплилась надежда еще на одну версию.

— Когда вы уезжали в Орел, вы подключали автосекретарь?

— Обязательно. Я — художник на вольных хлебах, заказчики обращаются непосредственно ко мне. Если я буду пропускать телефонные звонки, то могу потерять хорошие заказы.

— Значит, вернувшись из поездки, вы прослушали все записи за десять дней?

— Да, разумеется.

— И там не было никакого сообщения от Вики?

— Нет. Я уверен, что, если бы она собиралась уезжать надолго, она обязательно предупредила бы меня. Я ведь говорил вам, она очень дорожила чувством, что о ней кто-то беспокоится, что хоть кому-то небезразлично, где она и что с ней. В ее детстве этого не было.

— Что стало с той кассетой? Вы ее стерли?

Настя была совершенно уверена, что услышит утвердительный ответ, и спрашивала только для проформы.

— В ящике лежит. Я кассеты не стираю, мало ли что может потом пригодиться.

— Например, что?

— Ну, в прошлом году был случай: мне позвонили из какого-то заштатного издательства, предложили оформить сборник анекдотов, оставили адрес и телефон. Меня дома не было, когда они звонили. Я им перезванивать не стал, иллюстрировать анекдоты — не мой профиль, к тому же в тот момент у меня было несколько заказов, так что без работы я не сидел. А вскоре мой приятель-карикатурист пожаловался на отсутствие денег, и я припомнил тот звонок. Нашел запись на кассете, дал ему координаты издательства — и все довольны.

— Значит, кассета с записью звонков, поступивших за время вашего пребывания в Орле, сохранилась?

— Да.

— Давайте послушаем, — предложила Настя.

Лицо Карташова напряглось. Или ей показалось?

— Вы мне не верите? Честное слово, там нет сообщения от Вики. Я вам клянусь.

— Прошу вас, — жестко сказала Настя. Хозяин мгновенно перестал ей нравиться, и она приготовилась к атаке. — Давайте все-таки послушаем.

Они вошли в комнату, и Борис сразу же достал из ящика стола кассету. Включив воспроизведение, он протянул Насте один из рисунков, лежащих в папке на столе.

— Вот, посмотрите. Это сон, который снился Вике.

Настя разглядывала рисунок, одновременно прислушиваясь к голосам, доносящимся из магнитофона.

«Борька, не забудь, что второго ноября у Лысакова сорокалетие. Если ты его не поздравишь, он смертельно обидится...»

«Борис Григорьевич, здравствуйте, это Князев. Свяжитесь со мной, пожалуйста, когда вернетесь. Надо внести небольшие изменения в эскиз обложки...»

«Сукин ты сын, Карташов! Где коньяк, который ты мне проиграл?..»

«Боря, не сердись. Я не права, признаю. Извини меня...»

— Кто это? — быстро спросила Настя, нажимая кнопку «стоп».

— Леля Колобова, — неохотно ответил Карташов.

— Вы с ней поссорились?

— Как вам сказать... Это старая история, иногда дающая рецидив. К Вике она отношения не имеет. Это связано с мужем Лели.

— Мне нужно знать, — настойчиво сказала Настя.

— Ну хорошо, — он вздохнул. — Когда Леля познакомилась со своим будущим мужем, я сразу сказал ей, что он ни одной юбки мимо не пропустит. Когда после свадьбы Леля стала ловить его на изменах, она очень страдала. А я, как дурак, хотя и знаю, что нельзя вмешиваться в чужую жизнь, все-таки лез к ней с советами бросить его. На мой взгляд, дрянной он мужичонка, и Лельку мне было жалко. Но она воспринимала мои слова очень болезненно, и выражалось это в том, что в ответ на предложение оставить мужа ей хотелось сказать мне что-нибудь оскорбительное. Например, что так рассуждать может только импотент или гомосексуалист, или что я просто завидую тому, что у ее мужа есть жена и семья, или еще что-нибудь такое же глупое. Все такие разговоры у нас кончались ссорами, потом мы мирились, конечно.

— И что же она вам сказала в последний раз? За что просила прощения?

— Она сказала, что ее муж хоть и бабник, но старается по возможности скрыть это от нее, и это гораздо приличнее, чем поведение Вики, которая открыто шляется напропалую и не считает нужным этого стесняться.

— И это она о близкой подруге так сказала? — изумилась Настя.

Карташов пожал плечами.

— Женщины... — неопределенно ответил он. — Кто их разберет? Давайте слушать дальше.

«Борис, это я, Олег. Мы с ребятами планируем на Новый год ехать в Вороново. Если хочешь присоединиться, дай знать до десятого ноября, там места нужно заказывать заранее...»

«Борька, я оставил у тебя в квартире спичечный

коробок, на котором записан очень нужный телефон. Если найдешь, не выбрасывай...»

«Боря, я очень по тебе скучаю. Целую тебя, милый...»

— А это кто? — Настя остановила пленку.

— Знакомая. — Карташов вызывающе посмотрел на нее, ожидая дальнейших вопросов и заранее готовясь ощетиниться.

— Но это точно не Вика?

— Это не Вика. Если вы мне не верите, я поставлю вам другие кассеты, где есть ее голос.

— Я вам верю, — неискренне сказала Настя, запуская кассету дальше.

Звонки от заказчиков, от приятелей, от родителей Бориса, от женщин... И вдруг наступила пауза.

— Что это? — Настя резко выключила магнитофон, из которого стали доноситься приветственные слова следующего абонента.

— Не знаю, — растерянно ответил Карташов. — Я и внимания не обратил, когда слушал. Знаете, как это бывает — включаешь запись, а сам в это время сумку с вещами разбираешь или ужин готовишь... Внимание то и дело переключается с того, что слышишь, на то, что делаешь.

— Кто звонил перед тем, как пошла пауза?

От напряжения у Насти начали дрожать руки. Она поняла, что нашла какую-то ниточку.

— Солодовников, мой однокурсник.

— А следующий после паузы?

Борис включил запись и прослушал речь звонившего до конца.

— Это Татьяна, моя двоюродная сестра.

— Позвоните им и спросите, когда, в какой день и, желательно, час они звонили вам. Нужно сделать это немедленно.

Художник покорно подсел к телефону, а Настя снова принялась разглядывать рисунок, на котором был запечатлен украденный сон Вики Ереминой.

— Все очень неточно, — обратился к ней Борис. —

Прошло около месяца, люди стали забывать детали. Солодовников говорит, что звонил где-то в конце недели, 21 или 22 октября, но точно помнит, что не позже, потому что в пятницу вечером, 22 октября, он уехал в Петербург. Собственно, он и звонил мне в связи с этой поездкой, хотел узнать телефон нашего общего знакомого-питерца. А сестра звонила после того, как увидела по телевизору мою первую жену: у нее брали интервью на улице как у случайной прохожей. Она вообще не помнит, в какой день это было, но говорит, что кинулась звонить сразу после передачи, хотела мне сообщить, что Катя снова в Москве.

— А для вас так важно знать, что ваша первая жена снова в Москве?

— Видите ли, у Екатерины сложный характер. Она женщина пустая и вздорная, считает меня виновником всех ее бед, не может простить мне развода и очень любит устраивать всякие мелкие пакости. В прошлый раз, например, она не пожалела времени, сутки просидела на лестнице этажом выше моей квартиры, выслеживая, когда от меня выйдет какая-нибудь женщина, а когда дождалась наконец, то подошла и столько гадостей ей наговорила про меня, что оставалось только диву даваться.

— Та женщина, с которой говорила ваша жена... Это была Вика?

— Нет, — быстро ответил Карташов. Пожалуй, слишком быстро, отметила про себя Настя.

— А кто?

— Это была не Вика, — раздельно произнес Борис, глядя ей прямо в глаза. — А кто конкретно — вас не должно касаться.

— Ваша сестра помнит название передачи, после которой она кинулась вам звонить?

— «Свободная рулежка», по четвертому каналу.

Настя задумалась. Кассету надо изъять, это очевидно. Пауза могла возникнуть по двум причинам: либо кто-то после сигнала автоответчика не захотел ничего говорить и просто молчал в трубку, либо запись стерли. В первом случае ничего нового к делу это не добавляло, а во втором давало веские основания подозревать Бориса Карташова в том, что он стер чей-то звонок, и не исключено, что это был звонок либо самой Ереминой, либо как-то связанный с ее смертью. Колобок предупреждал, что убийство Вики может быть связано с мафиозными делами, а у мафии, как известно, самые сильные адвокаты, поэтому просто забрать кассету было бы непростительной ошибкой: поди потом доказывай, что запись стерли не в милиции, чтобы скомпрометировать Карташова. Необходимо соблюсти все формальности: получить бланк и оформить выемку. Но как это сделать? Если Борис честен, в чем Настя сильно сомневалась, то можно приехать завтра прямо с утра с протоколом и понятыми. А если он замешан в убийстве и пауза на пленке как-то с этим связана? Кто знает, какую пленку и в каком виде она получит завтра? Но изымать ее все-таки надо: если запись стерли, то на пленке не будет шумового фона, который непременно остается, даже если в трубку молчат. Ответить на вопрос о природе непонятной паузы должны эксперты. Как же быть?

Она взглянула на часы: половина второго. Мелькнула сумасшедшая надежда на то, что Андрей Чернышев мог посреди дня заскочить домой покормить собаку. А вдруг?

Насте повезло. Семилетний сынишка Андрея добросовестно доложил, что папа обещал в час дня приехать, чтобы покормить Кирилла и погулять с ним. Час дня уже давно прошел, так что папа будет с минуты на минуту, потому что, если бы он решил совсем не приезжать, он бы уже позвонил и скомандовал, из каких пакетиков и баночек давать собаке обед. Настя оставила пацану телефон Карташова и попросила, чтобы папа сразу же позвонил, как только появится.

— Расскажите мне о вашем знакомом, через которого вы нашли врача, — попросила Настя.

— Я его почти не знал. Познакомились в одной компании, он разговорился со мной, сказал, что занимается коммерцией в издательском деле, хотя в свое время учился в мединституте, так что знакомых медиков у него много, и если возникнут проблемы со здоровьем, то он всегда готов помочь. Оставил мне свою визитку. Вот и все знакомство.

— Мне нужны его данные. У вас визитка сохранилась?

Пока Борис перебирал листки, вложенные в записную книжку, Настя опять глянула на рисунок с пятью кроваво-красными полосами.

— Скажите, Борис, а почему скрипичный ключ на рисунке салатного цвета?

— Так Вике снилось. Я и сам удивлялся, но она твердо настаивала, что скрипичный ключ бледно-зеленый во всех снах и никогда не бывает другим. Вот, нашел! — он протянул Насте визитную карточку Валентина Петровича Косаря с домашним и служебным телефонами.

Глава третья

Настя внимательно оглядела аудиторию. Пятнадцать слушателей Московской школы, все в форме, коротко подстриженные и гладко выбритые, казались ей на одно лицо. Вчера она провела практическое занятие в параллельной группе и не обнаружила никого, чье мышление соответствовало бы уровню «шестидесятой задачи».

Она посвятила первые десять минут краткому повторению лекционного материала, затем начертила на доске схему дорожно-транспортного происшествия.

— Записывайте: показания водителя... показания свидетелей А... Б... В... Г... Задание: объяснить причины расхождения свидетельских показаний и определить, чьи показания наиболее близки к тому, что произошло на самом деле. Время — до перерыва. После перерыва будем разбирать ответы.

Когда прозвенел звонок на перерыв, Настя вышла на лестничную клетку, где разрешалось курить. Несколько слушателей из группы подошли к ней.

— Вы на Петровке работаете? — спросил паренек крошечного роста: он был на голову ниже ее.

— На Петровке.

— А где вы учились?

— В университете.

— А в каком вы звании? — продолжал допытываться коротышка.

— Майор.

На несколько мгновений воцарилось молчание. Потом в разговор вступил другой слушатель, крупный, светловолосый, с едва заметным шрамом над бровью.

— Вы специально так одеваетесь, чтобы никто не догадался?

Вопрос поставил Настю в тупик. Она знала, что в своем повседневном виде выглядит куда моложе тридцати трех лет. И хотя сегодня на ней вместо привычных джинсов была надета строгая прямая юбка, а байковую рубашку и теплый свитер она заменила на белую шерстяную водолазку и кожаный пиджак, все равно вид у нее был как у девчонки: чистое лицо без косметики, длинные светлые волосы стянуты на затылке в хвост. Ей никогда в голову не приходило прилагать усилия к тому, чтобы выглядеть моложе своих лет, просто она одевалась так, как ей было удобно. Краситься ей лень, а делать сложную прическу из длинных волос — смешно, если все время ходишь в джинсах и кроссовках. Носить же другую, «солидную», одежду Настя категорически не хотела. Во-первых, к вечеру у нее почти всегда отекали ноги, потому что двигалась она, как правило, мало, а кофе пила много. Во-вторых, у нее были плохие сосуды, и из-за этого она все время мерзла, а в джинсах, рубашках и свитерах было тепло и удобно, и Настя ценила это превыше всего. Однако объяснять все это светловолосому слушателю· было бы по меньшей мере смешно.

— А о чем должны догадываться? — задала она встречный вопрос.

— О... О том, что... — блондин на секунду запнулся и рассмеялся. — Ну и ляпнул же я, вот идиот!

«Молодец, — с одобрением подумала Настя. — Соображает. Действительно, смешно стараться выглядеть так, чтобы всем сразу была видна твоя профессия. А при нашей работе вообще лучше быть хамелеоном: сегодня тебе тридцать пять, а завтра — двадцать семь. Если никого лучше в группе не окажется, попрошу его на стажировку. Он хотя бы умеет вовремя спохватываться и признавать свои ошибки, а это уже полдела».

Входя после перерыва в аудиторию, Настя почувствовала, как колотится у нее сердце. Каждый год, выбирая стажера, она нервничала, надеясь найти жемчужину в куче зерна и боясь ее проглядеть. Взглянув на список группы, она начала опрос. Ответы были обычными, в меру правильными, но чаще — поверхностными, не выходящими за пределы того, о чем Настя сама же напомнила слушателям в начале занятия. Складывалось впечатление, что лекцию они не слушали и учебник не прочли. «Будто каторгу отбывают, — с досадой думала Настя, слушая вялые и скучные ответы. — Прямо рабский труд какой-то. Их же никто не заставил сюда поступать, сами пришли, в конкурсе участвовали, нормы физподготовки выполняли, сдавали экзамены. А теперь вся эта учеба им словно и не нужна. И такое «пополнение» через полгода придет в Московскую милицию. Толку от них будет...»

— Мещеринов, прошу ваш ответ.

До конца занятия оставалось восемь минут. Настя решила, что лучше самокритичного блондина со шрамом ей все равно никого не найти. Надо послушать его ответ, и если он сможет связно произнести хотя бы три слова, она остановит свой выбор на нем. Не Бог весть что, конечно, но его можно будет поднатаскать и кое-чему научить.

— Скорее всего, психологические особенности тут ни при чем, — произнес Мещеринов. — Показания свидетелей расходятся потому, что они подкуплены и говорят то, что им велели.

У Насти запылали щеки. Неужели? Неужели она нашла свою жемчужину, нашла человека, который сумел подняться над заданными заранее рамками и поискал решение задачи в совершенно иной плоскости? Вот повезло! Стараясь, чтобы голос не выдал ее радостного волнения, она спросила:

— Как вы предполагаете, зачем это могло быть нужно?

— Например, чтобы запутать и затянуть следствие. Водитель мог кому-то мешать, и нужно было любыми путями ограничить свободу его передвижения. По условиям задачи потерпевший погиб, верно? Значит, подследственный наверняка находится под подпиской о невыезде. При таких разноречивых показаниях свидетелей следствие будет тянуться до второго пришествия, и это дает полную гарантию, что виновный водитель из города не выедет. А тем более из страны.

«Отлично! Ты не только решил шестидесятую задачу. У тебя свободный полет фантазии, вон какую жуткую историю с ходу наворотил. И вдобавок ты на занятии по криминалистике не забыл, что существует еще и уголовный процесс. Умница!»

— Спасибо, Мещеринов, садитесь, пожалуйста. Занятие окончено. До звонка еще две минуты, и я скажу вам на прощание несколько слов. Уровень знаний в вашей группе производит удручающее впечатление. До выпуска вам осталось шесть месяцев, из которых один уйдет на стажировку, и еще один — на диплом. Вряд ли можно что-то поправить, времени осталось совсем немного. Я не сомневаюсь, что к госэкзаменам вы подготовитесь как следует, все выучите и благополучно сдадите. Но умственная лень — страшный порок. Большинство из вас, к сожалению, этим пороком страдает. Может быть, кто-то из вас и не собирается становиться хорошим оперативником или следователем, ему нужен только диплом юриста и лейтенантские погоны. К таким слушателям мои слова не относятся. А остальные должны иметь в виду, что, если они будут лениться думать, у них ничего не выйдет и преступления раскрывать они не смогут. Всего вам доброго.

В коридоре Настя догнала Мещеринова, направлявшегося в столовую, и тронула его за локоть.

— Подождите минуту, Мещеринов. Вы уже знаете, где будете стажироваться?

— Северный округ, отделение «Тимирязевское». А что?

— Вы не хотели бы пройти стажировку в МУРе, в отделе борьбы с тяжкими насильственными преступлениями?

Мещеринов замер и, чуть прищурившись, уставился на Настю. Казалось, он напряженно размышляет, взвешивая все «за» и «против». Потом слегка кивнул.

— Хотел бы, если это возможно. Но в учебном отделе уже всех распределили.

— Я решу этот вопрос. Мне нужно только ваше согласие.

— Я согласен. А вам это зачем нужно?

Второй раз за два часа этот парень поставил Настю в сложное положение. «А ты не прост, дружок, — озадаченно подумала она. — Другой бы вне себя от радости был и не раздумывал бы ни секунды. А ты что-то высчитываешь, выгадываешь, вопросы задаешь. Пожалуй, из тебя выйдет сыщик. Хорошо, что я тебя нашла».

— У нас, как и всюду, некомплект сотрудников, — ответила она Мещеринову. — Поэтому мы рады любой помощи. Но чем толковее стажер, тем лучше, даже если он приходит всего на месяц.

— Вы считаете меня толковым? — усмехнулся слушатель. — Приятно слышать. А то вы всех нас с дерьмом смешали.

И майору милиции Анастасии Каменской стало неловко...

* * *

— Не разбудил? — послышался в телефонной трубке голос Андрея Чернышева.

Настя включила лампу и посмотрела на часы — без пяти семь. Будильник зазвонит через пять минут.

— Разбудил, садист несчастный, — проворчала она. — Пять минут драгоценного сна украл.

— Не понимаю я, как ты живешь, Настасья. Я уже час назад встал, с Кириллом погулял, зарядку на улице сделал, сейчас я бодр и свеж, а ты дрыхнешь. Ты правда, что ли, еще спала?

— Конечно, правда.

— Ну тогда извини. Ты вполне проснулась? Информацию воспринимаешь?

— Валяй.

Настя приподнялась на локте, улеглась поудобнее и поставила телефонный аппарат себе на грудь.

— Значит, первое. Передача «Свободная рулежка» по четвертому каналу шла 22 октября в 21.15, окончилась в 21.45. Второе. Мать Виктории Ереминой действительно была алкоголичкой, но Вику в дом ребенка отдали не потому, что мать направили на лечение, а потому, что она получила срок по статье сто третьей за умышленное убийство. Правда, по суду ей назначили принудительное лечение от алкоголизма. Умерла она и в самом деле от отравления денатуратом, но не в профилактории, а в колонии строгого режима.

— Почему строгого режима? Это была не первая ее судимость?

— Вторая. Первый раз она отбывала срок за кражу. Вика, кстати, родилась во время первой отсидки. В детдоме уже почти весь персонал поменялся, но одна воспитательница работает там давно. Она утверждает, что Вике не говорили правду, чтобы не травмировать. Хватит с нее и того, что мать больна алкоголизмом. Да и смерть страшная. Теперь третье, самое плохое. Готова?

— Готова.

— Валентин Петрович Косарь, обладатель широких знакомств в медицинском мире, умер.

— Когда?!

— Крепись, Настасья, похоже, мы с тобой вляпались в какое-то болото. Косарь насмерть сбит машиной. Ни очевидцев, ни информации — ничего. Тело лежало на дороге, обнаружено проезжавшим мимо водителем. Дело находится в производстве в Юго-Западном округе. Деталей пока не знаю, собираюсь сегодня к ним наведаться.

— Подожди, Андрюша, подожди, — Настя болезненно поморщилась и прижала свободную ладонь к виску. — У меня в голове полная каша, ничего не соображаю. Когда погиб Косарь?

— Двадцать пятого октября.

— Мне надо подумать. Ты двигай на Юго-Запад, а я пойду на работу, доложусь Колобку, потом съезжу к Ольшанскому. Встретимся с тобой часа в два. Годится?

— Где?

— Ты, как я понимаю, хочешь днем Кирилла покормить.

— Ну... хотелось бы, конечно.

— В половине второго подбери меня возле метро «Чеховская», поедем к тебе домой, ты покормишь пса, а потом пойдем с ним погуляем. Знаешь, мне кажется, мы с тобой как-то бестолково мечемся, толкаемся в разные двери, сами не понимая, что хотим найти. Хватит скакать, пора сесть и подумать. Ты согласен?

— Тебе виднее, это про тебя говорят, что ты компьютер, а не про меня. Я при тебе вроде мальчика на побегушках до сих пор был.

— Ты что? — испугалась Настя. — Ты обижаешься на меня? Андрей, миленький, если я что-то не так сказала...

— Да брось ты, Настасья, тебе уж и слова сказать нельзя. У тебя по утрам чувство юмора долго спит: ты уже проснулась, а оно еще нет. В час тридцать, метро «Чеховская». Привет.

Настя поставила телефон на место и вяло, еле волоча ноги, побрела в ванную. На душе у нее было слякотно. Обнаруженное несколько дней назад «кое-что» с каждым днем вырастало и крепло, и что с ним делать, она не знала.

* * *

С каждым днем Виктор Алексеевич Гордеев становился все мрачнее. Его обычно круглое лицо осунулось и посерело, движения становились медленнее, голос — суше. Все чаще, слушая собеседника, он произносил «ну да, ну да», и это означало, что он опять не слушает, что ему говорят, а думает о чем-то своем.

Проводя утреннюю оперативку, он плохо слышал сам себя, вглядываясь в который раз в лица своих подчиненных и думая: «Этот? Или этот? Или вон тот? Кто из них?»

Ему казалось, что он знает, кто из оперативников связан с преступным миром, но верить в это не хотелось. В то же время если это не он, не тот, на кого он думает, значит, кто-то другой, и от этого не легче. Гордеев ко всем относился одинаково, и кто бы ни оказался предателем — будет одинаково больно. Его раздирали противоречивые желания: с одной стороны, ему хотелось поделиться с Каменской своими подозрениями, но, с другой стороны, он считал, что втягивать ее не нужно. Конечно, Настасья умница, наблюдательная, с хорошей памятью и четким мышлением, с ней вместе легче было бы разобраться. И в то же время Виктор Алексеевич знал, как трудно будет ей, скажи он о своих подозрениях, разговаривать с этим человеком, работать с ним, обсуждать любые, даже не служебные вопросы. Кроме того, она может выдать себя и насторожить того, кто пока уверен в своей безопасности.

Во время совещания он не спрашивал Настю о ходе работы по убийству Ереминой. Она поняла правильно и, вернувшись к себе в кабинет, терпеливо ждала вызова начальника. Не прошло и десяти минут, как Гордеев позвонил ей по внутреннему телефону с одним коротким словом: «Зайди».

— Виктор Алексеевич, пусть Миша Доценко побеседует с этим человеком, — Настя протянула Гордееву листок, на котором были записаны координаты Солодовникова и вопросы, требующие как можно более точного ответа. Миша Доценко так искусно умел «работать» с памятью людей, пробуждая ассоциативные связи, что с его помощью порой человек вспоминал до малейших деталей и с точностью до минуты события, давно минувшие. Настя очень надеялась, что Мише удастся установить время, когда Солодовников звонил своему приятелю по институту Борису Карташову. Это поможет более точно очертить временной интервал, в котором раздался тот исчезнувший с кассеты звонок.

— Хорошо. Что еще?

— Еще нужно повторно допросить врача-психиатра, у которого консультировался Карташов. Это я должна сделать сама.

— Почему?

— Потому что я разговаривала с Карташовым, хорошо помню все детали беседы и, чтобы выявить противоречия в показаниях, с врачом должна разговаривать тоже я. Во всяком случае, то, что мне поведал Карташов, довольно сильно отличается от того, что записано в протоколе допроса доктора Масленникова.

— Ты так серьезно подозреваешь этого художника?

— Очень серьезно. К тому же эта версия ничем не хуже других. На проверку двух первых ушло три недели. Я согласна, те две версии были самые трудоемкие. По данным ОВИРа, никто из иностранных клиентов Ереминой в конце октября в Москве не был, за исключением того последнего голландца, но Ольшанский доверяет его алиби. Немотивированные действия в состоянии острого психоза до конца проверить все равно невозможно. Все, что было в наших силах, мы сделали. Остается ждать, что случайно выплывет какая-нибудь информация, но ждать этого можно до самой пенсии. А вот история с болезнью Ереминой кажется мне подозрительной. Виктор Алексеевич, у меня есть основания думать, что она не была больна и ее украденный сон — сказка про белого бычка.

— А мотив? Если Карташов замешан, то какой мотив?

— Не знаю. Вот и хочу попробовать узнать. Только нам трудно вдвоем с Чернышевым, поэтому дело двигается медленно.

— По-моему, оно у тебя вообще не двигается, — проворчал Колобок. — Все пробуешь, проверяешь, тыкаешься, как слепой котенок, а толку — чуть. С отделением милиции по месту жительства Ереминой контакт поддерживаешь?

— Ну... в общем... — промямлила Настя.

В отделении милиции розыском пропавшей Ереминой первоначально занимался капитан Морозов, поэтому сотрудничать с группой, расследующей убийство, поручили тоже ему. В первые дни Настя пыталась подключить его к делу, но Морозов довольно популярно объяснил ей, что, кроме этого убийства, совершенного, между прочим, неизвестно где, возможно, в другом районе города и даже в области (а он, Морозов, обязан заниматься только преступлениями, совершенными на его территории), на нем еще восемнадцать краж, два десятка угонов, грабежи, разбои и парочка нераскрытых убийств, по которым ему Петровка не помогает и он крутится сам. Даваемые Настей поручения он выполнял неохотно, спустя рукава, особо не торопился, зато очень ловко прятался от нее, и найти его было очень и очень непросто. Через три-четыре дня Настя вообще перестала его искать и тащила всю огромную работу на себе и Чернышеве.

Однако жаловаться и ябедничать Каменская не любила, поэтому на вопрос начальника промычала что-то невразумительное.

— Ясно, — коротко хмыкнул Колобок, мгновенно все поняв. — Позвоню в отделение, проведу воспитательную работу. Подключай Морозова, нечего с ним церемониться. Можно подумать, у него нагрузка больше, чем у Чернышева. Послезавтра стажер придет, возьмешь к себе в помощь. И не стесняйся использовать наших ребят. Только делай это через меня. Поняла? Обязательно через меня. Я как начальник даю поручение — и точка. При этом могу ничего никому не объяснять. А ты ведь не сможешь им не ответить, если они начнут задавать вопросы, верно?

— Верно, не смогу. Подумают, что я строю из себя невесть что.

— Ну да, ну да, — задумчиво покивал полковник, и Настя поняла, что он опять на несколько секунд выключился из разговора.

Настя поднялась из-за стола, аккуратно сложила свои записи.

— Я пойду, Виктор Алексеевич? — полувопросительно сказала она.

— Ну да, ну да, — снова повторил Гордеев и вдруг как-то странно посмотрел на Настю и очень тихо произнес: — Будь осторожна, Стасенька. Ты у меня одна осталась.

* * *

Следователь Ольшанский в противоположность Гордееву был приветлив и улыбчив, но большинство Настиных предложений встречал в штыки. И Настя догадывалась отчего. В первую неделю после возбуждения дела об убийстве Ереминой со следователем работали Миша Доценко и Володя Ларцев. Если к Доценко Константин Михайлович был равнодушен, то Ларцев числился у него в любимчиках, вполне, впрочем, заслуженно. Ольшанского с Ларцевым связывала и личная дружба, они ходили друг к другу в гости, а их жены стали добрыми приятельницами. Когда полтора года назад при родах умерли жена Ларцева и новорожденный ребенок и Володя остался с десятилетней дочкой на руках, именно Ольшанские помогли ему справиться с горем и как-то наладить жизнь.

Но смерть жены изменила не только личную жизнь Ларцева. Она сказалась и на его работе. Володя уже не мог безраздельно отдаваться служебным делам и пахать с утра до глубокой ночи, как это бывало раньше. У него прибавилось забот и головной боли, он стал успевать делать гораздо меньше, потому что в течение дня старался решить кое-какие хозяйственно-магазинные проблемы, заскочить домой проверить, все ли в порядке, вечером пораньше уйти, чтобы проконтролировать дочкины уроки и приготовить ей еду на весь следующий день. Коллеги относились к беде сочувственно и многое Ларцеву прощали, тем более что его хлопоты отразились в основном на объеме выполняемой работы, но не на ее качестве. Однако Константин Михайлович Ольшанский, принимая близко к сердцу все, что касалось его друга, болезненно воспринимал любой намек на то, что Володя иногда недорабатывает. По-человечески все это можно было понять. Но Насте неприятно было, что в этой ситуации она оказалась «стрелочником».

— Экспертиза пленки еще не готова, — сообщил Ольшанский, как только она переступила порог.

Настя забрала у Карташова не только последнюю кассету, но и две предыдущие, на которых были сообщения, исходящие несомненно от самой Вики, и попросила следователя задать эксперту вопросы о природе непонятной паузы и о том, есть ли на последней кассете запись голоса, идентичного образцам номер четыре, одиннадцать и сорок шесть, отмеченным на двух других кассетах. Если уж не верить Карташову, решила она, то не верить во всем. Стало быть, надо проверять все и опять с самого начала. Услышав, что заключение экспертов еще не готово, она огорченно вздохнула.

— Жалко. Я так надеялась. Но все равно, Константин Михайлович, надо разрабатывать Карташова.

— Согласен, — кивнул Ольшанский. — Есть предложения?

— Есть. В первую очередь надо передопросить подругу Ереминой Колобову и врача-психиатра. Потом еще раз побеседовать с родителями Карташова и вообще со всеми, кто был допрошен в первые дни. — Она чуть было не сказала: «Со всеми, кто был допрошен Ларцевым», но вовремя прикусила язык.

Следователь поморщился.

— Что ты хочешь получить из этих допросов? Ну скажи на милость, какие такие вопросы ты им всем задашь, кроме тех, которые уже были заданы?

«Вопросы-то те же самые, только, подозреваю, ответы будут другие», — мысленно ответила Настя, но снова сдержалась.

— Дело стоит на месте, — продолжал между тем следователь, — ничего нового в нем не появляется, а ты все время пытаешься изобразить видимость работы и переделываешь одно и то же по нескольку раз. Где твое хваленое мышление? Уж сколько мне про тебя рассказывали, уж так тебя превозносили, а я что-то не вижу твоих необыкновенных способностей. Обыкновенный серенький сыщик, таких тысячи. Так что давай-ка начистоту, Каменская. Я сейчас тебе обидные вещи говорил, но они основаны на том, что я вижу. А если я чего-то не вижу, то это уже твоя вина. Я ведь тебя предупреждал, чтобы ты не вздумала темнить. Признавайся, ты что-то от меня утаиваешь?

Терпение у Насти истощилось. «Нет, я не Грета

Гарбо, — подумала она. — В актрисы не гожусь. Я могу быть только самой собой, больше пяти минут притворства не выдерживаю». Она решила сказать правду.

— Константин Михайлович, протоколы первых допросов — явная халтура. Я понимаю, как неприятно вам это слышать, я знаю, что Ларцев ваш близкий друг. Поверьте мне, мы с ним знакомы не один год, я его очень уважаю и отношусь к нему с доверием и теплотой. Но в нынешней ситуации наши с вами эмоции мешают нормальной работе по делу. Давайте признаем, что Ларцев спешил, хотел сделать все побыстрее, а получилась халтура, которую надо за ним переделывать. В результате упущено время, которое можно было бы использовать более толково. Ну что теперь, рвать на себе волосы? Что случилось, то случилось. У Володи трудная жизнь, сделаем ему скидку и постараемся поправить то, что еще можно поправить. Хотя кое-что поправить уже нельзя. Прошу вас, не закрывайте глаза и не делайте вид, что все в порядке. Вы же сами видите, что протоколы допросов сделаны плохо. Вы опытный следователь, вы просто не можете этого не видеть. Хотите пример?

— Не хочу. Я опытный следователь и сам все вижу. Но я прошу тебя, Анастасия, пусть это пока останется между нами. Не обещаю, что у меня хватит мужества поговорить с Ларцевым, но если уж кто-то должен это сделать, то лучше пусть это буду я. Не жалуйся на него Гордееву, хорошо? Я должен был сам всех допросить, когда увидел эти проклятые протоколы, но я понадеялся на Володьку, черт бы его подрал. Думал, не может быть, чтобы он упустил что-то важное. Ты знаешь, сколько у меня одновременно дел в производстве? Двадцать семь. Ну куда мне еще повторные допросы проводить!

Ольшанский мгновенно будто состарился. Ослепительная улыбка потухла, в голосе слышалось отчаяние.

— Что же вы так сопротивлялись, стоило мне заговорить о повторных допросах? — негромко спросила Настя. — Вы же понимали, что я права. Репутацию Ларцева берегли?

— А ты что сделала бы на моем месте? Не берегла бы репутацию своего друга? Это только в кино работники правоохранительных органов руководствуются исключительно интересами дела. А мы все живые люди, у нас у всех свои проблемы, семьи, болезни и, между прочим, простые человеческие чувства. В том числе и любовь. Знаешь, находить проблемы значительно проще, чем их решать. Ладно, Анастасия, давай помиримся и займемся делом. Кто будет допрашивать?

— Чернышев, Морозов и я. Может быть, еще Миша Доценко.

— Морозов? Кто это?

— Из отделения «Перово», на их территории жила Еремина. Он тоже работает с нами.

— Морозов, Морозов... — задумчиво пробормотал следователь. — Где-то я слышал... Погоди, его как зовут? Случаем, не Евгений?

— Да, Евгений.

— Крепкий такой, лицо красное, нос с горбинкой?

— Да, он. Вы его знаете?

— Не то чтобы знаю, пару раз сталкивался. Намучаешься ты с ним.

— Почему?

— Пьет много и ленится. А апломба — выше крыши, дескать, мы тут все баклуши бьем, он один не разгибаясь трудится. Но это характер такой поганый. Вообще-то он весьма неглуп и дело знает хорошо, если делает его, конечно. А то ведь все увильнуть норовит.

— Справлюсь как-нибудь, Константин Михайлович, выбирать-то не из кого. Вы же сами сказали, у нас не кино, а жизнь. Где же взять двадцать толковых оперов, которые разбегутся по команде в разные стороны, а к вечеру прибегут обратно, собрав за один день всю нужную информацию, чтобы у следователя сразу сложилась полная картина? Так не бывает, сами знаете. По крохам собираем, по крупицам, медленно, в час по чайной ложке. А ведь я только этим убийством и занимаюсь, других дел у меня нет. У других-то вон по скольку дел одновременно висит. Так что даже ленивый Морозов — и то подмога. Не стращайте меня.

— Да это я так, к слову...

* * *

Выйдя из городской прокуратуры, Настя двинулась к метро. Она испытывала облегчение от того, что поговорила с Ольшанским о Ларцеве и сняла нараставшее напряжение в своих отношениях со следователем. И в то же время ей было грустно. Пожалуй, она не смогла бы сейчас сказать, кого ей жаль больше всего — Ларцева, Ольшанского или саму себя.

* * *

В мягких сумерках бара трое мужчин вели неспешную беседу. Один из них пил минеральную воду, двое других — кофе с ликером. Самому молодому из них было за сорок, самому старшему — шестьдесят три, люди солидные, держатся с достоинством. Не курят — здоровье берегут и говорят негромко.

— Как с нашим делом? — спросил средний по возрасту, в дорогом английском костюме, лысоватый дородный мужчина с благородным лицом.

— У меня есть достоверные сведения, что к делу подключается наш человек, так что не волнуйтесь, сбоев больше не будет, — ответил ему маленький пожилой человек с морщинистым лицом и острыми светлыми глазками. Разумеется, у него были имя и отчество, но его собеседники почему-то никогда ими не пользовались, предпочитая называть старика просто Арсеном.

— Я надеюсь на вас, — вступил в разговор самый молодой участник беседы, коренастый некрасивый мужчина с железными зубами в верхней челюсти. — Мне бы не хотелось терять людей, они у меня все как на подбор.

— А ты у них вместо дядьки Черномора? — усмехнулся Арсен. — Не бойся, дядя Коля, ничего с твоими молодцами не сделается, если не обнаглеют.

Мужчина с железными зубами улыбнулся. Улыбка у него была странная, вызывающая ассоциации с транспарантной губной помадой: сам столбик помады мог быть лимонно-желтым или ядовито-зеленым, а на губах она вдруг расцветала малиновым или нежно-сиреневым цветом. Казалось, дядя Коля натягивал на лицо улыбку вальяжного и уверенного в себе человека, а сквозь нее проступали недоверие и настороженность.

— И все-таки, — настойчиво встрял мужчина в английском костюме, — каково состояние нашего дела?

— Дело практически не двигается, так что перестаньте дергаться, — презрительно скривил губы Арсен. — Девчонка топчется на одном месте, шаг вперед — два назад. Пусть работает, зарплату свою отрабатывает, к истине она пока даже в первом приближении не подошла.

— А если подойдет?

— А для этого и существует наш человек около нее, чтобы проконтролировать. Как только она сунется туда, куда не надо, ее за руку придержат, а мы об этом тотчас узнаем. Прошел уже почти месяц, и ничего страшного не случилось. Надо продержаться до третьего января. Если до третьего января ничего не накопают, за что можно уцепиться, дело приостановят и сунут в сейф, а тогда уж по нему точно никто ничего делать не будет. У них нагрузка — не дай Бог. Приостановленными делами заниматься времени нет.

— От моих ребят что-нибудь потребуется? — спросил тот, кого назвали дядей Колей.

— Надо будет — скажу. А пока пусть сидят тихо. Не приведи Господь им за что-нибудь в милицию попасть. Особенно этому... как его... который быструю езду любит.

— Славик?

— Вот-вот, он самый. Скажи ему, пусть машину в гараж поставит и ездит на метро. Того и гляди, какому-нибудь гаишнику попадется, дурак безмозглый.

— Я прослежу, — кивнул дядя Коля. — Что еще?

— Больше ничего. Понадобится — сообщу, не постесняюсь.

Арсен кинул взгляд на часы и поднялся. Следом встали и его собеседники. Все трое неторопливо двинулись к выходу. Самый молодой, дядя Коля, сел в неприметные «Жигули», «английский костюм» уехал на бежевой «Волге», а пожилой худощавый Арсен, зябко поеживаясь в легком плаще, направился к остановке троллейбуса.

Глава четвертая

Что удерживает людей друг подле друга? Что заставляет их быть вместе? Непреодолимая тяга? Или просто удобство?

Выслушав от Андрея Чернышева рассказ о его беседе с Ольгой Колобовой, в девичестве Агаповой, Настя никак не могла решить, играют ли новые факты на пользу Борису Карташову или же свидетельствуют против него.

Леля Агапова была напарницей Вики Ереминой в ремонте той самой квартиры, которая находилась по соседству с квартирой Карташова. Познакомился Борис с обеими девушками одновременно, причем, цинично рассудив, что ослепительно красивая Вика наверняка прочно «занята», сразу остановил свое внимание на хорошенькой Лелечке. Та была попроще, без особых претензий и какая-то домашняя. У Бориса поначалу даже мелькнула было мысль, а не жениться ли ему на милой, хозяйственной и не обремененной родственниками детдомовской девочке. Леля не испытывала пристрастия к алкоголю, не курила и вполне могла бы родить ему здоровенького красивенького малыша. Но очень скоро банальная ситуация мезальянса по расчету стала еще более банальным любовным треугольником: в дело вмешалась напористая и уверенная в себе Вика, которой ничего не стоило затащить художника в постель чуть ли не на глазах у подруги. Борис увлекся всерьез, а тихая Лелечка покорно отошла в сторону, привычно уступив первенство более красивой Вике. Все, что Карташов рассказывал о «чашках чая» и «обедах, приготовленных для мужчины», было правдой, но не всей.

Спустя какое-то время Леля Агапова собралась замуж за Васю Колобова, и между ней, Викой и Борисом стало нарастать напряжение. Красивая и удачливая Вика с ума сходила от злости, что Лелька, много лет, еще с детдома, всегда бывшая ее «дублершей», сумела найти мужа раньше ее самой. Леля молча страдала от любви к Борису и отчетливо понимала, что замуж выходит, лишь бы выйти. Сам же Борис ругал себя за глупость и слабость, проклинал тот день, когда позволил грубым инстинктам взять верх над разумом, и собирался с силами, чтобы отговорить Лелю от этого брака любыми путями, потому что видел, что она жениха не любит, и знал, что за всем этим стоит не только отсутствие надежды на брак с ним, Борисом, но и глупое, детское желание хоть раз в жизни, ну хоть в чем-то опередить красавицу Вику. За неделю до свадьбы Леля пришла к Карташову домой и сказала:

— Боря, сделай мне свадебный подарок...

И он сделал ей, своей бывшей любовнице, такой свадебный подарок, о каком она просила: неделю — упоительную и страстную.

— Как бы я хотела, чтобы Вика узнала, — мечтательно говорила Леля, потягиваясь в постели. — Пусть бы ей было так же больно, как мне тогда, когда я вас с ней застала на этом самом диване.

— Не говори глупости, — отмахивался Борис, внутренне холодея. Мужества у него было маловато, и перспектива объяснения с необузданной, темпераментной Викой его не радовала.

И все-таки он даже тогда уговаривал Лелю одуматься и бросить Васю Колобова, пока не поздно.

— А ты на мне женишься? — однажды спросила Леля. — Если ты выгонишь Вику и женишься на мне, я пошлю Ваську ко всем чертям.

Она собиралась на работу и стояла, уже одетая, перед зеркалом, накладывая на скулы румяна.

— Даю тебе день на размышления, — она улыбнулась. — Приду с работы, и ты мне скажешь, «да» или «нет». Если «да» — будь по-твоему, через два дня свадьба не состоится. А уж если «нет» — не обессудь, но чтобы я больше слова худого о Колобове не слышала. Понял, золотко мое?

Чем ближе был конец рабочего дня, тем яснее понимал Борис, что выгнать Вику у него сил недостанет. Одно дело, когда отношения складываются сами, и совсем другое — когда их надо складывать и регулировать сознательно. Что сказать Вике? «Мне было с тобой хорошо целый год, а теперь стало плохо»? Чушь какая-то. Несколько дней назад все было в порядке, а сегодня он женится на ее подруге. «Когда ты меня соблазняла, я был не против, потому что ты хороша собой, а по прошествии года я понял, что ты — типичное не то, что с тобой семьи не построишь и детей не заведешь». Бред. И потом, Леля выходит замуж, ее жизнь устраивается, а отпусти он от себя Вику — что с ней станется с ее-то характером? Нет, что ни говори, только в книжках это бывает просто: бросил одну, сошелся с другой... В жизни все намного сложнее.

Итак, Вика осталась с Борисом, а Леля поменяла фамилию Агапова на Колобову. Карташов по-своему был привязан к взбалмошной и непостоянной Вике, относясь к ней как к глупому ребенку, за которым нужен глаз да глаз и который, когда не шалит, может подарить удивительно радостные минуты теплоты, доброты и нежности. Борис даже чувствовал себя в чем-то ответственным за подружку, постоянно опасался, что она влипнет в какую-нибудь историю, и чуть ли не до слез умилялся, слыша по телефону ее нетрезвый голос: «Боречка, родненький, ты только не волнуйся, я в порядке».

Чем хуже становились отношения между Лелей и ее мужем, тем лучше делались отношения между подругами. Вика постепенно перестала злиться, убедившись, что завидовать нечему, а Леля, в свою очередь, радовалась, что Борис, хоть и не решился жениться на ней, свой союз с Викой тоже в официальные формы не облекает. Периодически, когда Вика пускалась в очередной загул или уезжала куда-нибудь с клиентом, Борис встречался с Лелей, отнюдь не видя в этом ничего предосудительного и утешая себя тем, что оба они были обмануты: Леля — мужем, он — Викой. Так и тянулось до того самого октября, когда Вика исчезла...

* * *

— Смотри, какая картинка получается. Колобова готова бросить мужа ради Карташова, но Карташов не может отвязаться от Вики Ереминой, моральных сил не хватает. Со смертью Вики все упрощается, не находишь?

Настя поудобнее уселась на скамейку и достала сигарету. Андрей Чернышев отстегнул поводок от ошейника и, строго сказав собаке: «Далеко не уходи», повернулся к собеседнице.

— Ты думаешь, в убийстве Ереминой замешана Колобова?

— Или она, или Карташов, или оба разом. Сочинили душераздирающую историю о Викиной психической болезни, под которую хотят списать ее исчезновение. А что? Как версия вполне годится. И показания Колобовой о том, что она говорила с Викой в пятницу, 22 октября, поздно вечером, тоже могут оказаться липой. Проверить это никак нельзя, мужа Колобовой в это время дома не было. Непонятно только, где Еремина болталась целую неделю. С 23 по 30 октября ее никто не видел, а убили ее, судя по заключению эксперта, 31 октября или 1 ноября. Надо тщательнейшим образом проверить, где в течение той недели были Карташов и Колобова. Шаг за шагом, буквально по минутам.

— Месяц прошел, — с сомнением покачал головой Андрей. — Кто теперь точно вспомнит, где и когда их видели, о чем с ними разговаривали... Шансы у нас нулевые.

— Я у Колобка выклянчила Мишу Доценко, он у нас мастер по таким делам. У него и не захочешь — вспомнишь.

— По голове бьет, что ли? — расхохотался Чернышев.

— Ты зря хихикаешь. Ты Мишу в деле не видел. Он специально учился, кучу книжек прочел по проблемам памяти и мнемотехники. Он нам будет очень полезен.

— Ну, дай Бог, — согласился Андрей, — я ведь не против. А почему ты меня про Юго-Западный округ не спрашиваешь?

— А там что-то интересное? — вскинулась Настя.

— К сожалению, ничего. Обычный наезд. Таких с каждым днем становится все больше и больше. Водитель сбивает пешехода и скрывается с места происшествия. Тихий переулок, поздняя ночь, очевидцев нет. Жители близлежащих домов ничего не видели и скрипа тормозов не слышали. Следов торможения на проезжей части не обнаружено, хотя по такой мерзкой погоде их и не найдешь, даже если они есть: воды по щиколотку. На одежде погибшего Косаря найдены микрочастицы краски с автомобиля. Машина, судя по всему, дважды перекрашивалась, сначала она была голубая, потом шоколадно-коричневая, теперь — так называемый «мокрый асфальт». Вот тебе и весь сказ. По утверждению экспертов, высота удара свидетельствует о том, что автомобиль был скорее всего наш, отечественный, а не иномарка. Больше ничего не известно.

— А сам Косарь? Что он собой представляет?

— Валентин Петрович Косарь, сорока двух лет, образование высшее медицинское, но по специальности проработал всего четыре года, потом устроился редактором в издательство «Медицина». С тех пор так и работал на издательском поприще, подвизался в журнале «Здоровье», в последние годы подался в коммерческую деятельность, организовал издание популярных брошюр по лечебным травам, целительству, экстрасенсорике. Последняя должность — заместитель главного редактора журнала «Хозяюшка», рассчитанного на пенсионеров и домохозяек. Рецепты, советы, сплетни, детективные повести, подробные аннотации телевизионных программ и все в таком же духе. Женат, двое детей.

— Печально, — вздохнула Настя. — Жалко мужика. Придется нам с тобой восстанавливать цепочку, опираясь на показания Карташова и врача.

— Думаешь, это что-нибудь даст?

— Кто его знает? Но попробовать нужно. Карташов должен был как-то объяснить Косарю, зачем ему нужна консультация психиатра. А Косарь, в свою очередь, предварительно договариваясь с врачом, вполне мог сказать ему, какая у его знакомого проблема. Вдруг Карташов сказал Косарю что-нибудь, хотя бы одно слово, которое не укладывается в легенду о болезни Вики. Сегодня в пять тридцать у меня встреча с этим врачом.

Овчарка по кличке Кирилл, вдоволь насладившись прогулкой, подошла к хозяину и вежливо села у его ног, деликатно положив голову ему на колени.

— Огромный он у тебя, — с уважением сказала Настя. — Его прокормить — никаких денег, наверное, не хватит.

— Это точно, — подтвердил Андрей, почесывая пса за ухом. — Правильное питание для такой собаки стоит бешеных денег.

— Как же ты управляешься?

— С трудом. Видишь, в чем хожу? — он показал на старые джинсы, не первой свежести куртку, поношенные, хотя и тщательно начищенные ботинки. — Не пью, не курю, по ресторанам не хожу, в общепите не питаюсь, беру из дома бутерброды. Режим жесткой экономии! — Он засмеялся. — Правда, моя Ирина зарабатывает раза в два больше меня. Она меня кормит и одевает, а моя забота — машина и Кирилл.

— Тебе повезло. А что делать тому, у кого нет такой Ирины? Ведь на нашу с тобой зарплату нельзя себе позволить ни машину, ни большую собаку. Так и помрем в нищете. Ладно, пошли трудиться.

* * *

Беседа с врачом, у которого консультировался Борис Карташов по поводу Вики, практически ничего нового не принесла, за исключением того, что Настя еще раз убедилась в недобросовестности своего коллеги Володи Ларцева. Еще тогда, когда она впервые читала протокол допроса кандидата медицинских наук Масленникова, ее насторожило, что врач с такой уверенностью поставил диагноз заочно. Насколько ей было известно, врачи никогда этого не делают, особенно психиатры. Если судить по протоколу, доктор Масленников не сомневался в том, что Еремина действительно серьезно больна и нуждается в срочной госпитализации.

— Бог с вами, — замахал руками психиатр, когда Настя спросила его об этом. — Это было бы грубейшей ошибкой. Знаете, мы в таких случаях вертимся, как уж на сковородке, без конца вставляем «может быть», «в некоторых случаях», «очень похоже», «иногда бывает» и так далее, стараемся изо всех сил, только бы не сказать что-нибудь определенное. Чтобы поставить диагноз, нам нужно не менее месяца наблюдать больного, желательно в стационаре, да и тогда, случается, не можем с уверенностью что-то утверждать, а чтобы заочно — нет, увольте. Ни один порядочный врач себе этого не позволит.

— Это ваша подпись?

Настя протянула Масленникову протокол, составленный Ларцевым.

— Моя. Что-то не так?

— Вы читали протокол, прежде чем его подписывать?

— Честно признаться, нет. У меня не было оснований не доверять вашему коллеге. А в чем дело?

— Прочтите, пожалуйста, протокол и скажите, все ли в нем вас устраивает.

Масленников углубился в протокол, написанный мелким неразборчивым почерком Володи Ларцева. Дойдя до середины второй страницы, он раздраженно бросил листы на стол.

— Откуда это взялось? — зло спросил он. — Я говорил совершенно не так. Смотрите, здесь написано: «Ваша знакомая нуждается в неотложной госпитализации, так как находится на грани острого психического заболевания». Якобы я так сказал Карташову. Но ведь на самом деле я говорил Борису, что его знакомую непременно нужно отвести к врачу. Не исключено, что она может оказаться больна, и врач посмотрит, не нуждается ли она в лечении. Однако нужно быть готовым к тому, что, если врач установит у нее начало острого психического заболевания, ей будет предложена неотложная госпитализация. Вы видите разницу? Ваш коллега убрал из моих показаний все сомнения и вообще поставил все с ног на голову. А это? «Такое состояние, как у нее, называется синдромом Кандинского-Клерамбо». Откуда я могу точно знать, какое у нее состояние?! Я ее в глаза не видел! Я помню, что сказал: «Такие симптомы, о которых вы мне рассказываете, могут быть характерны для синдрома...» Нет, я решительно отказываюсь понимать, как можно было так исказить мои слова!

Масленников рассердился не на шутку. А Настя,

снова оказавшаяся в роли «стрелочника», на котором срывают негодование все кому не лень, почувствовала, что в ней закипает злость на Ларцева. Можно торопиться и сокращать изложение, но нельзя же перевирать показания!

— Давайте запишем ваши показания еще раз, — примирительно сказала она. — Я постараюсь фиксировать все дословно, а вы потом обязательно перечитайте. С чего все началось?

— В октябре ко мне обратился мой бывший однокурсник Валентин Косарь и попросил принять для консультации его знакомого Бориса Карташова. Косарь пояснил мне, что Борис обеспокоен состоянием здоровья своей подруги, у которой появились навязчивые идеи о том, что кто-то подсмотрел ее сон и воздействует на нее при помощи радио...

Настя старательно записывала показания доктора Масленникова, с тоской думая о том, что опять вытянула «пустышку». Никаких расхождений в показаниях Карташова и Масленникова ей найти не удалось. Это никоим образом не снимало подозрений с художника, но ниточка, за которую Настя хотела уцепиться, снова выскользнула из пальцев. «Ох Ларцев, Ларцев! Ну почему ты не потратил лишний час на беседу с Колобовой? Почему не обратил внимания на автосекретарь в квартире Карташова? Почему не выяснил, как Карташов нашел доктора Масленникова? Целый месяц потерян впустую. Версия об исчезновении Виктории Ереминой в связи с утратой ориентации на почве психического заболевания потребовала огромных усилий для проверки, а все потому, что ты, Ларцев, сам увлекся этой версией и протоколы составлял «под нее», отмахиваясь от ненужных, на твой взгляд, деталей, на которые у тебя просто не хватило времени. Конечно, не исключено, что именно эта версия правильна, но ведь параллельно с ней можно было проверить и другие, для выдвижения которых как раз и не хватило той информации, которой ты пренебрег. Ты живой человек, у тебя душа постоянно болит за дочку, которая сидит дома одна и постепенно может отбиться от рук, но...»

Настя закончила протокол и протянула его Масленникову.

— Прочитайте внимательно. Если хотя бы одно слово вас не устроит, сделаем исправление. После этого подпишите каждую страницу. Можно от вас позвонить?

— Пожалуйста. — Врач пододвинул к ней аппарат. — Через девятку.

Настя набрала номер Ольшанского.

— Это Каменская, добрый вечер. Есть что-нибудь для меня?

— Есть, — послышался в трубке тенорок следователя. — Экспертиза пленки пришла.

— И что в ней? — Сердце ее дало сбой и быстро заколотилось.

— Запись на кассете номер один стерта. Среди других записей на этой же кассете голоса Ереминой нет. Довольна?

— Не знаю. Мне надо подумать.

— Ну, думай, думай. Завтра меня целый день не будет, выезжаю на следственный эксперимент. Если срочно понадоблюсь, найдешь меня через милицию Северного округа, отделение «Отрадное».

...Из психиатрической больницы номер пятнадцать, где работал доктор Масленников, Настя ехала к себе домой, на Щелковское шоссе. Путь был неблизким, и за долгую дорогу она успела еще раз утвердиться в мысли, что подозрения в адрес Бориса Карташова были далеко не беспочвенными. Если кому-нибудь, кроме самого Карташова, нужно было уничтожить запись на кассете, он бы просто стер все либо украл эту несчастную кассету. Но Борис, который хранит старые пленки на всякий случай, никогда бы так не поступил. Именно в его стиле было бы стереть одну-единственную запись, именно ту, которая может изобличить его в причастности к убийству

Вики Ереминой, сохранив другие «на всякий случай». И Настя была почти уверена, что стертая запись проливала свет на исчезновение девушки.

* * *

Отдав Гордееву листок с очередным заданием для Миши Доценко, Настя заперлась у себя в кабинете. Сегодня она решила провести рабочий день не в бегах, а за письменным столом. Пора было привести мысли в порядок, а всю имеющуюся информацию — в какое-то подобие системы.

Она включила кипятильник, достала из стола банку с растворимым кофе и коробку с сахаром, пододвинула поближе пепельницу, разложила несколько листков чистой бумаги, написав на каждом одной ей понятный заголовок, и погрузилась в работу.

Время шло, пепельница наполнялась окурками, листы покрывались фразами, отдельными словами, квадратиками, кружочками и стрелками...

Когда в дверь постучали, Настя решила не открывать. Если она нужна начальнику, он позвонит ей по внутреннему телефону. А разговаривать с коллегами она побаивалась. Ей хотелось избежать ситуации, при которой надо будет смотреть в глаза и мило улыбаться, а про себя думать: «Не ты ли тот, о ком говорил Колобок?»

Но человек за дверью не уходил, продолжая настойчиво стучать. Настя подошла к двери и повернула в замке ключ. На пороге стоял Володя Ларцев.

— Извини, Аська, мне нужно срочно позвонить, а в нашей комнате Коротков висит на телефоне.

Глаза у Ларцева ввалились, он заметно похудел за последний год, лицо посерело. Когда он набирал номер, Настя заметила, что у него дрожат руки.

— Надя? Где ты была?.. У тебя сегодня пять уроков, ты должна была прийти ровно в половине второго... Ах, так, ну ладно... Ты пообедала?.. Почему?.. Только что зашла?.. Какие отметки?.. Молодец... Умница... Почему двойка по географии?.. Контурные карты не принесла?.. Ладно, доченька, переживем, я постараюсь купить, обещаю... К какой подружке?.. Какая Юля? Из твоего класса?.. Из соседнего дома? А как ты с ней познакомилась?.. Во дворе? Когда?.. Надюша, а может, лучше пусть она к нам придет, а? Поиграйте у нас... Ах, на компьютере играть... Тогда конечно. У Юли есть телефон?.. Не знаешь?.. А как ее фамилия?.. Тоже не знаешь... Но хотя бы адрес, номер квартиры... Тоже нет? Ладно, давай так договоримся. Ты сейчас пообедай, а я тебе через полчаса еще позвоню, тогда и решим насчет Юли. И не забудь, на окне кастрюля с компотом стоит. Пока!

Ларцев положил трубку и виновато взглянул на Настю.

— Можно еще позвонить?

— Звони. Ты просто цербер, Володька. Почему девочка не может пойти к подружке поиграть на компьютере?

— Потому что я должен точно знать, куда и зачем она уходит и как будет возвращаться назад. В пять часов уже темно. Алло! Екатерина Алексеевна? День добрый, это отец Нади Ларцевой. Извините за беспокойство, вы не знаете случайно в вашем доме семью, где есть девочка Юля примерно одиннадцати лет? Образцовы? А кто они такие?.. Может быть, вы знаете их телефон и номер квартиры?.. Спасибо, спасибо огромное, Екатерина Алексеевна. Еще вопрос: там днем есть кто-нибудь из взрослых?.. Бабушка? А имя?.. Еще раз огромное вам спасибо. Вы мой ангел-хранитель, что бы я без вас делал! Всего вам доброго!

— Ну ты даешь, — восхитилась Настя. — Твои бы розыскные способности — да на пользу обществу.

И тут же осеклась. Она вовсе не собиралась обсуждать с Ларцевым качество его работы, особенно за последний месяц. Она дала слово Ольшанскому не выяснять отношений с Володей. Кроме того, такое выяснение непременно выведет их на обсуждение деталей расследования убийства Ереминой, а это ей запретил делать Гордеев. Но Ларцев, казалось, даже не заметил ее опрометчивых слов.

— Когда у тебя будет дочка одиннадцати лет, ты меня поймешь. Я каждый божий день вдалбливаю ей в голову прописные истины насчет незнакомых дяденек и тетенек, и все-таки если она приходит из школы хотя бы на десять минут позже — начинаю умирать от страха. Постоянно талдычу: не перебегай улицу перед машиной, переходи дорогу только там, где есть светофор, сначала посмотри налево, потом направо, автобус обходи сзади, трамвай — спереди. А сам целый день трясусь как осиновый лист, представляю ее под колесами... Ох, Аська, — его голос дрогнул, глаза предательски заблестели, — не дай тебе Бог такую муку каждый день. Хватит с меня жены и малыша, еще одного горя я не перенесу... Можно, я позвоню?

— Ну что ты все спрашиваешь? Можно, конечно.

Познакомившись по телефону с бабушкой девочки Юли, у которой есть компьютер, и взяв с нее клятвенное заверение, что Надюша Ларцева либо будет отправлена домой до наступления темноты, либо ее проводит до квартиры кто-нибудь из взрослых, Володя позвонил дочке и дал ей свое отцовское соизволение на визит к подружке. Настя смотрела на него и думала, что надо быть совсем бессердечным, чтобы упрекать его в плохой работе. Нет, не повернется у Ольшанского язык поговорить с Ларцевым. И у нее не повернется.

* * *

Увидев издалека знакомую рыжую шевелюру, Настя удивилась. Пожалуй, впервые за много лет Леша Чистяков пришел вовремя. Они договорились встретиться в метро, чтобы вместе идти в гости к Настиному отчиму. Леонид Петрович, выполняя обещание, собирался познакомить Настю с женщиной, которая скрашивала ему соломенное вдовство.

Сама Настя ни разу в жизни никуда не опоздала.

Она была ленива и медлительна, быструю ходьбу не любила, а о том, чтобы бежать вдогонку за автобусом, и помыслить не могла. Здоровье у нее было не очень крепкое, и порой в духоте и давке ей становилось так худо, что приходилось выходить из автобуса или вагона метро, не доезжая до нужной остановки, и отсиживаться на скамейке, поднося к лицу ампулу с нашатырем, которую она всегда носила в сумке. Учитывая свои слабости, Настя планировала маршруты передвижения с большим запасом времени и обычно приходила раньше намеченного срока. А вот о ее друге Леше Чистякове сказать этого было нельзя. Талантливый математик, ставший в тридцать лет доктором наук, он был по-профессорски рассеян и забывчив, чем порой доводил Настю до исступления, путая вторник со вторым числом, а Бибирево с Бирюлевым.

— Ты меня сразил наповал, — сказала Настя, целуя его в щеку. — Почему ты не опоздал, как водится?

— Несчастный случай. Больше не повторится.

Чистяков шутливо подергал ее за ухо и, взяв под руку, быстро повел к эскалатору.

— Что-то ты грустная, старушка. Случилось что-нибудь? — спросил он, когда они шли темными задворками от метро к дому, где жили Настины родители.

— Напрягаюсь, — коротко ответила Настя.

— Из-за чего? Из-за этой женщины?

— Угу.

— Ты же сама просила вас познакомить.

— Оно конечно, но все-таки... Нервничаю, даже не знаю, отчего. Вдруг она мне понравится?

— И что в этом плохого?

— А как же мама? Мне тогда придется как-то выравнивать свое отношение между ней и этой дамой.

— Ну ты загнула, Аська. А если она тебе не понравится, тебе придется пересматривать свое отношение к Лене, так, что ли?

— Именно. И вообще, ситуация какая-то... Двусмысленная. Может, зря я это затеяла?

— Раз затеяла, значит, не зря. Ты же у меня умница, ничего зря не делаешь. Перестань дергаться.

— Не утешай меня, Лешик. У меня внутри все дрожит. Давай остановимся, я покурю.

— Слушай, ты повзрослеешь когда-нибудь или нет? Ведешь себя, как маленькая девочка: плохая — хорошая, нравится — не нравится.

Они остановились у подъезда родительского дома. Настя уселась на скамейку и вытащила из сумки сигареты. Сделав глубокую затяжку, она взяла Лешину руку и прижала к своей щеке.

— Лешик, я дура, да? Ну, вразуми меня, скажи что-нибудь умное, чтобы я успокоилась. Мне так стыдно, словно я маму предаю.

Леша сел рядом с ней, ласково обнял за плечи.

— Ты действительно еще ребенок, Аська. Тебе тридцать три года, а ты так и не представляешь себе, что такое семья и супружеская жизнь.

— А ты представляешь? Тоже мне, специалист по брачно-семейным делам. Ты же заплесневелый холостяк.

— Я — другое дело. Я до сих пор живу с родителями и наблюдаю их отношения каждый день. А ты уже давно живешь одна и забыла, что это такое — ежедневно на протяжении многих лет делить с кем-то жилье и бытовые проблемы. И, между прочим, постель. Так что перестань маяться заранее. Докуривай быстрее, и пойдем.

— Лешик, знаешь, о чем я подумала?

— Если бы ты тогда аборт не сделала, нашему ребенку было бы сейчас уже тринадцать лет.

— Как ты догадался?

— А я сам об этом сейчас подумал. И потом, Асенька, мы с тобой знакомы почти двадцать лет. Я научился твои мысли читать.

— Да? Тогда читай дальше.

— Ты подумала, что если бы ты оставила ребенка

и вышла бы за меня замуж, то сейчас ты не мучилась бы вопросом о том, насколько этично тебе знакомиться и сидеть за одним столом с любовницей отчима при том, что он все-таки остается мужем твоей матери. Тебе было бы просто не до этого. А может быть, и отношение к проблеме было бы иным. Правильно?

— Леша, хочешь, правду скажу?

— Говори свою правду, и пойдем, я окоченел здесь дожидаться, пока ты перестанешь нервничать.

Он встал со скамейки и потянул Настю за руку. Та медленно поднялась.

— Ну, где обещанная правда? — спросил он с улыбкой.

— Я очень тебя люблю. Но иногда ты меня пугаешь.

— Врешь ты все, — тихо ответил Леша и осторожно погладил ее по щеке. — Если бы ты меня любила, то не держала бы на холодной улице, когда нас ждут знаменитые папины цыплята. А человек, способный тебя напугать, еще на свет не родился.

* * *

Настя прислушалась к ровному дыханию Леши. «Кажется, заснул, — подумала она. — Ну почему природа так неравномерно распределяет свои милости? Одни досчитают до десяти и тут же засыпают. А другие, вроде меня, без снотворного могут пролежать до рассвета с открытыми глазами».

Она встала с постели, накинула теплый махровый халат и на цыпочках вышла на кухню. В квартире было холодно, несмотря на то, что отопление работало вовсю, потому что щели в оконных рамах, а также между балконной дверью и косяком были огромными. Приводить их в порядок было некому, а затыкать ватой или поролоном Настя, по обыкновению, ленилась. Она зажгла на плите все четыре конфорки, и через несколько минут кухня наполнилась удушливым теплом.

Настя перебирала в памяти события прошедшего

вечера. Леша прав, не надо смешивать отношения отцов и детей с отношениями родителей с другими людьми. Напряжение, сковавшее Настю перед дверью родительской квартиры, постепенно прошло, подруга Леонида Петровича оказалась симпатичной и славной женщиной, совсем не похожей на мать, Надежду Ростиславовну. Лешка изо всех сил старался быть остроумным и галантным, и это ему вполне удалось. Во всяком случае, новую знакомую он совершенно очаровал. Отчим, казалось, был всем доволен, кормил их восхитительными цыплятами табака, никаких вольностей и панибратства по отношению к своей гостье не допускал, и под конец Настю «отпустило». Но неясное чувство вины перед матерью продолжало давать о себе знать и сейчас.

Она нерешительно сняла телефонную трубку и набрала длинный код и номер телефона в далекой Швеции, где было еще не так поздно, как в Москве.

— Настя? Что случилось? — встревоженно спросила Надежда Ростиславовна.

— Ничего не случилось. Просто ты давно не звонила.

— У тебя все в порядке? — продолжала настойчиво спрашивать мать: уж очень необычным было то, что дочь сама позвонила ей, да еще в такой час.

— У меня все хорошо, мама, не волнуйся. Я в полном порядке.

— А отец?

— Он тоже. Мы с Лешкой сегодня были у него. Он кормил нас потрясающими цыплятами.

— Ты меня не обманываешь? У вас точно все в порядке?

— Точно. Неужели должно непременно что-то случиться, чтобы мы друг другу позвонили? Просто я соскучилась.

— Я тоже скучаю по тебе, доченька. Как у тебя на работе?

— Как всегда. Двенадцатого декабря лечу в Рим с делегацией наших милиционеров.

— Да что ты! — радостно воскликнула мать. — Как здорово! Поздравляю. Когда, ты говоришь, улетаешь?

— Двенадцатого. Девятнадцатого возвращаюсь.

— Что же ты раньше не сказала? — В голосе Надежды Ростиславовны послышалось огорчение. — Вряд ли я успею сделать визу, но я попробую. С четырнадцатого по семнадцатое во Франции будет симпозиум лингвистов, мое выступление запланировано на пятнадцатое, и если я успею обернуться с визой, то встречу тебя в Риме. Где тебя искать?

— Не знаю. А тебя?

— Тоже не знаю, — рассмеялась мать. — Сделаем так. Если у меня все получится, встречаемся шестнадцатого в семь вечера на площади у собора Святого Петра. Площадь круглая, большая, хорошо просматривается. Не потеряешься. Договорились?

Настя несколько оторопела от материнского напора.

— Но, мама, я же не одна еду, а с группой сотрудников. Откуда мне знать, какой у нас будет распорядок. Вдруг именно шестнадцатого я не смогу оторваться?

— Глупости, — решительно перебила ее мать. — Я буду ждать тебя до восьми часов. Если не придешь, встречаемся на следующий день, и так далее. Я постараюсь все организовать и буду ждать тебя, доченька, ты слышишь?

— Хорошо, мама, — Настя судорожно сглотнула, стараясь скрыть от матери, что по щекам ее градом текут слезы. — Я обязательно приду.

— В каком состоянии у тебя язык? — строго спросила мать. — Ты хоть что-то еще помнишь или уже все напрочь забыла?

— Не волнуйся, там можно вполне обойтись английским.

— Нет, детка, так не годится. Дай мне слово, что подтянешь итальянский. В детстве ты прекрасно знала язык.

— Мама, мое детство давно кончилось. Я работаю с утра до вечера и не уверена, что найду время для занятий. Не сердись, пожалуйста.

— Я и не сержусь, — Настя была уверена, что мать улыбается, произнося эти слова. — Я горжусь тобой, Настюша. И не смей плакать. Думаешь, я не слышу, как ты носом хлюпаешь? Иди спать и не разоряй свой скудный бюджет глупыми переживаниями. Запомни, каждый вечер в семь часов, у собора Святого Петра. Отца поцелуй, Лешу тоже.

Настя медленно опустила трубку на рычаг и только тут заметила Лешу, неподвижно стоящего на пороге кухни.

— Ну? Успокоилась? — с усмешкой спросил он. — Убедилась, что мать тебя по-прежнему любит?

— Я тебя разбудила? — виновато пробормотала она. — Извини.

— Господи, какой ты, в сущности, еще ребенок, — вздохнул Чистяков.

Они просидели на теплой кухне еще полчаса, пока Настя окончательно не успокоилась.

Глава пятая

Сидя на утреннем совещании у Гордеева, Настя исподволь разглядывала своих товарищей по работе, снова и снова возвращаясь к мысли: который из них? Одних она знала лучше, других — хуже, но ни в ком не подозревала обманщика и предателя.

Миша Доценко. Самый молодой из гордеевских сыщиков, высокий, черноглазый. Иногда бывает умопомрачительно наивен и трогателен, а иногда поражает трезвостью ума и профессиональной хваткой. Всегда элегантно одет, с иголочки, начищен, наглажен. Наверное, на одежду уходит вся его зарплата. Но разве это порок — хорошо одеваться? На чем можно Мишу зацепить? На деньгах? Да, наверное. Или на женщине. Хотя он холостяк, так что шантажировать его нечем, разве что ее, если она замужем.

Юра Коротков. Живет с женой, сыном и парализованной после инсульта тещей в крохотной двухкомнатной квартирке. Много лет стоял в очереди на жилье, да так и не достоялся. Теперь государственное строительство свернуто, а на то, чтобы купить квартиру, милицейской зарплаты не хватит никогда. Настя очень дружна с ним, всегда в курсе его амурных дел, маленьких побед и маленьких трагедий. Коротков плачется ей в жилетку, а она его утешает и дает мудрые советы, которые в основном сводятся к тому, чтобы, не дай Бог, не причинить вреда семье. Последние полтора года у Юры стабильный роман с женщиной, которая проходила свидетельницей по делу об убийстве. Влюбчивый, быстро загорающийся и мгновенно остывающий, он побил собственный рекорд постоянства в этом романе. У его возлюбленной росли двое сыновей, и Юра твердо решил дождаться, пока дети вырастут, и жениться на ней. Нужны ли ему деньги? Нужны, и много. Значит ли это, что он пойдет на предательство?

Коля Селуянов, один из самых опытных сотрудников в их отделе, шутник, балагур, любитель розыгрышей, подчас грубоватых. Но моментально может перестроиться, стать серьезным, кинуться на помощь, чего бы ему это ни стоило. Коля разведен, жена не выдержала его несносного характера в сочетании с ненормированным рабочим днем, забрала детей и уехала с новым мужем в Воронеж. Настя знала, что иногда, нахально обманывая начальство и делая вид, что работает, Коля летал в Воронеж, чтобы провести с детьми несколько часов и в тот же вечер вернуться обратно. После каждой такой поездки он напивался в доску и два-три дня ходил смурной и подавленный. Он? А вдруг эти его отлучки связаны с выполнением чьих-то заданий, а вовсе не с желанием навестить детей?

Игорь Лесников, признанный красавец, по которому сохнут все молодые женщины Петровки, 38. В отличие от Селуянова, смешливого и распахнутого навстречу любому, Игорь редко улыбается, замкнут и всегда очень серьезен, даже нелюдим. Настя совсем ничего не знала о его семейной жизни, кроме того, что женат он во второй раз и недавно стал отцом. Не он ли — темная лошадка? Его можно было бы взять на честолюбии, на продвижении по служебной лестнице...

Ее невеселые размышления были прерваны начальником.

— Каменская, я к тебе обращаюсь. Проснись.

— Слушаю вас, Виктор Алексеевич, — вздрогнула Настя.

— Подключай к работе стажера Мещеринова, будешь его наставником. С сегодняшнего дня он поступает в твое распоряжение.

Из противоположного угла комнаты Насте улыбался плечистый светловолосый слушатель Московской школы.

После совещания Настя привела Мещеринова в свой кабинет.

— Занимайте свободный стол, Олег, это будет ваше место на ближайший месяц. Меня можете называть просто Настей.

— А как вы будете меня учить? Как в школе?

Настя неопределенно пожала плечами.

— Я не очень хорошо представляю себе, как учат в вашей школе. Не исключено, что вам не понравится мой метод. Тогда попроситесь к кому-нибудь другому. Для начала проверим, умеете ли вы мыслить в двоичной системе.

— Это как? — нахмурился стажер.

— Я задумываю слово. Ну, например, фамилию всемирно известного киноактера и режиссера. Ваша задача — отгадать, кто это. Вы имеете право задавать мне любые вопросы, но с одним ограничением: вопросы должны быть сформулированы в виде альтернативы, охватывающей все возможные варианты, чтобы я не могла вам ответить «ни то ни другое». Например, вы можете начать с вопроса: «Это мужчина или женщина?» Третьего варианта быть не может. Идея ясна?

— Вроде бы, — неуверенно кивнул Олег.

— Тогда начинайте.

— Это мужчина или женщина?

— Мужчина.

— Его фамилия начинается на гласный или на согласный?

— Хорошо, — похвалила Настя. — На согласный.

Но похвала оказалась преждевременной. Над третьим вопросом Мещеринов задумался надолго. Настя не подгоняла его, молча разбирая за своим столом многочисленные записи и заметки.

— Я не знаю, что дальше, — сказал он наконец.

— Думайте, — не поднимая головы, ответила Настя.

— Но я не понимаю, зачем это нужно. Глупость какая-то. Я думал, вы мне про оперативные комбинации будете рассказывать или поручите что-нибудь...

— Поручу. Может быть. Но сначала мне надо убедиться, что вы умеете соображать. Не обязательно это делать быстро, я и сама медленно думаю. Усвойте первый урок: когда вы на работе, вы не можете выбирать задачи, которые вам нравятся, и отказываться от решения тех, которые вам не по вкусу. Вы должны быть готовы решать любую логическую задачу, которая возникнет в процессе раскрытия дела. Никто другой за вас этого не сделает. А если вы думаете, что работа сыщика — это только засады и задержания, то мне придется вас разочаровать. Все это бывает уже потом, ближе к концу. А когда перед вами труп человека, неизвестно кем и неизвестно почему убитого, вам ничего и не остается, кроме как напряженно думать, кто и почему мог его убить и как это выяснить и проверить. Так что будьте любезны, придумывайте вопросы до тех пор, пока не решите задачу, тренируйте мышление, а заодно терпение и упорство.

Стажер, нахмурившись, отвернулся к окну. В кабинет заглянул Миша Доценко с дымящейся кружкой в руках.

— Анастасия Павловна, можно я у вас тихонько посижу? К Лесникову человек пришел, им надо наедине побеседовать, а я только-только чай вскипятил...

— Заходите, Мишенька.

Миша был единственным сыщиком отдела, к которому Настя обращалась на «вы». Это не было признаком особого уважения к старшему лейтенанту Доценко. Просто сам Михаил боготворил Настю, считал ее невероятно умной и называл не иначе как по имени-отчеству. Коля Селуянов даже поговаривал в шутку, что юный симпатяга старлей тайно влюблен в суровую, хладнокровную Каменскую. Конечно же, это было не так, но тем не менее в ответ на «Анастасию Павловну» ей ничего не оставалось, кроме как говорить Мише «вы», дабы соблюсти равновесие и не впадать в менторский тон.

Она быстрым движением убрала со стола записи, памятуя о наставлениях Гордеева и его категорическом требовании ни с кем из сотрудников отдела не обсуждать ход раскрытия убийства Ереминой. Она мирно болтала со своим коллегой о всяких пустяках, жаловалась на то, что старые сапоги протекают, а новые при таком количестве воды и грязи под ногами быстро приобретут нетоварный вид, сетовала на то, что прошли времена, когда в магазинах продавались разноцветные резиновые сапожки, которые сейчас очень бы пригодились, короче, «забивала эфир», чтобы не дать Доценко возможности заговорить о служебных делах.

Через какое-то время Миша ушел, а стажер все сидел молча, так и не придумав третий вопрос. Наконец он отвернулся от окна и произнес:

— Этот актер родился в Западном полушарии или в Восточном?

«Слава Богу, сдвинулся с места, — с облегчением подумала Настя, которая уже начала было сомневаться в правильности своего выбора, — теперь дело пойдет быстрее».

Дело и вправду пошло легче, и уже через полтора часа мучительных усилий Олег Мещеринов добрался до Чарльза Спенсера Чаплина.

— Переходим на второй уровень сложности. Возьмите бумагу и ручку и записывайте...

Настя продиктовала ему описание довольно обычной ситуации обнаружения трупа в общественном месте.

— Используя двоичный принцип, составьте мне полный перечень версий. Начать можно с альтернативы «убийца с потерпевшим знаком или не знаком». Версия «не знаком» распадается на следующие альтернативы: «убийца случайный или заказной», ну и так далее. Понятно? В итоге у вас должна получиться схема, где каждый квадратик, кроме самых последних, делится еще на два. Это вам задание на дом. А сейчас поедем искать и опрашивать вот этих людей.

Настя сунула в сумку длинный список друзей и знакомых Бориса Карташова с указанием их адресов и мест работы. Многие фамилии были помечены крестиком, это означало, что с ними уже побеседовали. Но все равно оставалось еще немало...

* * *

Василий Колобов, невысокий, субтильный, со смазливой физиономией и хитрыми глазками, отвечал на вопросы неохотно.

— Какие отношения были у вашей жены Ольги с Викторией Ереминой и ее другом Борисом Карташовым?

— Какие, какие... — пробурчал он. — Нормальные. С Викой они иногда цапались, а с Борькой вроде нет.

— Из-за чего ссорились Ольга и Вика?

— Да кто ж их разберет? Бабы...

— Ольга вам рассказывала о том, что Вика заболела?

— Говорила.

— Припомните, что именно она говорила, как можно точнее.

— Что говорила? Так уж времени сколько прошло, точно я не вспомню. Вроде крыша у нее поехала, что-то насчет снов... Нет, не помню.

— Постарайтесь вспомнить, когда вы в последний раз видели Еремину или разговаривали с ней.

— Не помню. Давно. Еще тепло было, наверное, в сентябре или в начале октября.

— А как вы запомнили, что было тепло?

— На ней шикарный костюм был. Она пришла к Лельке, а я как раз уходить собрался, в прихожей и столкнулись. Вика была без плаща, в одном костюме, значит, тепло было.

— Может быть, ее привезли на машине, потому она была без плаща?

— Может быть, — Колобов неопределенно хмыкнул. — С этой шлюхой все может быть.

— Вы назвали Еремину шлюхой. Вы не одобряли ее поведение?

— Да мне-то какое дело? Лишь бы не мешала.

— А Еремина вам мешала?

— С чего вы взяли?

— И все-таки, как вы лично относились к ней?

Опять неопределенное хмыканье и пожимание плечами. Нет, Василий Колобов явно не был тем свидетелем, о каком можно только мечтать. Работал он продавцом в круглосуточном коммерческом киоске на Савеловском вокзале, сутки трудился — сутки отдыхал.

— Скажите, Вика никогда не приходила к вам на вокзал?

Вопрос этот Колобову явно не понравился. Ухмылка исчезла, он набычился и стал отвечать сквозь зубы.

— А чего ей там делать?

— Я не спрашиваю вас, что ей там было нужно, я спрашиваю, не видели ли вы когда-нибудь Викторию Еремину на Савеловском вокзале. И если видели, то когда, с кем она была, подходила ли к вашему киоску и что при этом говорила. Вопрос понятен?

— Не было ее там. Ни разу не видел.

— А вы никогда не приходили к ней на работу?

— Зачем? Чего я там забыл? Я и знать не знаю, где она работала.

И так без конца — «не знаю, не помню, не был, не видел...».

— Когда вы узнали, что Еремина исчезла?

— Лелька сказала... в конце октября, что ли. Вроде того.

— Что конкретно она вам сказала?

— Что Борька Вику разыскивает, она на работу не ходит и дома ее нет.

— В тот период ваша жена никуда не уезжала из дома? В другой город или просто к подруге на несколько дней?

— Вроде нет.

— Вроде? Вы обычно бываете в курсе, где находится Ольга?

— Обычно — нет. Меня сутками дома не бывает. Я через день работаю, так что...

— А в те дни, когда вы не работаете?

— Тоже дома не сижу. И Ольгу не проверяю. Главное — чтобы в доме было чисто и еда приготовлена. Остальное — не мое дело.

— Она же ваша жена. Неужели вам безразлично, где она бывает и что делает?

— Почему безразлично?

— Вы, по-моему, сами так сказали.

— А по-моему, я так не говорил.

— Вы сами в конце октября никуда не уезжали?

— Нет.

— Все время работали через сутки?

— Все время.

— Придется съездить на вокзал, поспрашивать у местной торговой публики об этом Колобове, — задумчиво сказала Настя. — Что-то он задергался, когда его спросили, не видел ли он Вику на вокзале. Один человек едет на Савеловский, другой — к Ольге Колобовой. Быстренько.

— Да сколько же можно! — жалобно причитала Колобова, прехорошенькая пухленькая блондинка с огромными серыми глазищами, пышным бюстом и изящными ногами. Пытаясь создать видимость тонкой талии и стройных бедер, она носила слишком узкие джинсы и слишком свободный пуловер. Даже разговаривая с представителями уголовного розыска, она не потрудилась вынуть изо рта жевательную резинку, из-за чего ее речь, и без того медленная, с тягучими гласными, казалась одновременно и детской, и жеманной.

— Вы уже в который раз меня допрашиваете.

— Я вас не допрашиваю. Мы просто побеседуем. Скажите, Ольга, почему вы бросили работу и сидите дома?

— Вася настоял. Ему домработница нужна, а не жена. А мне так даже лучше дома быть, чем стены штукатурить.

— И вам не скучно?

— Не-а, не скучно. Наоборот, хорошо. У меня раньше никогда своего дома не было, сначала детдом, интернат, потом общага, зато теперь я целый день убираюсь, полы намываю, пыль протираю, ванну надраиваю. Готовлю тоже с удовольствием.

— Для чего же так стараться, если муж работает через сутки, а в свободные дни тоже дома не сидит?

— Для себя стараюсь. Я прямо балдею от этого. Вам не понять.

— А готовите для кого? Тоже для себя?

— Тоже. Хватит с меня детдомовской баланды. И потом, Василий любит гостей приводить, и всегда без предупреждения, прямо как будто нарочно делает. Если в доме накормить нечем — скандал. Так что я постоянно нахожусь в боевой готовности.

— Бывает, что он приводит гостей, а вас нет дома?

— Часто бывает. Я же не пришпиленная к этой хате, а он заранее не говорит, когда придет и с кем.

— И как же тогда? Тоже скандал?

— Не-а. — Комочек жевательной резинки, мелькнув между мелкими неровными зубками, перекочевал с одной стороны на другую. — Ему главное — чтобы чистота была и полный холодильник, разогреть он и сам может. Когда гости в доме, я ему вообще не нужна. Я у него вроде мебели.

— И вам не обидно?

— А чего обижаться-то? Я ж не по любви замуж выходила. Ваське домохозяйка нужна, а мне — квартира, чтобы своя, со своей кухней, со своей ванной. Пока я в общежитии стройтреста жила, у меня и надежд никаких не было на собственную хату.

— Ваш муж никуда не уезжал в конце октября?

— Нет, это точно. Он ни одного дня на работе не пропустил.

— Откуда вы знаете?

— Я езжу на вокзал, проверяю.

— Что?!

Просто поразительно, насколько эта жеманная пушистая белая кошечка была откровенна. Трудно было понять, то ли это неприкрытый цинизм, демонстративно не желающий рядиться в одежды благопристойности, то ли искренность дошедшей до отчаяния женщины, которая уже не может и не хочет лгать ни самой себе, ни другим.

— Только вы ему не говорите, ладно? Он меня сразу прибьет, если узнает. Понимаете, он меня в этой квартире не прописал, так что, если он надумает разводиться, я опять в общежитие загремлю. У него в прошлом году любовь сделалась, ну прямо неземная какая-то, и я здорово испугалась, что он меня бросит и на этой девке женится. Он тогда мне все голову морочил, что в другой город за товаром едет, мол, послали его, а сам у нее торчал, а может, и ездил с ней куда-нибудь. Так вот с тех пор я его постоянно проверяю: на работе ли или опять свалил с бабой. Он мне, конечно, изменяет, не без того, но это — пусть, лишь бы не всерьез, лишь бы не выгнал. Так и живу теперь: он в восемь утра на работу, а через два часа я за ним, издали гляну — сидит в своем киоске, и домой возвращаюсь. Потом ближе к ночи еще разочек съезжу. Точно вам говорю, он за последние два месяца ни одного рабочего дня не пропустил. Даже когда его избили, и то денек всего отлежался, в свой выходной, а на другой день с битой рожей потащился торговать. Его понять можно, он же в этом киоске не хозяин, ему платят процент с того, что он наторгует. Пропустит день — меньше получит.

— А как же с той женщиной? Вы говорили, он тогда целые дни пропускал, не работал.

— Ну, у нее денег было много, она, видно, ему подбрасывала. Но вообще-то Васька жадный, за копейку удавится, потому-то я и насторожилась, когда узнала, что он на работу не ходит. Сразу поняла, что это не обычная шлюха, которых он каждый день меняет, а что-то другое. Шлюхам-то своим он и пачки сигарет не подарит.

— Еще вопрос. Как получилось, что вы уволились из стройтреста, но остались прописанной в общежитии? Вас должны были сразу же выписать, разве нет?

— Не-а, я же детдомовский лимит. Меня нельзя выписать без моего согласия, даже если я на предприятии уже не работаю.

— Хорошо, вернемся к вашему мужу. Кстати, он не рассказывал, за что его избили?

— Как же, он расскажет. А и расскажет, так соврет. Поэтому я его ни о чем и не спрашиваю, в его дела не суюсь.

— Скажите, он никогда не говорил вам, что видел Вику на Савеловском вокзале?

— Нет, не было такого.

— Он не спрашивал у вас, где она работает?

— Я как-то сама ему сказала, что секретаршей на фирме. А он ничего не уточнял. Вообще-то он ее недолюбливал.

— Почему?

— Ну, он считал, что Вика может на меня плохо повлиять.

— Это в какую же сторону?

— Насчет пьянства и вообще... Его, по-моему, ужасно раздражало, что Вика больше его зарабатывала. Он ведь мной помыкает, потому что у меня денег — ни гроша и я полностью от него зависима. Вот он и боялся, что я по Викиным стопам пойду, начну деньги зарабатывать, смогу купить себе квартиру или хотя бы снять ее. Где он еще такую дуру найдет, как я? Ни одна нормальная баба такую жизнь терпеть не будет, уж вы мне поверьте.

— А вы пытались заняться тем же, чем Вика? Или ваш муж зря боялся?

— Зря, конечно. Он глупый и всех на свой аршин мерит. Но у меня-то голова есть на плечах. Быть такой, как Вика, я бы не смогла — рожей не вышла. А для обычной проституции я уже старовата. И вообще не по мне это. Мне бы дом вести, детей растить, а больше ничего и не нужно. Васька, сучонок, детей не хочет.

— Почему?

— Зачем они ему? Лишние сложности. И потом, когда есть ребенок, меня уже так просто в общагу не выпрешь, он законы знает, вот и боится, что его власть надо мной кончится.

* * *

...Что удерживает людей друг подле друга? Что заставляет их быть вместе?..

* * *

Киоск на вокзале, в витрине — стандартный набор спиртного, сигарет, жевательной резинки и презервативов. Продавец — парень лет двадцати, чернявый, горбоносый, с виду вполне дружелюбный.

— Вы знаете Василия Колобова?

— Васю? Знаю. А что?

— Вы знаете, что примерно месяц назад, в начале ноября, его кто-то сильно избил?

— Он сам не говорил, но видно было. Лицо все в отметинах.

— И вы не знаете, за что?

— Он не говорил, а я не спрашивал. У нас это не принято. Это их дела.

— Кого «их»?

— А то вы не знаете. Васькин киоск на той стороне стоит, мой — на этой. Та сторона контролируется Бутырской группой, а моя сторона — Марьинской, из Марьиной рощи, значит. Мало ли чего там у них происходит. Мы не вмешиваемся.

— Значит, вы думаете, это была разборка?

— А что еще?

— Взгляните на эту фотографию. Вы когда-нибудь видели эту девушку?

— Не припомню. Красавица какая, бывают же такие на свете!

— Спасибо, извините за беспокойство...

Следующий киоск.

— Ваську? Знаю, конечно. Мы все тут друг друга знаем... Побитый? Помню, было такое. Как раз в начале ноября, точно. Нет, не знаю, Васька не рассказывал. Девушку не видел...

Еще один киоск, и еще один, и еще... И так до самого вечера. Никто не знает, за что был избит Василий Колобов и кто это сделал. Те, кто торговал на Бутырской стороне, уверяют, что Василий ничем не провинился и разборок с ним никто не устраивал. Впрочем, даже если они и лгали и побили Колобова действительно на почве коммерческих дел, то к убийству Вики Ереминой это вряд ли имело отношение. Девушку на фотографии тоже никто не узнал. Ещё один день прошел впустую.

«Ах, как бы сейчас пригодился Ларцев», — причитала про себя Настя. Он бы уж точно сумел «раскрутить» Колобова и вытянуть из него правду об этом избиении, о котором он почему-то никому ничего не сказал. Опытный психолог, Володя сумел бы разговорить даже сфинкса, чем порой совершенно беззастенчиво пользовались не только сотрудники отдела, но и многие следователи, с которыми ему доводилось работать. Выяснить бы до конца историю с дракой и поставить на этом точку! Настя почему-то была уверена, что избиение мужа Ольги Колобовой не имеет ничего общего с убийством, но она привыкла проверять и отрабатывать все до конца.

Она заикнулась было Гордееву о том, чтобы поручить Ларцеву поговорить с Василием, но начальник недовольно поморщился:

— Вас и так четверо, с учетом Доценко — даже пятеро. А Ларцев и без того сильно загружен. Давайте-ка сами управляйтесь.

Но все-таки почему Колобов напрягся, когда его спросили, не бывала ли Вика на вокзале? Или это только показалось тому, кто с ним разговаривал? Могло и показаться, конечно. Но Насте, не любившей бросать начатое на полпути, пришлось потратить еще день на то, чтобы прояснить ситуацию. Вместе с Евгением Морозовым и стажером Мещериновым она опросила кассиров, работников вокзала, сотрудников линейного отдела милиции, буфетчиц, врачей в медпункте, рабочих, рывших уже третий месяц котлован возле вокзала... Ничего. Никто Вику не вспомнил. Опять «пустышка».

* * *

Пожилой мужчина, которого некоторые называли просто Арсеном, положил телефонную трубку на рычаг, несколько минут поразмышлял, потом снова снял ее и набрал номер. Ему никто не ответил. Тогда он поднялся с кресла, прошел в соседнюю комнату, где тоже был телефон, и снова позвонил по тому же номеру. И снова длинные гудки были ему ответом. Арсен удовлетворенно улыбнулся, надел темно-зеленый плащ с меховой подстежкой, ботинки на толстой подошве и вышел на улицу. Пройдя два квартала, зашел в телефонную будку, позвонил еще раз и, не получив ответа, зашел в метро.

Через полчаса он сидел в уютном кафе и пил боржоми. Напротив него потягивал пиво дядя Коля.

— Надо еще поработать с тем парнем, — спокойно произнес Арсен.

— Что, первый урок впрок не пошел? — вскинул брови дядя Коля.

— Пошел, пошел, не волнуйся, — покровительственно усмехнулся Арсен. — Но надо подстраховаться. Кажется, на него скоро начнут давить. Мы должны работать на опережение, так что лучше напомнить ему, кто он и что на этой грешной земле.

— Напомним, — кивнул дядя Коля и улыбнулся своей странной улыбкой, в которой тускло сверкнули железные зубы.

* * *

Человек, которого сегодня многие знали под именем Арсен, в детстве носил самое обыкновенное имя Митя, был серьезным и вдумчивым мальчиком, хорошо учился и много читал. С раннего возраста его преследовал необъяснимый страх за целостность своей телесной сферы, он ужасно боялся боли, уколов, ушибов, поэтому не бегал по улицам, не гонял мяч с мальчишками, не играл с ними в Чапаева или в казаки-разбойники, а предпочитал сидеть дома, решать шахматные задачки и обдумывать свои маленькие мысли.

Детство его пришлось на героический период, когда все мальчики мечтали стать папанинцами, челюскинцами, Чкаловыми, Ляпидевскими и Громовыми. Не стал исключением и Митя. Но ему объяснили, что с его субтильностью, неспортивностью и плохим зрением славное будущее ему не угрожает. Переживал Митя по этому поводу совсем недолго, потому что мозг его получил новый толчок и начал ставить перед мальчиком новые вопросы. Какие люди для каких работ годятся? Грузчик должен быть сильным. Учитель должен быть терпеливым. Летчик должен не бояться высоты... Вопрос оказался настолько увлекательным, что Митя стал читать специальные книжки по психологии, которых в то время было не так уж много. Его знали в большинстве городских библиотек и всегда с уважением поглядывали на невысокого худенького очкарика, часами просиживавшего в уголке читального зала за какой-нибудь редкой книгой.

Шли годы, и к тому моменту, когда Дмитрий оказался сотрудником отдела кадров КГБ, он считал себя знатоком в области профориентации. Вдумчивое и ответственное отношение ко всему, что он делал, отразилось и на его служебной деятельности. Он всегда подолгу беседовал с людьми, поступающими на работу, и даже давал им советы, в каком подразделении они могли бы найти лучшее применение своим способностям и природным данным. Ему казалось, что он делает важное и нужное дело, помогая правильной расстановке кадров в столь серьезной организации, и тем самым хотя бы косвенно вносит свой вклад в укрепление безопасности Родины.

Однажды к нему пришел молодой сотрудник Московского управления госбезопасности, который оформлялся на работу в центральный аппарат, в управление, ведающее внешней разведкой. Дмитрий по обыкновению принялся ему объяснять особенности работы за рубежом, подчеркнул необходимость учитывать в своем поведении культуру и традиции страны пребывания, особенно в сфере бытовой психологии. Все помещения посольства прослушиваются вражеской разведкой, ищутся возможности для вербовки советских граждан, поэтому особое внимание следует уделять семейным проблемам, иными словами — не ссориться с супругой и уж тем более не бить ее, ибо, узнав о неладах в супружеской жизни, сотруднику посольства могут тут же подставить привлекательную подружку. Кандидат на новую должность слушал невнимательно и своими репликами дал понять, что все советы кадровика яйца выеденного не стоят, что он, мол, в Москве прекрасно справлялся с работой и за границей не оплошает. А как он с бабой своей разбирается, никого касаться не должно.

Дмитрий отчетливо понимал, что этот молодой человек с блестящими характеристиками, несомненно способный, прекрасно владеющий двумя языками, для работы во внешней разведке не годится. Он был хорош здесь, в Москве, в знакомой советской субкультуре столичного города, а за рубежом он провалится. Однако попытка Дмитрия изложить свои резоны начальнику того подразделения, куда оформлялся кандидат, наткнулись на откровенную грубость. Ему в ясной и недвусмысленной форме дали понять, что он клерк, «шестерка», его дело — бумажки подшивать да фотографии вклеивать, а не соваться в оперативную работу, вопрос уже решен, все согласовано, дело только за приказом. Такая реакция ошеломила инспектора отдела кадров. Обида ржавым гвоздем засела в нем.

Через несколько дней кандидата на выездную работу доставили в вытрезвитель в состоянии тяжелого опьянения, с портфелем, набитым секретными бумагами, и без удостоверения, которое так и не нашлось. Он был немедленно уволен из органов и отдан под суд. Никто так и не узнал, что назначение в управление внешней разведки сорвалось потому, что Дмитрий посидел пару вечеров над справочниками по медицине и фармакологии, а потом нашел нужных людей и заплатил им. Кадровик был очень доволен, что не состоялось назначение, которое он сам считал неправильным. Он даже не задумывался над тем, что сломал жизнь человеку, который не сделал ему ничего плохого и к которому у него не было личной неприязни. Он испытал неожиданно острое удовольствие от того, что все равно вышло так, как он хотел. Это был первый опыт манипулирования людьми, и опыт удачный. Дмитрий понял, что вовсе не обязательно обивать пороги или бить кулаком по столу, дабы доказать свою правоту. Можно действовать и иначе, выстраивая хитроумные комбинации, рассчитывая ходы, как в шахматной партии, дергая за невидимые ниточки и удовлетворенно наблюдая за тем, как события развиваются по придуманному тобой сценарию, хотя все участники этих событий искренне полагают, что действуют самостоятельно и добровольно. Жертвы значения не имеют... Пешки в чужой игре. В его игре.

* * *

Вдова Валентина Петровича Косаря, трагически погибшего двадцать пятого октября под колесами неустановленного автомобиля, была моложавой стройной женщиной с миловидным лицом и роскошной гривой темно-каштановых волос. Человека из уголовного розыска она встретила приветливо, но видно было, что она держится изо всех сил и разговор этот ей тягостен и неприятен.

— Разве это имеет отношение к гибели мужа? — с недоумением спросила она, когда ее начали расспрашивать о событиях середины октября.

— Нет, не имеет. Мы не занимаемся расследованием обстоятельств наезда на вашего мужа.

— Я так и поняла, — она горестно вздохнула. — По-моему, этими обстоятельствами вообще никто не занимается. Никому нет дела до какого-то Косаря. Вот если бы он был министром или депутатом, вы бы не так забегали.

— Я понимаю ваши чувства, но поверьте мне, вы не правы. Наездом занимается Юго-Западное окружное управление, а я работаю на Петровке, в Московском уголовном розыске, и мы пытаемся раскрыть совсем другое преступление.

— Какое отношение мог иметь к этому Валентин? Он честнейший человек, за всю жизнь копейки чужой не взял, мухи не обидел...

Женщина заплакала, но быстро взяла себя в руки.

— Ладно, спрашивайте.

— Примерно десятого — двенадцатого октября к вашему мужу обратился некто Борис Карташов с просьбой свести его с врачом-психиатром для получения консультации. Ваш муж говорил вам об этом?

— Да, я помню этот разговор. Он сразу сказал, что попробует дозвониться до Масленникова, а если не найдет его, то позвонит другому знакомому врачу, Голубеву.

— Валентин Петрович не сказал вам, что за проблема возникла у Карташова?

— Сказал. У девушки Карташова будто бы возникла идея воздействия на нее по радио. Нет, кажется, не так... Подождите... А, вот! Она решила, что кто-то крадет ее сон и рассказывает его по радио. Так будет точнее.

— Что было дальше?

— Валя тут же позвонил Масленникову, договорился с ним. Помню еще, Масленников сказал, что в ближайшие два дня будет очень занят, поэтому принять Валиного знакомого сможет только в пятницу.

— В пятницу? У вас нет поблизости календаря?

— Вот, пожалуйста.

Вдова Косаря протянула маленький календарик, который вынула из лежавшей на столе записной книжки. В календаре карандашом было обведено пятнадцатое октября, пятница.

— Вы не помните, о какой пятнице шла речь? Пятнадцатого октября или позже, двадцать второго?

— Скорее всего, пятнадцатого. Да, точно, — она заглянула в календарь. — Видите, дата обведена карандашом.

— И что это означает?

— Это Валин календарь, он им постоянно пользовался. Одним цветом обводил дни рождения и памятные даты, другим — визиты, о которых договаривался, и так далее. А простым карандашом он обводил числа, которые лично к нему отношения не имели, но о которых надо было кому-то сказать, как в случае с Карташовым. Валя, видите ли, всегда боялся кого-нибудь подвести или что-то напутать.

Женщина готова была снова расплакаться, но удержалась.

— Это записная книжка вашего мужа?

— Да.

— Можно ее взять на некоторое время? Я обязательно верну.

— Берите, если нужно.

— Еще вопрос, если позволите. Вы постоянно были в курсе дел мужа?

— Разумеется. Мы были очень дружны...

— У него было много друзей?

— Послушайте, не травите мне душу. Какое это теперь имеет значение? Не думаете же вы, что его сбил на машине кто-то из друзей? И вообще, вы сказали, что не занимаетесь делом о наезде...

— И все же, скажите, пожалуйста, были у него друзья, с которыми он делился всеми своими проблемами?

— Да он со всеми делился. Он был такой открытый, такой общительный!

— Значит, о Карташове и его заболевшей знакомой он рассказывал не только вам?

— Он говорил об этом практически всем, с кем в тот день разговаривал. Даже своей матери. Позвонил ей, чтобы справиться о самочувствии, а потом говорит: «Ты представляешь, мама, какие бывают болезни! Мне сегодня позвонил один знакомый...» Ну и так далее. На него история с девушкой Карташова произвела почему-то большое впечатление, он еще долго о ней вспоминал.

110

— Валентин Петрович больше ничего не рассказывал вам о Карташове?

— Нет.

— Вы абсолютно точно помните?

— Вы могли бы убедиться, что у меня хорошая память. Я помню все, что касается Валентина. После его смерти я перебирала в памяти последние месяцы, дни, часы, как будто это могло оживить его. Мне казалось, что стоит вспомнить все до последней мелочи — и он вернется...

* * *

Бежевая «Волга» свернула с Киевского шоссе и поехала в сторону Матвеевского. Возле Дома инвалидов и престарелых она остановилась, и из нее вышел дородный мужчина с привлекательным, благородных очертаний лицом. Мужчина уверенно вошел в вестибюль, поднялся в лифте на четвертый этаж, прошел по коридору и без стука вошел в одну из палат.

— Здравствуй, отец.

С подушки на него глянули тусклые слезящиеся глаза, в которых мелькнуло подобие улыбки. Старческие губы дрогнули.

— Сынок... Давно не был.

— Извини, отец. — Мужчина придвинул стул к кровати и сел. — Дела. Пришлось уехать на целый месяц, проводил избирательную кампанию. Ты же знаешь, через несколько дней выборы в Думу. Как ты себя чувствуешь?

— Плохо, сынок. Видишь, лежу, почти не встаю уже. Забрал бы ты меня отсюда, очень уж не хочется на казенной койке помирать.

— Заберу, отец, обязательно. Вот пройдут выборы, кончится беготня и нервотрепка — и сразу же заберу тебя домой.

— Скорей бы. Не доживу...

Старик прикрыл глаза. По морщинистой щеке сбежала слезинка и потерялась в складках кожи.

— Отец, ты помнишь семидесятый год?

— Семидесятый? Это когда с тобой...

— Да-да, — нетерпеливо перебил мужчина. — Помнишь?

— Помню. Как же не помнить такое? А что? Побеспокоили тебя?

— Нет, нет, не волнуйся. Это дело похоронено. Но все-таки... Как ты думаешь, кто еще может помнить?

— Дружок твой, с которым ты...

— Это ясно, — снова перебил сын. — А еще кто?

— Даже и не знаю. Батыров умер давно. Смеляков? Он, может, и помнит, да не знает, что к чему. Кроме меня, пожалуй, никто не знает. А ты к чему спрашиваешь-то?

— Да так, на всякий случай. Сам знаешь, если моя партия наберет нужное количество голосов и я пройду в Думу, найдутся доброжелатели, любители в грязном белье копаться.

— У тебя есть враги, сынок?

— А у кого их нет в наше-то время?

— Боюсь я за тебя, сынок. Не лез бы ты в это пекло, сожрут ведь тебя.

— Не бойся, отец, прорвемся. Ну, я пойду.

— Не бросай меня, сынок, приходи почаще, а? У меня на свете никого, кроме тебя, не осталось. Твоя мать умерла, моя жена тоже...

— Не драматизируй, отец. У тебя, кроме меня, еще дочка есть и сын. Ты сам виноват, сволочей из них вырастил, все лучшее им отдал, вот они и бросили тебя на старости лет.

— Не надо так, сынок, зачем ты... — Голос старика был еле слышен. — Я и для тебя немало сделал, ты вспомни.

— Я-то помню, — жестко ответил сын. — Потому и езжу к тебе. Ладно, отец, крепись, самое позднее через месяц заберу тебя отсюда.

— Прощай, сынок.

Глава шестая

Можно ли составить такое уравнение, в котором уместились бы, не противореча друг другу, подспудные желания Бориса Карташова и Ольги Колобовой избавиться от Вики Ереминой, стертая запись загадочного телефонного звонка на кассете автосекретаря и инцидент с Василием Колобовым, о котором он сначала никому не рассказал, а потом и вовсе стал начисто отрицать? Настя Каменская, Андрей Чернышев, Евгений Морозов, стажер Олег Мещеринов и работавший «вслепую» Михаил Доценко сделали все возможное, опросив массу людей, но так и не получили доказательств того, что художник Карташов и его любовница Колобова причастны к исчезновению Вики. Правда, доказательств их невиновности они тоже не получили. Устанавливать чье-либо алиби спустя несколько недель после события — дело ненадежное, тем более что речь идет о целой неделе. «Где же ты провела эту неделю, Вика Еремина, прежде чем тебя задушили? И почему на твоем теле оказались следы от ударов толстой веревкой? Тебя истязали, мучили? Похоже, ты и вправду была больна и попала в лапы к какому-то негодяю, который воспользовался твоим состоянием, а под конец убил тебя. Только непонятно, что же это был за телефонный звонок...»

...Настя предавалась неторопливым размышлениям, сидя в полупустом салоне для курящих в самолете, летящем из Москвы в Рим. Во время регистрации она, единственная из всей делегации, попросила дать ей место в четвертом, «курящем», салоне, и теперь радовалась тому, что поступила правильно: пассажиров здесь было немного, а от общения с коллегами она была избавлена и могла использовать три с половиной полетных часа для того, чтобы подумать.

Итак, Василий Колобов. При повторной беседе факт избиения отрицал категорически, ссылаясь на падение с лестницы в пьяном виде. Его жена, однако, столь же категорически утверждала, что ее мужа избили, мотивируя свою уверенность тем, что когда он в тот день пришел домой, то лег на кровать, руки к животу прижал, согнулся пополам и пробормотал: «Сволочи. Подонки». Упрямого Колобова пытались «продавить» все по очереди, включая стажера и Настю, но результата это не дало. Упал, и все тут. Только время потеряли. Однако при этом заметили, что чем упорнее отрицал Василий, что его избили, тем болезненнее реагировал на любое упоминание о подруге своей жены Вике. В конце концов решили проверить, не связан ли был женолюбивый продавец импортных сигарет с Викой амурными делами, о которых никто не знал. Может быть, в этом деле все куда проще и мотивом убийства явилась ревность? Как версия — вполне годилось. И тогда телефонный звонок мог быть сообщением от Вики о том, что она уезжает куда-нибудь с Василием. Судя по тому, что они узнали о характере девушки, она бы не постеснялась сказать об этом Борису. После убийства, совершенного, вполне вероятно, Колобовым, Борис и Ольга принимают решение не выдавать убийцу. Мало ли по каким причинам... К тому же со смертью Вики решались сами собой их личные проблемы, слабохарактерному Борису не нужно больше думать о том, как расстаться с Ереминой, а Леля получала реальный шанс на нормальную семейную жизнь с художником. Тем более оба они очень хотели иметь детей. В этом уравнении стертая запись на кассете оказывалась к месту, но при чем тут избиение Колобова? А может, ни при чем? Оно вообще не имеет к убийству никакого отношения, и не надо пытаться искусственно впрячь в одну упряжку «коня и трепетную лань»?..

— Вы раньше не бывали в Риме? — послышался справа от нее приятный голос, говоривший по-английски с сильным акцентом. Настя повернула голову к молодому человеку в белом свитере, сидящему через проход. Он с улыбкой смотрел на лежащий у нее на коленях мишленовский путеводитель по Риму, который она откопала в квартире родителей. Этот путеводитель Надежда Ростиславовна привезла из своей первой поездки в Италию много лет назад.

Настя по акценту безошибочно угадала в юноше итальянца. Она с трудом преодолела искушение ответить ему по-английски. «Нельзя же тянуть до бесконечности, — подумала она. — Все равно придется пользоваться итальянским, так уж лучше начать сейчас». В английском и французском она чувствовала себя уверенно, часто ими пользовалась, много переводила, особенно во время отпусков, чтобы заткнуть дыры в бюджете. А итальянский язык, которым она неплохо владела в детстве благодаря настойчивости матери, давно лежал, как она сама выражалась, в дальнем ящике стола без активного употребления, и Настя побаивалась говорить на нем. Но все-таки решилась.

— Вы можете говорить по-итальянски, — произнесла она, перебарывая смущение и тщательно следя за произношением. — Только не быстро.

Юноша понимающе улыбнулся и с явным удовольствием перешел на родной язык. Они проболтали минут двадцать, когда в салон с сигаретой в руках вошел руководитель делегации Якимов. Он занял сиденье прямо перед Настей, щелкнул зажигалкой, выпустил дым и повернулся к ней, слегка перегнувшись через подлокотник кресла.

— От коллектива отрываешься, Каменская? — шутливо сказал он. — Уже и поклонника себе нашла. Смотри у меня, чтоб без глупостей.

Якимов ей нравился. В нем не было диктаторских замашек и надменного превосходства человека, много бывавшего за границей, над рядовыми согражданами, которые, впервые оказавшись за рубежом, не знают обычно, как ступить и что сказать. Он охотно делился опытом, подробно отвечал на все вопросы и давал очень ценные советы, которые Настя, побывавшая в Швеции в гостях у матери, признала правильными и своевременными.

— Какой у нас будет распорядок? — спросила она у Якимова.

— С десяти до шести нами будут заниматься итальянские коллеги, после шести — развлекаем сами себя. Среда и суббота — свободные дни, можно побегать по магазинам, если захочешь. Что конкретно тебя интересует?

— Я хочу встретиться с матерью. Она обещала приехать в Рим в четверг.

— Нет проблем. После шести часов ты сама себе хозяйка, с моей стороны никаких возражений нет. На всякий случай имей в виду, двое из нашей делегации уже пронюхали, что ты знаешь языки, и собираются на правах старших по званию запрячь тебя в магазинные мероприятия. Так что, если хочешь получить свободу, ставь меня в известность — я их постараюсь придержать.

Якимов потушил сигарету и ушел в передний салон, где сидел вместе с остальными членами делегации: двумя генералами (один из министерства, другой из ГУВД Москвы), начальником одного из московских окружных управлений внутренних дел и двумя сотрудниками Главного управления уголовного розыска.

— Никогда бы не подумал, что вы русская. Я был уверен, что вы англичанка, — раздался голос юноши в белом свитере.

Настя усмехнулась про себя. Немудрено, что он принял ее за англичанку: худощавая, белесая, невзрачная, с тонкими чертами невыразительного и оттого, наверное, холодного лица, она и впрямь казалась типичной старой девой из английского классического романа. Во всяком случае, ее внешность не имела ничего общего с расхожим представлением о русской красавице.

— Вы хотите сказать, что у меня типично английская внешность?

— Нет, вы говорите по-итальянски с английским акцентом.

— Да ну? — изумилась Настя. — Никогда бы не подумала.

Она решила повнимательнее прислушаться к речи своего общительного собеседника и постараться говорить так же, как он. Слух у нее был превосходный, к иностранным языкам мать приучила ее с раннего детства, поэтому борьба с английским акцентом успешно завершилась как раз к моменту посадки. Молодой итальянец по достоинству оценил Настины лингвистические усилия и на прощанье сказал:

— Теперь вы говорите, как итальянка, которая слишком долго жила во Франции.

Они дружно расхохотались.

— У меня появился другой акцент?

— С акцентом все в порядке, но вы начали строить фразы, как француженка.

* * *

Их поселили в маленькой тихой католической гостинице, стоящей на холме, неподалеку от российского посольства. Настя обрадовалась, узнав, что от гостиницы до собора Святого Петра можно было дойти пешком за двадцать минут.

Якимов не обманул. В шесть вечера у итальянцев заканчивался рабочий день, и российская делегация оказывалась предоставленной сама себе. Ничего похожего на русское гостеприимство здесь не наблюдалось: за шесть дней — одна экскурсия по городу и один ленч с представителями министерства. Они знакомились с работой служб и подразделений полиции, задавали вопросы, смотрели учебные фильмы. Ни о каких мероприятиях после рабочего дня и речи не было.

Настю это вполне устраивало. После обеда в гостинице в семь часов она переодевалась, меняла юбку на джинсы, а туфли — на привычные любимые кроссовки и, накинув кожаную куртку, в кармане которой лежал путеводитель, отправлялась гулять. В среду, когда у них был свободный день, Настя сорвалась из гостиницы сразу после завтрака, который накрывали в половине восьмого. Она никому, кроме Якимова, не сказала о своих планах и постаралась улизнуть незаметно от других, пока никто не попросил ее помочь с покупками, так как ни английского, ни тем более итальянского не знал ни один человек, кроме нее самой и руководителя. План ее вполне удался, и Настя целый день бродила по городу, разглядывая дома и скульптуры, лавируя в беспрерывном потоке машин и не переставая удивляться тому, насколько внимательно и уважительно относятся водители к пешеходам. Декабрьское солнце было еще очень теплым, но, несмотря на семнадцать градусов выше нуля, многие женщины шли по улицам в распахнутых шубках из песца и норки.

Настю всюду преследовал запах натурального кофе, доносившийся из бесчисленных маленьких кафе и баров. Первые два часа она еще находила в себе силы сопротивляться, но потом, трезво рассудив, что давать отдых ногам все равно надо, а на те деньги, которые у нее есть, ничего особенного не купишь, поэтому нет смысла их экономить, перестала отказывать себе в удовольствии и с наслаждением присаживалась за столик прямо на улице. Под вечер, несмотря на путеводитель, она ухитрилась заблудиться, долго шла вдоль глухой каменной стены, и только снова оказавшись в знакомом месте, сообразила, что просто-напросто прогулялась вокруг Ватикана.

* * *

В четверг, шестнадцатого декабря, проходя сквозь колоннаду, окружающую собор Св. Петра, Настя сразу увидела на площади свою мать. Надежда Ростиславовна, красивая, стройная и умопомрачительно элегантная, стояла, оживленно беседуя с высоким седым мужчиной и поминутно оглядываясь по сторонам.

Мать и дочь обнялись и расцеловались.

— Знакомьтесь, — профессор Каменская тут же перешла на английский. — Моя дочь Анастасия. Мой коллега профессор Кюн.

— Дирк, — представился Кюн, пожимая руку Насте.

«Ай да маменька, — мысленно восхитилась Настя. — Привезла своего возлюбленного, не побоялась. Впрочем, кого ей бояться? Меня, что ли? Смешно. Интересно, кто кому смотрины устраивает, он — мне или я — ему? Но какая же она все-таки красавица! Почему же я-то такая невзрачная уродилась?»

У Дирка были седые волосы, мальчишеское лицо и веселые желто-зеленые глаза. Он немного говорил по-русски, Настя, хоть и с большим трудом, могла объясняться по-шведски, и разговор всех троих являл собой весьма забавную лингвистическую смесь.

В первый вечер они просидели до поздней ночи в ресторане, куда их привел симпатяга-профессор, знавший в Риме каждый закоулок. Настя не могла припомнить, когда в последний раз столько смеялась. Ей было легко с матерью и ее другом, ее опасения не оправдались, и ни малейшего напряжения она не испытывала. Преодолев барьер неловкости во время встречи с отчимом и его пассией, аналогичную ситуацию с матерью Настя перенесла без каких-либо эмоциональных затруднений. Мать счастлива, Дирк смотрит на нее с веселым обожанием, и что во всем этом плохого, если всем хорошо?

— Завтра пойдем в оперу, я взяла билеты, — сказала, прощаясь, Надежда Ростиславовна, — а в субботу — Сикстинская капелла. Не проспи, она открыта для посетителей только до двух часов дня.

— Я рад, что у Надин такая замечательная дочь, — обаятельно улыбнулся Дирк Кюн.

Настя вернулась в гостиницу довольная и умиротворенная. Переживания по поводу распада семьи, точившие ее вот уже несколько месяцев, показались ей пустыми и беспочвенными. Люди имеют полное право быть счастливыми, тем более когда при этом никто не страдает.

Если бы Настя Каменская знала, как резко изменится ее жизнь всего лишь через три дня, если бы она только догадывалась, какими неправдоподобно далекими и призрачными покажутся ей «римские каникулы» из той глубины страха и нервного напряжения, в которую она окунется всего лишь через трое суток, она бы, наверное, постаралась получше запомнить и закрепить в себе то чувство восторга и душевного спокойствия, которое снизошло на нее в Вечном городе. Но Настя, как и все счастливые люди, самонадеянно полагала, что так теперь будет всегда.

И ошибалась.

* * *

В субботу, выйдя из Сикстинской капеллы, мать предложила съездить на книжную ярмарку.

— Мне надо посмотреть кое-какие книги для себя и для друзей. Давай сходим вместе, тебе будет интересно.

На ярмарке они разделились. Мать с Дирком пошли искать нужные им издания, а Настя осталась у стендов, над которыми огромными буквами было написано «Европейский бестселлер». Она разглядывала яркие обложки, читала аннотации, отмечая про себя: «Вот это я бы почитала, если бы было время, и это тоже, и это... А такая литература — не на мой вкус». Перейдя к очередному стенду, она почувствовала, как земля ушла из-под ног. Прямо перед ней стояла книга под названием «Соната смерти», автор — Жан-Поль Бризак. На глянцевой обложке — пять кроваво-красных полос, имитирующих нотный стан, и светло-зеленый скрипичный ключ.

Оправившись от шока, Настя взяла книгу и впилась глазами в аннотацию. «Жан-Поль Бризак, — гласила она, — одна из самых загадочных фигур современной европейской литературы. Ни одному журналисту еще не удалось взять интервью у автора более чем двадцати бестселлеров. Напряженная интрига, борьба добра и зла, темные стороны человеческой натуры — все это в книгах таинственного затворника, не позволяющего себя фотографировать и общающегося с внешним миром через своего литературного агента».

Она внимательно оглядела стенд и нашла еще несколько книг Бризака на немецком, французском и итальянском языках. Заметив вдалеке мать, Настя сквозь толпу пробралась к ней.

— Мама, здесь можно купить книги?

— Конечно. Ты нашла что-то интересное? Пойдем, я тебе куплю, у тебя все равно денег не хватит, здесь все очень дорого.

— Но мне нужно много... — нерешительно сказала Настя.

— Значит, купим много, — с олимпийским спокойствием ответила мать.

Немецкого языка Настя не знала, поэтому выбрала книги Бризака на французском и итальянском.

— Зачем тебе это? — Надежда Ростиславовна презрительно скривила губы. — Неужели ты читаешь такую дребедень?

— Ну... Интересно, — уклончиво ответила Настя. — Писатель-затворник, темные стороны души... Любопытно.

Мать явно не одобряла увлечение дочери европейским бестселлером и, оплачивая отнюдь не дешевую покупку, заметила:

— Бризака можно купить в любом киоске на вокзале или в аэропорту гораздо дешевле. И выбор там больше.

Жан-Поль Бризак, по словам Надежды Ростиславовны, был популярным, но неглубоким писателем. Его книги охотно раскупались для дорожного чтения невзыскательной публикой, поэтому издавались преимущественно в мягких обложках в карманном формате. Но одно замечание матери Настю заинтересовало:

— Он идет на поводу у моды. Знаешь, в последние годы возрос интерес к России. Да и эмигрантов стало больше. У Бризака есть целый цикл триллеров на русскую тему, и представь себе, они пользуются огромным спросом среди выходцев из России. Могу тебе сказать: кем бы ни был этот затворник, но он не бедствует. Тиражи у его творений колоссальные, а пишет он быстро.

— Ты читала что-нибудь? — с надеждой спросила Настя.

— Я же не эмигрантка. Да и триллеры не люблю. Не понимаю, кто привил тебе такой дурной вкус.

— Но если ты не читала его книги, откуда ты знаешь, что они плохие? — Настя как будто даже обиделась за писателя.

— Мне достаточно отзывов тех людей, чьему вкусу я доверяю. И потом, я не утверждаю, что они плохие. Но знаю, что настоящая литература создается годами. А твой Бризак выпекает свои бессмертные произведения по пять штук в год, если не больше.

— Как ты думаешь, мама, — задумчиво спросила Настя, — этот Бризак не может быть русским эмигрантом?

— Маловероятно, — категорически возразила Надежда Ростиславовна, рассеянно листавшая один из купленных дочерью романов. — Он владеет французским, как француз. Достаточно прочитать два-три абзаца, чтобы в этом убедиться. Впрочем, — добавила она, пробежав глазами открытую наугад страницу, — язык у него хороший, острый, диалоги живые, сравнения интересные... Может быть, он и в самом деле неплохой писатель. Но он настоящий француз, никаких сомнений быть не может.

На следующий день Настя вместе с делегацией улетела в Москву. В самолете она читала «Сонату смерти», надеясь найти в ней хоть какую-нибудь подсказку, хоть крошечный намек на разгадку невероятного совпадения рисунка на обложке и рисунка, сделанного Борисом Карташовым со слов погибшей Ереминой. Как бы там ни было, в одном Настя теперь была уверена: Вика не была психически больна. Она действительно могла слышать по радио описание своего сна: многие западные радиостанции, вещающие на русском языке, передают отрывки из новых литературных произведений. Идея воздействия по радио не была плодом больного воображения. Но как же могло случиться, что совпали оба рисунка? Совпали до мелочей, до светло-зеленого цвета, которым нарисован скрипичный ключ?

Есть, конечно, самое простое объяснение, которое лежит на поверхности: Вика слышит по радио отрывок из «Сонаты смерти», Настя даже точно знает, какой именно эпизод она могла слышать. Потом пересказывает его в деталях Борису, который и рисует, сообразуясь с ее словами. Если ей и снился раньше какой-то кошмар, он мог быть лишь отдаленно, а то и вовсе не похож на то, что написано в «Сонате» и что оказалось потом на рисунке Карташова. Просто у Вики что-то нарушилось в голове, и ей показалось, что... Но тогда придется признать, что она была больна. Нет, опять не складывается, опять тупик...

Если еще вчера дело об убийстве Ереминой страдало отсутствием информации, то сегодня оно в мгновение ока стало невероятно запутанным.

Глава седьмая

— Придется опять начинать все с самого начала, — удрученно сказала Настя, глядя на Чернышева, Морозова и стажера Мещеринова.

— В пятый раз? — саркастически спросил Андрей, закидывая ногу на ногу и усаживаясь поудобнее.

Они сидели дома у Насти. Был вечер воскресенья, она обзвонила коллег, едва переступив порог, и попросила их срочно приехать. В прихожей до сих пор стояла неразобранная сумка с вещами, через которую приходилось перешагивать, чтобы пройти в кухню. Почему-то никому, в том числе и самой Насте, не пришло в голову отодвинуть ее в более удобное место.

— А хоть бы и в пятый, — резко ответила Настя. — Двигаться будем с двух разных концов. На этот раз, я думаю, мы до чего-нибудь доберемся. Олег, завтра с утра поедете в архив и найдете уголовное дело по обвинению Ереминой-старшей в убийстве. Андрей с Женей начнут поиски в редакционно-издательском мире, отталкиваясь от связей Валентина Косаря.

— А ты будешь осуществлять общее идеологическое руководство? — зло поддел ее Морозов, даже не пытавшийся скрыть неудовольствие от того, что его выдернули из дома в воскресный вечер.

Настя, прекрасно понимавшая его настроение, решила не поддаваться на мелкую провокацию.

— Я буду читать нетленные творения Бризака, — спокойно ответила она, — потому что никто из вас сделать этого не сможет. Ты удовлетворен?

— У меня на завтра другие планы, — продолжал препираться Морозов. — Думаешь, кроме этого убийства столетней давности, на мне других забот нет? Это вы там, на Петровке, милицейская элита, берете одно дело из ста и наваливаетесь всем скопом, а остальные девяносто девять дел повисают у нас на территории.

— Да ладно тебе, Женя, — примирительно произнес Чернышев, — раз уж нам начальство велело работать в группе с Анастасией, чего теперь волосы на себе рвать. Кончай бухтеть.

— Но я в самом деле завтра не могу.

Морозов явно нервничал, и Насте на какое-то

мгновение стало даже жалко его. У него могут быть действительно важные встречи, которые нельзя отменить и на которых, может быть, что-то решается в его служебных делах или даже в жизни.

— Что ж поделать, — вздохнула она, — не можешь — так не можешь. Подключишься во вторник. Идет?

Морозов с облегчением кивнул и сразу повеселел.

— А можно мне вместо архива работать с Андреем? — подал голос стажер, до этого молча сидевший в кресле у самого окна, где было ужасно холодно, потому что из-под неплотно прилегающей к косяку балконной двери постоянно струился морозный воздух.

— Нет, — категорически отрезала Настя. — Вы будете заниматься архивом.

— Ну пожалуйста, Анастасия Павловна, — умоляюще заныл Олег. — Ну чему я научусь в архиве-то? Вот живое дело...

— Вы научитесь читать уголовные дела, — жестко сказала она, подавляя в себе нарастающее раздражение. — Если вы, Олег, думаете, что это просто, то, смею вас уверить, вы жестоко ошибаетесь. Вы когда-нибудь видели уголовное дело, переданное в суд?

Мещеринов хмуро молчал.

— Дело, переданное в суд, не имеет ничего общего с теми материалами, которые лежат в папке у следователя, пока идет расследование. То есть материалы, конечно, те же самые, но если у следователя они лежат, как правило, в хронологическом порядке и вам легко проследить, что было сначала, что — потом, то в сшитом деле, особенно если обвиняемых несколько, да еще, не дай Бог, они ухитрились совершить не одно, а несколько преступлений, сам черт ногу сломит. Следователь может скомпоновать дело по лицам, тогда материалы, касающиеся каждого обвиняемого, идут в основном подряд, но чтобы понять роль соучастников в эпизоде, приходится лазить по всем томам. А бывает, что дело скомпоновано по эпизодам, и тогда приходится долго мучиться, прежде чем поймешь, что же все-таки совершил интересующий тебя обвиняемый. А уж разобраться, кто какие показания давал и кто кого пытался «утопить», — для этого надо иметь адское терпение. Вы никогда не задумывались, почему услуги адвокатов стоят так дорого? Короче, я прошу извинить меня за то, что устроила тут ликбез. Вам, Олег, придется поработать с относительно легким делом: один обвиняемый по одному эпизоду. Но я прошу вас проявить максимум внимания и не полагаться на свою память, а делать выписки. Не забудьте фамилии тех, кто принимал участие в расследовании и судебном разбирательстве, их надо тоже записать. И еще. Не сочтите, что я проявляю недоверие к вам, но хочу предупредить заранее, чтобы не было потом недоразумений: не вздумайте ограничиться чтением приговора или обвинительного заключения. Меня интересует не только фабула, а весь ход расследования, в том числе и показания свидетелей и обвиняемой, особенно если эти показания менялись в ходе следствия и суда. Вы все поняли?

— Понял, — расстроенно ответил стажер. — Я могу позвонить от вас? Боюсь, родители вернулись с дачи и беспокоятся, куда я подевался. Я так поспешно убегал, когда вы меня вызвали, что даже записку не оставил.

— Телефон на кухне, — кивнула Настя.

Когда Олег вышел, Морозов с ухмылкой протянул:

— Ничего себе молодежь идет в милицию работать! Здоровый лоб, без пяти минут офицер, а родителям докладывается, как первоклашка. Маменькин сынок.

— Ну как тебе не стыдно, — с упреком сказала Настя. — Может, у него родители такие. Он бы и рад не докладываться, но они переживают. Мы для родителей всегда маленькие и глупые, с этим ничего не поделаешь.

Закрыв за гостями дверь, Настя постояла в задумчивости над сумкой, брошенной посреди прихожей, решая, разобрать вещи сейчас или оставить на потом. Утром мать с Дирком приехали в аэропорт Леонардо да Винчи, чтобы проститься с Настей. Надежда Ростиславовна отдала ей огромный пакет с подарками, а Дирк, лукаво улыбаясь, преподнес упакованную в бумагу пачку книг. Это были знаменитые триллеры Бризака, купленные здесь же, в киоске аэропорта, карманного формата и в мягких обложках. Книги лежали в сумке вместе с вещами. «Придется разбирать», — уныло подумала ленивая Анастасия Каменская и принялась за дело.

Разложив вещи по местам, она постояла под горячим душем, чтобы согреться, притащила из кухни телефонный аппарат на длинном шнуре, поставила у изголовья дивана, улеглась в постель и открыла роман Жан-Поля Бризака «на русскую тему».

* * *

— Настюха! — обрадовался Геннадий Гриневич, обнимая Настю. — Какими судьбами? Ты же недавно у меня была. Что-нибудь случилось?

— Совет нужен.

Настя ласково взъерошила остатки волос на голове у помрежа и чмокнула его в подбородок.

— Ты говорил, у тебя есть знакомые журналисты из Франции и Германии.

— А что надо? Хочешь опубликовать скандальное разоблачение? — пошутил Гриневич.

— Хочу проконсультироваться. Есть такой писатель, Жан-Поль Бризак. Он, конечно, не звезда мировой величины, у нас его не переводят и, по-моему, даже не знают. Но он довольно плодовитый, его произведения, говорят, хорошо раскупаются, особенно любителями легкого дорожного чтива. Я бы хотела узнать о нем поподробнее.

— Он француз?

— Вроде бы да, но это не точно.

— Тогда почему ты спрашивала про немцев?

— У него есть целый цикл романов на русскую тему, а мне объяснили, что в среде наших эмигрантов такая литература пользуется популярностью. Я и подумала, что немецкие журналисты тоже могут что-то знать об этом писателе.

— Насчет эмигрантов — это тебе правильно сказали. Так что ты хочешь узнать?

— Я хочу понять, что собой представляет Жан-Поль Бризак. Ты мне поможешь?

— Постараюсь. Это срочно?

— Срочнее не бывает.

— Постараюсь, — твердо повторил Гриневич. — Как только что-нибудь узнаю, сразу позвоню тебе. На репетицию останешься?

— Спасибо, Гена, но — нет. Побегу.

* * *

Романы Бризака были не единственными романами «на русскую тему», которые читала Настя Каменская. Более того, из многочисленной литературы, продающейся на книжных лотках, она выбирала именно такие произведения. Ей было интересно, как видят и изображают русских зарубежные писатели. Каждый такой опыт показывал, что о достоверности говорить не приходится. Даже писатели-эмигранты, много лет прожившие в России, не могли избежать огрехов при изображении сегодняшней российской действительности. А уж о таких авторах, как Мартин Круз Смит, написавший знаменитый бестселлер «Парк Горького», и говорить нечего. Настя соскучилась уже на сороковой странице, мужественно домучив книгу почти до конца, но все-таки не дочитала, не сумев справиться с раздражением от явных глупостей и нелепостей в описании московской жизни. Потом она добросовестно пыталась прочесть «Полярную звезду» и «Красную площадь» того же Круза Смита, и снова потерпела неудачу. Книги были откровенно плохие, и ей оставалось только удивляться, почему за рубежом они стали бестселлерами.

Но с Бризаком все было иначе. Конечно, думала Настя, он не Сидни Шелдон и не Кен Фоллет, но детали у него удивительно правдивы. Кажется, будто он прожил в России всю жизнь, что он и сейчас здесь. Ее поражало, с какой точностью он называет цены на те или иные товары или услуги, даже когда события в его книгах происходят в последние два-три года. Но это ладно, цены каждую неделю печатаются в некоторых газетах, и при желании их можно получить и выудить всю необходимую информацию. Однако в произведениях Бризака были и другие детали, о которых в газетах не прочтешь, о них можно только знать из собственного опыта, много лет работая бок о бок со следователями, сыщиками, прокурорами и судьями, ежедневно общаясь с продавцами в магазинах и с бабками в очередях, а заодно и отсидев порядочный срок в исправительно-трудовой колонии, о чем наглядно свидетельствовал один из последних романов писателя, названный им «Грустное возвращение». И в Насте крепла уверенность, что Жан-Поль Бризак — русский эмигрант. Что же касается изящного французского языка, которым были написаны его книги, то у него могли быть переводчики и редакторы. А прячется он от журналистов и фотографов, чтобы не разрушать легенду о французе-беллетристе. А может быть, он скрывается от правосудия...

— Виктор Алексеевич, нам нужно выяснить, бывал ли Бризак в России. Я хочу понять, откуда в его голове появился этот злосчастный скрипичный ключ салатного цвета. Если мы с вами не верим в потусторонние силы и ясновидение, то остается единственное объяснение: Вика Еремина и Жан-Поль Бризак были свидетелями одного и того же события, в котором фигурировала странная картинка. Впоследствии эта картинка снилась Ереминой, превратившись в навязчивый кошмар, а Бризак, не столь впечатлительный, включил ее в свой творческий арсенал.

Гордеев задумчиво грыз дужку очков, слушая Настю. Он выглядел еще хуже, чем несколько дней назад, но в его взгляде больше не было вопроса. «Он уже знает», — поняла Настя. Да, полковник Гордеев уже знал или почти знал, кто из его сотрудников оказывает услуги преступникам. Он только не знал, что ему теперь делать, как совместить служебный долг с человеческими чувствами.

— Другого объяснения быть не может? — наконец спросил он.

— Наверное, может быть и другое. Только я его еще не придумала. Это — пока единственное.

— Хорошо, я свяжусь с ОВИРом. Но что мы будем делать, если Жан-Поль Бризак — это псевдоним, а в паспорте у него совсем другое имя? Ты об этом подумала?

— Я пытаюсь через своего знакомого выяснить, не знают ли этого Бризака в журналистских кругах. Может быть, им что-нибудь известно насчет псевдонима и настоящего имени.

— Что за знакомый? — нахмурился Гордеев.

— Геннадий Гриневич, работает в театре помощником режиссера.

— Ты давно его знаешь? — продолжал допытываться полковник.

— С детства. Да что с вами, Виктор Алексеевич? — вырвалось у Насти. — Нельзя же весь мир подозревать. Так и с ума сойти недолго.

— Вот тут ты права. Иногда я думаю, что и вправду сошел с ума, — горько усмехнулся Гордеев. — Ладно, Стасенька, работай. И еще раз прошу тебя, девочка, держи свои умозаключения при себе. Не делись ими ни с кем, только, может быть, с Чернышевым, и только в крайнем случае. Ты поняла?

— Мне очень трудно, Виктор Алексеевич, — тихо сказала Настя. — Вы меня поставили в такие условия, когда я раздаю поручения направо и налево, как большой босс, а ребята при мне выполняют роль шестерок. Они обижаются, и я их понимаю. Да и не по мне такая роль, я по натуре не лидер.

— Терпи, Стасенька, — Впервые за много дней голос начальника смягчился и потеплел. — Терпи. Так надо для дела. Вспомни свою Лебедеву.

Да, Лариса Лебедева была первой и, несомненно, удачной ролью Насти Каменской. Уверенная в себе, напористая красотка шантажистка сумела убедительно сыграть и выманить из норы наемного убийцу Галла, работавшего по заказам представителей высшего эшелона. Таких, как Галл, было в стране совсем немного, по пальцам перечесть, это были высокооплачиваемые убийцы высшего класса, по результатам работы которых уголовные дела никогда и не возбуждались, потому что все сходило за несчастный случай, катастрофу, естественную смерть или самоубийство. Собственно, задачей шантажистки было испугать того, кто мог вызвать киллера-профессионала в Москву, причем сделать это так, чтобы заказчик непременно решился на убийство и в то же время вызвал именно Галла, а не кого-нибудь другого. Команда под руководством Колобка-Гордеева играла практически вслепую, на ощупь, делая осторожные шаги и совершенно не понимая, в правильном ли направлении они двигаются. Единственным признаком того, что они все делают правильно, могла быть только попытка Галла убить Ларису Лебедеву, то есть Настю. И Каменская провела неделю в пустой чужой квартире, прислушиваясь к шорохам на лестнице, терпеливо ожидая прихода человека, который должен будет ее убить. А когда Галл явился убивать ее, Настя-Лебедева провела с ним наедине целую долгую ночь, пытаясь понять, что же он задумал. И не просто понять, но и заставить его сказать о своих планах вслух. Все разговоры в квартире прослушивались людьми Гордеева, но подозрительный Галл такую возможность учел и жестко предупредил шантажистку, что если она работает на милицию и посмеет сказать вслух что-нибудь для него, Галла, опасное, то жить ей после этого останется секунд десять-пятнадцать, не больше, и не спасет ее ничто и никто, даже если в соседней квартире находится милицейская группа захвата. Группа захвата в соседней квартире действительно была, но Настя отнеслась к предупреждению убийцы достаточно серьезно, и даже когда сообразила, что именно он задумал и как собирается действовать дальше, не посмела нарушить запрет и проинформировать тех, кто сидел в машине прослушивания, о ближайших планах преступника. Вместо этого она придумала остроумный, но совершенно безнадежный трюк, который мог сработать только при невероятном совпадении множества обстоятельств: нужно было, чтобы те, кто сидел в машине и слушал ее разговоры с Галлом, хорошо знали лично ее, Настю, знали, что в юности она всерьез занималась математикой, знали, что есть в ее жизни доктор наук Алексей Михайлович Чистяков, знали номер его телефона и не постеснялись бы позвонить ему в четыре часа утра. Но самое главное — они должны были услышать в ее словах некоторое несоответствие, нехарактерные для нее слова и обороты, вычленить их из массы других слов и именно их передать Чистякову. Трюк был действительно совершенно безнадежный, но ничего другого Настя в тот момент придумать не могла, потому что Галл был по-настоящему умным и опасным убийцей, и шутки с ним шутить было глупо и неосмотрительно. Ранним утром Галл повез ее за город, и Настя ехала с ним в пустой электричке, чувствуя себя овцой, которую ведут на заклание, так и не зная, удался ее план или нет. Галл привел ее на дачу к заказчику, и там-то Настя и познакомилась с Андреем Чернышевым и его удивительным псом Кириллом, который непринужденно и изящно увел ее подальше от поджидавшей Галла засады. Операция тогда завершилась успешно. И только один Леша Чистяков знал, сколько здоровья ей это стоило, как долго она потом сидела на таблетках, полностью потеряв сон и аппетит, скатываясь на грань обморока при каждом резком звуке и начиная плакать по малейшему пустяку.

— Виктор Алексеевич, — осторожно сказала она. — Вы... уже знаете?

Гордеев устало посмотрел на нее и ничего не ответил. Только махнул рукой.

* * *

Арсен впился немигающим взглядом в своего собеседника.

— Почему вы сразу не сказали мне про Бризака? — зло спросил он.

— Я не думал... Надеялся, что до этого не дойдет, — промямлил тот.

— Вы не думали, — ехидно передразнил Арсен. — Зато она подумала. Что теперь прикажете делать? Эта девчонка намного опаснее, чем вы предполагаете, я это и раньше знал. Если бы вовремя сказали мне о Бризаке, я бы принял меры. Во всяком случае, ни в какую Италию она бы не уехала.

— Но вы меня уверяли, что около нее все время находится ваш человек. Что же он недосмотрел?

— Не спихивайте с больной головы на здоровую, — поморщился Арсен.

— Мне с самого начала надо было связываться не с вами, а с теми, у кого есть выход на следователей. Ваши люди недосмотрели, а я плачу вам такие деньги, — раздраженно бросил собеседник Арсена.

— Мои люди делают все возможное, но нельзя же повесить замок Каменской на мозги. Поймите же, наконец, простую вещь: работая на опережение, мы можем предотвращать поступление опасной для нас информации. А ваша скрытность привела к тому, что информацию эта девица уже получила, и теперь нам приходится выходить непосредственно на нее, чтобы попытаться запретить ей думать. А это, дорогой мой, очень рискованно и далеко не всегда эффективно. И стоить это будет дороже.

— Вы хотите меня разорить?

— Помилуй Бог! — всплеснул руками пожилой человек. — Я готов хоть сейчас прекратить работу. В вашем деле у меня нет своего интереса, я всего лишь посредник. Не хотите платить — не надо, мои люди немедленно прекращают вмешиваться в ваше дело и переключаются на другую работу. Заказов у нас, знаете ли, достаточно, чтобы не умереть с голоду. Так что вы решили?

— Господи, как будто я могу решить что-то другое! — в отчаянии прошептал человек, на котором сегодня был надет не изысканный английский костюм, а брюки и толстый лыжный свитер: он приехал на встречу с Арсеном прямо с дачи. — Конечно, я заплачу, только спасите меня.

* * *

Сидя в своем кабинете, Настя уныло смотрела в окно, за которым теплый слякотный декабрь упорно мешал городу выглядеть по-зимнему красиво и по-предновогоднему празднично. Стажер Мещеринов все еще сидел в архиве. Видно, испугался страшных рассказов про сложности изучения уголовных дел и выполнял задание с чрезмерной тщательностью.

Разглядывая автомобили, припаркованные перед ажурной оградой, она обратила внимание на новенький красный «БМВ», которого раньше никогда не замечала. Тупо уставившись в сверкающее красное пятно на фоне грязной серой улицы, она продолжала размышлять о деле Ереминой и о том, как ей вести себя с коллегами.

— О чем задумалась, мыслительница? — раздался голос Юры Короткова, того самого, который ютился всей семьей вместе с парализованной тещей в крохотной квартирке и терпеливо ждал, когда вырастут дети и можно будет вступить в новый брак.

— Да так, ни о чем, — улыбнулась Настя. — Вот увидела на улице новенький «БМВ» и раздумываю, кто же это прикатил на такой роскошной тачке в нашу богадельню.

— А ты разве не знаешь? — удивился Юра. — Это наш Лесников. Купил недавно новую машину.

— Да что ты? — Теперь пришел ее черед удивляться. — Это с нашей-то зарплаты?

Коротков пожал плечами.

— Любишь ты чужие доходы считать, Аська, — неодобрительно сказал он. — У Игоря, между прочим, вполне состоятельные родители, а жена — классный модельер, работает у самого Зайцева и зарабатывает соответственно. Это ты у нас девушка самостоятельная и рассчитываешь только на свой бюджет, а все остальные — люди семейные, мало ли какие деньги у них водятся.

Дверь снова открылась, на пороге возник Игорь Лесников.

— Я тебя, Коротков, по всем кабинетам обыскался, а ты, оказывается, у Анастасии торчишь, — укоризненно сказал он.

— О, легок на помине! — расхохотался Юра. — А мы как раз твою машину обсуждаем.

Игорь, казалось, пропустил реплику мимо ушей.

— Я тебя в последнее время редко вижу, — обратился он к Насте. — Раньше, бывало, целыми днями в кабинете сидишь, а теперь все бегаешь где-то. Это из-за Ереминой?

Настя молча кивнула, опасаясь, как бы не пришлось вдаваться в подробности.

— Ну и как, успешно? Откопала что-нибудь?

— Практически ничего. Глухое дело. Потянем еще до третьего января, пока два месяца не истекут, а там Ольшанский дело приостановит, и кончатся мои мучения. Надоело бегать, я сидячую работу больше люблю.

— Ну, это известно, — усмехнулся Лесников. — О твоей лени легенды ходят. По-моему, ты всех нас дуришь, Анастасия.

— Ты о чем? — Настя округлила глаза, стараясь справиться с внезапным противным холодом в желудке.

— О том, что ты на работе французские романы читаешь, вместо того чтобы делом заниматься. Что, будешь отрицать? Я к тебе за последние дни как ни загляну — все время у тебя на столе книжечки в ярких обложечках с латинскими буковками. Только не надо мне рассказывать, что это нужно для раскрытия убийства Ереминой, я все равно тебе не поверю. А ты, Коротков?

— Что — я? — недоуменно спросил Юра.

— Поверишь, что чтение французских романов помогает в сыщицкой работе?

— Да кто его знает. Аське, может, и помогает. У нее голова непонятно как устроена.

Снова открылась дверь, на этот раз зашел Володя Ларцев.

— Вот я вас и застукал! Сыщика ноги кормят, а вы тут посиделки устроили у Аськи под крылышком.

— А ты сам-то где, в бегах, что ли? — отпарировал Лесников. — Под то же самое крылышко и примчался.

— Я по делу. Ася, у тебя какой размер обуви?

— Тридцать седьмой, а что? — растерялась она от неожиданности.

— Здорово! — обрадовался Ларцев. — А лыжные ботинки у тебя есть?

— Да у меня их сроду не было. Надо иметь больное воображение, чтобы представить меня на лыжах.

— Ах ты, жалость какая! — огорчился тот. — У Надюшки на уроках физкультуры лыжная подготовка начинается, а у нее ботинок нет. Прошлогодние малы, а покупать на один год — дорого. Они стоят черт знает сколько, а к следующему году опять малы будут. Она же растет. Обидно, — вздохнул он, — думал у тебя одолжить, но не повезло. Ничего не попишешь. Кстати, Ася, как тебе с Костей работается?

— С Ольшанским? Нормально.

— Не давит он на тебя?

— Нет, не замечала.

— Ты знаешь, он иногда бывает грубоват...

— Вот это я как раз заметила. Он что, жаловался на меня?

— Ну что ты, он очень доволен твоей работой. Чем это ты его так расположила к себе?

— Неземной красотой, — отшутилась Настя, начиная нервничать.

Каждый из них так или иначе пытался вывести разговор на дело Ереминой. Что это, обычный интерес к тому, как идут дела у их коллеги, или что-то другое? И у кого из них? Или у всех сразу? «О Господи, — взмолилась она про себя. — Хоть бы они ушли и оставили меня в покое. Еще не хватало, чтобы кто-нибудь из моих ребят сейчас позвонил».

К счастью, когда объявился Андрей Чернышев, в кабинете снова стало пусто. По его лицу Настя поняла, что он чем-то сильно разозлен.

— Кофе хочешь? — предложила она.

— Не хочу. Послушай, Каменская, ты, может быть, гениальный сыщик, но зачем ты делаешь из меня идиота? Ты что, всерьез считаешь, что ты одна умная, а у нас у всех по полторы извилины в голове?

Настя замерла от недоброго предчувствия, но постаралась сохранить спокойствие.

— Что случилось, Андрюша?

— Что случилось? А то, что ты странно себя ведешь. Да, ты в нашей группе старшая, тебя Гордеев назначил, но это не означает, что имеешь право скрывать от нас, в частности от меня, информацию.

— Я тебя не понимаю, — хладнокровно ответила она, чувствуя, как начинают дрожать руки. Ведь говорила же она Гордееву, что не может работать так, как он того требует.

— Почему ты не сказала мне, что Олег изъял у вдовы Косаря записную книжку? Представь себе мое положение, когда я спрашиваю у нее про записную книжку мужа, а она мне говорит, что высокий светловолосый молодой человек с Петровки ее забрал. Получается, у нас правая рука не знает, что делает левая. Женщина, естественно, тут же замкнулась, никакого разговора у нас не получилось. Видно, заподозрила, что я ее обманываю и мы с молодым человеком вовсе не в одной команде. Как прикажешь это понимать?

— Я не знаю ни о какой записной книжке, — медленно ответила Настя. — Олег мне ничего не отдавал.

— Честно? — недоверчиво спросил Андрей.

— Честное слово. Андрюша, я не первый день в розыске работаю. Поверь мне, я бы никогда тебя не подставила, да еще так по-глупому.

— Вот дурак! — в сердцах воскликнул он.

— Ты о ком?

— Да о стажере твоем, о ком же еще. Наверняка решил заняться самодеятельностью и самостоятельно поработать с людьми, указанными в этой книжке. Живое дело ему подавай! Недаром он так ныл, в архив ехать не хотел, Пинкертон сопливый. Пусть только появится — башку ему отверну.

— Тише, тише, успокойся, башку я ему сама отверну. Вообще-то пора бы ему появиться, засиделся он в архиве.

— Вот помяни мое слово, — возбужденно продолжал Чернышев. — Ни в каком архиве он не сидит, а бегает по связям Косаря. Хочешь пари?

Настя молча сняла телефонную трубку и позвонила в архив.

— Как ни странно, ты проиграл, — сказала она, поговорив с архивом. — Мещеринов сидит там. И вчера сидел.

— Поглядим еще, чего он высидит, — пробурчал Андрей, выпустив пар и понемногу успокаиваясь.

Настю грызло беспокойство. Совсем недавно, во время разговора о новой машине Игоря Лесникова, она ощутила неприятный холодок в желудке. Это означало, что в мозгу мелькнула какая-то важная мысль, но она не успела ее поймать и зафиксировать. И теперь она мысленно повторяла весь разговор с начала и до конца, надеясь, что мысль вернется. Что-то ее обеспокоило во время разговора. Что же? Что?

— Ты мне, кажется, кофе предлагала? — подал голос Чернышев.

— Сейчас сделаю.

Она принялась за кофе и, включая кипятильник, доставая чашки, ложки и сахар, восстанавливала в голове обрывки разговора с Юрой Коротковым.

«Это наш Лесников. Купил недавно новую машину...»

«У Игоря вполне состоятельные родители...» Нет, не здесь.

«Жена зарабатывает соответственно...» Соответственно чему? Кажется, это было где-то здесь. Что же он еще сказал?

«Жена — классный модельер...»

Ложка дрогнула у нее в руке, часть кофе просыпалась на стол.

— Андрюша, чем занималась мать Ереминой? Чем она на жизнь зарабатывала?

— Шила. До того, как спилась окончательно, она была неплохой портнихой. Первая-то судимость у нее была за кражу, помнишь?

— Да, ты говорил. И что?

— Она совершила кражу у своей же клиентки во время примерки, прямо в ателье. Вытащила деньги из сумочки и практически сразу же попалась. После освобождения ее обратно в ателье уже не взяли, она попробовала устроиться в другие — всюду отказ. В те времена с судимостью не больно-то брали на работу, особенно с малолетним ребенком, сама знаешь. Еремина устроилась дворником, получила служебное жилье и подрабатывала шитьем в частном порядке.

— Почему ты мне этого не рассказывал?

— А ты не спрашивала.

«Ну и зря, — подумала Настя. — Балда ты, Каменская, а проще говоря — дура, каких поискать».

***

Было уже около десяти вечера, когда Настя наконец пришла домой. Выйдя из лифта, она устало подошла к своей квартире и сунула ключ в замок. Ключ не поворачивался.

Еще когда она была ребенком, отчим учил ее: не суетись, когда не понимаешь чего-нибудь, остановись и подумай, действуй медленно и аккуратно. Не суетиться, не дергаться, подумать...

Она вытащила ключ и постаралась вспомнить сегодняшнее утро. Могла ли она забыть запереть дверь? Нет, это исключено. Движение, как и многие другие, было отработано до автоматизма. Настя слегка толкнула дверь. Так и есть, открыто. Ригель замка утоплен, поэтому дверь не захлопнулась. Странно. Сама она никогда не ставит замок «на собачку».

Она осторожно прикрыла дверь, как можно тише спустилась этажом ниже и позвонила к соседке.

Через сорок минут приехал Андрей Чернышев, ведя на поводке огромного Кирилла.

— Заходи, — сказал он псу, подведя его к Настиной квартире. — Погляди, что там такое.

Распахнув дверь, он отстегнул поводок от ошейника. Кирилл осторожно вошел в прихожую, методично обследовал кухню, комнату, постоял, прислушиваясь и принюхиваясь, под дверьми ванной и туалета, и вернулся к порогу. Обнюхал Настины ноги, потом вернулся в прихожую, покрутился там, вышел на лестничную клетку и уверенно пошел к лифту.

— Чисто, — констатировал Андрей. — Посторонних нет, но они были, в квартире есть чей-то запах, кроме твоего собственного. Будешь заходить или вызовем милицию?

— Зачем мне милиция?

— А вдруг тебя обокрали? Войдешь — следы затопчешь.

— Ты в своем уме, Андрюша? Мне что, ночевать на лестнице? Милиция приедет дай Бог часа через два, эксперта ждать будут до утра. Да что я тебе рассказываю, будто сам не знаешь. Заходим.

Они вошли в квартиру. Настя бегло осмотрела комнату. Красть у нее и в самом деле было нечего, разве что несколько совсем новых, подаренных матерью вещей. Все остальное было не таким, чтобы привлечь внимание воров.

— Ну что? — спросил Чернышев, когда она осмотрелась. — Порядок?

Настя выдвинула ящик письменного стола, где лежала коробочка с немногочисленными золотыми украшениями — цепочкой с кулоном, парой сережек и изящным дорогим браслетом, который подарил ей Леша после того, как получил за свои разработки престижную международную премию.

— Порядок, — с облегчением вздохнула она.

— Тогда скажи мне, в какое дерьмо ты вляпалась. Если тебя не обокрали, значит, тебя хотят напугать. Есть соображения?

— Кроме дела Ереминой, я ничем не занимаюсь.

— Понятно, — протянул Андрей. — Плохи наши дела, Настасья.

— Уж куда хуже, — невесело усмехнулась она. — Знать бы только, что именно им не понравилось: история с Бризаком или то, что Олег сидит в архиве?

— Будем ждать, — пожал плечами Андрей. — Больше ничего не остается. Должны же они объяснить, чего хотят.

Он посмотрел на часы.

— Все, голубушка, мне пора, я человек женатый и отец семейства. Кирилла оставляю тебе. Завтра в семь утра заеду и поставлю тебе новый замок. Учти, Кирюша в квартиру никого не впустит, но и тебя не выпустит, так что лучше не пытайся.

— Может, не надо Кирилла? — осторожно возразила Настя. — Я же запру дверь, замок-то не сломан.

— У них ключи есть. По-моему, они вполне убедительно тебе это продемонстрировали. Хочешь проснуться посреди ночи и увидеть рядом с собой прекрасного незнакомца? Твое легкомыслие меня иногда просто поражает. До завтра.

Андрей ласково взял Кирилла за ошейник, подвел к Насте и, сказав строго: «Охранять», ушел. Настя осталась вдвоем с собакой.

Она устала и замерзла, хотелось есть, но больше всего ей хотелось согреться в горячем душе, лечь в постель и превратиться в ребенка, который живет вместе с родителями и ничего не боится...

...Свернувшись в клубочек, Настя лежала на диване, даже не раздеваясь. Сначала она хотела принять душ, но, стянув с себя свитер, ощутила такой сильный страх, что быстро надела его обратно. Ей казалось, что стоит только зайти в ванную и перестать слышать гудение лифта, как тут же в квартиру войдет он. Ее не успокаивало даже присутствие прекрасно обученной овчарки. Чтобы заглушить страх, она включила телевизор, но тут же выключила: телевизор мешал слышать шаги на лестнице. Очень скоро состояние ее стало близким к панике, она не смогла заставить себя включить кофемолку, потому что та слишком сильно гудит, и выпила растворимый кофе, который не принес ей ни бодрости, ни тепла, оставив лишь кисловатый привкус во рту. У нее все валилось из рук, даже консервный нож, так что поесть ей почти не удалось. Измученная бесплодными попытками справиться со страхом, она легла на диван и постаралась сосредоточиться. Чем день сегодняшний отличается от дня вчерашнего? Почему это случилось сегодня, а не неделю назад? Потому что неделю назад она была в Италии, а до того и речи не было ни о каком Бризаке. Архив? Но Чернышев уже был там в самом начале работы по делу, и это не вызвало у них никакой реакции. Они не трогали ее, пока шли бесконечные допросы Бориса Карташова и супругов Колобовых, они спокойно отнеслись к тому, что была изъята кассета из автосекретаря Карташова. Неужели все дело в Бризаке? Но почему? И откуда у них ключ от квартиры?

Что еще произошло сегодня? К вечеру появился Олег Мещеринов, привезя с собой подробные записи по делу Ереминой-старшей. Оказалось, она вела весьма неупорядоченный образ жизни, часто приводила в дом случайных собутыльников, которых нередко укладывала в свою постель, оставляя маленькую дочку играть на кухне в одиночестве и порой забывая вовремя ее покормить. Одного из таких вот собутыльников она и убила, зарезала кухонным ножом прямо в постели и, удовлетворенная, уснула рядом с трупом. А когда проснулась, несколько протрезвев, то с криком выбежала из квартиры, где и попала в руки добросердечных соседей и прохожих, вызвавших милицию.

Слушая стажера, Настя раздумывала, как бы ей приступить к вопросу о визите к вдове Косаря и о злосчастной записной книжке. Ссориться с Олегом не хотелось, во-первых, потому, что он ведь и пришел на стажировку для того, чтобы его учили, а не для того, чтобы получать выволочки, а во-вторых, потому, что с ним предстояло вместе работать и не стоило портить отношения. Настя решила начать с другого.

— Чем занималась Еремина? На какие деньги жила?

— Она работала дворником, — спокойно ответил Олег, заглянув в записи.

— У нее были судимости до того, как она совершила убийство?

— Да, за кражу.

— А чем Еремина занималась до первой судимости?

Мещеринов полистал блокнот.

— Я не записал. По-моему, в деле этого и не было. Разве это важно?

— Может быть, и нет. Но вы не особенно добросовестны, Олег. Эти сведения в деле есть. Вы не обижайтесь, но вам рано еще работать самостоятельно. Вместо того, чтобы учиться, задавать вопросы и получать ответы, вы стремитесь принимать решения и давать оценки. Что важно и что не важно — буду решать я, а вы мне должны принести факты. Я вместе с вами их проанализирую и наглядно покажу, как их интерпретировать и оценивать. Хорошо?

— Хорошо, — буркнул Олег, собирая со стола бумаги.

— Какую записную книжку вы изъяли у вдовы Косаря?

Парень замер, щека его непроизвольно дернулась, едва заметный шрам над бровью налился краской. Он молчал.

— Я жду, — напомнила Настя. — Дайте ее мне. Я не собираюсь устраивать вам сцену за то, что вы скрыли это от меня. Вы совершили служебный проступок, но вы — стажер, вы еще учитесь, поэтому обойдемся без нотаций и наказаний. Просто запомните, что делать этого нельзя.

Мещеринов упорно молчал, уставившись в окно.

— В чем дело, Олег?

Настя почуяла неладное, но гнала от себя плохие мысли.

— Анастасия Павловна, я очень виноват, но... Я ее потерял, — наконец выдавил он.

— То есть как — потеряли? — севшим голосом спросила Настя. — Где?

— Не знаю. Я принес ее сюда, а вас на месте не было. Когда вы пришли, я хотел сразу вам отдать книжку, полез в карман, а ее нет. Поэтому я и не сказал ничего. Боялся, что ругать будете.

— Я и так ругаю. Что в лоб, что по лбу. Или вы надеялись, что никто не спросит, что как-нибудь обойдется?

Олег кивнул.

— Тогда запомните еще одно правило. Его не я придумала, а физики. Они говорят: «Все, что может испортиться, обязательно испортится. То, что не может испортиться, портится тоже». Применительно к нашей работе это означает, что ничего никогда не обходится и не рассасывается само собой, и ни в коем случае не следует на это рассчитывать. Любую

144

ошибку надо пытаться исправить немедленно, вы слышите? Немедленно, чем скорее, тем лучше. Потому что каждая минута промедления чревата тем, что исправить уже ничего будет нельзя. Усвоили?

Он снова кивнул.

— Когда вы видели эту записную книжку в последний раз?

— Дома у Косаря.

— Куда вы ее положили?

— В карман куртки. А когда вы пришли, ее там уже не было.

— Куда-нибудь заходили по дороге от дома Косаря на Петровку?

— Нет.

— Куртку где-нибудь снимали?

— Только здесь, в кабинете.

— Кто-нибудь заходил в кабинет, пока меня не было?

— Заходили, конечно. Коротков, Ларцев, потом этот... красавец такой, я его фамилии не помню...

— Игорь Лесников?

— Да-да, он. Еще Коля приходил.

— Селуянов?

— Да. Еще несколько человек заходили, вас спрашивали.

— Они из нашего отдела?

— Кажется, да.

— Что значит «кажется»? Они присутствовали у Гордеева на совещаниях?

— Не помню. Я плохо лица запоминаю.

— Тренируйтесь, — Настя уже не пыталась скрыть злость. — Вы выходили из кабинета?

— Выходил, конечно, вас же очень долго не было.

— Да перестаньте вы оправдываться, лучше отвечайте на вопросы как можно точнее. Дверь запирали?

— Да... Кажется...

— Запирали или нет?

— Ну... Не всегда. Когда надолго уходил — запирал, а когда на минутку...

— Ясно. Отдайте мне ключ от кабинета. Вы — человек расхлябанный, я не могу рисковать, ожидая, пока вы возьметесь за ум. У вас есть способности, это несомненно, и вы смогли бы стать настоящим розыскником, но одних способностей недостаточно. Учитесь учиться, тогда из вас что-нибудь получится. И займитесь своим характером. Робость и трусость в сочетании с самоуверенностью — чудовищная смесь. Вы с треском вылетите из любого нормального коллектива.

Олег молча натянул куртку, вынул из кармана ключ и положил его на стол. Настя оделась, повесила на плечо необъятную спортивную сумку, с которой ходила летом и зимой, ключ, оставленный стажером, заперла в сейф.

— Не обижайтесь на меня, Олег, — сухо сказала она на прощание. — Наша работа настоящая, а не игрушечная. Может, я была излишне резка с вами, но вы это заслужили.

— Я не обижаюсь, — удрученно ответил Мещеринов...

...От телефонного звонка Настя вздрогнула. Посмотрела на часы — половина второго ночи. Неужели это они?

— Анастасия Павловна? — послышался приятный мужской голос.

— Да, я. Кто это?

— Как вы себя чувствуете? — весело поинтересовался мужчина, проигнорировав ее вопрос.

— Прекрасно. Кто вы?

— А я думаю, что вы говорите неправду, Анастасия Павловна. Вы чувствуете себя плохо. Вам страшно. Правда?

— Нет. Что вам нужно?

— Значит, правда. Так вот, Анастасия Павловна, мне пока ничего не нужно, кроме одного. Я хочу, чтобы вы подумали о том, как провели сегодняшнюю ночь.

— То есть?

— Я хочу, чтобы вы запомнили, как вам было страшно и какую незабываемую ночь вы провели в обнимку с этим страхом. Я хочу, чтобы вы поняли: сегодня вам дали попробовать только маленький глоточек, чтобы вы лишь почувствовали вкус страха. В следующий раз вы выпьете всю чашу до дна. Вы же не хотите, чтобы с вашим отчимом приключилась беда.

— При чем здесь мой отчим? Я перестаю вас понимать.

— Вы все прекрасно понимаете, Анастасия Павловна. У вашего отчима есть машина, но он человек небогатый, и на гараж у него денег не хватило. Вы знаете, что происходит с машинами, когда они всю ночь стоят без присмотра?

— Их угоняют. Вы этим меня пугаете?

— Их не только угоняют. На них совершают преступления, которые потом приписывают владельцам машины. И владельцам приходится долго отмываться, доказывая, что их не было за рулем. Хотите устроить Леониду Петровичу такое развлечение? А еще в машины, стоящие без присмотра, подкладывают взрывные устройства. Или подрезают рулевую тягу. Или делают что-нибудь эдакое с тормозными колодками. Хотите?

— Нет. Не хочу.

— И правильно, Анастасия Павловна, — добродушно засмеялся мужчина. — Не надо этого хотеть, это дурно. Я вам пока ничем не угрожаю, но если вы поведете себя неправильно, вам придется испытать страх гораздо более сильный, чем сегодня. Сегодня вы испугались за себя. Завтра вам придется бояться за других людей, в том числе и за своих близких. Если вы этого не знаете, то я вам скажу заранее: этот страх — куда более неприятный и совершенно непереносимый. Спокойной вам ночи, Анастасия Павловна.

Настя осторожно положила трубку на рычаг, словно она могла взорваться. Все было сказано предельно ясно и четко: работай по делу Ереминой по-старому, разрабатывай версию убийства по личным мотивам, и мы тебя не тронем. Что ж, Каменская, тебе решать. Никто с тебя не спросит, если ты забросишь линию «Бризак — архив» как бесперспективную. Тебе доверяет Колобок, тебе доверяет следователь Ольшанский, тебе доверяет Андрей Чернышев, хоть и ворчит, что ты ему не все рассказываешь, но все-таки признает за тобой первенство. Морозов? Будет только счастлив, если ты от него отстанешь. Стажер? О нем и речь не идет. Будет делать, что ему скажут. Так как же, Каменская? Отступишься или попробуешь еще поцарапаться? Страшно...

Настя приподнялась на диване и спустила ноги на холодный пол.

— Кирюша! — позвала она шепотом.

Тут же из прихожей донесся легкий шорох, еле слышно застучали когти по паркету. Овчарка неторопливо подошла и села рядом, вопросительно глядя на Настю.

— Кирюша, я боюсь, — все так же шепотом сказала Настя, словно пес мог ее понять и что-нибудь ответить. Вообще-то она была недалека от истины, Кирилл и в самом деле был собакой выдающейся. Андрей загодя присмотрел будущих родителей щенка и терпеливо ждал, когда две овчарки, обладающие уникальными данными по части слуха, чутья и сообразительности, подарят ему желанного наследника. Он пестовал, холил и обучал Кирилла, у которого в родословной было записано длинное и совершенно неудобоваримое имя, и добился того, что пес если и не понимал человеческих слов (кроме, конечно, команд), то уж интонацию чувствовал безошибочно. Впрочем, количество выполняемых команд было столь огромным, что вполне заменяло речевой контакт.

— Мне страшно, Кирюша, — повторила Настя чуть громче.

Собака занервничала, пасть приоткрылась в беззвучном рычании, глаза блеснули недобрым желтым огнем. Настя где-то читала, что при страхе, как и при других отрицательных эмоциях, почки интенсивно вырабатывают адреналин, и животные ощущают его специфический запах, моментально реагируя на испуганного человека. «Он понимает, как мне страшно», — подумала она.

— Что же нам делать? — продолжала Настя, стараясь говорить увереннее, чтобы заглушить страх. — Может, бросить все к чертовой матери и жить спокойно? Как ты думаешь, Кирюша? Леня у меня, конечно, еще молодец, пятьдесят семь лет, ничем не болеет, занимается спортом, двадцать пять лет в розыске проработал, с ним не так-то просто справиться. Но он мне не чужой, я его люблю, я к нему очень привязана, он заменил мне отца. Разве я имею право рисковать?

Она включила верхний свет в комнате и начала медленно расхаживать взад и вперед, опустив плечи и приволакивая ноги в мягких шлепанцах. Неподвижно, как статуя, сидящий Кирилл настороженно наблюдал за ее передвижениями.

— Еще у меня есть Лешка, рассеянный растяпа, талантливый математик, но ужасно наивный и доверчивый. Его обмануть и поймать в капкан ничего не стоит. Лешка мне тоже очень дорог, я знаю его еще со школы, он был моим первым мужчиной, я чуть было не родила ему ребенка. Он мой единственный близкий друг, у меня ведь, Кирюша, нет ни одной подруги. Странно, правда? Может, я и не люблю Лешку той страстной любовью, о которой пишут в книгах, но я, наверное, на такую любовь просто не способна. Я его люблю, как умею. Конечно, у него бывают заскоки по части ярких пышногрудых брюнеток, но это длится от двух часов до двух дней, а потом он возвращается ко мне, потому что нам хорошо друг с другом и плохо со всеми остальными. Ну, что греха таить, и у меня были другие мужчины, в одного из них я даже была влюблена до замирания сердца. Но все равно Лешка был и остался моим самым близким и родным. Между прочим, никто никогда не будет выхаживать меня так, как Чистяков, когда я болею. А болею я, Кирюшенька, порой довольно тяжело, имей это в виду. У меня была травма спины, и теперь, стоит мне поднять что-нибудь тяжелое, она довольно громко заявляет о себе. Тогда я ложусь на пол, потому что не могу лежать на мягком диване, и тихо погибаю. А Леша делает мне уколы, готовит еду, помогает встать и вообще выполняет функции медсестры. В такие дни он переселяется ко мне, хотя живет и работает в Подмосковье, и добираться от моего дома до работы ему приходится два с половиной часа. Но он ни разу не пожаловался и ни разу не отказался мне помочь. Так как ты думаешь, Кирюшенька, имею я право рисковать Лешей Чистяковым?

Мерная ходьба и крепнущий звук собственного голоса успокоили Настю. Озноб, сотрясавший ее, прошел, она даже немного согрелась, руки уже почти не дрожали. Она внимательно посмотрела на собаку и убедилась, что и та стала гораздо спокойнее. «Хорошо, — удовлетворенно подумала она. — Значит, мне и в самом деле удается взять себя в руки. Кирилл это чувствует».

Настя рискнула расширить сферу активности и вышла на кухню. Пес незамедлительно последовал за ней, сев у двери и опять застыв как изваяние.

В три часа ночи Насте наконец удалось поесть и выпить крепкого свежезаваренного кофе, около четырех она настолько осмелела, что простояла минут двадцать под горячим душем. К шести утра она собрала со стола исписанные и исчерченные непонятными закорючками листы бумаги, разорвала их на мелкие кусочки и выбросила в мусорное ведро. Кирилл мирно лежал у ее ног, положив нос на мягкий шлепанец, всем своим видом как бы говоря: «Вот теперь ты совсем успокоилась, ты не пахнешь страхом, и я больше не нервничаю. Поэтому я даже могу лечь около тебя».

Она посмотрела на часы. До приезда Андрея Чернышева оставалось чуть больше сорока минут. Настя подошла к зеркалу и подмигнула своему отражению. Теперь она знала, что ей делать.

Глава восьмая

Василий Колобов нетерпеливо вскрыл конверт и вытащил письмо, отпечатанное на машинке.

«Ты позволяешь себе распускать язык У тебя короткая память, Колобов. Если не хочешь повторения пройденного, приходи завтра, двадцать третьего декабря, по адресу, который тебе известен, в половине двенадцатого вечера. Сообщишь в милицию — до места не доедешь».

Колобов медленно положил письмо в карман и поднялся на лифте в свою квартиру. Опять они его достают! Не ходить? Нет, лучше пойти, «повторения пройденного» он не хотел. Били эти подонки больно.

* * *

Полковник Гордеев вызвал к себе Селуянова.

— Николай, мне нужно тихое темное место в районе Савеловского вокзала.

Коля Селуянов в свое время пришел работать в милицию, повинуясь внезапному и совершенно необъяснимому порыву. До этого он с самого детства мечтал стать градостроителем, в его голове рождались бесконечные идеи усовершенствования застройки Москвы, чтобы в ней всем было удобно: и пешеходам, и водителям, и детишкам, и пенсионерам, и домохозяйкам... Он знал родной город, как собственную квартиру, каждый закоулок, каждый проходной двор, каждый перекресток, где в «час пик» скапливались автомобильные пробки. Эти знания были весьма полезны в работе, и ими пользовался не только сам Селуянов, но и все его коллеги.

Коля задумался, потом придвинул к себе чистый лист бумаги, взял ручку и начал быстро чертить схему.

— Вот здесь есть хорошее место, — он поставил крестик на чертеже, — это минут семь медленным шагом от вокзала. Там арка и глухой двор, дом на капитальном ремонте, жильцов нет. Потом еще вот здесь, — на схеме появился второй крестик, — тоже тихо и безлюдно, особенно ночью. Ориентир — киоск «Роспечать», через пять метров поворот налево, и сразу за углом — три коммерческие палатки. Они стоят очень удобно, с фасада кажется, что вплотную друг к другу, а сзади видно, что между ними есть пространство. По ночам эти палатки не работают. Хватит или еще нужно?

— Давай еще парочку на всякий случай, — попросил Гордеев.

Отпустив Селуянова, полковник Гордеев повертел в руках схему с четырьмя крестиками и недоверчиво покачал головой. Да, он одобрил план, который предложила Каменская, но не потому, что план этот казался ему верхом совершенства, а потому, что ничем больше не мог ей помочь. В плане были очевидные огрехи и слабые места, Анастасия и сама их видела, но латать дыры было нечем: слишком мало сотрудников можно было привлекать к делу. Утечка информации по делу Ереминой шла постоянно, и предотвратить ее можно было только одним способом: ограничив круг владеющих этой информацией. Виктор Алексеевич с болью смотрел, как рушится все то, что он настойчиво и любовно создавал долгие годы: коллектив, в котором не было универсальных специалистов, зато были крепкие профессионалы, обладающие каждый своим талантом, и таланты эти служили общему делу и на пользу всем. Если бы, например, можно было подключить к делу Володю Ларцева, он бы нашел способ развязать язык Василию Колобову и вытянуть из него правду об избиении, о котором тот упорно молчал. Если бы можно было, как прежде, посадить Анастасию за аналитическую работу и дать ей возможность как следует подумать, она бы обязательно придумала что-нибудь остроумное и изящное, а обаятельный контактный живой Коротков и строгий красивый интеллектуал Лесников разыграли бы по ее сценарию блестящий и убедительный спектакль, после которого вместо аплодисментов и цветов на них посыпался бы дождь информации. Если бы... Если бы... Нельзя. Пока нельзя.

Гордеев уже знал, кто из его сотрудников контактирует с преступниками, но что-то мешало ему положить конец мучительной ситуации. И дело было не только в сострадании, эмоциях и сердечной боли. Виктор Алексеевич не мог избавиться от чувства, что в этом деле все не так просто, что за единичным предательством стоит нечто большее. Нечто более сложное и более опасное.

Была и еще одна вещь, которая смущала его в плане, предложенном Каменской. Гордеев требовал от своих сотрудников беспрекословного соблюдения требований закона. Положа руку на сердце, он не смог бы сказать, что его правосознание протестует против не вполне законных действий, к которым частенько прибегают оперативные работники при раскрытии преступлений. Это было повсеместной и повседневной практикой, сколько Колобок помнил свою работу в милиции, а было тому уже три десятка лет. Дело было в другом. Виктор Алексеевич наглядно видел, как дозволенность и безнаказанность незаконных методов работы приводила к падению профессионализма, утрате изобретательности в разработке оперативных комбинаций. Ну в самом-то деле, зачем мучиться и изучать системы замков и принципы подбора ключей, когда любую дверь можно открыть ломом или кувалдой? А в недалеком будущем уже маячили адвокаты, допускаемые к подозреваемому с момента задержания, а также далеко не «карманные» прокуроры и судьи, постепенно выходящие из-под гнета статистических показателей и из-под страха перед партийными репрессиями. Такую перспективу Гордеев разглядел много лет назад, еще в самом начале процесса демократизации, и начал собирать, кропотливо и тщательно, команду, которая сможет научиться работать в новых условиях. Команду, которая, раз и навсегда усвоив, что требования закона святы и нерушимы, сумеет нарастить профессиональный потенциал, достаточный для успешной работы, сумеет придумать и реализовать новые приемы и методы раскрытия преступлений. Команду, которая сможет использовать и психологию, и топографию, и физические данные, и интеллект, и еще Бог знает что... Но только не нарушения закона.

В плане Каменской никаких очевидных нарушений не было. Но Виктор Алексеевич подозревал, что Анастасия чего-то недоговаривает. Безусловно, на прямой обман начальника она не пойдет, но... Хитра, чертовка.

Анастасия.

Настасья.

Стасенька...

* * *

Настя с наслаждением уплетала приготовленный Лешей ужин. А не выйти ли ей за него замуж в конце-то концов? Он ведь давно этого хочет. Как хорошо, что он есть на свете.

— Вкусно? — спросил Чистяков, с улыбкой наблюдая за подругой, демонстрирующей завидный аппетит.

— Обалдеть можно! — искренне ответила она. — Лешик, ты не сердишься, что я тебя из дома выдернула посреди недели?

— Я так понял, что у тебя неприятности, — осторожно сказал он. — Ты, по-моему, замок сменила.

— Угу. Я кому-то наступила на хвост, и меня пытаются испугать. Мне бы не хотелось ночевать одной, по крайней мере несколько ближайших дней. Я хотела тебя попросить... — Она замялась.

— Проси, не стесняйся, — подбодрил Леша. — Ты у меня девушка скромная и не особенно нахальная, золотых гор не попросишь.

— Ты не мог бы отпроситься с работы на несколько дней и побыть здесь? Мне очень нужно, честное слово.

— Конечно, могу. Это для тебя я Лешка, а на работе я, между прочим, профессор Чистяков. Мне полагаются библиотечные дни, я тебе сто раз говорил.

— А сколько у тебя этих дней? Один? Два?

— У меня, солнышко, все дни библиотечные и только один присутственный. Так что ты меня проинструктируй, как и что надо делать, и я все выполню с математической точностью.

— Инструкция только одна — отвечать на телефонные звонки. Ни в коем случае меня не подзывай, если я дома. Говори, что я в ванной, в туалете, у соседки, у черта на куличках — где угодно, только не подзывай. Спрашивай, кто звонит и по какому телефону мне перезвонить, и больше ничего.

— А не проще отвечать, что тебя нет дома?

— Нельзя. Если мной кто-то всерьез интересуется, он будет точно знать, что я уже пришла домой. У него не должно быть ни малейших подозрений, что я скрываюсь или увиливаю. Еще раз повторяю, Лешенька, не спрашивай, что передать. Только номер телефона.

— Понял. Твой телефон прослушивают, что ли?

— Очень похоже.

— Да-а, старушка, — протянул Леша, — плохи твои дела. Как же это ты так попалась, а?

— Да вот так. И боюсь, что дальше будет еще хуже.

* * *

Василий Колобов опустил раму, задвинул замок и приставил к стеклу написанное от руки фломастером объявление: «Перерыв с 23.00 до 24.00». До места, куда ему велено было явиться в половине двенадцатого, можно было добраться автобусом минут за десять, но городской транспорт в вечернее время ходил с большими интервалами, а опаздывать Колобов не хотел, дабы не разгневать тех, кто его однажды уже измордовал. Лучше уж в такой ситуации прийти пораньше и подождать.

Заперев киоск, он двинулся в сторону автобусной остановки, но, не дойдя до нее, услышал за спиной тихий голос:

— Молодец, Вася, дисциплинированный. Не оборачивайся. Иди прямо, к подземному переходу.

У Василия заломило затылок, подмышки вспотели. Что-то твердое ткнулось ему в спину, прямо между лопаток. Он покорно пошел к переходу, спустился по ступенькам и направился по подземному туннелю на противоположную сторону шоссе. Света в переходе, как всегда, не было. Колобов не слышал шагов сзади, только ровное дыхание доносилось до его слуха да спина постоянно ощущала давление чего-то, смахивающего на ствол пистолета.

Выйдя из перехода на улицу, он услышал следующую команду:

— Налево, за угол. Медленно. И не оборачиваться. Теперь под арку.

Навстречу им двигались две массивные фигуры. Лиц в кромешной тьме было не разобрать, ни одно из окон, выходящих во двор, не светилось. Фигуры приблизились вплотную.

— Ну что, Васенька, поговорим?

— Я ничего не сделал, — с отчаянием произнес Колобов. — Я никому ничего не сказал. Что вам еще от меня нужно? Почему вы мне не верите?

— А почему мы должны тебе верить? Ты нас один раз уже обманул, — спокойно сказал тот, что был пониже ростом.

— Я сказал вам правду. Я не видел Вику на вокзале в тот день, я вам клянусь! Не знаю, что она вам наговорила, не знаю, зачем она это делала, но я ее не видел!

— Смотри, Колобов, сегодня мы тебе поверим, а насчет завтра еще подумаем. У нас в легавке есть свои люди, и если ты трепанул насчет Вики и нас, сам знаешь, что тебя ждет. Лучше признайся сразу, тогда мы тебя просто бить будем. А если узнаем, что ты обманываешь нас, убьем. Так как же, Васенька?

— Я клянусь вам, клянусь! — Колобов чуть не плакал от бессилия. — Можете проверять, я ничего не сказал в милиции.

— А как насчет Вики?

— Да не видел я ее, не видел, не видел! Она вам наврала, чтобы подстраховаться, неужели вы не понимаете?

— Ну ладно, Васенька, иди с Богом. Но смотри...

На подгибающихся ногах Колобов вышел из подворотни и побрел в сторону вокзала.

* * *

На утренней оперативке полковник Гордеев впервые за полтора месяца поднял вопрос о ходе работы по делу об убийстве Виктории Ереминой. Всем его подчиненным было видно, что, с одной стороны, дело это начальника ни капельки не волнует, но, с другой стороны, он крайне недоволен отсутствием ощутимых результатов.

— Через десять дней истекает двухмесячный срок предварительного следствия, — холодно говорил он. — Каменская, доложи, что сделано.

Настя бесцветным голосом изложила общую картину, стараясь не заострять внимания на очевидных неувязках.

— Только что мы получили информацию о том, что Еремина оставила в квартире Карташова записку, объясняющую, куда и зачем она уезжает. Она сказала об этом своей приятельнице, которая до вчерашнего дня находилась в роддоме на сохранении и о смерти Ереминой ничего не знала. Как только узнала, сразу сообщила нам. Ей самой Еремина ничего не объяснила, только сказала, что написала Карташову записку и оставила в том месте, где Борис обязательно ее найдет, если с ней что-нибудь случится. Карташов о записке якобы ничего не знает, по крайней мере нам он о ней не говорил. Сейчас Карташова, к сожалению, нет в Москве, он уехал на несколько дней. Как только вернется, мы произведем у него обыск, со следователем вопрос согласован.

— Когда Карташов вернется в Москву? — задал вопрос Гордеев.

— Послезавтра.

— Смотри, Анастасия, не тяни. Ты очень медленно работаешь, сроки кончаются, а воз и ныне там, никаких результатов, одна говорильня. Теперь вот еще два дня проволочки... Плохо. Очень плохо.

— Я буду стараться, Виктор Алексеевич.

— Куда уехал этот художник?

— В Вятку.

— Может быть, попросим местную милицию найти его и опросить? Глядишь, и время сэкономим, — невинно предложил полковник.

— Следователь категорически против. Он настаивает на том, чтобы дождаться возвращения Карташова, — твердо ответила Настя.

— Что ж, ему виднее, — вздохнул Гордеев. — Кстати, Каменская, год кончается, а ты до сих пор не прошла диспансеризацию. Завтра же все сделай.

— Я пройду, Виктор Алексеевич, только не завтра. У меня на завтра запланировано... — начала было Настя, но Гордеев резко перебил ее:

— Меня не интересуют твои планы. Лично в мои планы не входит ежедневно объясняться с поликлиникой. Правила для всех одинаковы. Будь любезна, завтра обойди всех врачей и без справки о прохождении диспансеризации не появляйся. Вечером справка должна быть у меня на столе. Поняла?

— Хорошо, — обреченно вздохнула Настя.

После совещания она заперлась в своем кабинете, ожидая вызова начальника. Гордеев позвонил ей через несколько минут.

— Ну как, Стасенька? Не очень я тебя?

— Больно, Виктор Алексеевич, — улыбнулась в трубку Настя. — Прямо под дых. Но вы были очень убедительны. В вас погиб Смоктуновский.

— Ладно, иди поплачься, пожалуйся, какой я жестокий. Не забудь на глазах у изумленной публики позвонить в регистратуру поликлиники и узнать, по какому графику завтра врачи принимают. Обо всем остальном мы с тобой, кажется, условились. Удачи тебе, девочка.

— Спасибо. Я буду стараться.

— Это ты мне сегодня уже говорила, — невесело усмехнулся Гордеев и положил трубку.

* * *

Телефон надрывался, но Борис Карташов и не думал снимать трубку. Уже четвертый раз подряд во время звонков на табло определителя номера было пусто. Это означало, что звонили из автомата. Борис внутренне подобрался. Он был спортивным, физически сильным мужчиной, много лет занимался различными видами единоборств. Насколько он был слаб и нерешителен в личной жизни, настолько же смел и уверен в себе во всем, что касалось физического противостояния. И все-таки ему было не по себе.

С приглушенным щелчком закрылась дверь лифта. И почти сразу же раздался звонок в дверь. Борис, мягко ступая, подошел к двери и вжался в стену возле вешалки, где его не будет видно входящему. Новый звонок оглушительно дребезжал прямо над головой художника. Еще один. И еще. И наконец клацнул вставленный в замок ключ.

Дверь медленно приоткрылась, человек вошел в квартиру и потянулся к выключателю. Раздался тихий щелчок, но свет в прихожей не зажегся. Незваный гость щелкнул выключателем еще несколько раз, но было по-прежнему темно, хоть глаз выколи.

Он осторожно, на ощупь, двинулся в комнату, и в этот момент Борис, чьи глаза уже давно адаптировались к темноте, в стремительном броске повалил его на пол. От неожиданности человек даже не закричал. Он просто рухнул на ковер, инстинктивно прикрывая голову руками. Двухметровый Карташов придавил его своей доброй сотней килограммов, упираясь коленом в позвоночник и больно зажав руки за спиной.

— Ты кто такой? Откуда у тебя ключи от квартиры? — угрожающе спросил он.

Гость попытался вырваться, и хозяину пришлось несколько раз ударить его. Борис был опытным бойцом, он хорошо знал, как надо бить, чтобы причинить максимальную боль и при этом не повредить жизненно важные органы. Очень скоро способность незнакомца к сопротивлению была полностью подавлена. Борис поднял его, как мешок с тряпьем, усадил в кресло, стянул с безжизненно повисших рук тонкие лайковые перчатки и сунул ему стакан с прозрачной жидкостью, после чего зажег, наконец, свет в комнате.

Гость оказался парнем лет двадцати двух—двадцати трех, с короткими, стриженными «ежиком» волосами, симпатичной физиономией, которую несколько портили слишком глубоко посаженные глаза, и отлично развитой мускулатурой. «Качок», — определил про себя Карташов, ощупывая глазами фигуру парня в тех местах, где распахнувшаяся куртка открывала торс, обтянутый тонкой трикотажной водолазкой.

«Качок» отпил из стакана и закашлялся.

— Это же водка, — прохрипел он, слизывая кровь с разбитой губы.

— Да что ты говоришь? — зло усмехнулся Борис. — Давай пей, здоровее будешь.

Парень попытался встать с кресла, но хозяин молниеносным тычком в челюсть усадил его на место.

— Ну так что? Как оправдываться будешь?

— Извини, мужик, — пробормотал парень, — накладка вышла. Мне сказали, тебя дома не будет. Я же звонил и по телефону, и в дверь. Думал, тебя и правда дома нет. А ты заявился.

— Подумайте, какая неприятность! Он мне добросовестно названивал, обзвонился весь с ног до головы, а я, подлец эдакий, оказался дома. От бабы прячусь, так что не обессудь. Так как мы с тобой поступим, чемпион среди звонильщиков? Милицию вызовем или так поговорим?

— Слушай, мужик, не надо милицию, а? Я у тебя ничего не взял. А морду ты мне так наканифолил, что, считай, в расчете.

— Откуда у тебя ключи?

— Купил.

— У кого?

— А я знаю? Парень один сказал, что у тебя в хате барахла полно, аппаратура, «грины», шмотки новые, а сам ты в командировке.

— Чего же этот твой благодетель сам не пришел, если здесь барахла полно? Почему тебе ключи отдал?

— Ему срочно деньги нужны были, чтобы уехать. Да он и не вор, сразу видно.

— А ты, выходит, вор?

— Ага, — подтвердил парень, глядя на Бориса честными глазами. — Слушай, отпусти меня, а? Давай разойдемся по-мирному.

— Сейчас, разбежался, — фыркнул Карташов и снова ударил его. — Где ключи?

— В кармане.

Борис быстро обшарил карманы куртки, в которую был одет «качок», и вытащил ключи на кольце с брелоком.

— Ах ты, сука! — прошипел он. — Это же Викины ключи. Ты ее убил? Говори, ты убил Вику?

— Да не знаю я никакую Вику! — взвизгнул парень, безуспешно стараясь уклониться от очередного удара. — Ты что, ошалел? Я же говорю, купил ключи...

Новый удар не дал ему договорить. Разбитая губа кровоточила все сильнее, лицо стало совсем бледным.

— За что вы убили Вику? Что она вам сделала? Говори! Говори, дерьмо собачье! — твердил Борис, методично нанося удары по болевым точкам, пока парень не рухнул лицом на журнальный столик, вцепившись руками в его полированную поверхность.

Художник задумчиво постоял над ним, потом пошел в ванную, закрыл дверь и принялся тщательно мыть руки с мылом. Из комнаты до него донесся стон, потом звук тяжелых неуверенных шагов. Наконец он услышал, как щелкнул замок. Вытерев руки полотенцем, он не торопясь вышел из ванной и, убедившись, что гость испарился, погасил в комнате свет. Это был условный сигнал.

Не прошло и нескольких минут, как в квартире появились следователь Ольшанский, эксперт-криминалист Зубов, Настя и двое понятых.

— Где? — только и спросил Константин Михайлович.

— В комнате, — так же коротко ответил Борис. — Кресло, стакан, стол, как вы и просили. Даже перчатки остались.

— Отлично, — потер руки Ольшанский. — Идите с Каменской на кухню и не мешайте нам.

* * *

— Вы меня уже простили? — спросил Борис, ставя перед Настей чашку с дымящимся кофе.

— Я на вас не сердилась.

— Я не так выразился. Вы меня подозревали. Не отрицайте, это было очень заметно. Больше не подозреваете?

— Нет, — улыбнулась Настя. — Теперь я знаю, что вы не имеете отношения к смерти Вики.

— А этот парень имеет отношение к убийству?

— Не знаю. Может быть. Викины ключи оказались у него, а в байку об их приобретении я не верю.

— Я рад, что мы стали союзниками.

— Почему?

— Вы мне еще тогда, в первый раз, очень понравились. Помните, когда вы вошли в квартиру и начали хохотать, потому что мы с вами оказались совершенно одинаково одеты. И я подумал: «Вот человек, который предпочитает простоту и комфорт». Я и сам такой. Вику это иногда прямо бесило, особенно ее выводили из себя мои вечные кроссовки. Сто раз ей объяснял, что по нашим грязным улицам не имеет смысла ходить в обуви из натуральной кожи, иначе ее придется через неделю выбрасывать. А такая вещь, как удобство в ущерб элегантности, вообще была недоступна ее пониманию. Поэтому когда я увидел, что вы одеты так же, как и я, тепло и удобно, то сразу же почуял в вас родственную душу и проникся к вам симпатией. А вы мне не поверили и стали подозревать...

— Да ладно вам, Борис, не поминайте старое. Такая уж у меня работа. Мне ведь вовсе не хотелось вас подозревать, вы мне тоже понравились. Но на нашей работе личные чувства плохо сочетаются со служебными соображениями.

— Это всегда так? — спросил Карташов, бросив на Настю внимательный взгляд, словно поняв, что за словами, касающимися лично его, кроются какие-то другие мысли.

— Не всегда, — вздохнула она, — но часто. К сожалению. Знаете, наша работа очень похожа на театр.

— На театр? — удивился художник. — Почему?

— Притворяться приходится. Даже не притворяться, а... Скорее, наступать себе на горло. Это трудно объяснить. Вот, например, вы можете любить одних заказчиков и не любить других, с одними разговаривать любезно и идти навстречу всем их пожеланиям, а с другими разговаривать резко и быть неуступчивым. Они могут на вас обижаться, считать человеком невоспитанным и трудным, но мир-то ни для кого не рушится из-за этого, ничьи судьбы не ломаются. Так что вы можете оставаться самим собой и жить в ладу с собственными вкусами. А мы, если пойдем на поводу у своих вкусов и эмоций, можем наделать таких ошибок, которые обернутся для кого-то катастрофой, жизненным крахом. Это в учебниках преступник — плохой, а потерпевший достоин сочувствия. На самом деле преступники такие бывают, что от жалости к ним сердце разрывается, а потерпевшие попадаются иногда такие, мягко говоря, неприятные, что и сочувствия не вызывают, и верить им не хочется, а по некоторым вообще тюрьма давно плачет. И вот представьте себе, что будет, если мы начнем верить только тем, кто вызывает у нас симпатию, и не верить всем тем, кто нам не нравится. Будем искать подозреваемых только среди тех, кто нам неприятен, заранее исключая из круга возможных преступников тех, к кому у нас, как говорится, душа лежит. Представляете, сколько преступников останется на свободе? И сколько невинных могут пострадать?

— Я не думал, что это вызывает у вас психологический дискомфорт, — осторожно заметил Карташов. — То, о чем вы говорите, достаточно очевидно, но мне никогда не приходило в голову, что работники милиции могут из-за этого страдать.

— Это никому в голову не приходит, — безнадежно махнула рукой Настя. — Может быть, как раз потому, что слишком очевидно. Я иногда бываю в театре у своего знакомого на репетициях. Он все время борется с тем, что некоторые актеры не могут скрыть своего личного отношения к персонажам. Когда я посоветовала ему взять в труппу психолога, он посмотрел на меня как на душевнобольную. Ему даже в голову не приходит, что человек — не автомат, который можно по мере надобности включать и выключать. Некоторым это легко удается, а некоторые совсем не умеют забывать, какие они есть на самом деле. Вы никогда не задумывались над тем, что каждая хорошо сыгранная роль — это не только чудо перевоплощения, но и ломка собственной индивидуальности?

— Как-то в голову не приходило...

— Тем не менее это так. А любая ломка, пусть даже добровольная и щедро вознаграждаемая успехом и признанием, это, по существу, травма, после которой нужно восстанавливаться. Разве артисту кто-нибудь в этом помогает? Нет. И нам никто не помогает. И никто нас к этому не готовит. Зато сколько разговоров о том, что работники милиции жестокие, бездушные, в лучшем случае равнодушные! А как же ей не быть, деформации этой? Чтобы сохранить физическую целостность, разрабатывают целые тома инструкций по технике безопасности. А о душе, как водится, забыли.

На кухне появился эксперт Зубов, вечно хмурый и чем-то недовольный, но аккуратный и дотошный. Вместе с Ольшанским они составляли взрывоопасную смесь. Следователь по достоинству ценил эксперта и очень любил с ним работать. Зубов же терпеть не мог Константина Михайловича за его постоянные подсказки и руководящие указания, без которых работал ничуть не хуже. Конечно, Зубов в глубине души признавал, что Ольшанский и в самом деле прекрасно разбирался в криминалистике. Ах, кабы не его назойливость и приказной тон...

Настя глянула на Зубова и подумала, что он, похоже, скрежещет не только зубами, но и всеми костями и суставами.

— Ольшанский велел передать, что ты можешь быть свободна, — обратился он к Насте, презрительно скривившись на слове «велел». — Так что не жди нас, если не хочешь.

— Вам еще долго? — спросила она.

— Там полный джентльменский набор: пальцы, обувь, кровь, слюна, запах, микрочастицы. Еще час, наверное, провозимся, если не два.

Зубов повернулся к Борису и сказал ему, щелкая зажигалкой и прикуривая:

— Спасибо, что сделали все, как я просил. Очень удачно получилось. Стол и стакан просто стерильные, работать одно удовольствие, никакой лишней грязи.

Настя неохотно поднялась со стула. После нескольких часов ожидания на улице она только-только согрелась.

— Я, пожалуй, поеду. Поздно уже.

В прихожей Карташов быстро вкрутил в светильник лампочку, заботливо вывернутую в ожидании посетителя. У самых дверей Настя вдруг остановилась.

— Борис, вы не могли бы мне помочь?

* * *

Настя совсем потеряла сон. Лежа в постели рядом с Лешей, она не спеша подводила итоги и готовилась к завтрашнему дню. Жаль, что спектакль, разыгранный в квартире у Карташова, не принес тех результатов, на которые она надеялась. Конечно, следов там осталось более чем достаточно, чтобы в случае необходимости доказать присутствие в квартире человека, личность которого они установили буквально через час. Теперь за ним по пятам будут ходить люди, и уже завтра станут известны хоть какие-то его связи. Но на провокацию Бориса, обвинившего его в убийстве, гость не поддался. Он прекрасно собой владеет, очень хорошо подготовлен, потому что сразу выдал себя за вора, несмотря на внезапное нападение хозяина квартиры, и ни разу не ответил ударом на удар, хотя мускулатура у него, по словам Бориса, весьма впечатляющая. Да и тренировка сказалась: побитый «воришка» что-то подозрительно быстро оклемался настолько, что сумел смыться из квартиры и даже не очень при этом нашуметь. Что ж, отсутствие результата — тоже результат. Пусть этот «качок» сумел скрыть свое истинное лицо и не выдал тех, кто его послал, но уже из самого этого факта можно извлечь полезную информацию. Не все же удается так легко и просто, как блеф с Василием Колобовым, который с перепугу верит всему. Да и везение тоже сыграло свою роль, ведь отправленным Колобову письмом они стреляли наугад. Хотя нет, это не совсем верно. Как бы ни отреагировал он на письмо, это была бы информация. Он мог бы, например, совсем не испугаться, выбросить письмо в мусорное ведро и никуда в назначенное время не пойти, и это означало бы, что Настина гипотеза неверна. Или он мог бы испугаться настолько сильно, что прибежал бы в милицию и сам рассказал, кто и за что его избил после убийства Вики Ереминой. Но Колобов сделал то, что сделал, и теперь она, Настя, знает, что Вика сказала своим убийцам, будто Василий Колобов видел ее вместе с ними на Савеловском вокзале. А труп ее нашли в районе платформы «75-й километр» Савеловской дороги...

Когда Настя вернулась от Карташова, Леша передал ей список звонивших. Было уже очень поздно, но один звонок она все-таки решила до утра не откладывать. Спустившись к соседке Маргарите Иосифовне, любившей смотреть телевизор допоздна, потому что около полуночи по Московскому телеканалу начинались старые кинофильмы, Настя набрала номер Геннадия Гриневича. Увы, ничего принципиально нового режиссер сообщить ей не мог. Его знакомые журналисты знали о беллетристе Бризаке едва ли больше, чем написано в рекламной аннотации на книжных обложках. Да, говорили они, имя известное, книги пользуются большим спросом, но настоящим литератором его не считают. Крепкий ремесленник, хотя и не без искры Божией. Умело набивает себе цену, изображая таинственность. Нет, они, журналисты, убеждены, что никакого криминала за этим не стоит, все это — не более чем рекламный трюк для подогрева интереса читателей. «Господи, — с тоской думала Настя, — неужели опять «пустышка»? Неужели я опять ошиблась?»

...От телефонного звонка Леша сразу проснулся и

вопросительно посмотрел на нее. Настя отрицательно помотала головой и села на постели.

— Алло! — сказал Леша в трубку сонным голосом.

— Я прошу прощения за поздний звонок, — послышался приятный баритон, — но мне необходимо срочно поговорить с Анастасией Павловной.

— Она спит.

— Разбудите ее, пожалуйста. Это действительно очень важно и срочно.

— Не могу. Она приняла снотворное и просила ее не беспокоить.

— Уверяю вас, это очень важно для нее. Она ждет моего звонка и будет крайне недовольна, когда узнает, что я звонил, а вы не дали нам возможности поговорить. Это касается работы.

Но Чистяков держался как кремень. Может, он и был, как считала Настя, наивен и доверчив, но сбить его с толку было невозможно.

Настя зажгла лампу у изголовья, схватила сумку, вытащила из нее пропуск в поликлинику и сунула его Леше под нос. Леша понимающе кивнул.

— Послушайте, — взмолился он как можно жалобнее, — у нее сейчас трудная полоса, неприятности и все такое. Она совсем не спит уже несколько ночей, у нее болит сердце и вообще она плохо себя чувствует. Завтра ей предстоит проходить диспансеризацию в поликлинике, и она не хочет в таком состоянии показываться врачам. Она ведь офицер, вы должны понимать. Поэтому она приняла три таблетки снотворного и пораньше легла спать, чтобы завтра все прошло благополучно. Ей будут давление мерить, к невропатологу пошлют, кардиограмму снимут. В конце концов, даже если я смогу ее добудиться сейчас, она ничего не будет соображать.

— Очень жаль, — непритворно огорчился собеседник. — Хорошо, я позвоню ей завтра. Всего доброго.

— До свидания, — буркнул Леша.

Настя стояла посреди комнаты, плотно запахнувшись в теплый махровый халат. Ее бледное лицо в полумраке казалось неживым.

— Это они? — спросил Чистяков.

Она молча кивнула.

— Почему бы тебе не поговорить с ними? В этой ситуации прослушивание твоего телефона роли не играет, они же сами его и слушают.

— Не люблю, когда меня пугают. Я уже достаточно напугана и не хочу выслушивать очередные «страшилки», которыми они собираются меня накормить.

— Я тебя что-то не понимаю, Настюша. Что ты затеяла? Прячешь голову в песок, как страус?

— Ничего я не затеяла. Они хотят меня выбить из колеи. Вот и пусть себе думают, что им это удалось, что я на стенку лезу от страха, что у меня от этого нервное расстройство. Что нового они мне скажут? Что взорвут папину машину? Предпочитаю этого не слышать. Машину они взорвут только после того, как я не выполню их требования, иначе это теряет смысл. Вот я и не даю им возможности высказать эти требования.

— По-моему, не очень умно, — с сомнением произнес Леша. — Они же могут подойти к тебе на улице. Что ты тогда будешь делать? Скажешь, что ты — это не ты и вообще ты у соседки? Глупо как-то.

— Как знать, Лешенька. Не будут они подходить ко мне на улице, это опасно. После такой встречи их можно выследить, они это отлично понимают. Единственное, что не оставляет следов, — это телефонные звонки. И непременно ночью, чтобы было пострашнее. И из телефона-автомата, чтобы на определителе не было номера, если такой определитель у меня есть. И не более трех минут, чтобы не засекли, если я все-таки пожаловалась начальнику и мой телефон взяли «на кнопку».

— Слушай, неужели ты их совсем не боишься?

— Еще как боюсь, милый, — горько усмехнулась Настя. — Не боятся только умственно неполноценные, потому что не умеют реально оценивать опасность и не понимают, что такое жизнь и как страшно ее терять. Нормальный человек должен бояться, если у него есть инстинкт самосохранения. А я вообще жуткая трусиха, ты же знаешь. Погаси-ка свет, будь добр.

— Зачем?

— Они могут наблюдать за окнами. Я же сплю, согласно вышеизложенной легенде.

— Ты-то спишь, но меня-то они разбудили, — возмутился Леша.

— Не спорь, солнышко, — устало сказала Настя. — Гаси свет, поговорить можно и в темноте.

Она легла, свернувшись калачиком, и прижалась к Лешиному плечу. Он гладил ее по голове и спине, успокаивал, баюкал, что-то рассказывал шепотом. Наконец под утро ей удалось задремать.

* * *

Спортивный, подтянутый дядя Коля, снисходительно улыбаясь и посверкивая железными зубами, смотрел на коротко стриженного «ежиком» парня.

— Не переживай, Санек, ты ни в чем не виноват. Бывает.

Он налил себе стакан минеральной воды и залпом выпил. Санек и в самом деле не виноват. Виноват этот старый хрыч Арсен, который слепо доверяет «своим людям» и не удосужился подстраховаться, перепроверить полученную информацию. Выполнение задания сорвалось, придется искать другие пути, например, подсунуть художнику привлекательную телку, чтобы она пошустрила у него в хате. Художник-то, судя по всему, слабоват по части женского пола, не успел одну красавицу похоронить, а с другой уже так закрутил, что теперь приходится от нее прятаться. Ай да Борис Григорьевич, ай да неутешный вдовец!

— Если б ты знал, чего мне стоило не врезать ему как следует, — вздохнул Санек так жалобно, что дядя Коля не смог сдержать смех.

— Ты молодец, Санек, — одобрительно сказал он, — вор — он и есть вор. Ты должен был убедить его, что ты — безобидный неопытный домушник. Драться нельзя было.

— Да-а, нельзя, — продолжал ныть Санек. — Знаешь, как он меня молотил! Тренированный, гад, все точки знает. Я чуть сознание не потерял.

— Тем более. Если он тренированный, то в два счета раскусил бы, что ты никакой не воришка, а боевик-профессионал. Кончай сопли распускать. Удивляюсь я вам всем: бравые бойцы, а характер — как у бестужевских барышень.

— У кого? У каких барышень?

— Темный ты, Санек, — вздохнул дядя Коля. — Ты хоть буквы-то помнишь еще?

— Какие буквы?

— Алфавит. Ты когда последний раз книжку в руках держал, а?

— Да ну тебя, дядя Коля, чего ты измываешься. И без того паскудно.

— Паскудно? — Дядя Коля повысил голос и припечатал ладонями об стол. — Ах ты Боже мой, какие нежности при нашей бедности! Морду ему набили и сдачи дать не позволили! Терпи! Ты дело делаешь и за это деньги получаешь. Не нравится — милости просим, уходи. Только имей в виду, что покрывать тебя уже никто не будет. Сколько на тебе покойников, не забыл? Пока мы в одной связке с хозяином, можешь спать спокойно. Уйдешь — конец тебе. Так что выбирай.

— Да я уж выбрал...

— Тогда не жалуйся и не хнычь.

— Обидно же... Каждый день в зал хожу, качаюсь, железки кидаю, а все для чего? Чтобы какой-то мазила бил меня, как тряпичную куклу?

— Ох, Санек, плохо у тебя с мозгами. Зато самолюбия выше крыши. Ты посмотри на Славика: опытный автогонщик, чемпион, а запретили ему временно пользоваться машиной — и ходит себе пешочком как миленький. И не ноет. Потому что понимает: дело есть дело. И ты постарайся понять.

— Ладно, не шуми. Понял я.

— Вот и ладушки, — с облегчением улыбнулся дядя Коля.

Отпустив парня домой, он долго сидел неподвижно в маленькой комнатушке позади спортзала. Взглянул на часы — двадцать пять минут одиннадцатого. Через две минуты можно позвонить. Дядя Коля пододвинул поближе телефонный аппарат, снял трубку и принялся медленно набирать номер. Крутанув диск в последний раз, он прижал палец к перемычке и не отпускал до тех пор, пока на циферблате электронных часов не появились цифры 22.27. На другом конце трубку не брали. Дядя Коля насчитал семь длинных гудков и отсоединился. Снова набрал номер, на этот раз подождал до пяти гудков и перезвонил опять. Три длинных сигнала. Все. Больше можно не звонить. Комбинация из семи, пяти и трех сигналов означала, что задание не выполнено и возникли осложнения, которые, однако, срочного вмешательства не требуют.

Он аккуратно погасил всюду свет, запер двери и отправился домой.

* * *

Услышав телефонный звонок, человек в инвалидной коляске взял ручку и стал тщательно заносить в блокнот данные: номер телефона, с которого звонят, точное время, количество звонков. Через некоторое время ему позвонят, сначала будет шесть гудков, потом три, потом одиннадцать, и только на четвертый раз он может снять трубку. На все остальные звонки отвечать было категорически запрещено. Человек в коляске безупречно выполнял все инструкции, потому что понимал всю важность и ответственность своего задания.

Ему было тридцать четыре года, из которых почти десять он был прикован к креслу. Всю жизнь он любил технику, радиоаппаратуру, с удовольствием возился с микросхемами. Окончил институт электронной радиотехники и автоматики и, осуществляя давнюю мечту, поступил на технический факультет Высшей школы КГБ, но приступить к учебе не успел. Вместе с родителями и бабушкой он попал в автокатастрофу, в которой погибли все, кроме него. Отныне его судьбой стали одиночество, инвалидная коляска и костыли, на которых он хоть и с огромным трудом, но мог перемещаться по квартире.

Придя в себя после шока, вызванного резким переломом жизни, он постарался взять себя в руки и вернуться к своим микросхемам. С детства увлекаясь шпионскими романами, начал придумывать разные хитрые штуковины... Ему очень хотелось быть полезным, служить укреплению безопасности Отечества, и в один прекрасный день он, превозмогая робость, написал письмо в КГБ, предлагая ознакомить специалистов со своими придумками. Поэтому ни капли и не удивился, когда к нему пришел человек из Комитета и предложил работать на благо Родины.

— Вы, судя по всему, человек аккуратный и пунктуальный, — польстил ему комитетчик, — и именно эти качества так необходимы нам для того, чтобы обеспечивать деятельность контрразведки. Вы же понимаете, сколько врагов засылается к нам в страну и сколько неустойчивых граждан вербуется иностранной разведкой. Чтобы предотвратить подрыв безопасности нашей Родины, мы всех этих людей окружаем нашими контрразведчиками. Так вот, чтобы контрразведчики могли работать в полной безопасности и чтобы враги их не раскрыли, необходимо создавать систему надежной бесконтактной связи. Вы меня понимаете?

Конечно, он понимал. Про будни контрразведчиков и происки врагов он прочитал тонну книжек. И конечно же, он с радостью согласился помогать комитетчику.

Функции его были несложными, но требующими

внимания и точности. Записывать время звонков, количество сигналов и номер телефона, высвечиваемый на табло определителя. Вот и все. В строго определенное время и со строго определенной последовательностью сигналов ему звонил тот самый комитетчик, и инвалид докладывал ему, какие и когда поступали звонки.

Условием хорошо оплачиваемой работы на благо Родины была полная изоляция инвалида. Ежедневно люди комитетчика приносили ему продукты, лекарства и все необходимое. Если он плохо себя чувствовал, тот же комитетчик присылал своего врача. Если он хотел что-то купить, все доставлялось ему на дом в лучшем виде, стоило только заикнуться. Ему приносили книги, как художественные, так и специальные, по радиотехнике, детали, инструменты, приборы — все, чтобы он мог заниматься любимым делом и ни в чем не испытывать недостатка. Запрещено было только общение с кем бы то ни было, кроме людей из КГБ. Инвалид даже не знал номера своего телефона, чтобы не было соблазна кому-нибудь его дать.

Он не знал и не мог знать, что над письмом его в КГБ посмеялись и выбросили в корзину. И только один сотрудник осторожно расправил смятые листы и решил использовать больного человека в своих целях, не имеющих ничего общего с безопасностью страны. Не знал он и того, что несколько раз в год номер его телефона изменялся.

Он делал то, что ему нравилось, верил в свою полезность и был счастлив.

Глава девятая

Ровно в восемь утра Настя Каменская подошла к поликлинике ГУВД. Против обыкновения, сегодня она была одета в ярко-красную длинную куртку-пуховик, а голову украшала большая пушистая шапка из чернобурки.

Подойдя к окошку регистратуры, она получила

свою медицинскую карту, оставила куртку и шапку в гардеробе и поднялась на третий этаж в диспансерное отделение. Получив все талоны и направления, Настя вышла на лестницу, ведущую к запасному выходу. Там ее ждал Чернышев с большой сумкой из тонкой синтетической ткани. Чмокнув Андрея в щеку, она, не говоря ни слова, взяла сумку и зашла в женский туалет, расположенный здесь же, а спустя десять минут вышла оттуда с ярко накрашенными глазами, в распахнутом темном пальто, из-под которого ослепительно сверкал белоснежный врачебный халат. На шее у нее висел фонендоскоп, а в руках была стопка медицинских карт. Замечательная сумка из тонкой ткани лежала теперь в кармане пальто, сложенная до размеров маленького пакетика.

Настя спустилась по лестнице к служебному входу, ведущему во двор, и села в машину с синей полосой и надписью красными буквами «медслужба». Таких машин во дворе стояло по меньшей мере еще три, и скоро в каждую из них сядут точно такие же женщины в белых халатах, с болтающимися на шее фонендоскопами и медицинскими картами в руках — врачи, выезжающие по вызовам на дом.

Сидевший за рулем Чернышев взглянул на Настю и рассмеялся.

— Ты что? — удивилась она. — Что-нибудь не так?

— Увидел тебя с накрашенными глазами и вспомнил, как ты от Кирюши удирала, когда брали Галла. Я тебя с тех пор ни разу не видел с макияжем. Знаешь, а ты очень хорошенькая, когда накрасишься.

— Да ну? — скептически бросила она.

— Честное слово. Даже красивая. И чего бы тебе каждый день такой не быть? Нам, мужикам, на радость, твоему самолюбию на потеху. Лень одолела?

— Угу, — промычала Настя, пристраивая на коленях кипу бутафорских медицинских карт. — Лень одолела, ваши мужицкие радости меня не волнуют, а самолюбия у меня просто нет. Ты выяснил, как туда ехать?

Андрей не ответил, осторожно выезжая из подворотни на оживленное шоссе.

— Почему ты мне не перезвонила вчера вечером? — спросил он. — Я же оставлял твоему Леше телефон и просил, чтобы ты обязательно перезвонила.

— Я очень поздно пришла, а у тебя сынишка маленький, боялась разбудить. Что-то случилось?

— Случилось. Бывший следователь Григорий Федорович Смелков живет теперь под Дмитровом, и мы с тобой едем туда по шоссе вдоль Савеловской железной дороги.

Аккуратно сложенная стопка карт посыпалась с Настиных колен на пол.

— Попали, — еле слышно выдохнула она немеющими губами. — Пока не в «десятку», но куда-то очень близко. Наконец-то! Даже не верится.

— Может, ты мне объяснишь, как нам это удалось?

— Сама не знаю. Интуиция, наверное. Помнишь, я спросила тебя, чем зарабатывала на жизнь мать Ереминой?

— Я тебе ответил, что она была портнихой.

— Вот-вот. Я все пыталась понять, почему на рисунке Карташова скрипичный ключ салатного цвета. Что может быть в домашнем обиходе такое, чем можно нарисовать светло-зеленый ключ?

— И что же?

— Мелок. Обыкновенный цветной мелок из обыкновенного набора, который продавался во всех канцелярских магазинах. Такой набор есть у каждой портнихи, мелками пользуются для раскрой тканей. Тогда я поехала в архив сама и своими глазами прочитала уголовное дело по обвинению Ереминой-старшей. Странное это дело, Андрюша. Я такие дела называю учебными.

— Почему?

— А оно гладкое, как методическое пособие для следователя. Все документы выполнены идеально, все подшито в хронологическом порядке, протоколы отпечатаны на машинке, чтобы читать было

176

удобно, чтобы глаз ни за что не зацепился. Не уголовное дело, а игрушечка, рождественский подарок в нарядной упаковке. Настоящие дела такими не бывают.

— А ты не преувеличиваешь? Я ведь тоже читал дело, но ничего такого мне в глаза не бросилось.

— Так ведь ты не дело читал, а высматривал в нем полезную для нас информацию. Поэтому и внимания не обратил на качество самих документов.

Некоторое время они ехали молча.

— Ты договорился с Карташовым?

— Да, он будет ждать нас в Водниках, у яхт-клуба.

— Я прошу тебя, Андрюша, будь целый день на виду. Лучше всего покрутись у нас на Петровке.

— Не маленький, сам сообразил.

— Я опять пытаюсь руководить? — смутилась Настя. — Извини, пожалуйста.

Возле яхт-клуба она пересела в машину к Борису Карташову. Андрей отогнал «Жигули» с надписью «медслужба» к местному отделению милиции и на электричке вернулся в Москву.

* * *

Из автомобиля, припаркованного неподалеку от поликлиники ГУВД, вышел молодой мужчина приятной наружности. Предъявив вахтеру пропуск, он уверенно взбежал по ступенькам и подошел к регистратуре.

— Здравствуйте, Галочка, — обратился он к девушке-регистратору.

Та расплылась в улыбке, увидев знакомого.

— Здравствуйте! Что случилось? Заболели? — сочувственно спросила она.

— Ни в коем случае. Коллегу разыскиваю, Каменскую Анастасию Павловну. Она мне позарез нужна, а на работе сказали, что она проходит диспансеризацию. Я, конечно, грешным делом, думаю, что на самом деле она на свидание побежала, но на всякий случай решил к вам заскочить. А вдруг да повезет!

— Как, вы сказали, фамилия?

— Каменская А.П.

— Сейчас посмотрю.

Девушка скрылась между длинными высокими стеллажами.

— Карты нет, — сообщила она, возвращаясь к окошку. — Значит, ваша Каменская где-то здесь.

— А где мне ее искать, не подскажете?

— Спросите в диспансерном, 302-й кабинет. Они вам точно скажут.

— Галочка, я ваш должник!

Мужчина отошел от регистратуры, постоял несколько секунд возле гардероба, нашел глазами ярко-красную куртку и направился по лестнице на третий этаж.

Дверь 302-го кабинета была распахнута настежь. В коридоре возле включенного телевизора сидели люди с медицинскими картами в руках. Мужчина заглянул в кабинет.

— Здравствуйте, я из МУРа, из отдела Гордеева.

— Вы на диспансеризацию? — откликнулась симпатичная толстушка, что-то искавшая в картотеке.

— Не совсем. Мне начальник велел проверить, была ли у вас сегодня Каменская Анастасия Павловна. Она у нас часто на работе отсутствует, говорит, что ходит в поликлинику. Ну вот начальник и решил, сами понимаете...

— Каменская? — толстушка сосредоточенно наморщила лоб. — Не помню.

— Была, была, — раздался из другого угла комнаты звонкий голосок, принадлежащий молоденькой медсестре с рыжей челочкой. — Помнишь, мы еще удивлялись, что она — майор, а выглядит лет на двадцать пять.

— Ах, эта, — заулыбалась толстушка, — конечно, помню. Такая стройная блондинка, да?

— Да-да, это она. Ну, спасибо, красавицы. Теперь можно с чистой совестью доложить начальнику, что Каменская не прогуливает. Кстати, сколько нужно времени, чтобы пройти всех врачей? Часа два?

— Что вы, придется целый день потратить. У нас в каждый кабинет огромные очереди.

Еще немного поболтав с девушками из диспансерного отделения, мужчина распрощался. К выходу он шел не оглядываясь, поэтому не заметил, что в спину ему смотрят чьи-то внимательные глаза.

* * *

— Он сказал, что работает в вашем отделе. Среднего роста, волосы темные густые, плечи узкие. Лицо правильное, красивое, на правом ухе дефект мочки. Голос звучный, высокий.

— Не мой, — уверенно откликнулся Гордеев. — У меня всего двое красивых, один, правда, брюнет, но очень высокий, под «средний рост» никак не подходит. Другой — блондин. Дефекта мочки ни у кого нет. Дальше что было?

— Сел в машину, поехал в сторону Садового кольца. Вел себя как-то странно. В одиннадцать двадцать остановился возле телефона-автомата, но вышел из машины не сразу, дважды смотрел на часы. Потом не торопясь зашел в будку, снял трубку, тут же повесил ее и пулей помчался к машине. Видно, таксофон не работал, а время поджимало. Рванул с места, подъехал к другому автомату, сильно нервничал. На второй раз ему повезло, телефон был исправен. Набрал номер и почти сразу же нажал на рычаг. Ни с кем не разговаривал. Снова набрал номер, подождал чуть подольше, ему опять не ответили. Позвонил в третий раз, ждал еще дольше и тоже ни с кем не говорил. Вышел из будки, сел в машину и двинулся в сторону Измайлова.

— Человек позвонил в три места и никого не застал. Что ты видишь в этом странного?

— Он смотрел на часы и явно ждал наступления

условленного времени. Значит, его звонка кто-то должен был ждать. Почему же ему никто не ответил? И потом, у него ничего не было в руках — ни монетки, ни жетона. Как же он собирался разговаривать?

— Ты прав. Я подумаю над этим. Глаз с него не спускайте.

— Виктор Алексеевич, раз его пропустили в поликлинику, значит, он наш сотрудник. Мы не имеем права...

— Ты видел его служебное удостоверение? — резко оборвал собеседника Гордеев.

— Нет, но...

— И я не видел. Домыслы свои оставь при себе. И до тех пор, пока ты своими глазами не увидишь его удостоверение, не подделанное и не просроченное, он для тебя не сотрудник, а объект наблюдения.

— Ну, как скажете.

* * *

Борис Карташов еще раз сверился с картой.

— По-моему, мы проскочили поворот на Озерки. Надо разворачиваться.

Он развернул машину, и уже через минуту они увидели нужный поворот, а оттуда до дома Смелякова было совсем близко.

Бывший следователь Григорий Федорович Смеляков жил в большом двухэтажном кирпичном доме, окруженном яблоневым садом. Всюду чувствовалась умелая и заботливая хозяйская рука: в аккуратно подстриженных кустах, и в свежевыкрашенном заборе, и в расчищенной дорожке, ведущей от калитки к дому.

— Хозяин вас ждет? — спросил Борис, запирая машину.

— Нет.

— А вдруг мы его не застанем, что тогда?

— Вот когда не застанем, тогда и решим, что делать, — ответила Настя, стараясь казаться беззаботной. На самом деле она ясно понимала, что сегодня они получили выигрыш во времени, и если не смогут его использовать, если Смеляков куда-нибудь уехал, то... Додумывать мысль до конца ей не хотелось. Очевидно, что второй раз примитивный фокус наподобие сегодняшнего, с поликлиникой, у них не пройдет. ОНИ ждут от нее сложных ходов, и только поэтому удалось при помощи дешевого «бородатого» трюка выиграть хоть немного времени. Завтра ОНИ будут знать об обмане, и тогда она не сможет даже выйти в туалет, чтобы это не осталось незамеченным. Так что сегодня — главный день, решающий во всей операции, и исход ее зависит от того, сколько ей, Насте, удастся за этот день сделать.

Она решительно толкнула калитку, и в ту же секунду на крыльце появился пожилой мужчина с красивой окладистой бородой и седыми волосами.

— Вам кого? — вопросил он зычным басом.

— Григорий Федорович?

— Я.

Настя подошла к крыльцу и уже полезла было в сумку за удостоверением, но внезапно решила сыграть наугад.

— Можно нам войти?

— Проходите.

Смеляков посторонился, пропуская гостей в дом. Изнутри жилище напоминало городскую квартиру, комфортабельную, даже роскошную. Стены обшиты деревом, на окнах тяжелые шторы из дорогой ткани. В большой центральной комнате горел камин, не электрический, а самый что ни есть настоящий. Перед камином — кресло-качалка с небрежно брошенным теплым пледом, рядом с креслом на полу — два огромных ньюфаундленда, которые тут же вскочили при появлении посторонних и настороженно застыли.

— Как у вас хорошо! — непроизвольно вырвалось у Насти.

Хозяин довольно улыбнулся. Было видно, что он любит свой дом и гордится им.

— С чем пожаловали? — спросил он, принимая у Насти пальто.

— Григорий Федорович, можно поговорить с вами о событиях тысяча девятьсот семидесятого года?

Реакция Смелякова была совершенно неожиданной. Он радостно улыбнулся.

— Значит, все-таки опубликовали! А я уж и надеяться перестал. Как отдал рукопись в прошлом году, так из журнала ни слуху ни духу. Думал, забраковали. А вы, выходит, прочли и заинтересовались? Только имейте в виду, там не все правда, там и авторский вымысел есть. Да вы садитесь, садитесь, я сейчас чай сделаю, а потом отвечу на все ваши вопросы.

Настя вцепилась в локоть Карташова, чтобы не упасть. Как всегда в минуты внезапных озарений, спазм сосудов приводил к тому, что у нее кружилась голова и слабели ноги.

— Вам плохо? — шепотом спросил Борис, осторожно усаживая ее на мягкий диван.

— Хуже не бывает, — пробормотала она, прикладывая ко лбу ледяную ладонь и стараясь выровнять дыхание. — Ничего, сейчас пройдет. Борис...

— Да?

— Я, кажется, поняла. Мы влипли в чудовищную историю. Это может оказаться крайне опасным. Поэтому уезжайте отсюда, уезжайте прямо сейчас. Я как-нибудь сама доберусь.

— Не говорите глупостей, Анастасия. Я никуда не уеду.

— Поймите же, я не имею права втягивать вас в это. Мне за риск зарплату платят, а вы, посторонний человек, можете при этом пострадать. Пожалуйста, прошу вас, уезжайте. Если с вами что-нибудь случится, я себе никогда не прощу.

— Нет. Не уговаривайте меня. Если не хотите, чтобы я присутствовал при разговоре, я могу посидеть в машине. Но одну я вас здесь не оставлю.

Настя попыталась было возразить, но в комнату

вернулся хозяин, толкая перед собой сервировочный столик на колесах.

— Вот и чай! Батюшки, какая вы бледная, — охнул он, взглянув на Настю. — Не заболели?

Она уже почти пришла в себя, даже улыбнулась.

— Я всегда такая, не обращайте внимания.

Они пили чай, заваренный с мятой, зверобоем и брусничным листом, и Григорий Федорович Смеляков рассказывал им про дело об убийстве, совершенном Тамарой Ереминой. Бывший следователь ничего не скрывал: слишком много лет прошло, чтобы оправдываться. Да и модно стало в последние годы писать и говорить о том, как коммунистическая партия творила в стране произвол. Партию ругали, попавших под ее беспощадный пресс жалели, и при таком раскладе Смеляков не видел ничего неприличного или опасного в том, чтобы поведать свою историю.

...На другой день после убийства, когда Тамара была уже арестована, его вызвал к себе один из секретарей горкома партии. Из кабинета секретаря следователь Смеляков вышел начальником городского отдела внутренних дел в Подмосковье и владельцем огромной четырехкомнатной квартиры. Прямо из горкома Григорий Федорович отправился на работу, аккуратно изъял из папки часть документов, заменил их новыми, подделав подписи понятых и свидетелей, и позвонил эксперту Батырову, который вместе с ним выезжал на место происшествия. Батыров пришел не сразу. По его лицу Смеляков догадался, что того тоже вызывали в горком.

— Чего делать будем, Гриша? — затравленно спросил Батыров. — Мне предлагают должность в Кирове, с повышением.

— А мне — в Подмосковье, тоже с повышением. Ты согласился?

— А куда деваться-то? Откажусь — сгноят. Припомнят, что мои родители — переселенные крымские татары.

— Я тоже согласился. У меня шестеро детей, а живем в двух комнатах в коммуналке, друг у друга на головах.

— Да разве в этом дело? — грустно сказал эксперт.

— А в чем?

— В том, что нам с тобой ничего не предлагают. Нам приказывают. Квартиры и должности — это уж так, для благородства, от широты души. Нам приказывают сфальсифицировать уголовное дело и убирают с глаз подальше. А мы с тобой совершаем преступление.

— Ну что ты, Рашид, — заволновался Смеляков, — какое же тут преступление? Никто не пострадает. Еремина — убийца, это очевидно, да она и сама не отрицает. От нас только хотят, чтобы свидетели, которые были у нее в квартире в момент убийства, в деле не фигурировали. Ну и ладно, пусть их не будет. Кому от этого плохо? Хорошие мальчики, студенты, случайно оказались дома у Ереминой, так это дело молодое, с кем не бывает. Они в таком институте учатся! Если там только узнают, что они пьянствовали вместе с проституткой-алкоголичкой, их сразу же исключат, из комсомола выгонят — и прощай карьера. Зачем же ребятам жизнь портить из-за ерунды?

— Может быть, ты и прав, — сухо ответил Батыров. — Что от меня требуется?

— Протокол осмотра места происшествия, — быстро ответил следователь. — Чтобы никаких следов пребывания в квартире лишних людей. Только Еремина и потерпевший.

— А девочка, дочка Ереминой?

— Девочку оставь. Все знают, что она там была.

Уголовное дело забрали в прокуратуру, а Смеляков и Батыров благополучно разъехались, один — в Подмосковье, другой — в Киров. Григорий Федорович вышел на пенсию четыре года назад. Шестеро его детей давно выросли, обосновались в Москве, обзавелись семьями. Трое сыновей занялись бизнесом. Тогда и решили продать четырехкомнатную квартиру и построить отцу роскошный дом, где ему, недавно овдовевшему, будет уютно и удобно и куда можно приезжать с семьями и друзьями поплавать в озере, покататься на лыжах, попариться в бане и вообще как следует отдохнуть.

Григорий Федорович против такого решения не возражал, наоборот, обрадовался, что сможет на старости лет воплотить в жизнь свою давнюю мечту о доме с камином, библиотекой, креслом-качалкой и большими собаками, благо денег у сыновей-бизнесменов было много. Обустроив по собственному усмотрению и вкусу дом и насладившись комфортом и покоем, Смеляков решил попробовать себя в литературе. Это было еще одной его заветной мечтой. Написал сначала несколько документальных очерков, как говорится, расписался, а потом замахнулся на повесть, в которой изложил то самое дело Тамары Ереминой. Написал так, как было на самом деле.

— А на самом деле в кухне на стене было вот это?

Настя протянула ему рисунок, сделанный Карташовым со слов Вики. Смеляков кивнул.

— Где же все-таки опубликовали мою повесть?

— Боюсь, что нигде, Григорий Федорович.

— Значит, вы прочли рукопись в редакции?

— Нет, вашу рукопись я не читала.

Смеляков впился в нее тревожным и подозрительным взглядом.

— Тогда как вы узнали?

— Прежде чем я отвечу, позвольте, я кое-что прочту вслух.

Она достала из сумки «Сонату смерти», предусмотрительно обернутую бумагой, чтобы скрыть рисунок на обложке, открыла в том месте, где лежала одна из многочисленных закладок, и начала переводить с листа. Прочтя два абзаца, она подняла глаза на Смелякова.

— Нравится?

— Что это? — с ужасом спросил он. — Откуда вы

это взяли? Это же мое, из моей повести. Вид из окна моего служебного кабинета. На обшарпанной стене дома огромный транспарант «Слава КПСС». А под ним мальчишки-хулиганы нарисовали свастику. И под всем этим художеством каждую субботу валялся один и тот же пьяный, которого потом забирали в вытрезвитель. Это ведь нельзя случайно придумать, правда?

— Послушайте еще.

Она открыла книгу в другом месте и перевела еще отрывок.

— Я ничего не понимаю. Мистика какая-то. Имена другие, в целом все другое, но детали, сравнения, даже отдельные фразы — мои, я могу поклясться.

— Куда вы отдали свою рукопись?

— В журнал «Космос».

— Кому конкретно?

— Сейчас я посмотрю, у меня координаты записаны.

Григорий Федорович открыл ящик письменного стола, порылся в нем и извлек визитную карточку.

— Вот, — он протянул карточку Насте. — Там на обороте от руки записано. Его фамилия Бондаренко. Когда я принес рукопись, он записал мой адрес, а я — его телефон. Он все искал, на чем записать свой номер, взял со стола чью-то визитку и на чистой стороне... Боже мой, да что с вами? Сейчас, сейчас, — он стал суетливо рыться в карманах вязаной домашней кофты, — у меня где-то был нитроглицерин...

— Не надо, не беспокойтесь, — еле слышно сказала Настя, пряча визитку в сумку. Пальцы плохо слушались, замок не хотел открываться. — Уже все прошло. Здесь немного душно.

Хозяин проводил гостей до машины. Вдохнув сырой холодный воздух, Настя почувствовала себя лучше.

— Григорий Федорович, вам не страшно жить одному?

— Да нет, у меня собаки, ружье. И соседи близко.

— И все-таки...

— Что — все-таки? Вы чего-то недоговариваете?

— Вы — профессионал и не хуже меня должны понимать, что вы куда более опасны, чем дочь Тамары Ереминой. Вы знаете гораздо больше ее. И уж если кто-то испугался Вику, да так, что убил ее, то и над вами может повиснуть серьезная угроза. Я понимаю, мой опыт не сравнится с вашим, и вы сами прекрасно знаете, что вам делать и чего не делать. Я не могу вам советовать, могу только помочь, если нужно.

— Забавно, — усмехнулся Смеляков. — Я ведь собирался вам сказать то же самое. Вы умны, у вас есть хватка, вы достаточно смелы, но еще более осторожны, это чисто женское, но весьма полезное качество в розыскной работе. И я не беру на себя смелость давать вам советы. Но если нужно, могу помочь.

Обратно Настя и Борис ехали молча. У него на языке вертелись десятки вопросов, но он не решался начать разговор.

— Едем к яхт-клубу? — наконец спросил он.

— Нет, в Москву. — Настя достала визитку, полученную у Смелякова. — Попробуем найти редакцию журнала «Космос».

Она перевернула карточку и задумчиво уставилась на глянцевую поверхность, на которой золотыми буквами было выведено:

«ВАЛЕНТИН ПЕТРОВИЧ КОСАРЬ».

* * *

Чтобы «сохранить лицо», Насте надо было непременно попасть в поликлинику до того, как врачи закончат прием, и демонстративно уйти оттуда в своей вызывающе яркой куртке. Из поликлиники Настя вышла около семи часов вечера, одетая, как и утром, в ярко-красную куртку и пушистую меховую шапку. Она уже знала, что ее проверяли, и была готова к тому, что ее будут «провожать» до дома. Поэтому по дороге она никуда не звонила, чтобы не нервировать своих наблюдателей и не провоцировать их на очередные полночные «страшилки». Зашла в несколько магазинов, купила продукты, с удовольствием предвкушая, какой замечательный ужин приготовит из них Леша Чистяков.

Визит в редакцию журнала «Космос» удался лишь частично. Сергей Бондаренко там действительно работал, но в данный момент он болел и находился дома. Настя позвонила ему, но к телефону никто не подошел. Жаль было терять выигранный у них день, но ничего не поделаешь. Они с Карташовым сидели в машине неподалеку от дома, где жил Бондаренко, и каждые пятнадцать минут звонили ему из автомата. Наконец, в шестом часу трубку сняла женщина и сообщила, что Сергей будет дома часов в десять. Так что разговор с Бондаренко пришлось взять на себя Чернышеву. Он попробует разыскать редактора до того, как тот вернется домой. Сегодня каждая минута на счету, пока они думают, что Настя ходит по врачебным кабинетам, а дело не двигается. Завтра она снова будет на глазах у всех, и снова начнется утечка информации, если только она что-нибудь не придумает, чтобы заморочить им голову.

* * *

Телефон, отрегулированный на минимальную громкость, трещал шепотом, еле слышно, но Арсен все равно проснулся. Посмотрев на табло определителя номера, он быстро повернул рычажок, окончательно убрав звук. Теперь только красная сигнальная лампочка свидетельствовала о том, что кто-то звонит сюда. Трубку Арсен не снял. Рядом спала жена.

Через несколько секунд лампочка снова замигала. Когда позвонили в третий раз, на часах было 2.05. Арсен, стараясь не шуметь, вылез из постели и на цыпочках вышел в другую комнату. Три звонка в промежутке между 2.00 и 2.05 — это просьба о срочной встрече в оговоренном месте. Точнее, это сигнал от инвалида о том, что такая просьба поступила.

Арсен быстро оделся, влез в темную теплую куртку, тихо отпер дверь и вышел из квартиры. Его всегда раздражали грязь и темнота на улицах, но в подобные минуты он мысленно благодарил городские власти, доведшие Москву до такого состояния: прохожие в ночное время попадались крайне редко.

Он шел быстрым упругим шагом. Через пятнадцать минут он увидел на углу статную фигуру.

— Что у вас?

— Они добрались до «Космоса».

— Когда?

— Сегодня.

— Как вы узнали?

— Мне сообщил заместитель главного редактора.

— Они нашли Бондаренко?

— Кажется, пока нет. Но завтра найдут, вернее, уже сегодня.

— Черт бы побрал эту девчонку! — сквозь зубы процедил Арсен. — Как она сумела выйти на редакцию? Кто мог ее навести, как вы думаете?

— Ума не приложу. Единственной связью между Викой с ее кошмарами и «Космосом» был Косарь. Но его уже два месяца нет в живых.

— А автор? Я имею в виду того, кто написал про эту историю. Могла она выйти на него?

— Не должна...

— Я вас не спрашиваю, должна или нет. Я хочу знать, возможно ли это в принципе.

— Наверное, возможно, раз он на этом свете, а не на том.

— Наверное, наверное, — с досадой передразнил его Арсен. — Знаете, в чем ваша беда, Сергей Александрович? Вы не умеете быть честным даже в таких обстоятельствах, когда это жизненно необходимо для вас же самого. Зачем вы темнили с самого начала? Почему сразу не сказали мне про вашу парижскую контору? Если Каменская, не дай Бог, вычислила Смелякова, то я вам не завидую. Даже если мы перекроем ей кислород, это уже ни к чему не приведет. Если она у него была и показала ему книжку Бризака, которую привезла из Рима, то Смеляков теперь и сам может начать поиски того, кто украл его рукопись. И потащится в первую очередь в ваш горячо любимый «Космос», к господину Бондаренко. И что тогда делать?

— А нельзя его?.. И Бондаренко заодно... Я заплачу.

— Вы с ума сошли! После того, как она их нашла, этого ни в коем случае нельзя делать. Каменская сразу поймет, что идет по правильному пути, и начнет копать все глубже и дальше. Да они там все на уши встанут! Впрочем... Может быть, не все еще потеряно. Повторите-ка мне как можно точнее, что вам сказал ваш друг из редакции. Кто именно приходил в «Космос»?

— Он не видел. Он слышал из своего кабинета, как в общей комнате мужской голос спрашивал Сергея Бондаренко. Ему ответили, что он на больничном.

— Домашний телефон или адрес не просил?

— Нет. Сказал, что зайдет через неделю. Зам главного потом спросил у редакторов, как выглядел тот человек, что приходил к Бондаренко. Они сказали, что мужчина лет за тридцать, очень высокий, волосы густые, темно-каштановые, усы.

— Он был один?

— Один.

— Ладно, Сергей Александрович, идите спать. Я разберусь.

— Я очень на вас надеюсь, Арсен.

— А вот этого не надо. Я не всемогущ и ничего вам не обещаю. Вы сами во всем виноваты.

— Но кто же мог предположить, что Смеляков напишет об этом, что отнесет рукопись именно в «Космос» и именно она уйдет по каналу? Такое стечение обстоятельств невозможно предвидеть!

— Врать не надо было. Спокойной ночи.

Арсен ни минуты не сомневался, что в редакцию приходил Борис Карташов. Конечно, перед Сергеем Александровичем Арсен делал соответствующее лицо, притворяясь озабоченным и напряженно думающим. На самом деле он облегченно вздохнул, поняв, что в редакцию приходил художник. Что же это означало? А то, что он нашел-таки ту пресловутую записку, которую ему оставила Вика. Арсен был достаточно опытен, чтобы не поверить в случайность. Художник жил в своей квартире, и записка ему на глаза не попадалась. А потом вдруг... Вернее, не вдруг, а сразу после того, как к нему домой заявился некий вор, записка волшебным образом обнаружилась. Этому могло быть только два объяснения. Либо сыщики с Петровки связались с Карташовым и просили записку поискать, либо мальчонка, посланный дядей Колей, не выдержал побоев и кое-что сболтнул.

Первое объяснение, пожалуй, придется отставить: на Петровке думают, что Борис еще не вернулся в Москву. И потом, если бы Каменская узнала о содержании записки, в «Космос» явился бы не Борис, а она сама или кто-нибудь из ее группы. А она вместо этого целый день проболталась в поликлинике, на работу не ходила и ни с кем из своих сотрудников в контакт не вступала. Судя по всему, если Карташов что-то и узнал, то дальше него информация пока не ушла. Из этого и следует исходить.

Арсен рассудил, что ситуация пока не особенно обостряется. Раз Карташов не стал спрашивать в редакции адрес и телефон Бондаренко, стало быть, не считает разговор с ним чрезвычайно важным и срочным, то есть не видит связи между редактором «Космоса» и смертью Вики. А коль так, горячку можно не пороть. Больше всего на свете Арсен не любил действовать второпях. Он был убежден, что при цейтноте решения принимаются неверные и даже глупые. В юности он увлекался шахматами и очень прилично играл на уровне мастеров спорта.

Все это хорошо, но дядя Коля со своим мальчишкой... Как же он мог так проколоться? Мало того, что взял в команду слабака, не вынесшего побоев дилетанта-художника, но и позволил этому сопливому пацану обмануть себя, не почувствовал вранья, фальши, принял все за чистую монету. Интересно, как же все было на самом деле? Мальчишка сам признался, что пришел искать записку? Или художник затаился в темном углу и наблюдал за гостем, а когда тот нашел то, что искал, вышел из укрытия и начал бить парня? Никак иначе Арсен не мог объяснить тот факт, что Карташов вдруг явился в редакцию к Бондаренко. Только через записку. А записка — только через мальчишку. Надо немедленно сказать этому хреновому Черномору — дяде Коле, чтобы разобрался.

Что же касается художника, нужно посмотреть за ним на тот случай, если он захочет вступить в контакт с МУРом. Арсен полагал, что хорошо знает людей. То обстоятельство, что Борис сам пошел в редакцию, может быть истолковано двояко. Либо он знает телефон только Каменской, которую весь день не мог застать, поэтому он и пошел в редакцию сам. Либо он вообще не считает нужным сообщать о «Космосе» ни Каменской, ни кому бы то ни было еще из милицейской братии. Вот и нужно посмотреть, не попытается ли он завтра связаться с Петровкой, точнее, с Каменской. Достаточно будет одного дня, чтобы разобраться в намерениях художника.

И еще одна успокоительная мысль пришла в голову Арсену. Если Каменская пока ничего не знает, можно успеть поработать и со Смеляковым, и с Бондаренко. Лучше бы, конечно, обойтись без трупов. Слишком много смертей...

* * *

Андрей Чернышев подумал, что его силы и способности на сегодняшнюю ночь иссякли. Сначала он подлизывался к жене Бондаренко и уговаривал сказать, где проводит время ее больной муж. Потом, уговорив жену и разыскав мужа в теплой, даже жаркой банной компании, Андрей изображал «своего парня» и втирался в доверие к Бондаренко и его приятелям, в результате чего ему удалось вывести, вернее — вывезти незадачливого редактора из бани и даже обосноваться с ним вместе в пустой квартире, ключи от которой постоянно были у Чернышева. Потом он снова по телефону подлизывался к жене абсолютно пьяного Бондаренко, клянясь ей всем героическим прошлым и светлым будущим родной милиции, что Сергей проведет ночь не у женщины, а под его, Андрея, неусыпным надзором, и что утром трезвый, как хрустальный бокал, муж будет на машине доставлен на родную кухню. Оставалось, как говорится в одесском анекдоте, уговорить Рокфеллера: сделать так, чтобы Бондаренко протрезвел, согласился ответить на вопросы и ничего при этом не напутал.

Чернышев сперва надеялся обойтись «легкими» мерами: поил Сергея крепким чаем и кофе, заставлял засовывать голову под холодную воду. Результат его усилий был, однако, каким-то однобоким: редактор все крепче и увереннее стоял на ногах, но взгляд его делался все более мутным, а речь — бессвязной. Время шло, утро было все ближе, а надежд на получение показаний все меньше. Андрей злился, нервничал, потом впал в отчаяние. В момент, когда отчаяние достигло пика, в нем словно щелкнул выключатель, осветив ситуацию другим светом. «Представь себе, что перед тобой больная собака, — сказал сам себе Чернышев. — Ты же не будешь злиться на нее за то, что она болеет. Пьяный мужик — та же больная животина. Ему тоже плохо, а помочь сам себе он не может. И связно объяснить, что у него болит, тоже не может. Если бы Кирилл заболел среди ночи, что бы ты сделал?»

Ответ пришел сам собой. Превозмогая отвращение, Андрей установил редактора в устойчивую позу перед унитазом и засунул ему в глотку два пальца. Здесь же рядом предусмотрительно поставил пятилитровую банку со слабым раствором марганцовки, чередуя принудительную рвоту с насильственным питьем. Закончив неприятную процедуру, он положил Сергея на диван и открыл записную книжку, где лежали заботливо вырезанные из газет объявления типа: «Вытрезвляю срочно. Круглосуточно. Выезд на дом». Андрей поискал среди вырезок такие, которые, судя по номерам телефонов, давались «вытрезвителями», проживающими где-то неподалеку. Он позвонил в два места, в одном из них договорился о срочном визите и, ожидая подмоги, принялся прикидывать, хватит ли у него наличных денег, чтобы заплатить за услуги.

К утру редактор журнала «Космос» Сергей Бондаренко смог достаточно связно изложить события двухмесячной давности. Когда Валька Косарь с горящими глазами стал рассказывать о странной болезни, свалившейся на подружку одного его знакомого, он, Сергей, сразу вспомнил, что где-то уже читал про что-то очень похожее. Покопавшись в памяти, он припомнил детективную повесть, которую принес в редакцию пожилой мужчина, кажется, бывший следователь. Косарь почему-то вдруг сделался очень серьезным и сказал, что надо докопаться до правды, потому что психиатрический диагноз — это не шутки, можно человеку всю жизнь искалечить, а он на самом деле абсолютно здоров.

— Сделаем так, — заявил он Сергею. — Ты поищи в своих редакционных залежах эту повесть, а я свяжусь со своим знакомым, дам ему твои координаты, чтобы вы могли встретиться. Идет?

— Ладно, — безразлично пожал плечами Бондаренко. Его не беспокоила болезнь чьей-то там подружки, и ему совсем не хотелось копаться в подвале среди редакционного хлама, старых бумаг и неиспользованных рукописей. Графоманов нынче развелось — страшное дело. Раньше, при застое, такого не было. А теперь что ни месяц — то новая модная тема: то партия, то беспредел в исправительно-трудовых учреждениях, то гомосексуалисты, то путч, то коррупция, то похищение людей с целью продажи их внутренних органов... И каждая новая тема поднимала волну графоманов, которые считали, что им есть что сказать по данному вопросу. Рукописи поступали в редакции журналов непрерывным потоком, но почти все они никуда не годились и после беглого прочтения небрежно сваливались в подвалы или на чердаки.

Но отказать Вальке Косарю, закадычному другу, который столько раз помогал ему, Сергей не мог. В тот же день он отправился в подвал и предпринял добросовестную попытку найти рукопись, однако потерпел неудачу. Несмотря на кажущийся хаос, в складировании бумаг была своя система, которую никто не нарушал. Каждый отдел журнала имел «свой» кусок стены, вдоль которого складывались материалы, и «свои» участки на стеллажах. Бондаренко сантиметр за сантиметром обследовал «свою» территорию, но повести бывшего следователя Смелякова не нашел. Он попытался припомнить: а точно ли, что он отправил ее в подвал? Может быть, повестушка оказалась ничего, вполне приличная, и он отдал ее на читку заместителю главного редактора? Тогда надо у него спросить, куда он засунул рукопись.

Замглавного никакого Смелякова с детективной повестью не помнил. Но Сергей не особенно расстроился. Нет рукописи — ну и черт с ней. Адрес Смелякова у него записан, можно просто отправить Валькиных друзей к нему, и все вопросы будут решены...

— Вы не знаете, Косарь позвонил своим друзьям? — спросил Андрей, заваривая очередную порцию крепкого чая и распечатывая новую пачку сахара.

— Да, конечно. Он хотел позвонить прямо из нашей редакции, но спохватился, что оставил дома бумажку с их номером телефона. А вечером, в тот же день, позвонил мне и сказал, что его знакомый в командировке и что он, Валентин, оставил ему сообщение на автоответчике. Мол, как только Борис приедет, сразу у меня объявится.

— Вы точно помните, что он назвал его Борисом? — переспросил Андрей.

— Да, пожалуй... Точно.

— А в какой день это было, не помните?

— Число не помню. Но это была пятница. Потому что на следующий день мне позвонила молодая женщина, сказала, что мой телефон ей дал Косарь и что она хотела бы со мной встретиться по поводу рукописи. А это была суббота, мне перед женой пришлось выкручиваться и объяснять, что срочно надо ехать на работу. Я же не мог пригласить в дом незнакомую молодую женщину, сами понимаете.

— Где же вы с ней встретились?

— Как это где? На работе, конечно, в редакции. Вы представляете, что было бы, если бы жена позвонила на работу, а меня там нет? Развод и девичья фамилия в ту же секунду.

— И что было потом?

— Она пришла в редакцию. Ну, я вам скажу... Вы сами-то ее видели? Умереть и не встать. Я, конечно, размяк, поплыл, готов был ради нее еще раз весь подвал перерыть. Одним словом, дал я ей адрес автора, Смелякова, она его в руках покрутила и говорит, что боится ехать одна. Мол, место отдаленное, незнакомое, вдруг заблудится? Я намек, ясное дело, на лету поймал. Сказал, что попрошу машину у приятеля и в понедельник отвезу ее за город, к Смелякову. Договорились, что в понедельник, часов в десять утра, она придет в редакцию, и мы поедем. На том и разошлись.

— А дальше?

— А дальше — ничего. Она не пришла. И вообще больше не появлялась и не звонила.

— А вы не пытались ее разыскать?

— Зачем? Она могла быть мне интересна только как красивая женщина, но раз она больше не появилась, стало быть, я ее не привлекаю. Так зачем я буду ее искать?

— В ту субботу в редакции еще кто-нибудь был?

— Да, человек пять-шесть.

— Кто-нибудь видел Вику у вас в комнате?

— Практически все. Это общая комната, здесь и чай пьют, и разговаривают, и курят.

— Может, кто-нибудь проявил к вашей гостье особый интерес?

— Ну вы даете! — ухмыльнулся редактор. — Я так понял, что мужики мимо нее вообще спокойно пройти не могли. Все особи мужского пола, заходившие в комнату, тут же делали стойку и пытались познакомиться. Вряд ли можно кого-то из них выделить, все реагировали одинаково.

— Сергей, надо сосредоточиться и сделать две вещи. Во-первых, вспомнить, какого числа это было. Во-вторых, припомнить всех, кто в ту субботу был в редакции и видел девушку. Сумеешь?

Бондаренко долго морщился, тер ладонями виски, отпивал мелкими глоточками круто заваренный чай. Наконец он поднял на Андрея измученные глаза.

— Не могу. Уцепиться не за что. Помню точно, что суббота, а вот число... Не то конец октября, не то начало ноября.

— Двадцать пятого октября погиб Косарь, — напомнил Чернышев.

— Да? — вскинулся Сергей. — Неужели это было двадцать пятого октября? Хотя да, конечно, четвертого декабря сорок дней поминали... Это было до того, как Валя... как его... Короче, до того.

— Значит, двадцать третьего октября, — уточнил Андрей, заглянув в календарик.

С фамилиями сотрудников, бывших в ту субботу в редакции, дело обстояло хуже. Редактор с уверенностью вспомнил только двоих, а насчет остальных сомневался. Но и это было неплохо. Имея две фамилии, можно попытаться восстановить остальные, так как есть точная дата. Ведь не каждую же субботу в редакции собираются одни и те же сотрудники.

Глава десятая

Что-то неуловимо изменилось в лице полковника Гордеева. Последние недели он выглядел вялым, безразличным ко всему, в том числе и к работе своего отдела, часто жаловался на головную боль и на сердце. Сегодня Настя увидела, что потухшие было глаза начальника снова загорелись, в них появился азарт. «Колобок почуял дичь», — подумала она.

За вчерашний день и нынешнее утро Виктор Алексеевич сделал невозможное. Он успел выяснить много интересного о том партийном боссе, по чьему указанию в тысяча девятьсот семидесятом году было сфальсифицировано дело Тамары Ереминой, из которого исчезло всякое упоминание о двух студентах, находившихся на месте преступления в момент убийства.

Итак, Александр Алексеевич Попов, имеющий двоих вполне обеспеченных детей и даже троих почти совсем взрослых внуков, доживал свой век в доме престарелых. Поговаривали, что отношения с женой у него были не очень-то теплыми, и в свое время Александр Алексеевич чуть было не развелся, намереваясь жениться на другой женщине, к тому времени уже родившей от него сына. Супруга, однако, прибегла к испытанному по тем временам средству, и блудный муж был возвращен к семейному очагу жесткой партийной рукой, а скандал аккуратненько притушили. Тем не менее благородный Попов по мере сил и возможностей помогал внебрачному сыну, и хотя от армии уберечь не смог, зато потом устроил его в престижный институт.

— Интересно, — протянула Настя, — уж не сынка ли он спасал, убирая из уголовного дела свидетелей?

— Правильно мыслишь, — кивнул Гордеев. — Если твой Смеляков на старости лет ничего не напутал, то фамилии этих свидетелей — Градов и Никифорчук. К сожалению, бывший эксперт Рашид Батыров давно умер, так что перепроверить не у кого. Пока примем как рабочую версию, что один из них был внебрачным сыном Попова. Теперь слушай дальше, деточка. Дальше еще интереснее будет.

Гордеев положил перед собой сводки наружного наблюдения за двумя людьми: за парнем, вломившимся в квартиру Карташова, и за человеком, наводившим справки в поликлинике.

Санек, он же Александр Дьяков, сразу после ухода от Карташова отправился в школу, обыкновенную среднюю школу, которая в вечернее время сдавала свой спортзал в аренду клубу «Варяг». Что он делал в школе, установить не удалось, но минут через двадцать после его ухода из школы вышел еще один человек, личность которого хоть и не сразу, но установили. Это некий дядя Коля, он же Николай Фистин, руководитель «Варяга», в прошлом дважды судимый за хулиганство и нанесение телесных повреждений. Поскольку до самого утра из школы больше никто не выходил, можно с уверенностью полагать, что Санек ходил на встречу именно с дядей Колей. Дядю Колю тоже проводили до дому.

С человеком, проверявшим Настю в поликлинике, дело обстояло не так просто. Он, по-видимому, был опытен и осторожен, потому что легко и непринужденно ушел от наблюдения, предварительно не проверяясь. Это означало, что подобным образом он действует всегда, независимо от того, подозревает ли за собой слежку. Так что Гордеев и Настя располагали пока только описанием довольно необычных взаимоотношений этого человека с телефонами-автоматами.

Ночью Виктор Алексеевич получил из Центрального адресного бюро список всех проживающих в Москве Никифорчуков и Градовых...

— Никифорчуков меньше, я их возьму себе, — сказал полковник. — А то я уже старенький, мне перенапрягаться вредно. Бери себе Градовых, и начнем отсев.

Он протянул Насте пачку распечатанных с компьютера листов.

— Исходим из того, что год рождения сына Попова — не позже пятидесятого, коль он в семидесятом уже армию отслужил и учился в институте, но и не раньше сорок пятого, потому что Попов появился в Москве уже после войны, до войны он жил в Смоленске. История с внебрачным сыном — московского розлива, я узнавал. Дружок его, по идее, должен быть тех же лет, плюс-минус три года. Ему в семидесятом должно было быть не меньше восемнадцати, стало быть, год рождения — не позже пятьдесят второго.

Настя забрала списки и ушла к себе. Разложив на письменном столе горы статистической отчетности и аналитических материалов, она выдвинула центральный ящик и положила туда сотни Градовых. Ей хотелось по обыкновению запереть дверь и поработать спокойно, но она понимала, что сегодня этого делать нельзя. Пусть все, кому интересно, заходят и видят, что она готовит для Гордеева очередной ежемесячный аналитический отчет об убийствах, совершенных на территории города, и об их раскрываемости.

Интересно оказалось всем. Ну пусть не всем, но многим. В течение ближайших двух часов в ее кабинете перебывало не менее десятка человек; и каждому она жаловалась на врачей, чуть не отправивших ее в госпиталь; на Ольшанского, который сам не знает, что делать с убийством Ереминой, и срывает на Насте плохое настроение; на Гордеева, который требует к завтрашнему дню аналитическую справку; на протекающие сапоги, из-за которых у нее постоянно мокрые ноги; вообще на жизнь, которая такая тяжелая, что лучше бы ее и не было. Все кивали, сочувствовали, просили налить кофе, стреляли сигареты и мешали работать. Настя едва успевала резким движением корпуса задвигать в стол ящик со списками, когда распахивалась дверь. Хорошо еще, что по городскому телефону никто не звонил.

Когда дверь стала открываться в очередной раз, Настя подумала, что завтра у нее на теле точно будет синяк. Вошел Гордеев.

— Ты что трубку не берешь? До тебя Чернышев не может дозвониться.

Настя недоуменно взглянула на телефонный аппарат.

— Не было никаких звонков.

Она сняла трубку городского телефона, приложила к уху и протянула ее Колобку.

— Отключен. Глухо, как в могиле.

Виктор Алексеевич проворно подскочил к двери и запер ее изнутри на ключ.

— Отвертка есть?

— Откуда? — развела руками Настя.

— Бестолочь, — беззлобно бросил Колобок. — Ну хотя бы ножницы дай.

Он быстро осмотрел розетку, потом, ловко орудуя ножницами, вскрыл аппарат.

— Изящно, — констатировал он, разглядывая едва заметные невооруженным глазом повреждения проводов. — Простенько и со вкусом. Хочешь, развлечемся?

— Зачем? Я и так знаю, кто это сделал. И вы знаете.

— Мало ли что мы с тобой знаем. А вдруг да ошибаемся? И вообще, слишком уж спокойную жизнь ты ему устроила. Он тут, понимаешь ли, самый умный, самый хитрый, самый удачливый, все у него получается, как он хочет или как ему его хозяева велят, а мы с тобой ушами хлопаем и послушно идем у него на поводу, как безмозглые телята. Пора подергать его за нервные окончания, а то кабы не заподозрил чего-нибудь. Он — работник опытный, прекрасно знает, что гладко бывает только на бумаге, а в жизни обязательно что-то срывается, идет наперекосяк. Пусть развлечется, поломает голову: в чем же он ошибся.

— Все равно не понимаю, — она пожала плечами. — На что он рассчитывал? Я давным-давно могла обнаружить, что телефон не работает. Это чистая случайность, что мне самой не надо было сегодня никуда звонить.

— И что бы ты сделала, сняв трубку и не услышав гудок?

— Не знаю. Наверное, попросила бы кого-нибудь посмотреть, в чем там дело.

— Кого именно?

Настя усмехнулась.

— Вы правы на все сто процентов, Виктор Алексеевич, я как раз к нему и обратилась бы. Во-первых, его кабинет рядом, следующая дверь после моей. Во-вторых, все знают, что он хорошо разбирается в аппаратуре и в бытовой технике. Ему постоянно приносят кофемолки, фены, электробритвы и прочую дребедень и просят починить. У него, кстати, и набор отверток есть, этим набором тоже все пользуются. Так или иначе, но мой испорченный аппарат мимо него не прошел бы.

— Вот-вот, — подхватил Гордеев, — он сам бы стал его смотреть и сказал бы тебе, что там такая хитрая неисправность, которую сразу устранить нельзя, нужна одна редкая деталька, и завтра он специально для тебя эту детальку из дома принесет и все починит. А сегодня тебе придется потерпеть без телефона.

— Ясно. Он не хочет, чтобы мне кто-то дозвонился из города. Причем не наш сотрудник, который меня может искать по десятку разных телефонов, в том числе и по вашему, а кто-то вроде свидетеля, у которого обычно есть только один номер, в этом кабинете. Сама-то я, если нужно, могу позвонить и с другого телефона. Как вы думаете, Виктор Алексеевич, от кого он меня оберегает? От Карташова?

— Все может быть. У тебя бутылка есть?

— Чего?

От изумления брови у Насти поползли вверх.

— Бутылка. Со спиртным. И что ты за сыщик,

Каменская? Сплошное недоразумение. Ни отвертки у тебя нет, ни бутылки. Ладно, сам принесу.

Через несколько минут в комнату к Насте начали стекаться сотрудники. Многих на месте не было, известно же, что оперативника ноги кормят. Но человек семь все же набралось. Последним вошел Гордеев, торжественно неся в руках бутылку шампанского и полиэтиленовую сумку, в которой выразительно звякали стаканы.

— Друзья мои, — прочувствованно начал он, — у нас сегодня маленький праздник, именины всех тех, кого назвали в честь святой мученицы Анастасии. Поскольку наша Настасья не любит праздновать день своего рождения, давайте поздравим ее в день именин. И пожелаем ей еще много лет оставаться такой же юной и умной.

— И ленивой, — подсказал Юра Коротков.

Все дружно захохотали. Колобок открыл шампанское и разлил по стаканам.

И зазвонил телефон.

— Это папа, — услышала Настя в трубке голос Андрея Чернышева. — Я тебя поздравляю, доченька.

Он не сдержался и хихикнул.

— Спасибо, папуля, — она счастливо улыбнулась. — Мне очень приятно, что ты помнишь... А мы с Лешкой поспорили, вспомнишь ты или нет... Ага, на бутылку коньяку. Он каждые полчаса звонит сюда и спрашивает, поздравил ты меня или нет... Нет, папуля, это как раз я думала, что ты не вспомнишь. Так что он выиграл...

К концу разговора Андрей на другом конце провода уже давился от хохота.

— Я проиграла. — Настя скорчила трагическую мину. — Придется покупать коньяк.

— А что, в магазин идти лень? — снова послышался голос Короткова.

Все посмеялись, допили шампанское, по очереди расцеловали Настю и разошлись. Но сколько ни всматривалась она в одно из лиц, на нем не было и следа недоумения, испуга, растерянности. На нем не было ничего. Ни внезапной бледности, ни лихорадочного румянца. И улыбка не была вымученной, и голос не дрогнул. Значит, это не он? А кто же? Ее внимание было приковано к одному-единственному лицу, а на другие она и не посмотрела. А зря.

Оставшись одна, она опустилась на стул и обхватила голову руками. Значит, их двое. Колобок был прав с самого начала, когда говорил: может быть, их несколько, а может, и все. Она тогда не приняла это всерьез, и когда нащупала одного, то сгоряча решила, что он — единственный и других нет. Она опять ошиблась. Их двое. Двое. «Как минимум двое», — поправила она себя. Теперь она готова поверить и в то, что их больше. А может быть, все? Бог мой, как чудовищно это звучит!

Ей удалось взять себя в руки и вернуться к спискам жителей Москвы, носящих вышеупомянутую, отнюдь не редкую фамилию Градов. Она методично вычеркивала из перечня людей, не подходящих по возрасту. Вдруг что-то резануло ей глаза. Она зажмурилась. Под сжатыми веками в кромешной тьме носились противные желтые мушки. От зрительного напряжения глаза начали слезиться. Настя намочила носовой платок водой из графина и, запрокинув голову, положила его на лицо. Стало немного легче.

Бросив мокрый платок на батарею, она вновь уставилась на очередного Градова, Сергея Александровича, проживающего по адресу... Чем-то этот адрес ей не нравился. Да что же это с ней? Адрес как адрес, улица, дом, корпус, квартира. Не хуже других.

Она опять закрыла глаза и попыталась подумать о чем-нибудь другом. О Леше, о потрясающих жареных цыплятах, которые готовит отчим, о коньяке, который можно не покупать... Федеративный проспект, дом номер... «Брысь, пошел вон, странный адрес, не отвлекай меня». Надо на всякий случай позвонить папе, не исключено, что вечером она поедет к нему. И Лешу хорошо бы предупредить. Пусть всем, кто будет звонить ей домой, отвечает, что вечером она идет к отцу и вернется поздно... Федеративный проспект, дом номер... Федеративный проспект...

Горячая волна разлилась по всему телу, щеки запылали, мгновенно вспотели ладони. Настя сняла трубку внутреннего телефона.

— Виктор Алексеевич, вы один?

— Один. Что у тебя?

— Я лучше зайду.

Оказавшись в кабинете начальника, она судорожно сглотнула. От волнения голос сел, и слова прозвучали хриплым шепотом.

— Вы мне называли адрес, по которому проживает руководитель клуба «Варяг»?

— Называл. Я тебе всю сводку наблюдения прочел вслух.

— Федеративный проспект, дом 16, корпус 3?

— Ты пришла продемонстрировать мне свою феноменальную память?

— В этом доме живет некий Градов Сергей Александрович, сорок седьмого года рождения.

Колобок откинулся в кресле и, сняв очки, сунул дужку в рот. Потом не спеша поднялся из-за стола и принялся расхаживать взад-вперед по кабинету, сначала медленно, потом все быстрее и быстрее, упругим мячиком огибая длинный стол для совещаний, распихивая во все стороны попадавшиеся на пути стулья. Чем дольше бегал Виктор Алексеевич, тем ярче блестели его глаза, тем розовее делалась его гладкая лысина и крепче сжимались губы. Наконец он остановился, плюхнулся в кресло у окна и вытянул короткие ноги.

— Градова я возьму на себя, ты к нему не суйся, он тебе не по зубам. Я выясню, что он из себя представляет, и сам с ним встречусь. Твоя задача — подумать, чего он так смертельно боится. Уж конечно, не того, что четверть века назад оказался свидетелем преступления. Тут есть что-то еще... Впрочем, нет. Я передумал. Я не буду встречаться ни с Градовым, ни со стариком Поповым. Мы сделаем по-другому. Совсем по-другому.

— Вы абсолютно уверены, что Градов с Федеративного проспекта — тот, кто нам нужен?

— Не лукавь, Настасья, ты тоже в этом уверена, иначе не примчалась бы ко мне выяснять адрес этого дяди Коли. Но к вечеру я буду знать точно. Это выяснить совсем не сложно. Скажи-ка мне лучше, ты слышала когда-нибудь, чтобы по приостановленному нераскрытому делу велась активная работа?

— По закону... — начала было Настя, но Гордеев ее оборвал:

— Как по закону, я не хуже тебя знаю. А по жизни?

— Приостановленное дело кладут в сейф или сдают в архив, с облегчением вздыхают и стараются забыть о нем, как о страшном сне. Случается, дела возобновляют, если преступника привлекают за другое преступление, а он вдруг начинает признаваться в прошлых грехах. Бывают и другие варианты, но это в большинстве своем случайное везение.

— Правильно. По приостановленному делу никто ничего не делает. Поэтому я немедленно свяжусь с Ольшанским и попрошу его вынести постановление о приостановлении уголовного дела об убийстве Ереминой, как только истекут предписанные законом два месяца со дня возбуждения дела.

— Еще целую неделю ждать... — недовольно протянула Настя.

— Ничего. Бумага подождет, а разговоры вокруг этого начнутся уже сегодня. Уж я постараюсь, чтобы вся следственно-розыскная общественность была в курсе. Ты понимаешь, куда я веду?

— Понимаю. Я только боюсь, что с Ольшанским ничего не выйдет. Ему принципиальность не позволит закрыть дело, когда есть реальная и очень перспективная версия.

— Ты недооцениваешь Костю. Да, он хам, и костюм у него вечно мятый, и ботинки грязные. У него масса недостатков. Но он очень умный человек. И очень умный следователь.

— Но он терпеть не может, когда за него что-то решают. Он просто помешан на своей процессуальной самостоятельности.

— А я и не посягаю на его процессуальную самостоятельность. Он сам примет решение. Не думай, что он глупее нас с тобой.

Виктор Алексеевич довольно потер руки и подмигнул Насте.

— Ты чего нос повесила, красавица? Думаешь, не справимся? Не бойся, даже если не справимся, все равно какой-никакой опыт приобретем, это тоже полезно. Да перестань ты киснуть, гляди веселее!

— Чему радоваться-то, Виктор Алексеевич? Эта история с телефоном...

— Знаю, — быстро и неожиданно жестко сказал Гордеев. — Я тоже заметил, не слепой. И это — повод для размышлений, а не для слез. Между прочим, не забудь вернуть мне аппарат, я его под честное слово на пару часов выпросил у Высоковского. Не стал бы я с этим жмотом связываться, но у него аппарат такой же, как у тебя. Да встряхнись же, Настасья! Выше голову! Ну-ка, улыбнись быстренько!

— Не могу я, Виктор Алексеевич. Пока я думала, что он — один, мне было горько и больно. Когда я поняла, что их, как минимум, двое, мне стало страшно. Это же совсем другая ситуация, понимаете? И я не вижу в этом ничего веселого или вселяющего оптимизм, поэтому, в отличие от вас, не могу шутить и улыбаться.

— Я свои слезы уже все выплакал, Стасенька, — тихо сказал полковник. — Теперь мне ничего другого не остается, кроме как улыбаться. Когда я понял, что он — не один, все в момент переменилось. Если раньше я говорил себе: «Выясни, кто двурушник, убери его из отдела, из милиции вообще, и все встанет на свои места», то сегодня я подумал совсем другое. Если их двое или больше, значит, ситуация уже не под моим контролем, значит, как бы я ни крутил-ся, я с ней не справлюсь. От меня ничего не зависит. Если окажется, что эти двое — случайное совпаде-ние, дело еще можно поправить. Если же нет, если мы имеем дело с внедренной к нам организацией, тогда все попытки бороться с этим бессмысленны. Мне останется только уйти на пенсию.

— И бросить все, что вы с такой любовью и тяж-ким трудом создавали?

— Я был идеалистом, я полагал, что честная и хо-рошая работа зависит только от нас самих, от нашего умения и желания. Я создавал и культивировал в вас это желание и умение, и никто не посмеет сказать, что у меня совсем уж ничего не получилось. Вспомни, сколько за последние два года мы довели до суда дел, которые раньше разваливались от малейшего дуновения. С нашими делами ничего не сможет сде-лать ни один адвокат, потому что точно такой же ад-вокат, даже еще более строгий и придирчивый, жи-вет в каждом из нас, и на каждое доказательство, на каждый факт мы умеем смотреть прежде всего его глазами. Да, я добился того, чего хотел. Но мой ребе-нок, мое любимое детище оказалось нежизнеспо-собным, потому что нормальные здоровые дети во-обще не могут существовать в нашей окружающей среде. Дети-то хорошие, только условия для них не-подходящие. Давлению материального стимула та-кие детки сопротивляться пока не могут, они обре-чены на смерть. Как ни печально это осознавать.

— Но если это все-таки случайность, а не систе-ма? Или такая система, которую можно развалить, уничтожить? — робко предположила Настя, кото-рую совсем не радовала перспектива остаться без та-кого начальника, как Колобок. Именно он когда-то забрал ее из районного отдела внутренних дел на Петровку, и забрал ее именно для того, чтобы она за-нималась тем, что умеет и больше всего любит, — аналитической работой. Никакой другой начальник не позволит ей отсиживаться в кабинете и возиться с цифрами, фактами, доказательствами, обрывочными сведениями, сплетая из кусочков замысловатые узоры... Не говоря уж о том, что Настя была по-человечески привязана к смешному толстому лысому Колобку и испытывала глубочайшее уважение к полковнику милиции Гордееву.

— Не надо себя обманывать, деточка. Разумеется, мы с тобой попробуем сделать все возможное, иначе грош нам цена, но надеяться на удачу не следует. Работать будем не на результат, ибо он очевиден и не в нашу пользу, а на процесс. Поскольку результат известен заранее и изменить его мы не сможем, будем чувствовать себя раскованно, будем совершать ошибки, и чем больше — тем лучше, и будем на них учиться. Из каждой ситуации надо уметь извлекать максимум пользы...

* * *

После бессонной ночи Андрей Чернышев чувствовал себя плохо. В отличие от Насти, для которой бессонница была делом самым обычным, Андрей, регулярно гулявший перед сном с собакой, на сон, как правило, не жаловался, спал крепко, а если поспать не удавалось, мучился головной болью и слабостью. Тем не менее, сдав Сергея Бондаренко рано утром жене с рук на руки, Чернышев преодолел в себе желание поехать домой и поспать и отправился выполнять очередное задание Каменской: искать семью потерпевшего, убитого пьяной Тамарой Ереминой двадцать три года назад. Оказалось, что незадолго до гибели потерпевший Виталий Лучников женился, но после похорон молодая вдова выехала из Москвы в Брянскую область к родственникам покойного мужа, которые выразили готовность помочь ей растить ребенка, вот-вот собиравшегося появиться на свет. Никаких родственников ни у самого Лучникова, ни у его жены в Москве больше не было, так как оба они не были москвичами и приехали в свое время сюда на работу «по лимиту».

Изучив расписание поездов, Андрей прикинул, что ехать на машине удобнее. Одна беда — не хватало денег на бензин, ибо львиную долю наличности «съел» пьяный Бондаренко, которого надо было обязательно протрезвить и опросить, пока ему, так же как и Василию Колобову, неизвестные доброжелатели не разъяснили, что к чему. Наконец, решив финансовые вопросы, Чернышев помчался по Киевскому шоссе в сторону Брянской области.

До дома Елены Лучниковой он добрался часам к десяти вечера. Дверь ему открыла прехорошенькая молодая девушка с гримаской праведного негодования на свежем личике. Очевидно, она ждала кого-то другого, потому что, увидев на крыльце Андрея, моментально переменила выражение лица с недовольного на приветливое.

— Вы к нам? — спросила она.

— Если вы Лучниковы, то к вам. Мне нужна Елена Петровна.

— Мама! — крикнула девушка. — Это к тебе.

— А я думала, это Денис за тобой пришел, — раздался низкий грудной голос. — Не держи гостей на пороге, Нина, проводи сюда.

Нина распахнула дверь в огромную светлую кухню, пахнущую тестом и пряными травами. За столом сидела крупная ясноглазая женщина с красивым добрым лицом, толстой косой, уложенной вокруг головы, и вязала.

Узнав, кто он и откуда, хозяйка не выразила ни удивления, ни недовольства. Андрею почему-то показалось, что она словно давно ждала, когда же наконец кто-нибудь поинтересуется у нее обстоятельствами смерти мужа. Впечатление было странным, и Андрей решил непременно проверить его в конце беседы.

Когда Нина ушла гулять с женихом (чему Чернышев немало подивился: холод, мокрый снег, темнота. Наверное, они на самом деле пошли не гулять, а к кому-нибудь из друзей. Если эти друзья достаточно деликатны, то гулять пойдут именно они, а не жених с невестой), Елена Петровна без повторных просьб начала рассказывать о том, что произошло в семидесятом году. Она говорила негромко, ровным спокойным голосом, будто читала вслух хорошо знакомую, но совершенно неинтересную, надоевшую книгу...

...С Виталием Лучниковым Лена познакомилась в шестьдесят девятом году, когда он пришел в их общежитие в гости к земляку. Они работали на разных заводах и жили в разных концах Москвы, встречаться им было сложно и неудобно: у него в комнате жили вшестером, у нее — впятером. Не сказать, что она очень уж любила Виталика и прямо жить без него не могла, но все-таки радовалась встречам с ним. Кое-как перезимовали, протянули ветреную и слякотную весну, а уж летом все стало просто. Оба постарались и сделали так, чтобы смены у них совпадали, и каждый раз, как выдавался свободный день, уезжали за город, в лес. В один из таких дней в лесу Лена задремала в тени дерева, разморенная солнцем, а Виталий решил, пока подруга спит, поискать грибы.

Проснулась Лена оттого, что почувствовала на своем лице чью-то ладонь. Она открыла глаза и хотела сесть, но чьи-то руки крепко прижимали ее к земле.

— Тихо, тихо, дурочка, не дергайся. Это не больно. Тебе понравится, — услыхала она незнакомый насмешливый голос.

Она напрягла горло и хотела позвать Виталия, но получилось лишь невнятное мычание: чужая ладонь зажимала ей рот. Потом ее ударили в солнечное сплетение и еще раз, в живот, и она потеряла сознание от боли. Когда пришла в себя, один из парней насиловал ее, а другой стоял рядом, придерживая ее руки. Заметив, что она открыла глаза, он тут же схватил ее за плечи и, приподняв, сильно ударил затылком о землю. Она снова погрузилась в темноту. Очнувшись, никого рядом не увидала. Солнце клонилось к закату, и Лена поняла, что прошло много времени. «Где же Виталик? — с ужасом думала она. Страх за него оказался сильнее, чем ужас от того, что произошло с ней самой. — Наверное, он вернулся, бросился на них, а они его убили. Он такой мягкий, такой беззащитный, куда ему против этих бугаев».

Лена кричала, звала Виталика, но его все не было. Сначала она боялась уходить с того места, где он ее оставил спать под деревом, все надеялась, что он вернется за ней. Когда до темноты осталось совсем немного, она вышла на шоссе и побрела в сторону станции. Лена, мысленно простившись с героем-возлюбленным, глазам своим не поверила, увидев на платформе своего друга.

— Я их выследил, — возбужденно прошептал он, вытирая слезы, градом хлынувшие из ясных глаз девушки.

— Кого? — не поняла Лена.

— Ну этих... Которые тебя...

— Господи, — всхлипнула она, — я боялась, что они тебя убили. Слава Богу, что ты не полез с ними драться. Пойдем скорее в милицию.

— В милицию? Зачем?

— Ты же их выследил! Пойдем, расскажем обо всем, пусть их арестуют и посадят. Сволочи!

— Ты в своем уме?! — возмущенно прошептал Лучников. — Удача сама в руки идет, а ты про милицию думаешь.

Пока они ждали электричку, Виталий изложил Лене свой грандиозный замысел. Он выследил двух молодых людей, которые изнасиловали его подругу, и решил их шантажировать. Это намного лучше и эффективнее, чем заявлять в милицию. Если действовать с умом, можно вытянуть с обоих достаточно, чтобы дать взятку кому надо и вступить в кооператив. Тогда они смогут пожениться. А пока они живут в разных общежитиях, где семейным жить не разрешают, не видать им своего счастья как своих ушей.

— Даже если бы у меня были деньги на кооператив, я бы все равно не мог в него вступить, потому что живу в Москве меньше пяти лет, — терпеливо объяснял Виталий всхлипывающей Лене. — Мне нужно было бы давать взятку такую огромную, что хватило бы на вторую квартиру.

Лена слушала его вполуха и думала о том, что Виталик, за которого она так испугалась, что позабыла о собственной беде, стоял в кустах и наблюдал, как двое подонков избивают и насилуют его девушку, и прикидывал, какую выгоду из этого можно извлечь. Она думала о том, что он бросил ее в лесу, лежащую без сознания, и потащился следом за ними в город, выслеживая, где они живут. Правда, он все-таки вернулся за ней, хоть и к вечеру, когда уже темно и страшно, но вернулся же...

Сначала все шло так, как намечалось. Первые суммы поступали регулярно, небольшими порциями, каждые две недели.

— Главное — не испугать клиента, — с важным видом рассуждал Виталик, пересчитывая деньги и складывая их в конверт перед тем, как нести в сберкассу. — Если бы я сразу потребовал у них пять тысяч, они бы в обморок грохнулись и побежали бы жаловаться родителям. Наплели бы им три кучи небылиц, а мы с тобой оказались бы виноватыми. Нас кто послушает! Мы — лимита, нам веры нет. Поняла? А так они мне каждые две недели приносят по чуть-чуть и не понимают, во что вляпались. То из своих карманных денег отдадут, у них предки богатенькие, подкармливают щедро, то у друзей перехватят, то продадут что-нибудь ненужное, то поклянчат якобы любимой девушке на подарок. С одной-то стороны, в тюрьму садиться им неохота, а с другой — я, на первый взгляд, немногого требую.

Успешное начало сомнительного предприятия вселило в них надежду, и спустя два месяца, в начале октября семидесятого года, Лена и Виталий поженились, хотя жить продолжали каждый в своем общежитии.

В конце ноября, в день, когда Виталик должен был получить очередную сумму, Лена мужа не дождалась. Рано утром к ней пришли из милиции и сообщили, что Виталий убит какой-то пьяной проституткой в ее же собственной постели. На другой день приходил следователь и спрашивал, с чего это Виталий потащился к алкоголичке Ереминой, не был ли он знаком с ней раньше и вообще, где муж должен был находиться в течение дня. Конечно, про насильников и деньги Лена ему ничего не сказала, а про Тамару она и в самом деле слышала впервые.

Когда закончилось следствие и суд, Лена Лучникова была уже на восьмом месяце беременности. Приехавшие на суд родители Виталика забрали ее с собой в Брянскую область. Лена не была от этого в восторге, но возражать не посмела. Она считала себя виновной в гибели мужа. Если бы она не послушалась его и заявила в милицию, он не смог бы требовать с насильников денег, следовательно, не пошел бы в тот день за очередным взносом, не познакомился бы с этой страшной женщиной, не оказался бы у нее дома и не был бы убит. Такое рассуждение казалось Лене стройным и логичным, поэтому она согласилась уехать с родителями Лучникова, так как полагала себя обязанной после гибели их сына скрашивать им одиночество и старость, помогать по хозяйству и радовать присутствием внука или внучки (это уж как выйдет).

Когда Ниночке исполнилось двенадцать, Елена Петровна вышла замуж во второй раз, за директора местной средней школы. Брак был очень счастливым, но недолгим. Они прожили вместе всего шесть лет, а потом пьяный водитель «КамАЗа» врезался прямо в ограду и въехал на участок перед их домом. Мужа спасти не удалось...

— Знаете, моя жизнь напоминает цепь случайностей, в которых я все время вижу свою вину, — грустно улыбнулась Лучникова, подливая Андрею еще чаю и накладывая в розетку варенье. — И в том, что второй муж погиб, тоже я виновата. Он в то утро крыльцо чинил, я ему целый месяц до того все время повторяла, что нижняя ступенька сгнила и ее надо менять, а в то утро чуть ли не силком заставила его заниматься ремонтом. Он нижнюю ступеньку разбирал, а я наверху стояла, смотрела. Сдалась мне эта ступенька... Порой думаешь, из-за каких мелочей люди калечат свою жизнь.

— Елена Петровна, а вы и в самом деле не знали, где ваш муж познакомился с Тамарой Ереминой?

— В самом деле. Я это имя впервые услышала от следователя.

— А Градов и Никифорчук?

— Что — Градов и Никифорчук?

— Эти имена вам случайно не знакомы? Может, это были друзья вашего мужа?

— Ну какие же это друзья, — устало вздохнула Елена Петровна Лучникова. — Они скорее врагами были. Это с них Виталик деньги тянул. А как вы про них узнали? Я, как мне кажется, их имен не называла.

— Кстати, а почему? Вы все так подробно рассказали, а имена опустили. Вас кто-нибудь просил об этом? Может быть, вам угрожали, Елена Петровна?

— Да Бог с вами, кому я нужна, чтобы меня просить, а тем более угрожать мне! — отмахнулась Лучникова. — Просто мне трудно было решить сразу, называть имена или нет. Я уж полгода примерно жду, что кто-нибудь спохватится, начнет копаться в прошлом, грязь всяческую из-под ногтей публично выковыривать. У нас ведь журналисты это дело обожают, хлебом не корми — только дай обвинить кого-нибудь. Вот я полгода к этому разговору готовилась, а так до конца и не решила, говорить про него или нет. Боязно, все же он хоть и плохонький, а политик, а мстительность не в моем характере. Даже и не знаю, почему вам сказала про него. Наверное, оттого, что вы спросили не так, как я себе представляла.

— О ком именно вы говорите? Их же двое было.

— Да о Градове, о Сергее Александровиче. Как

увидела его полгода назад по телевизору, так и стала ждать, что кто-нибудь по его черную душонку ко мне явится. Он полгода к борьбе за место в Думе готовился, а я — к нашему сегодняшнему разговору. Вот и дождались мы, каждый — своего.

Добираясь до местного отделения милиции, Андрей думал о нелепом союзе Лены и Виталия Лучниковых, союзе, в котором не было ни нежности, ни страсти, ни дружбы, а только гнетущее одиночество сельского жителя, приехавшего покорять Москву и судорожно цепляющегося за хоругви, символизирующие по тем временам жизненный успех: московская прописка, квартира, семья. Что удерживает людей друг подле друга? Что заставляет их быть вместе?

* * *

Арсен был вне себя от ярости. Эта девчонка, эта маленькая дрянь перехитрила его. Прикидывалась невинным ягненочком, больной до самой последней косточки, до самого тоненького сосудика, а сама, тихоня эдакая, разыскала-таки Бондаренко. Конечно, с того, кто это допустил, кто прохлопал ее отсутствие в поликлинике, — спрос особый. Он от ответственности не уйдет. Но это вопрос второстепенный, кого наказывать и кого миловать, можно решить и позже. Сейчас главное — перекрыть этой крысе кислород, да так, чтобы у нее надолго пропало желание делать глубокие вдохи.

Он сверился с записной книжкой и сделал два коротких телефонных звонка. Для того, чтобы поработать с Бондаренко, понадобились люди из Восточного округа Москвы. Сам Арсен держал в руках все нити, ведущие в Главное управление внутренних дел города, на Петровку, 38. Когда Арсен придумывал и создавал свою организацию или, как он ее называл, контору, он замахивался на большее. Замысел его был прост, и созрел он после того, как, в очередной раз стоя за сметаной и творогом в молочном магазине, он услышал такую знакомую, с давних лет привычную и потому проходящую незамеченной фразу наглой толстомордой продавщицы:

— Вас много, а я одна!

В ту пору уже стало ясно, что преступных группировок, действующих на территории города, огромное количество. Не уступали им и криминальные структуры, действующие на периферии, но сводящие между собой счеты именно в Москве. Понятно, что все они были крайне заинтересованы в том, чтобы плачевные результаты их бойких разборок не дали милиции и суду возможности привлечь кого-то из них к уголовной ответственности. Подкуп, шантаж и прочие атрибуты из арсенала, позволяющего оказывать давление на следователей, оперативников и криминалистов, активно пошли в ход, но Арсен уже тогда сообразил, что будет дальше. А дальше, полагал он, каждая более или менее стоящая преступная группировка захочет иметь в МУРе «своего» опера, а в следственном управлении — «своего» следователя. Начнутся беспорядочные, хаотичные попытки завербовать себе сторонников в правоохранительных органах, но количественное соотношение лиц, желающих получить некоторые услуги, и лиц, которые означенные услуги могут оказать, не позволит мирной дележке состояться. Простые подсчеты, проведенные Арсеном, показали, что сыщиков и следователей «на всех» не хватит.

Стало быть, между двумя неравными по численности сторонами должен встать посредник. На следующий же день, придя на работу, Арсен принялся воплощать в жизнь свою теорию массового обслуживания преступного мира. Он достал из большого шкафа первые двадцать папок с личными делами сотрудников Комитета государственной безопасности. Даже беглый просмотр папок позволил выявить из первой двадцатки семерых человек, по всей вероятности, чувствующих себя обиженными, и обиженными несправедливо. В их послужном списке были непонятные понижения в должности и явно сляпанные наспех приказы о взысканиях. Арсен обращал внимание и на другие мелочи: на несвоевременное присвоение очередного воинского звания, на периодичность прохождения аттестационных комиссий, на отметки об использовании ежегодных отпусков поздней осенью или ранней весной и на тысячи других примет, по которым он как кадровик мог безошибочно определить, дают ли человеку «зеленый свет» или зажимают. Особое внимание уделил он тем, кого вот-вот должны были «попросить» на пенсию.

Через два с половиной месяца первая группа «посредников» была готова к работе. Их клиентами стали крупные мафиози, члены организованных преступных групп, разработкой которых занимался Комитет. Преступники, заключившие контракт с группой посредников, уже не должны были беспокоиться о том, чтобы следить за ходом раскрытия преступления, искать подходы к оперативным работникам и их начальникам. Все эти, а также множество других функций взяли на себя люди, любовно и тщательно подобранные Арсеном. Они прекрасно знали личный состав соответствующих подразделений Комитета, знали, кого и чем можно «взять», кому как развязать язык, чтобы получить нужную информацию о ходе работы по тому или иному делу. Они указывали на свидетелей, дающих «не те» показания, и подсказывали, как лучше и эффективнее на таких свидетелей надавить, чтобы их показания волшебным образом перестали изобличать виновных. Посредники, и это было самым главным, внимательно следили за тем, чтобы группы, имеющие противоположные интересы, не кинулись бы вербовать одних и тех же людей, работающих в Комитете, ибо столкновение такого рода ничего хорошего не принесло бы ни самим посредникам, ни пользующимся их услугами криминальным элементам.

Работа пошла успешно, и Арсен постепенно реализовывал свою идею в более широких масштабах, распространив ее на органы внутренних дел, в которых в то время обязательно работали под видом кадровиков или политработников его приятели из КГБ. Ему уже виделись сияющие перспективы создания огромной, на всю страну, системы посредников, выступающих связующим звеном между преступниками и всеми правоохранительными органами, включая суд и прокуратуру. В правильности расчетов он не сомневался: количество серьезных преступников увеличивалось стремительно, тогда как штатную численность оперативно-следственных аппаратов пересматривать пока не собирались, и, в крайнем случае, все обойдется незначительными кадровыми «вливаниями», которые происходили и раньше, но на состояние борьбы с преступностью и раскрываемость преступлений коренным образом не влияли. Спрос всегда будет выше предложения, разумеется, если это стихийный спрос. Он же, Арсен, со своей конторой призван регулировать спрос и предложение...

Теоретически все выглядело необыкновенно гладко, однако на практике пришлось проститься с яркой голубизной мечты и сознательно согласиться на неброский, но более надежный цвет. Очень скоро Арсен понял, что единую организацию создавать нельзя: высок риск спалиться, окажись слабым хоть одно звено. Для повышения конспиративности лучше было разделиться на маленькие группки, курирующие отдельные правоохранительные органы, а на верхнем уровне оставить только несколько координаторов. Арсену жаль было расставаться с мечтой о спруте, охватывающем своими щупальцами всю систему раскрытия и расследования преступлений сверху донизу, но по здравом размышлении он вынужден был признать, что система независимых мелких агентств более устойчива к неожиданным неприятностям и непредвиденным катаклизмам. Выбирая между единоличной властью и надежностью, он выбрал последнюю. Все же он любил свою идею не за ее масштабность, а за суть, за соответствие маркетинговому подходу, что было особо модным в то время. И он предпочел, чтобы идея жила, пусть скромно, пусть разрозненно, пусть во многих руках, но жила. Арсен не был честолюбив, он не гнался за славой и деньгами, он не хотел власти. Всю жизнь ему было интересно только одно — манипулировать людьми, дергать за тайные ниточки, которые он держал в своих руках и о которых другие даже и не подозревали, и с удовольствием наблюдать, как меняются судьбы и карьеры.

Кто же из военных не знает, как много власти сосредоточено в руках у кадровиков. Ведь кадровик, просматривая твое личное дело, может «не заметить» какую-нибудь противную бумажонку, а может раздуть из нее целую историю, и не видать тебе приказа о назначении на новую должность как своих ушей. Кадровик может «забыть», что на твое личное дело пришел запрос из вышестоящей организации, куда тебя хотят взять на работу, более интересную и с повышением в должности и в зарплате, или «потерять» этот запрос, или просто положить у себя перед глазами — и смотреть на него задумчиво, иногда улыбаясь, иногда хмурясь, думая при этом о каких-то своих проблемах, но ни в коем случае не исполнять, то есть не вынимать папку с личным делом из несгораемого шкафа, не запечатывать ее в конверт и не отправлять с нарочным в ту самую вышестоящую организацию. Человек, желающий поменять место работы, нервничает, новое начальство, которое еще вчера так воодушевленно приглашало его к себе и так горячо хотело видеть в рядах своих сотрудников, постепенно остывает, забывает про кандидата, а тут, глядишь, и нового человека привели, и ничуть не хуже предыдущего, да и личное дело доставляют через два часа после милостивой фразы: «Ну ладно, мы изучим ваш послужной список, характеристики...» Разве непонятно, на кого из тех двоих приказ подпишут, а кто на старом месте останется? И разве кто-нибудь не знает, какая жизнь ждет того, кто остался? Собирался уходить, уже личное дело везти должен был, а в последний момент не взяли... Почему? Из-за чего сорвался перевод на новую должность? Затеяли проверку и чего-то накопали, не иначе. Ну и все в таком же духе. А ведь бывает и по-иному, случается, хватает кандидат на повышение свой запрос в зубы и бежит к своему кадровику, низко ему кланяется, бутылку несет или еще чего ценное, просит-умоляет, чтобы кадровик этот соизволил папочку с документами достать да задницу свою в автомобильчик поместить.

Автомобильчик-то уже у подъезда дожидается, стало быть, не фельдсвязью, которая неизвестно еще когда будет, дело пошлют, а прямо сей же минут и доставят по назначению. И приказ на новом месте подпишут без проволочек, и никакой другой кандидат в эту игру вмешаться уже не успеет... Много хитростей и возможностей у тех, кто в отделах кадров работает, и всеми этими хитростями пользовался Арсен много лет, с наслаждением глядя на спектакли, которые разыгрывались по написанным им сценариям. Большего удовольствия он в жизни не искал и не хотел. Оттого и в новой своей ипостаси не погнался он ни за славой, ни за большим куском. Мирно поделил все, что было создано, между собой и ближайшими помощниками. Долго размышлял перед разделом, какую часть взять себе, и остановил свой выбор на ГУВД Москвы. Почему, он и сам не мог бы точно ответить. Манило его это слово — «Петровка», было в нем что-то от юношеской романтики. Подумать только, ведь всего четыре адреса есть на всю огромную страну, вернее, всего четыре организации, которые каждый житель многомиллионного СССР знает не только по названию, но и по адресу. Кремль, Старая площадь, Лубянка и Петровка. Четыре заветных адреса, четыре символа власти, могущества и всенародной мудрости. Кремль и Старая площадь — не по его части, а на Лубянке он и так бывает каждый день. Так и вышло, что Арсен заправлял преступными связями с работниками Петровки, когда уже и СССР развалился, и про Старую площадь как-то подзабыли, и Кремль утратил свое магическое звучание, и Лубянку покрыли несмываемым позором, сначала сократили, потом заклеймили, потом преобразовали, а затем и вовсе стерли с лица земли, спрятав бренные останки под чужими названиями. А вот очарование Петровки сохранилось... Нет, не прогадал Арсен, правильный выбор в свое время сделал...

После ночной встречи с Сергеем Александровичем Арсен дал команду на всякий случай понаблюдать за Бондаренко. И хотя, если судить по информации Градова, беды ничто не предвещало, Арсен внутренне был готов к худшему. Поэтому когда ему сообщили, что Бондаренко рано утром явился домой на машине, за рулем которой сидел Андрей Чернышев, он сразу понял, что Каменская его провела. В первые минуты он попытался просчитать, где она была весь вчерашний день и что успела узнать. И только потом, внезапно спохватившись, подумал о Карташове.

Выходило, что Карташов явился в редакцию журнала «Космос» не потому, что нашел записку, а потому, что его послала туда эта хитрая девица. Что же из этого следует? А то, что никакой записки не существует, все это блеф, рассчитанный на то, чтобы спровоцировать тех, кто хочет спрятать следы этой темной истории.

Сообщение о контакте Бондаренко с оперативником Чернышевым Арсен получил только к вечеру того же дня. При построении системы связи внутри своей организации Арсену пришлось решать непростую задачу: что предпочесть, конспирацию или оперативность получения информации. По зрелом размышлении он предпочел первое. Система связи и передачи информации была простой и надежной, но требовала хорошей памяти и высокой точности. Правда, сведения поступали при этом не всегда вовремя.

Что ж, рассудил он, всегда нужно чем-то поступаться, ибо ничего идеального в этом мире не бывает.

Арсен уже знал, что фокус с телефоном Каменской по какой-то непонятной причине не удался. Впрочем, учитывая новую информацию о встрече Бондаренко с Чернышевым, это большого значения уже не имело. Тем не менее Арсен призадумался. Сначала был срыв с поисками записки в квартире Карташова. Сам Карташов дал этому вполне резонное объяснение, и не было никаких оснований винить в этом человека из отдела Гордеева, давшего непроверенные сведения. Потом, на следующий же день, другой человек, тоже из работавших на Петровке, дал неверные результаты проверки пребывания Каменской в поликлинике. Сегодня — совершенно необъяснимая история с телефоном. Три неудачи у трех разных людей и практически одновременно. Кто-то из них предатель, это не вызывает сомнений. Но кто?

Арсен немедленно связался с дядей Колей. Начал он, по обыкновению, издалека, потом плавно подошел к главному.

— Ты проверяться не забываешь?

— Нет.

— А ребят своих контролируешь?

— Вы это к чему? — поморщился с досадой дядя Коля. — У меня за два года ни одного прокола не было.

— Не было — так будет, — зловеще процедил Арсен. — За тобой ходят уже двое суток. И за пацаном твоим, который у Карташова записку не нашел.

— За Саней?!

— Тебе виднее, кого ты к нему посылал. Как ты мог так расслабиться, Черномор хренов! Из-за твоей беспечности...

— Я не понимаю, — спокойно прервал его дядя Коля. — Если вы об этом знали, то почему не предупредили сразу? А если даже вы не знали, то какие ко мне могут быть претензии? По-моему, у нас с вами была договоренность о разделении труда. Мы выполняем ваши указания, а вы обеспечиваете нашу безопасность. И перестаньте на меня шипеть. После двух ходок в зону меня этим не проймешь.

Арсен в глубине души вынужден был признать, что его собеседник в чем-то прав. Действительно, дядя Коля за безопасность не отвечал, это была забота его, Арсена. Но должен же быть предел беспечности! Нельзя, в конце концов, совершать заказные преступления и при этом полностью полагаться на доброго дядю, который будет ходить по пятам и подтирать за тобой грязные следы.

— Не тебе судить, о чем я знаю и что должен делать, — сухо сказал Арсен. — А тебе грош цена, если ты не заметил, что твоего пацана перевербовали.

— Да с чего вы взяли? — неподдельно изумился дядя Коля.

— А с того, милый мой, что слишком уж легко он от Карташова ушел. Влез в чужую квартиру, наплел хозяину семь бочек арестантов и благополучно вышел оттуда, не сделав того, за чем его посылали. А на следующий день обнаруживается, что хозяин ни с того ни с сего начинает интересоваться тем, что должно было быть в записке. Тебя это не заставляет задуматься?

— Вы, собственно, на что намекаете? — Дядя Коля с трудом сдержался, чтобы не повысить голос.

— На то, что твой парень распустил язык. И либо ты об этом знаешь и покрываешь его, то есть обманываешь меня и своего задушевного друга Сергея Александровича, либо ты полный идиот и позволил какому-то сопляку обмануть себя. И в том, и в другом случае ты должен быть наказан.

— Интересно вы рассуждаете. А как насчет вашего человека, который сообщил, что Карташов в отъезде? Его вы тоже будете наказывать? Или хотите одного меня сделать «стрелочником»?

— Мой человек — не твоя забота. Ты должен отвечать за себя и за своих парней. С сегодняшнего дня мы с тобой перестаем встречаться. Связь только по телефону и только с двойным контролем. Завтра с утра я постараюсь проверить, не прослушивается ли твой телефон, но на всякий случай ты им пока не пользуйся.

— Ну что вы меня запугиваете, Арсен? Почему мой телефон должен прослушиваться?

— Потому что я очень боюсь, что твой мальчишка притащил за собой «хвост» от квартиры Карташова прямо к тебе. А ты даже не считаешь нужным проверяться, как будто ты ангел безгрешный. Ладно, выволочку я тебе, считай, устроил, теперь поговорим о деле.

Дядя Коля слушал внимательно, не переспрашивал, лишних вопросов не задавал. С одной стороны, Арсена это вполне устраивало, он терпеть не мог давать объяснения и отвечать на вопросы. Но с другой стороны, его настораживала покладистость дяди Коли, который готов был делать все, что скажут, особо не стараясь вникнуть в смысл приказа. Когда не понимаешь смысла, полагал Арсен, тогда в случае внезапных осложнений не можешь принять правильного решения. Правда, когда понимаешь смысл, тогда уже знаешь слишком много и можешь стать опасным...

* * *

Когда зазвонил телефон, Леша Чистяков снял трубку, даже не взглянув на вздрогнувшую Настю. Он уже отчаялся когда-нибудь увидеть, как она сама разговаривает по телефону.

— Я полагаю, Анастасии Павловны, как обычно, нет дома, — услышал Леша знакомый голос, с которым он разговаривал прошлой ночью. — Так вы уж передайте ей, будьте так любезны, что я опять звонил и просил ее обратиться к творчеству Джека Лондона, особенно к рассказам, содержащимся в пятом томе.

— И что именно я должен ей передать? Чтобы она перечитала пятый том?

— Передайте, что каждый ее шаг будет сопровождаться неприятностями.

— Какими?

— У Джека Лондона все написано, пусть прочтет.

Услышав короткие гудки, Леша автоматически глянул на часы. Нет, не удалось ему продержать абонента на связи больше трех минут, как просила Настя. Недавно подключенный определитель номера никакой информации не дал, потому что звонили опять из автомата.

— Извини, — он виновато улыбнулся Насте. — У меня ничего не вышло, но я старался. Он велел передать тебе, чтобы ты перечитала пятый том Джека Лондона. Каждый твой шаг отныне будет сопровождаться неприятностями.

Настя неподвижно сидела за кухонным столом, сжимая в руках мельхиоровую чайную ложечку, которую она собиралась положить на место и забыла, как только поняла, кто звонит. Ей казалось, что руки и ноги у нее онемели и она их просто не чувствует. Надо найти в себе силы, встать, дойти до входной двери, потом до лестницы, потом до квартиры Маргариты Иосифовны, надо немедленно позвонить и спросить... Господи, какой длинный путь, как трудно его проделать, у нее не хватит сил, она упадет прямо на пороге и уже никогда не встанет. Да черт с ним, с телефоном этим, пусть слушают, если хотят. Даже наоборот, поправила она себя тут же, будет глупо звонить не от себя. Этот человек передал ей только что информацию, и совершенно естественно, если она тут же ее перепроверит. А вот если они не дождутся такого проверочного звонка, то наверняка догадаются о том, что она частенько пользуется соседским телефоном.

Настя быстро набрала номер Чернышева. Потом тупо взглянула на стоящего у плиты Лешу, который уже в четвертый раз задавал один и тот же вопрос:

— Принести тебе пятый том Джека Лондона?

— А? Что?.. Нет, спасибо, не надо.

— Тебе не интересно?

— Мне страшно.

— Почему?

— Потому что речь идет наверняка о рассказе «Любимцы Мидаса». И это означает, что каждый свидетель, с которым я буду иметь дело, должен будет погибнуть.

— Так уж и должен? — недоверчиво переспросил Леша, осторожно усаживаясь на кухонную табуретку и вынимая мельхиоровую ложечку из крепко сжатых Настиных пальцев.

— Скоро узнаю.

— А ты не ошибаешься? Может, в этом томе есть и другие подходящие рассказы?

Настя безнадежно покачала головой.

— Нет, я хорошо помню. В детстве я этот том перечитывала раз десять, если не больше.

— А вдруг речь идет о другом издании? И там в пятом томе вообще совсем другие произведения?

— Лешенька, милый, не надо меня успокаивать. Речь идет именно об этом издании, потому что именно это издание стоит у меня в книжном шкафу на самом видном месте. И тот, кто открывал дверь в мою квартиру, заходил сюда и видел его. Вот позвонит Андрей, и узнаем, кто из нас прав.

В ожидании звонка Чернышева они молча сидели на кухне. Леша раскладывал пасьянс, а Настя методично чистила картошку. Она настолько ушла в свои мысли, что даже не заметила, как до краев наполнила очищенным картофелем огромную трехлитровую кастрюлю. Спохватившись, она смущенно повернулась к Леше.

— Посмотри, что я наделала. Куда ее теперь?

— Варить, — хладнокровно ответствовал доктор наук Чистяков, втайне радуясь, что Настя хоть немного отвлеклась от мрачных мыслей.

— Но мы столько не съедим...

— А мы и не станем. Сегодня поужинаем, а остальное будем понемногу разжаривать потом, можно с яичницей, можно с тушенкой.

— И правда, — Настя растерянно улыбнулась. — Я и не сообразила. Никогда впрок не готовлю.

— Да ты вообще никогда не готовишь, так что не оправдывайся. Давай маленькую кастрюльку.

— Зачем?

— Чтобы не ждать, пока весь этот котел сварится. В маленькой кастрюльке сварим отдельно картошку себе на ужин, а остальное пусть стоит на огне. Дошло?

— Как просто... Что это со мной, Лешик? Как будто мозги совсем съехали в сторону. Самых простых вещей не могу сообразить.

— Ты устала, Настюша.

— Да, я устала. Ну что же он не звонит?

— Позвонит, не дергайся.

Когда Андрей перезвонил, она была почти на грани истерики.

— Ну что? — с трудом переводя дыхание, спросила она.

— Ничего. Восемь трупов, но все — не наши. Пять поджогов, но к нашему делу отношения не имеют.

— Андрюша, я очень напугана. Что мне делать? Есть идеи?

— Пока нет, завтра будут. Заеду за тобой в восемь часов.

— Хорошо.

Глава одиннадцатая

Константин Михайлович Ольшанский был слабым человеком. И он об этом знал. Для многих людей молчание — не проблема, они могут быть чем-то недовольны, на кого-то обижаться, затаить зло, могут чего-то не понимать и спокойно жить с этим месяцы и даже годы, не стараясь выяснить отношения и расставить точки над «i». Константин же Михайлович этого не переносил совершенно. Психологи сказали бы, что у него слабая устойчивость к конфликтным ситуациям.

Он уже давно заметил, что с Володей Ларцевым что-то не так. Первое время он гнал от себя неприятные мысли, оправдывая явные огрехи в работе своего товарища недавно пережитой трагедией и искренне надеясь на то, что никто, кроме него самого, этих ошибок не замечает. Но после разговора с Каменской, когда она вслух и не стесняясь назвала вещи своими именами, Ольшанскому стало совсем скверно, хотя Анастасия и выразила намерение «спустить все на тормозах». Константин Михайлович был ей за это благодарен. Но молчать и делать вид, что ничего не происходит, становилось с каждым днем все труднее.

Последней каплей, переполнившей чашу терпения, стал звонок полковника Гордеева, который попросил следователя не ходить к прокурору с просьбой о продлении сроков предварительного следствия, а вместо этого, несмотря на наличие перспективных версий и ясно обозначившейся фигуры главного подозреваемого, приостановить производство по делу об обнаружении трупа Виктории Ереминой. Ольшанский знал Гордеева много лет и понимал, что за просьбой Виктора Алексеевича стоят очень и очень серьезные аргументы, которые не следует обсуждать по телефону. В иной ситуации он, может быть, и потребовал бы объяснений и веских доводов... Но не теперь. Потому что боялся, что разговор этот уйдет «вглубь» и обязательно коснется первых дней работы по делу, иными словами — Володькиной халтуры. Нет, к этому Константин Михайлович морально готов не был: ведь для полковника и его подчиненных не секрет их с Ларцевым дружба. Значит, придется либо делать вид, что ничего не заметил, и расписаться в своей профессиональной несостоятельности, либо как-то объяснять свою терпимость к недобросовестности майора Ларцева. Поэтому Ольшанский только вздохнул и сдержанно ответил Гордееву:

— Поверю вам на слово, вы меня никогда не подводили. Постановление вынесу в первый же день после новогодних праздников, третьего января как раз два месяца истекут. Устраивает?

— Спасибо, Константин Михайлович, сделаю все, чтобы вас не подвести.

Положив трубку, следователь с досадой бросил на стол очки и закрыл глаза ладонями. Интересно, поделилась ли Каменская своими наблюдениями с начальством? Хорошо, если нет. А если да? Тогда Гордеев, старый хитрый лис, объехал его, Ольшанского, как в народе говорят, на кривой козе. Полковник понимает, что из-за Ларцева следователь вряд ли полезет на рожон и рискнет задавать вопросы, и по делу Ереминой можно теперь просить все что угодно, не боясь получить отказ. Что же все-таки затеял Колобок? Не окажется ли, что, зная слабый характер следователя, он обратился к нему с просьбой, не имеющей ничего общего с интересами правосудия? Очень они были разные — полковник Гордеев и старший советник юстиции Ольшанский. Гордеев твердо верил в профессионализм и честность следователя. Константин Михайлович, напротив, не верил и не доверял никому, всегда помня о том, что даже самый порядочный человек и грамотный специалист — это все-таки только человек, а не мыслящая машина, неподвластная эмоциям и болезням.

Ольшанский, поколебавшись, снял телефонную трубку, разыскал Ларцева и пригласил его с дочерью к себе домой, как он выразился, «на предновогодние блины».

* * *

«Господи, да он совсем седой стал с того времени, как умерла Наташа», — думал Ольшанский, глядя на Володю Ларцева, весело болтавшего с Ниной и дочками. Нина Ольшанская заботливо опекала Ларцева с тех пор, как он овдовел, старалась по возможности забирать Надюшку во время школьных каникул, если уезжала куда-нибудь с девочками, регулярно приглашала на ужины и воскресные обеды, помогала с дефицитными покупками. Порой она даже шутила: «У меня теперь полтора мужа и три дочки».

— Почему полтора, а не два? — спросил Константин Михайлович, услышав это впервые.

— Ну, на полного мужа Володя не тянет: я о нем забочусь, а он обо мне — нет, — шутливо ответила жена.

Теперь, глядя на ничего не подозревающих жену и друга, он мучительно собирался с силами, чтобы произнести первую фразу, как только Нина выйдет из кухни в комнату. Наконец она ушла к телефону, и Константин Михайлович, переведя дыхание, выдавил:

— С тобой все в порядке, Ларцев?

Один Бог знает, как надеялся Ольшанский увидеть веселое недоумение на лице друга, услышать его знакомый короткий смешок и шутливый ответ. Но по тому, как мгновенно сузились и заледенели Володины глаза, он сразу понял, что его надеждам сбыться не суждено.

— Почему такой вопрос, Костя? Со мной уже больше года не все в порядке, но для тебя это не новость.

— Я не это имел в виду.

— А что? Что ты имел в виду?

— Ты стал хуже работать. Прости меня, Володька, я все понимаю, но нельзя же так...

— Как — так?

Ольшанский за свою долгую следовательскую жизнь провел столько допросов, что ему уже не нужно было продолжать разговор. И без того почти все ясно. Ларцев не оправдывается, не пытается объясниться, он задает встречные вопросы, явно уклоняясь от ответа и стараясь понять, что именно известно его другу Косте. Следователь горько вздохнул. Значит, дело не в обычной халтуре, а в чем-то гораздо более серьезном. Видно, Володю крепко посадили «на крючок».

— Послушай, если ты не хочешь ничего рассказывать — дело твое. Конечно, мне обидно, когда ты что-то скрываешь, но...

— Что — но? — холодно откликнулся Ларцев.

— Ты вот-вот нарвешься на скандал.

— Почему?

— Потому что у твоего вранья длинные уши, которые торчат из каждого написанного тобой протокола, из каждого документа. Ты что же, совсем меня не уважаешь, если думаешь, что я этого не замечу?

— А ты, значит, заметил, — коротко усмехнулся Ларцев, потянувшись за сигаретой.

— Представь себе, заметил. Хотя долгое время делал вид, что не замечаю. Но больше так продолжаться не может.

— Почему? — осведомился Ларцев, доставая с полки пепельницу.

«Черт возьми, — подумал Константин Михайлович, — не я его спрашиваю, а он меня. И он спокоен, как каменный монумент, а меня аж пот прошиб от волнения».

— Потому что теперь это заметил не только я.

— Кто еще?

— Каменская. Она после тебя передопросила всех свидетелей. Тебе об этом известно? Ты потратил на это безобразие десять дней, а она — еще десять, переделывая за тобой твою же работу. И почти все — впустую, потому что через двадцать дней свидетельские показания уже не те, что по горячим следам. Уж тебе ли этого не знать! Двадцать дней из шестидесяти, отпущенных на предварительное следствие, ушли псу под хвост. Ты ничего мне не скажешь по этому поводу?

В кухне повисло молчание. Ольшанский стоял, отвернувшись к окну, и только слышал, как Володя резко выдыхал дым. Обернувшись, он изумленно уставился на сияющего улыбкой Ларцева.

— Тебе весело? — хмуро спросил Константин Михайлович.

— Угу, — кивнул Володя. — Спасибо тебе, Костя.

Спасибо, что сказал. Жаль только, что не сразу. Чего ж ты тянул так долго?

— С духом собирался. За что спасибо-то?

— Когда-нибудь узнаешь. Нинуля! — закричал Ларцев. — Кончай висеть на телефоне, давай выпьем за твоего мужа Костю. Хороший он мужик!

«Хороший мужик» Костя испытывал одновременно разочарование и облегчение. Конечно, хорошо, что Ларцев не обиделся, не стал отпираться, огрызаться, хамить (хотя Ольшанский знал, что в хамстве ему самому равных нет, поэтому нарушения конвенциальных норм общения были ему не страшны). Но плохо то, что, не сказав «нет», он не сказал ни «да», ни «может быть». Он предпочел отшутиться и был при этом отнюдь не наигранно весел. Уж что-что, а искусственную улыбку от искренней Ольшанский отличить умел. Что же происходит с Володей Ларцевым?

* * *

Надя Ларцева, одиннадцати лет от роду, была послушной и очень самостоятельной девочкой. Впервые она осталась «за хозяйку», когда мама несколько месяцев пролежала в больнице. Тогда восьмилетняя Надюша, до того ходившая держась за мамину руку, впервые услышала отцовские заповеди о правилах личной безопасности. Теперь, когда мама умерла, девочка быстро привыкла оставаться дома одна и решать свои проблемы без посторонней помощи. В глубине души она считала себя совсем взрослой и ужасно злилась на отца, без конца повторявшего одно и то же про чужих дяденек и тетенек, с которыми не нужно разговаривать на улице и уж тем более нельзя ни принимать от них подарки, ни уходить с ними, какие бы заманчивые вещи они ни предлагали. «Это же само собой разумеется, — возмущенно думала Надя каждый раз, слушая отца, — неужели он думает, что я дурочка?»

Целыми днями предоставленная сама себе, Надя

не очень-то старалась по части школьных уроков, зато перечитала множество «взрослых» книжек, преимущественно детективных, которые Ларцев в свое время пачками покупал для сидевшей дома больной жены. Из этих книжек она узнала, какие неприятности случаются с чрезмерно доверчивыми детьми, все время была настороже и без конца повторяла про себя правила, которым обучал ее отец: не входить в подъезд одной, обязательно дождаться кого-нибудь из соседей, кого знаешь в лицо; не ходить близко к проезжей части; не ходить по пустынным улицам; не отвечать на попытки заговорить; если что-то случилось на улице, например, пристал незнакомый человек, ни в коем случае не идти домой, а зайти в ближайший к дому продуктовый магазин и ждать, пока не встретишь кого-нибудь из соседей по дому, и уже вместе с ними возвращаться и так далее. Правил было много, и почти все они казались Наде вполне разумными, по крайней мере, после папиных объяснений, кроме разве что некоторых. Ну вот, например, она так и не поняла, почему нельзя принимать подарки от чужих людей. Сколько ни бился Ларцев, растолковывая дочери, что, с одной стороны, приняв подарок, она будет чувствовать себя обязанной и уже не сможет твердо ответить «нет», если сделавший подарок человек о чем-нибудь ее попросит, а с другой стороны, плохие люди могут что-нибудь засунуть в этот подарок, например, деньги или кольцо с бриллиантом, и тогда у папы будут крупные неприятности, — все было впустую.

— Не понимаю, — честно отвечала ему дочь. — Я буду делать, как ты велишь, но я этого не понимаю.

* * *

Сегодня, накануне новогодних праздников, Надя возвращалась домой от подружки-одноклассницы, с которой они вместе гуляли, сходили в кино, а потом пили чай с вкуснейшими пирожками, испеченными подружкиной бабушкой. В декабре смеркается рано, и когда девочка в начале шестого вышла на улицу, было уже совсем темно. Возле дома, где жила ее одноклассница, стояла темно-зеленая машина. Собственно, в темноте не было видно, какого она цвета, но Надя видела ее еще днем, засветло, когда они с Риткой возвращались из кинотеатра...

Тогда машина припарковалась между кинотеатром и магазином «Обувь», и Надя обратила на нее внимание потому, что у заднего стекла стояла роскошная огромная белокурая Барби, мечта всех ее знакомых девочек. Надя и Рита остановились. К дому Ларцевых нужно было идти прямо, а если зайти к Ритке, то следовало повернуть направо.

— Я, пожалуй, пойду домой, — нерешительно сказала Надя, зябко кутаясь в фиолетовый пуховик и поправляя шарф. На самом деле ей не хотелось идти в пустую квартиру, но она вежливо ждала, не пригласит ли ее подруга в гости.

— Да брось ты, — беззаботно ответила Рита, высокая нескладная девочка, не вылезавшая из троек и не признававшая слова «нужно». — Пошли ко мне. Бабулька сегодня пироги затеяла. Пошли, пошли, хоть поешь по-человечески.

— Я папе обещала после кино сразу идти домой. Он будет сердиться, — вяло сопротивлялась Надя самой себе. Вкусная, по-настоящему вкусная домашняя еда была теперь в ее семье редкостью: отец готовить не умел, да и она сама тоже. Вот когда мама была жива... А пироги Риткиной бабушки славились на весь класс. Они были настоящими произведениями искусства.

— Да брось ты! — повторила Рита свою любимую фразу. — Позвонишь ему и скажешь, что ты у меня. Бабанька подтвердит, если нужно. Время-то — три часа всего. Ну, пойдем, пойдем, — и длинная не по годам Рита покровительственно обняла подругу за плечи.

Девочки свернули за угол, и в этот момент Надя краем глаза увидела белокурую Барби. Машина медленно проехала мимо них, тоже свернув направо, и остановилась, не доезжая перекрестка, за которым сначала стоял пятиэтажный дом, а следом за ним — шестнадцатиэтажный, в котором и жила Рита. У Нади на мгновение сжалось сердце от недоброго предчувствия, но в конце концов она же не одна, она с подружкой, и идет к ней в гости, где их ждет бабушка. А когда она, Надя, соберется домой, машина уже уедет. В этом девочка была почему-то совершенно уверена...

Однако машина не уехала. В салоне горел свет, и вызывающе нарядная кукла Барби в алом вечернем платье с блестками была хорошо видна. Надя испугалась, но тут же постаралась взять себя в руки. С чего она взяла, что машина ждет именно ее? Ну стоит себе — и пусть стоит.

Девочка решительно двинулась к перекрестку и дальше, к магазину «Обувь». Свернув у магазина направо, в направлении своего дома, она немного успокоилась. Здесь было светлее, горели фонари, ходили люди. Но вскоре она увидела, как та машина проехала мимо нее и, мигнув красными огнями, остановилась неподалеку от ее подъезда. Надю охватила паника. Она замедлила шаг и стала вспоминать, что нужно делать в таких случаях. Ну конечно, нужно искать человека с собакой. Папа объяснял ей, что человек, гуляющий с собакой, скорее всего живет где-то неподалеку, значит, маловероятно, что он заодно с тем, кто ее напугает. Люди, пристающие к маленьким девочкам, обычно стараются делать это подальше от того места, где живут сами. Лучше всего, если найти гуляющую с собакой женщину. А еще лучше, чтобы собака была большая.

Надя огляделась по сторонам. Кругом — только дома, никаких сквериков, где можно встретить «собачников». Но она знала, что возле дома найдет их наверняка. Их там всегда много, потому что рядом — большой озелененный двор. Плохо только, что придется пройти мимо той машины. Но может быть, ей повезет, и она встретит кого-нибудь подходящего еще до того, как поравняется с машиной.

Да, ей повезло. Не доходя метров пятнадцати до машины, она увидела симпатичную женщину в джинсах, куртке и спортивной шапочке, а рядом с ней на поводке — огромного, устрашающего вида добермана. Надя набрала в легкие побольше воздуха и произнесла заранее заготовленную фразу:

— Извините, пожалуйста, вы не могли бы проводить меня до подъезда? Я живу вот в этом доме, но я боюсь заходить в подъезд одна, там темно, свет не горит, а мальчишки хулиганят и всех пугают.

Почему-то она не решилась сказать женщине про зеленую машину с куклой, побоявшись выглядеть смешной. Темный подъезд — другое дело, это просто и всем понятно. А вот машина... Может, все это пустые страхи?

— Конечно, малышка, пойдем, мы тебя проводим. Правда? — обратилась женщина к доберману.

Надю слегка покоробило обращение «малышка», но все равно она была ужасно благодарна незнакомой женщине за отзывчивость. Проходя мимо машины, она сделала усилие, чтобы не взглянуть еще раз на куклу, — в салоне опять горел свет. Барби была так хороша, что даже взрослая женщина обратила на нее внимание.

— Смотри, какая красавица! — восхищенно воскликнула она, замедляя шаг возле машины.

Но Надя, опустив голову и отведя в сторону глаза, быстро прошла вперед.

Они шли медленно, потому что пес все время останавливался, обнюхивая все попадавшиеся на пути деревья и кусты, а также стены здания. Наконец они подошли к подъезду. Женщина вошла первой и, придерживая дверь для Нади, укоризненно сказала:

— Зачем же ты меня обманула? У вас светло, свет горит, все лампочки на месте. Тебе не стыдно?

Надя мучительно подыскивала оправдание и уже открыла было рот, чтобы пролепетать что-нибудь насчет того, что, мол, целый месяц свет не горел, наверное, только сегодня его включили... За ее спиной мягко стукнула дверь. Она хотела обернуться, чтобы посмотреть, кто вошел в дом, но почему-то у нее ничего не получилось. Ноги стали ватными, а в глазах потемнело.

* * *

Арсен был доволен. Парнишка неплохо поработал, не зря его учили и натаскивали с младых ногтей, не зря вкладывали в него деньги, нанимая сначала репетиторов, потом тренеров. И не потому, что он плохо учился в школе, отнюдь нет, он с самого первого класса ходил в отличниках. Но что такое «отличник» при такой-то убогой системе? Не тот, кто знает действительно на «отлично», а тот, кто знает лучше других в том же классе или на том же курсе. А Арсен хотел, чтобы парень получил настоящие, а не «сравнительные» знания, настоящую подготовку.

Арсен, всю жизнь проработавший в учреждении, непосредственно связанном с разведкой, хорошо понимал, что завербованный агент — совсем не то же самое, что агент внедренный. Предателям особой веры никогда не было. Конечно, в подавляющем большинстве случаев ему приходилось действовать посулами и угрозами, играя на материальных трудностях, жадности, страхе, слабостях и страстях. Но были и другие люди, при помощи которых Арсен решал задачи, поставленные перед его конторой различными преступными группировками. Встречались, разумеется, и клиенты-одиночки, как, например, Градов, но это бывало редко: услуги Арсена стоили непомерно дорого, такие деньги могли платить только организации с высокими доходами. Да и Градов, по существу, не такой уж одиночка. Весь сыр-бор как раз и загорелся, когда под угрозой оказались источники финансирования его партии.

Да, были и другие люди у Арсена, их было пока немного. Система и тактика внедрения их в службы

Министерства внутренних дел еще не была отшлифована до блеска, но первые результаты уже дали о себе знать.

Этих «других» людей вербовали еще пацанами, перед уходом в армию, чтобы годы военной службы не пропадали даром, чтобы «кандидат» учился всему, чему только можно, — в милицейской работе военная выучка всегда пригодится. Вербовали, как правило, тех, кто, уходя в армию, оставлял «на гражданке» престарелых малообеспеченных родителей, беременных подружек или молодых жен с маленькими детьми. Им, уходящим на службу на два года, обещали, что будут поддерживать и опекать семью, помогать материально. За это кандидат должен был добросовестно служить, постигая изо всех сил военную премудрость, зарабатывая значки и грамоты, накачивая мускулатуру, а после армии поступить в Высшую школу милиции и в дальнейшем во всем слушаться Арсена и его людей. Здесь Арсен был строгим приверженцем добровольности, справедливо полагая, что надежными бывают только убежденные сторонники и союзники. Поэтому, когда после возвращения из армии к его людям, «вербовщикам», обращались не все, чьи семьи безбедно существовали на деньги конторы целых два года, он категорически запрещал разыскивать их и выяснять с ними отношения. Не пришел — значит, передумал. Передумал — значит, не убежден. Не убежден — значит, может «сдать», «стукнуть», «заложить». А деньги, потраченные за два года, — что ж, Бог с ними, с деньгами, не так уж они велики были по Арсеновым меркам, да и не в них счастье, а без издержек производства не бывает. Зато те, кто возвращался и тут же появлялся у «вербовщика», были надежны, как скала. Они поступили в Школу милиции, некоторые уже успели окончить ее и теперь работали в московских органах внутренних дел. Грамотные, хорошо подготовленные специалисты, с блестящими характеристиками из армии и из школы, с крепкими знаниями и железными мускулами, они успешно справлялись как со своей служебной деятельностью, так и с работой на контору.

Но были среди них и избранные. Те, кого завербовали не перед уходом в армию, а гораздо раньше. Те, кого приметили и начали пестовать, когда они были еще подростками, учились в школе и только начинали приобщаться к спиртному и подворотням. Этих брали на романтике. На романтике борьбы с несправедливым строем, с жестокой и безграмотно организованной системой, на романтике восторга перед своим превосходством и возможностями манипулирования чужими судьбами, из-за кулис управляя людьми, их мыслями и поступками. Избранных выбирали только из сирот, живущих в детских домах, и усыновляли, заплатив при этом, если нужно, огромные взятки. Их готовили тщательно, ибо им предстояла блестящая карьера.

Одним из избранных был Олег Мещеринов, ныне проходивший стажировку на Петровке, 38, в отделе, возглавляемом полковником Гордеевым. И это именно он предложил простой и эффективный план похищения Нади Ларцевой. Он много раз слышал, как отец разговаривал с дочерью по телефону, и неплохо представлял себе и характер самой девочки, и суть тех наставлений, которыми пичкал ее Володя. Главное условие всей операции — не привлекать к себе внимания, чтобы никому и в голову не пришло, что на их глазах похищают ребенка. Надо было суметь напугать Надю и толкнуть в объятия человека, от которого она будет ждать помощи. А уж найти такого человека и «подставить» его в нужное время в нужном месте — дело техники и режиссуры. И куклу Барби придумал тоже Олег. Девочка может не запомнить лицо человека, который будет ее преследовать, стало быть, она его просто не заметит и не испугается. Она вряд ли разбирается в автомобилях и не обратит внимания на то, что ее целый день преследует одна и та же машина, будь она хоть самой редкой и дорогой иномаркой. Но Барби она заметит непременно. И если девочка достаточно сообразительна, она обязательно испугается. А если глупа и невнимательна к советам отца, то будет глазеть на куклу и легко пойдет на контакт, если попытаться с ней заговорить. Да, Барби — во всех отношениях удачная находка. Арсен был доволен. Ему очень хотелось послушать, что теперь запоет эта хладнокровная непробиваемая Каменская.

* * *

Звонок в дверь заставил Настю вздрогнуть. Она покосилась на Лешу, уткнувшегося в телевизор.

— Откроешь?

— А надо? — ответил он вопросом на вопрос, не трогаясь с места.

Настя пожала плечами. Звонок прозвенел еще раз.

— Надо, наверное. Мало ли что...

Леша вышел в прихожую, притворив за собой дверь.

Щелкнул замок, и Настя услышала знакомый голос Володи Ларцева:

— Ася дома?

Она с облегчением вздохнула. Слава Богу, не они! Ларцева трудно было узнать. Смуглое лицо его посерело, губы приобрели синюшный оттенок, как бывает у людей с сердечной недостаточностью, глаза были совершенно сумасшедшими. Он вошел из прихожей в комнату не раздеваясь, закрыл дверь перед самым носом у Чистякова и прислонился к ней, с трудом переводя дыхание. «Бегом бежал, что ли?» — подумала Настя.

— Они забрали Надю, — выдохнул Ларцев.

— Как— забрали? — внезапно севшим голосом спросила она.

— Вот так и забрали. Пришел домой — ее нет, а тут и звонок по телефону, мол, девочка ваша у нас, жива-здорова, но это — пока.

— И чего они хотят?

— Остановись, Анастасия. Умоляю тебя, остановись, не трогай больше дело Ереминой. Они вернут мне Надю только тогда, когда ты остановишься.

— Погоди, погоди, — она села на диван и сжала виски руками, — давай все сначала, я ничего не понимаю.

— Не прикидывайся, ты прекрасно все понимаешь. У тебя хватило выдержки и самообладания не испугаться и избегать контактов с ними. Они решили действовать через меня. Я клянусь тебе, Анастасия, клянусь тебе всем, что есть на свете святого: если с Надей что-нибудь случится, я тебя застрелю. Буду ходить за тобой по пятам до тех пор, пока...

— Так, эту часть я поняла, — перебила его Настя. — И что я должна сделать, чтобы тебе вернули дочь?

— Ты должна сказать Косте Ольшанскому, что по делу Ереминой больше ничего невозможно сделать. Костя тебе поверит и приостановит дело.

— Он и так его приостановит сразу после праздников. Раньше все равно нельзя, закон не разрешает. Чего ты от меня-то хочешь?

— Я хочу, чтобы ты перестала работать по убийству Ереминой и чтобы производство по делу было приостановлено. На самом деле, а не для видимости, — медленно произнес Ларцев, не сводя с Насти немигающих глаз.

— Я тебя не понимаю...

— Да что я, Колобка не знаю?! — взорвался Ларцев. — Такое дело! Из него грязь во все стороны торчала! Я десять дней убил на то, чтобы его «причесать», пригладить, грязь эту как-нибудь спрятать, и то до конца не сумел это сделать, раз ты ее потом разглядела. Колобок такие дела не отпускает, он их будет грызть до самой смерти. И этими фокусами с липовым приостановлением ты мне голову не заморочишь.

— Откуда тебе известно, что приостановление будет «липовым»?

— Сам сообразил. Если ты поняла, как я работал в первые дни, то должна была понять, и почему я это делал. А коль так — ты не отступишься. И Колобок тоже. Я вас слишком хорошо знаю.

— А что Костя говорит?

— Говорит, что ты меня раскусила и я вот-вот нарвусь на скандал. Ася, ну при чем тут Ольшанский? Постановление о приостановлении дела — это бумажка для следователя, а не для нас, оперативников. Следователь кладет дело в сейф и забывает о нем до тех пор, пока мы в клювике не принесем ему информацию, позволяющую продолжить расследование. Это он перестает работать, а не мы. Поэтому я и хочу, чтобы ты остановилась. Сейчас половина двенадцатого. В два часа ночи они мне позвонят, и я должен буду дать им гарантии, что ты оставишь труп Ереминой в покое. Ася, я умоляю тебя, Надя должна как можно скорее вернуться домой. Может быть, они не сделают ей ничего плохого, но она испугана, у нее может случиться нервный срыв. Ей и так несладко пришлось, когда Наташа... — Ларцев запнулся, помолчал. — В общем, имей в виду, Анастасия, если с Надей что-нибудь случится, виновата будешь только ты. И я тебя не прощу. Никогда.

— А ты, Володя? Ты сам ни в чем не виноват? Тебе не в чем себя упрекнуть?

— В чем я должен себя упрекать? В том, что обеспечиваю безопасность своей дочери? Они зацепили меня почти сразу после Наташиной смерти. Я разговаривал с тестем — он категорически против переезда в Москву. У них в Самаре дети и внуки, да и где бы мы стали жить все вместе? Денег на покупку большой квартиры у меня нет, обменять их жилплощадь на московскую — никаких шансов, у них две комнаты в огромной коммуналке. Мой отец — беспомощный больной старик, ему уже за семьдесят, он сам нуждается в уходе, и оставить на него Надю я не могу. Поверь мне, я перебрал множество вариантов. Хотел даже нанять женщину, вроде няньки, чтобы присматривала за девочкой, но оказалось, что мне это не по карману. Хотел сменить работу, но и здесь не вышло.

— Почему?

— Да потому, что там, где нужны мои знания, рядом крутится мафия, и мне снова придется выбирать: либо становиться преступником, либо день и ночь дрожать за дочку. Пришлось бы идти на совсем неквалифицированную и более низкооплачиваемую работу, а этого я себе позволить не могу. Знаешь, сколько стоит детская одежда? А школа, в которой Надя учится? Впрочем, откуда тебе знать, ты выше всего этого, тебе о детях заботиться не надо.

— Володя, ну зачем ты...

— Прости, Ася, сорвалось. Ты должна меня понять, у меня не было выхода.

— Ты мог бы сразу сказать об этом Колобку. Он бы обязательно что-нибудь придумал. Почему ты не доверился ему?

— Ты не понимаешь, Ася. Я — не единственный. Таких, как я, — много, очень много. Ты даже не представляешь, как широко они раскинули свою сеть. Их человеком может оказаться любой, даже любой из нас, если хочешь.

— И Колобок тоже?

— И Колобок тоже.

— Не верю. Этого не может быть.

— А я этого и не утверждаю. Я только хочу, чтобы ты поняла: они могут найти подход практически к любому, потому что прекрасно информированы и знают о каждом из нас больше, чем мать родная. Пусть Колобок честен, но, стараясь мне помочь, он рано или поздно натолкнется на их человека, информация тут же уйдет, и меня возьмут за горло. Если бы я мог быть уверен, что во всем МУРе я один такой выродок, я бы, ни секунды не сомневаясь, побежал за помощью к Гордееву. Или, например, к тебе. Но в том-то и беда, что нас много, и мы друг друга не знаем.

— Выходит, они полностью нами управляют и мы совершенно беспомощны перед ними?

— Выходит, что так.

— Тебе о них хоть что-нибудь известно? Да сядь ты, наконец, не подпирай дверь, у нас разговор не на пять минут. И разденься заодно.

Ларцев медленно, словно нехотя, отошел от двери, снял куртку и небрежно бросил ее на пол. Настя поняла, что ноги плохо слушаются его, поэтому движения Ларцева были вялыми и неуверенными. Он посмотрел на часы.

— Мне нужно успеть на метро, пока оно не закрылось. В два часа они будут звонить.

— Ничего, — усмехнулась Настя, — позвонят сюда. Им прекрасно известно, куда ты отправился, ведь так? К тому же им гораздо приятнее будет поговорить наконец со мной, чтобы убедиться, что ты их не обманул и что тебе в самом деле удалось меня застращать. Так что тебе о них известно? — повторила она свой вопрос, когда Володя уселся в кресло напротив нее.

— Немного. Они обращались ко мне всего два раза, по разным делам. В первый раз — больше года назад. Помнишь убийство Озера Юсупова?

Настя кивнула.

— Но оно же раскрыто. Разве нет?

— Раскрыто, — подтвердил Ларцев. — Но там был такой хитрый момент... Короче, нужно было убрать из дела показания одного из очевидцев. На доказательства виновности обвиняемого это никак не влияло, на объективную сторону состава преступления — тоже. Все равно это было убийство с особой жестокостью, что с этими показаниями, что без них. Но вот мотив убийства коренным образом менялся. Ты ведь помнишь, наверное, что в суд оно пошло как совершенное из хулиганских побуждений. А этот очевидец слышал, как убийца разговаривал с Юсуповым, и из этого разговора становилось понятным, что Юсупов был связан с одним из банков, через которые отмывались деньги, полученные от незаконного вывоза оружия и стратегического сырья из Ижевска. Юсупов смошенничал, положил в карман большую сумму, и директора банка его наказали в назидание потомкам. Вот эти показания и надо было убрать, как будто их и не было.

— Как же ты это сделал? Выкрал протокол из уголовного дела?

— Ну, зачем так грубо. Из дела протокол украсть можно, много ума не надо, а с памятью того, кто вел допрос, что прикажешь делать? А так в деле появился другой протокол, в котором тот очевидец признавался, что в момент первого допроса находился в состоянии наркотического опьянения, а в самый момент преступления ничего толком не видел и не слышал, потому что как раз перед этим «укололся» и ждал «прихода». Вот и все.

— Классная работа! — восхищенно сказала Настя. — И сколько тебе за это заплатили?

— Нисколько. Меня держат Надей, а не деньгами. Страх, Ася, куда более сильный стимулятор, чем жадность. Просто удивительно, как тебе до сих пор удалось продержаться, не испугавшись.

— А кто тебе сказал, что я не испугалась? Я даже замок в двери сменила, не говоря уж о том, что поселила здесь Чистякова.

— Говорят, ты и к телефону не подходишь?

— Стараюсь.

— Бесполезно, Ася, ты сама видишь. Пусть ты не боишься за отчима — он сам может за себя постоять. Твоя мать далеко. К тебе не так просто подобраться. Но ты же не бросишь на произвол судьбы одиннадцатилетнюю девочку, правда?

— Правда. Так что будем делать, Ларцев? У нас с тобой есть два часа, чтобы придумать, как вызволить твою дочь. Объясни-ка мне, как это произошло.

— Вчера мы с ней были в гостях у Ольшанских. Костя долго мялся, потом сказал, что ты меня подозреваешь и переделала заново всю работу по убийству Ереминой. Я, конечно, обрадовался. Раз мои фокусы кто-то обнаружил, меня больше нельзя использовать, поэтому от меня должны отстать. В тот же вечер я им об этом сообщил. А сегодня они забрали Надю и сказали, что я должен сделать все возможное, чтобы воздействовать на тебя. Раз ты все равно меня подозреваешь, я могу действовать открыто, потому что от скрытого давления ты каким-то образом умудряешься уворачиваться.

— Каковы их требования?

— Ни ты, ни Чернышев, ни Морозов не должны и близко подходить к издательству «Космос». Как только они убедятся в твоей добросовестности, они вернут Надю домой.

— А если я пообещаю, но обману их?

— Погоди, это еще не все. Завтра утром ты вызываешь домой врача и берешь больничный. Несколько дней сидишь дома, никаких лишних контактов ни с Гордеевым, ни с Чернышевым, ни с Морозовым. Общаться можно только по телефону.

— Из этого следует, что мой телефон прослушивается?

— Да. Дальше. Ты завтра же утром звонишь Гордееву и говоришь, что твоя версия лопнула, а больше ничего ты придумать не можешь, и дело можно приостанавливать по-настоящему, а не для видимости. Звонишь отсюда, чтобы они могли проконтролировать. Потом звонишь Ольшанскому и говоришь ему то же самое. Потом Чернышеву и Морозову. Как только в «Космос» кто-нибудь сунется, об этом немедленно станет известно, и это отразится на Наде. Она у них в руках, и при малейшей тревоге... И не пытайся выйти из квартиры. Об этом тотчас же узнают. Тебе все понятно?

— Нет, не все. Во-первых, мне непонятно, как ты ухитрился вчера вечером сообщить им о разговоре с Ольшанским. У тебя есть телефон для связи? Или они сами тебе ежедневно звонят?

— Нет у меня никакого телефона. Есть условный

знак, которым я даю понять, что мне нужно войти с ними в контакт.

— Какой знак?

— Ася, не делай из меня идиота. Я хочу только одного: чтобы моя дочь была в безопасности. Для этого я должен обеспечить выполнение их требований. Я должен тебя остановить. Если я скажу тебе, как войти с ними в контакт, ты опять что-нибудь затеешь. Я должен думать в первую очередь о Наде, а не об интересах борьбы с преступностью. А ты стараешься меня перехитрить.

— Значит, не скажешь?

— Нет.

— Ладно. Еще вопрос: почему им нужны гарантии только в отношении меня? Они не боятся, что Чернышев и Морозов сами продолжат работу?

— Нет, не боятся. Ты в этом деле — главная, если ты скажешь, что работа закончена, значит, так и есть. У них других дел по горло.

— А если я скажу что-нибудь другое?

— Твой телефон прослушивается, не забывай. Одно неверное слово — и Надя...

— Ладно, поняла, — раздраженно перебила Настя. — Ты не думал о возможности спрятать ее? Отправить куда-нибудь, что ли. Или организовать ее охрану, через того же Колобка, например.

— Господи, ну почему ты не понимаешь таких простых вещей! — с отчаянием в голосе произнес Ларцев. — Надя — заложница. Меня сразу предупредили, что попытайся я хоть что-то предпринять, они меня просто-напросто уберут, и моя дочь останется сиротой и будет воспитываться в детском доме. Может, я дурак и сволочь, может, я слабак и подонок, но я хочу, чтобы моя дочь выросла здоровой и по возможности счастливой. Это что, по-твоему, преступление? Разве я не имею права этого хотеть и к этому стремиться? Это ненормально и порицается общественной моралью?

— Успокойся ты, ради Бога, — устало вздохнула Настя. — Я им все скажу, как надо.

— И сделаешь, как надо?

— И сделаю. Но ты должен отдавать себе отчет, что Колобку о тебе все известно. Он может просчитать ситуацию. В таком случае он мне не поверит и сделает по-своему.

— Откуда ему известно? Ты сказала?

— Нет, он давно знает. Поэтому и отстранил тебя от дела Ереминой. Подожди, не сбивай меня. Я хотела что-то еще спросить...

Настя зажмурилась и прижала пальцы к щекам.

— Вспомнила. Ты сказал, что я в этом деле — главная, поэтому Чернышев и Морозов послушаются меня беспрекословно. Верно?

— Верно.

— Это твое личное мнение или тебе об этом кто-то сказал?

— И то, и другое. Я тебя не один год знаю, с Морозовым знаком, а с Андреем много раз вместе работал. Могу точно определить, как у вас роли распределились.

— А кто тебе сказал?

— Они сказали, кто ж еще.

— Видно, тебя неплохо подготовили к разговору со мной, даже аргументами заранее вооружили. Только вот откуда они знали, что я в группе главная? От тебя, Ларцев?

— Нет, честное слово, не от меня. Я сам удивился, откуда они знают.

— Ну хорошо. — Она с трудом поднялась с дивана. — Пойду кофе сварю, а то голова совсем не соображает.

Ларцев тут же вскочил и шагнул к двери.

— Я пойду с тобой.

— Зачем? Я Чистякова в свои дела не впутываю, можешь не беспокоиться.

— Я пойду с тобой, — упрямо повторил Ларцев. — Или ты останешься здесь.

— Да ты в своем уме? — возмутилась Настя. — Ты что, мне не веришь?

— Не верю, — твердо сказал Ларцев, но в лицо ей посмотреть не осмелился.

— Интересно получается. Ты примчался ко мне на ночь глядя просить о помощи, а теперь выясняется, что ты мне не доверяешь.

— Ты все еще не понимаешь. — Чем дальше, тем с большим трудом он говорил. Казалось, каждое слово причиняет ему невыносимую боль. — Я не за помощью пришел. Я пришел заставить тебя сделать то, что они требуют, чтобы вернуть мою дочь. Ты поняла? Заставить, а не просить. О каком доверии ты говоришь, когда у тебя в голове только одни задачи, которые ты так любишь решать, а у меня — беспомощный напуганный ребенок, моя единственная дочь, оставшаяся без матери. Мы не союзники, Анастасия, мы с тобой — противники, хотя, видит Бог, мне больно от этого. Если ты посмеешь сделать хоть что-нибудь, что может повредить Наде, я найду способ остановить тебя. Навсегда.

С этими словами Ларцев достал пистолет и продемонстрировал Насте полностью снаряженную обойму. Настя поняла, что он уже на грани срыва, коль угрожает оружием ей, своему товарищу по работе, к тому же женщине. «Нельзя его злить, — подумала она. — Я, идиотка, разговариваю с ним как с равным, как с коллегой, как с человеком, способным здраво и логично рассуждать. А он — просто помешанный, убитый горем несчастный отец».

— Ну что ты говоришь, Володенька, подумай сам, — мягко сказала она. — Если ты меня убьешь, тебя посадят, и тогда Надя уж точно попадет в детский дом. Каково ей будет расти не только без матери, но еще и с отцом-убийцей?

Ларцев впился взглядом ей в лицо, и Насте стало не по себе.

— Меня не посадят. Я убью тебя и твоего Чистякова так, что меня никто никогда не разоблачит. Можешь не сомневаться, я это сумею.

Дверь осторожно приоткрылась, в комнату заглянул Леша.

— Ребята, может, вам кофе...

Взгляд его рассеянно скользнул по фигуре Ларцева и замер, остановившись на сжатом в опущенной руке пистолете.

— Что это? — недоуменно, но вовсе не испуганно спросил он. Оружия в Настиной квартире он никогда не видел.

— Это, Лешенька, пистолет системы «Макаров», табельное оружие майора Ларцева, — с трудом скрывая раздражение нелепостью ситуации, ответила Настя, стараясь говорить как можно спокойнее. Она не хотела пугать Лешу и в то же время пыталась дать Ларцеву шанс, подхватив легкий тон, перевести все в шутку и выйти из того состояния полубезумного оцепенения мысли, в котором он пребывал.

— И... зачем это здесь?

Настя перевела взгляд на Ларцева, надеясь, что он сейчас скажет что-нибудь смешное и разрядит обстановку. «Ну же, — мысленно просила она, — скажи Леше, что ты учил меня правильно держать оружие, или что ты описывал мне в красках подробности какого-нибудь задержания, улыбнись, убери пистолет, тебе же самому противно, тебя воротит от всей этой ужасной ситуации, так вот тебе открытая дверь, выйди из нее с честью».

Но Ларцев стоял с каменным лицом, глядя куда-то в стену, поверх Настиной головы. Она поняла, что его «заклинило». «Черт бы его взял, ведь и вправду может выстрелить, — с отчаянием подумала Настя. — А умирать-то не хочется...»

— А это майор Ларцев нам угрожает, — спокойно сказала она. — Если мы с тобой не будем его слушаться, он нас застрелит. Я правильно излагаю, майор?

Ларцев медленно кивнул. Насте показалось, что в

глубине его глаз что-то дрогнуло. Или ей только почудилось?

— И что мы должны делать, чтобы он нас не застрелил? — деловито осведомился Леша, как если бы речь шла не о шантаже и смерти, а о том, как обращаться с водопроводным краном, чтобы он не сломался.

— Мы должны сидеть дома и ни с кем не встречаться. Звонить можно, но разговаривать только на нейтральные темы.

— Что может быть слаще тюремной камеры, если делишь ее с любимой женщиной! — усмехнулся Леша. — И надолго нам такое счастье привалило?

— Дней на пять. Пяти дней хватит, майор? — обратилась она к Ларцеву. — Успеют твои друзья за пять дней замести все следы?

И снова в глубине зеленых Володиных глаз почудилось Насте какое-то движение, на этот раз она ощутила его более явственно и поняла, что нашла верный тон, что еще немного — и Ларцев очнется, придет в себя и посмотрит на ситуацию трезвыми глазами. Пока это не произойдет, он может выстрелить в любую секунду, среагировав на малейшее движение и даже на посторонний звук, на внезапный телефонный звонок. Самое главное — не сбиться с найденного тона. Только бы Лешка не ляпнул чего-нибудь!

— А за хлебом можно сходить? — продолжал выяснять Чистяков, словно и не было рядом смертельной опасности, а была просто необходимость немного изменить режим.

— Нельзя, Лешенька. Из квартиры выходить не нужно, — терпеливо объясняла Настя, не сводя глаз с Ларцева.

— А мусор вынести? — иногда профессор Чистяков проявлял просто-таки чудеса дотошности. А Настин друг юности Лешка, рыжий, лохматый, рассеянный и чудной, ее первый мужчина и самый близкий человек, бывал порой на удивление прозорлив и догадлив.

— Мусор вынести можно, — великодушно разрешила Настя, продолжая следить за Володей. «Поддается, — обрадованно думала она, — поддается».

— Нет, я все-таки не понимаю, как же без хлеба? — сердито сказал Леша. — В магазин я сегодня сходил, к Новому году купил кучу продуктов, так что пять дней мы нормально продержимся, но хлебом-то я не запасся на такой срок. И молоком, между прочим, тоже. Я без хлеба и молока не могу, ты же знаешь, Настасья. Ты попроси своего майора, может, он сделает поблажку?

«Перебор, — быстро подумала она. — До сих пор Леша делал все правильно. Ситуацию надо довести до абсурда, тогда она перестанет казаться серьезной. А вот насчет поблажки — это уже ерничество. Как бы Ларцев не взбрыкнул».

Ларцев упорно смотрел в стену. Настя смотрела на Ларцева. Леша Чистяков смотрел на Настю. И он заметил, как непроизвольно дрогнули ее губы, готовые недовольно скривиться.

— Ладно, ребята, — миролюбиво произнес Леша, будто ничего особенного и не произошло. — Я в ваши дела не лезу. Раз надо — значит надо, чего ж тут обсуждать. Работа у вас специфическая, мне все равно ее не понять. Только вы мне объясните, при чем тут табельное оружие майора Ларцева.

— А при том, — тихо ответила Настя, — что майор Ларцев считает меня безмозглой и бездушной тварью. Его дочь похитили, и возвращение девочки полностью зависит от моего, то есть от нашего с тобой, поведения. И он думает, что я могу сделать что-нибудь такое, что может повредить ребенку. Он думает, что для меня чужой ребенок — это пустой звук, потому что своих детей у меня нет и отцовских чувств мне не понять. Он считает, что я могу наплевать на одиннадцатилетнюю девочку.

Леша перевел напряженный взгляд на Ларцева.

— Ты что, действительно так считаешь?

Ларцев не шелохнулся. Он стоял боком к Леше, и о том, что происходит с ним, Чистяков мог судить только по Настиному лицу, на котором, как в зеркале, отражались малейшие изменения мимики их ночного гостя. По тому, как затрепетали крылья ее носа, как внезапно запали щеки и четче обозначились скулы, он понял, что настал момент наивысшего напряжения. Нужен последний толчок, после которого Ларцев либо выстрелит, либо опомнится. Толчок должен быть легким, незаметным, но безупречно точным. И этот толчок должен сделать он, Чистяков. Сейчас он — на манеже. На него смотрит весь зал, и он должен произнести реплику, после которой зрители либо взорвутся аплодисментами за эффектно законченную репризу, либо забросают его гнилыми помидорами за скучный и безлико исполненный номер.

— Ну и дурак же ты, майор! — в сердцах сказал Леша, вложив в свои слова как можно больше искренности.

Настино лицо сразу смягчилось, и он понял, что попал точно в цель. Ларцев вышел из оцепенения, спина расслабилась, голова опустилась. Он ссутулился и в один миг будто постарел лет на десять.

— Обещай мне, что ты сделаешь все как надо. Обещаешь?

— Ну конечно. Конечно, обещаю, — мягко ответила Настя. — Не волнуйся. Пойдем на кухню, там теплее.

В молчании они пили кофе с печеньем и думали об одном и том же. Когда часы показали ровно два, Настя встретилась глазами с Ларцевым. Оба медленно поднялись и пошли в комнату, где стоял телефон. Через минуту оглушительно прозвенел звонок.

Глава двенадцатая

Сорокашестилетний Евгений Морозов считал себя неудачником. Большинство его ровесников уже стали подполковниками, а то и полковниками, а он так и засиделся в капитанах, не получив даже майорской звезды. Основным его занятием был розыск без вести пропавших людей, а также скрывшихся от следствия и суда подозреваемых и обвиняемых. Работа казалась ему серой и безрадостной, он уже давно расстался с надеждой на продвижение по службе и скучно и безынициативно «дорабатывал» до пенсии. В последние годы он начал пить, понемногу, но регулярно.

Настю Каменскую он невзлюбил сразу, с самого первого дня их совместной работы. Во-первых и в-главных, его приводила в бешенство мысль о том, что он должен работать бок о бок с этой пигалицей, которая младше его больше чем на десять лет, а уже дослужилась до майора. Да не просто работать, а подчиняться ей! Большего удара его самолюбию нельзя было нанести. Во-вторых, он не понимал и не признавал методов ее работы. Заумь какая-то: архивные дела, книжки на иностранных языках, бесконечные допросы-передопросы, скрипичный ключ и прочая муть. Его, Морозова, в свое время учили работать по-другому, не сидеть с умным видом на диване, а брать ноги в руки и искать, искать, искать... Не зря же служба, которой он посвятил свою жизнь, называется «уголовный розыск». Вот именно, розыск, а не что-нибудь другое. А один из главных методов его работы называется личным сыском. И ни про какие аналитические методы он и слыхом не слыхивал, да и знать о них не хотел.

Злость на девицу с Петровки, 38, привела капитана Морозова к плодотворной идее раскрыть убийство Вики Ереминой самому. Самостоятельно. В одиночку. Назло всем. В отделении милиции, где он работал, недавно открылась вакансия, заняв которую можно было быстро получить звание майора, а еще через четыре года — подполковника. Это был хороший шанс, и упускать его было бы глупо. Нужно добиться успеха, яркого, громкого, утереть нос сыщикам из МУРа. Тогда и начальник отделения будет доволен, он тоже недолюбливает элиту из ГУВД. Но посвящать начальника в свои планы Морозов пока не собирался.

Когда поступило заявление об исчезновении Ереминой, он, по обыкновению, сильно не напрягался. Молодая, красивая, пьющая, незамужняя — какого рожна ее искать? Протрезвеет, натешится очередным хахалем, да и вернется домой, никуда не денется. Уж сколько раз в его многолетней практике такое бывало. Однако когда Вику нашли задушенной на 75-м километре Савеловской дороги, Евгений взглянул на это дело другими глазами. В первую же неделю после обнаружения трупа он добросовестнейшим образом отрабатывал Савеловскую железную дорогу, разговаривал с милиционерами, прочесывал все электрички в поисках постоянных пассажиров, которые могли обратить внимание на броскую красавицу. Морозов по опыту знал, что люди, не пользующиеся пригородными электричками регулярно, не имеют обыкновения разглядывать соседей по вагону. Постоянные же пассажиры часто «шарят глазами» в поисках «своих», знакомых, жителей своего городка или поселка, чтобы скоротать время в пути за ничего не значащими разговорами.

Упорная кропотливая работа принесла некоторые результаты. Морозову удалось отыскать двоих мужчин, видевших в электричке Еремину в сопровождении каких-то «качков». Оба пассажира обратили на девушку внимание, потому что она и ее спутники заняли купе, в котором обычно ехали они сами. Эти пассажиры были из Дмитрова, жили по соседству, работали в Москве на одном предприятии и в одну смену и уже много лет ездили в столицу и обратно одними и теми же поездами, почему-то обязательно во втором вагоне от головы электрички, во втором купе справа по ходу движения. Многолетние привычки порой оказываются сильнее любых резонов. Дошло до того, что они специально приезжали на вокзал загодя, чтобы занять свое место. Но в этот раз их опередили, и это было так непривычно, что поневоле запомнилось.

В дороге они исподтишка разглядывали непонятную компанию, вполголоса обсуждая, что общего может быть у такой красивой, холеной, дорого одетой девушки с надменным лицом и каким-то больным, обращенным внутрь себя взглядом с этими «качками» без признаков интеллекта на гладко выбритых лицах. «Качки» неоднократно пытались заговорить с ней, но красавица отвечала односложно или вообще отмалчивалась. Иногда девушка выходила в тамбур с сигаретой, и один из парней непременно ее сопровождал. Через полтора часа, покидая в Дмитрове электричку, друзья-пассажиры пришли к выводу, что девушка едет куда-то по делу, а «качки»— ее личная охрана. Хотя непонятным оставался тот факт, что она едет в поезде. Если у нее хватает денег на охрану, то уж машина-то должна быть...

Итак, было установлено, что Вика Еремина в сопровождении трех молодых мужчин ехала в электропоезде Москва — Дубна в воскресенье, 24 октября. Поезд отошел от станции Москва-Савеловская в 13.51, на платформу «75-й километр» прибыл в 15.34. Труп Вики нашли через неделю, время наступления смерти датировали 31 октября — 1 ноября. Нужно было установить, где же она находилась целую неделю.

Как раз в этот момент Морозову сообщили, что он включен в оперативную группу, возглавляемую Каменской. Он был далеко не новичком в деле построения отношений с людьми в нужном для себя ключе. Отношения с Настей не стали исключением. Евгений постарался сделать все, чтобы отбить у нее всякое желание общаться с ним, и это ему вполне удалось. Настя не обременяла его поручениями, и он мог свободно распоряжаться своим временем, чтобы работать по убийству Ереминой. Те же задания, которые ему давались, он выполнял тщательнейшим образом, только вот о результатах докладывал Насте весьма своеобразно. Нет, он не искажал полученную информацию, упаси Бог. Он просто недоговаривал, а то и вовсе скрывал ее, «отдавая» в Настино распоряжение лишь те сведения, которые не нужны были ему самому для разработки собственной версии. Она, например, так и не узнала, что Морозов нашел очевидцев Викиной поездки в электричке, установил точное время этой поездки и даже составил весьма подробные словесные портреты ее попутчиков. Официально считалось, что «отработка» маршрута ничего не дала.

Пока Настя вместе с Андреем Чернышевым опрашивала друзей и знакомых Вики Ереминой, пока разбиралась в сложных взаимоотношениях, связавших ее с Борисом Карташовым и с супругами Колобовыми, пока выясняла, кто и за что избил Василия Колобова, и делала массу других необходимых вещей, все это время капитан Морозов изучал поселки вокруг 75-го километра, показывал Викину фотографию, описывал внешность «качков» и пытался найти место, где могла бы жить Еремина в ту пресловутую неделю. И когда Насте удалось выяснить, что Вика каким-то образом попала на Савеловский вокзал и случилось это, скорее всего, в воскресенье, 24 октября, с момента поездки прошло столько времени, что отрабатывать маршрут повторно было бессмысленно. В это время Морозов уже нашел дом, где, по свидетельству жителей одного из поселков, жила девушка в обществе молодых людей. Девушку видели только один раз, когда она приехала. Больше она местным жителям на глаза не попадалась. Но зато Евгений познакомился с продавщицей из поселкового магазина, которая, как могла, припомнила, что и в каких количествах покупали временные жильцы «дяди Пашиного» дома. По всему выходило, что было их никак не меньше троих, и среди них одна женщина.

Добрался Морозов и до дяди Паши, Костюкова Павла Ивановича, сдавшего дом на месяц. Сам он жил в соседней Яхроме, в семье дочери, нянчился с внуками, а дом с удовольствием сдавал в любое время года и на любой срок. Из разговора с хозяином дома выходило, что ни один из «качков», ехавших с Викой в поезде и затем живших вместе с ней в поселке Озерки, не был тем человеком, который договаривался о сдаче дома внаем. Тот, по словам Павла Ивановича, был человеком солидным, лет около пятидесяти (может, чуть моложе, но уж точно «за сорок»), вызывающим доверие. За дом заплатил вперед и не торговался, хотя хитрый дед сразу заломил непомерную цену, чтобы потом, когда, поторговавшись, он делал солидную уступку, у нового жильца возникало чувство, что он все-таки добился своего и выгадал на арендной плате.

Как добраться до загадочного арендатора, Морозов не знал. Документов Костюков у своих жильцов не спрашивал, если они платили вперед. Конечно, это было нарушением, но в местной милиции Павла Ивановича хорошо знали и смотрели на непрописанных жильцов сквозь пальцы, тем более что в летнее время старик все делал строго по закону. Но осенью, когда дороги развезло, ехать из Яхромы на 75-й километр, чтобы оформить жильцов по всем правилам, ему ой как не хотелось. Однако все свои дела, связанные с домом, Костюков непременно фиксировал в толстой школьной тетрадке, из которой и узнал Морозов, что договор о сдаче дома в Озерках сроком на 1 месяц с 24 октября, воскресенье, по 23 ноября, вторник, был заключен в субботу вечером, 23 октября.

А дальше Евгений положился на удачу и очертя голову ринулся прочесывать автомобильную трассу, соединяющую Москву и Яхрому. Он надеялся на то, что человек, снявший дом Костюкова, приехал на машине. В этом случае надежда хоть и слабая, но была бы. Если же он прикатил в Яхрому на электричке, тогда пиши пропало. Всю неделю, пока Каменская была за границей, он, проклиная мокрый снег, ветер, хлюпающую грязь под ногами и непроходящий насморк, метр за метром шел по Дмитровскому шоссе, останавливаясь у каждого поста ГАИ с одним-единственным вопросом: о водителях, задержанных за нарушения или остановленных для проверки в субботу, 23 октября.

Ему давали толстые папки с подшитыми в них протоколами за октябрь, и Евгений тщательно выписывал все данные о водителях, остановленных на посту в тот день. Он не искал кого-то конкретного, потому что понимал, что за рулем мог быть и сам «арендатор», и кто угодно другой. Более того, Морозов был абсолютно уверен, что если уж этот человек приехал в Яхрому на машине, то с ним непременно должен был быть один из тех «качков», которые на следующий день поселились в Озерках вместе с Ереминой. А как же иначе? Жители поселка видели новых жильцов, но ни один из свидетелей не припомнил, чтобы они спрашивали дорогу к дому Костюкова.

Это означало, что дорогу-то они уже знали. Стало быть, за день до этого, заплатив за дом и получив ключи, «арендатор» должен был поехать в Озерки, найти тот дом и показать своему попутчику, чтобы назавтра странная компания не светилась на весь поселок бесконечными расспросами.

Был у Морозова еще один вопрос: почему же в субботу, 23 октября, «арендатор» сумел найти дом Костюкова, не задав, судя по всему, ни одного вопроса жителям Озерков? Компанию, приехавшую в воскресенье, кое-кто увидел и запомнил, а вот двоих мужчин (или все-таки одного? Нет, пожалуй, двоих) на машине, приехавших в субботу и искавших дом дяди Паши, не заметил никто. Это было странным, и объяснения у Евгения этому факту не нашлось. Но все равно он был убежден, что в той машине, которую он искал, должно было быть, как минимум, два человека. Если, конечно, вообще была такая машина. Но мысль о том, что они могли воспользоваться электричкой, Морозов гнал от себя, ибо мысль эта лишала его всяких перспектив на успех.

В одном из отделений ГАИ его спросили:

— Кого ищешь-то, капитан? Может, мы его знаем?

— Кабы я сам знал, — тяжело вздохнул Морозов. — Так, проверяю на всякий случай, вдруг повезет.

— И имени не знаешь?

— Нет.

— А марку машины?

— Тоже нет. Может, они и проезжали здесь, но их ни разу не остановили.

— Да-а, парень, — покачал головой пожилой сержант ГАИ, — тебе не позавидуешь. Ты знаешь чего сделай? Поспрашивай вокруг Икши. У них в конце октября ЧП было, двое малолеток из колонии сбежали, так они целую неделю все до единой машины шерстили, пока ребят тех не поймали. Твой клиент куда ехал-то?

— В Яхрому.

— Ну, стало быть, мимо Икши ему никак не проехать. Если он как раз в ту неделю попал, когда проверки шли, его обязательно должны были остановить и все данные зарегистрировать.

В Икшу Морозов летел как на крыльях. Да, здесь его ждала удача. Из расположенной в Икше колонии для несовершеннолетних преступников как раз накануне, 22 октября, в пятницу, сбежали двое подростков. Впрочем, подростками их можно было назвать весьма условно: обоим уже исполнилось по 18 лет, и они ждали этапа, чтобы отправиться досиживать свои немалые сроки в колонии для взрослых. Оба беглеца шли по одному делу — вооруженный разбой и убийство, в зоне для малолеток отбыли чуть меньше года, и теперь им предстояло провести оставшиеся 9 лет в условиях куда более жестких и куда менее комфортных. Побег, судя по всему, был организован кем-то «с воли». Парни считались опасными, склонными к насилию, поэтому сразу же после обнаружения побега Икшу взяли в плотное кольцо, через которое проскочить незамеченным было невозможно. Было достоверно известно, что беглецы прячутся где-то в радиусе 10 километров, и их успешно выловили, когда они на пятый или шестой день попытались выбраться из городка...

Вечером того же дня перед Морозовым лежал невероятной длины список водителей и их машин, проезжавших через Икшу в направлении Яхромы 23 октября. Надо было начинать отсев.

Костюков утверждает, что человек, пожелавший снять дом, появился у него после обеда. Из списка, таким образом, сразу были исключены все, кто проследовал в направлении Москва — Яхрома до 12 часов дня и после 6 вечера. Затем были вычеркнуты грузовики-транзитники, затем машины, в которых ехали семьи с детьми (при условии, разумеется, что среди них был только один мужчина), затем настал черед машин, в которых ехал только один водитель, либо по возрасту не похожий на «арендатора», либо женщина.

Евгений просидел над списком до поздней ночи, пока в нем не осталось, наконец, 46 машин, в которых ехало в общей сложности 119 человек. 85 из них были жителями Москвы, и ими Морозов планировал заняться в первую очередь. К моменту возвращения Каменской из Италии у капитана появился реальный подозреваемый: некто Николай Фистин, руководитель молодежного спортивного клуба «Варяг». Вместе с ним в машине следовал Александр Дьяков, москвич. Помня о том, что свидетели, давая словесное описание спутников Ереминой в электричке и в поселке, характеризовали их как спортивных молодых людей с накачанной мускулатурой, Морозов понял, что здесь, пожалуй, «горячо». Попробовать, во всяком случае, стоило. Если след окажется ложным, — что ж, в списке оставалось еще 29 машин, будем работать дальше, решил он. На 19 декабря, понедельник, у него была назначена важная встреча с человеком, который мог кое-что порассказать о клубе

«Варяг» и его руководителе. Поэтому, когда накануне Каменская, едва приехав домой из Шереметьева, собрала всю группу и попыталась впрячь Евгения в очередное заумное мероприятие, он сделал все возможное, чтобы уклониться от участия в этом, хотя бы в понедельник. Впрочем, эта пигалица с Петровки оказалась на удивление уступчива, не давила на него и не командовала. «Не можешь— так не можешь, — сказала она, пожав плечами. — Подключишься во вторник».

Ко вторнику уверенность капитана Морозова в том, что Фистин и Дьяков — те, кто ему нужен, несколько окрепла, хотя изрядная доля сомнений все же оставалась. Он решил понаблюдать за клубом и очень скоро обнаружил, что Фистиным и Дьяковым интересуется не только он один. Наметанным профессиональным глазом он сразу определил работу коллег. Выходило, что эта Каменская (как ни пытался, он не мог придумать женского эквивалента слову «молокосос», дальше «молокососки» его фантазия не шла, поэтому про себя Морозов называл ее либо пигалицей, либо по фамилии), так вот, выходило, что Каменская все-таки подобралась к клубу, только с какой-то другой стороны. Злости и разочарованию капитана не было предела. Но, поразмышляв некоторое время, он вдруг сообразил, что может гордиться собой: он один сумел получить тот же результат, что и Каменская, у которой в подчинении была целая группа. Конечно, Евгений при этом изрядно кривил душой, ведь он-то скрывал добытую информацию, в то время как все остальные щедро делились с ним, так что на деле выходило, что у него было весьма ощутимое преимущество. Но это не помешало ему воспрянуть духом и испытать прямо-таки мальчишеский спортивный азарт. Раз силы равны, думал он, то можно еще потягаться. Пусть мы в какой-то момент оказались в одной точке, но мы пришли к этой точке разными путями, наши дороги и дальше разойдутся. Вот и поглядим, кто свой маршрут пройдет быстрее!

Но долго соревноваться с Каменской Евгению Морозову не удалось. Дьяков куда-то пропал, а буквально на следующий же день рано утром Каменская позвонила и сказала, что работа по делу об убийстве Вики Ереминой прекращается и он, Евгений, может считать себя свободным. Все возможные версии проверены, ни одна из них к успеху не привела, сразу после праздников будет вынесено соответствующее постановление следователя.

— Спасибо за помощь, Женя. С наступающим Новым годом тебя, — попрощалась Каменская, но голос у нее был почему-то убитый.

«Что, пигалица, не привыкла проигрывать? — злорадно подумал Морозов. — Расстроилась? Погоди, еще не так расстроишься, когда я найду убийц. Локти себе будешь кусать, что отступилась. Как же ты, голубушка, проморгала Фистина с Дьяковым? Ведь сидела же у них на хвосте, значит, было у тебя что-то против них. Чего ж ты бросила дело на полдороге? Не уверена, а подпереть свои подозрения тебе нечем. А мне — есть чем. Потому что я знаю то, чего не знаешь ты. Я знаю, что Фистин снял дом, где его подручные, в том числе и Дьяков, целую неделю держали Вику Еремину. Я знаю, где этот дом. Я знаю хозяина, который может опознать Фистина, и продавщицу, которая опознает троих «качков». У меня есть также два человека, которые смогут опознать парней, ехавших с Викой в электричке. Если это окажутся парни из клуба «Варяг», то Фистин не отвертится, он к убийству Ереминой пришит намертво».

Евгений как-то не задумывался над тем, зачем, собственно, Николаю Фистину, руководителю молодежного спортивного клуба, организовывать всю эту историю с Викой: увозить ее из города, держать целую неделю взаперти и под охраной, а потом задушить. Мотивы и вся эта субъективно-психологическая муть мало заботили капитана. Фистин — дважды судимый, и этим, по мнению капитана Морозова, было все сказано. Какая разница, почему? Важно установить, кто это сделал, а уж на вопросы «почему» да «зачем» пусть суд ищет ответы. Таким уж был капитан Морозов, и, может быть, эта черта характера и отличала его от Насти Каменской, которая пыталась понять, что опасного для убийцы знала или сделала Еремина и почему ее надо было убивать.

* * *

После Настиного утреннего звонка по телефону Виктор Алексеевич Гордеев решил на работу не идти.

— Ночью зуб разболелся, — коротко сообщил он своему заместителю Павлу Жерехову. — Пойду к врачу. Если кто спросит — буду после обеда.

Отправив жену на работу, Гордеев забегал по квартире, стараясь привести мысли в порядок. Настин телефон прослушивается, они это уже установили. Что же с ней случилось? Кто ее так крепко прихватил? И на чем? Надо найти возможность хоть какого-то контакта с ней... Она, кажется, сказала, что заболела и будет вызывать врача. Можно попробовать, попытка — не пытка. Колобок метнулся к телефону.

— Регистратура, — услышал он равнодушный девичий голос.

— Полковник Гордеев, начальник отдела МУРа, — бодро представился Виктор Алексеевич. — Скажите, пожалуйста, моя сотрудница майор Каменская вызывала сегодня врача на дом?

— Справок не даем, — так же равнодушно ответил голос.

— А кто дает справки?

Но в трубке уже пищали короткие гудки. «Вот стерва!» — зло фыркнул Колобок вслух и принялся набирать другой номер.

— Диспансерное отделение, слушаю вас.

Этот голос показался Виктору Алексеевичу более обнадеживающим.

— Здравствуйте, вас беспокоит полковник Гордеев из МУРа, — проворковал наученный предыдущим неудачным опытом Колобок и сделал паузу в ожидании ответа.

— Здравствуйте, Виктор Алексеевич, — послышалось в трубке, и полковник с облегчением вздохнул: он попал на человека, который его знает. Дальше дело пойдет более гладко.

На всякий случай он потратил еще несколько секунд и два десятка слов на выражение радости по поводу того, что его знают в диспансерном отделении поликлиники, и только потом перешел к главному. Прежде чем добраться до выезжающего по вызовам врача, ему пришлось сделать еще шесть телефонных звонков, но желанная цель была наконец достигнута.

— Вам повезло, что вы меня застали, — сказала ему врач Рачкова, — я уже на пороге стояла.

Она молча, не перебивая, выслушала путаные и туманные объяснения Гордеева.

— Теперь я повторю. Вы хотите, чтобы я сказала Каменской о вашем звонке и спросила, не хочет ли она что-нибудь вам сообщить. Я должна, невзирая на реальное состояние здоровья, выписать ей больничный на максимально допустимый срок. Более того, я должна усмотреть основания для экстренной госпитализации и обсудить этот вопрос с больной. В случае положительного ответа я должна позвонить из квартиры Каменской в госпиталь. И последнее. Я должна, насколько это возможно, убедиться, что она действует под чьим-то контролем либо без такового. Все верно?

— Все верно, — с облегчением вздохнул Гордеев. — И я очень прошу вас, Тамара Сергеевна, поезжайте к ней сразу же и потом перезвоните мне. Я должен как можно скорее понять, что с ней происходит.

— Звонить вам, разумеется, следует не от нее? — усмехнулась в трубку Рачкова.

— Разумеется, — подтвердил полковник. — Я вам заранее благодарен.

Положив трубку, Виктор Алексеевич лег на диван, поставил перед глазами будильник и начал ждать.

* * *

Тамара Сергеевна Рачкова назвала водителю первый адрес и принялась листать амбулаторную карту Каменской А. П., прикидывая, какой диагноз проще всего будет «натянуть», не тратя слишком много времени. Она повидала в жизни достаточно и к своим шестидесяти двум годам имела за плечами сорокалетний опыт работы в медицинских учреждениях, обслуживающих «компетентные органы». Поэтому просьба, с которой обратился к ней полковник Гордеев, ее не слишком шокировала. В ее практике бывало и не такое. Однажды ей даже пришлось удалять несуществующую опухоль молодому оперативнику, добровольно подставившему себя под нож, потому что настоящего больного необходимо было срочно тайком перевезти в другое место, а отменять операцию в целях конспирации было нельзя...

Карта Каменской ее разочаровала. За восемь лет — всего один больничный, и тот выписан после того, как бригада «Скорой помощи» доставила ее прямо с улицы. Диагноз — сосудистый криз. Правда, записи о ежегодных диспансерных обследованиях воодушевили врача. Жалобы на боли в спине после травмы. Вегетососудистая дистония. Аритмия. Бессонница. Хронический бронхит. Плохие анализы крови — следствие перенесенных «на ногах» острых вирусных инфекций (а как же иначе, чего ж еще ждать, если она больничные не берет?). Подъезжая к дому на Щелковском шоссе, Тамара Сергеевна уже мысленно составила запись, которую она сделает в карте, и выбрала диагноз, который, скорее всего, поставит Каменской А. П., 1960 года рождения.

Маленькая, грузная, неуклюже переваливающаяся на коротких толстых ножках, с коротко стриженными седыми волосами, с близорукими глазами за толстыми линзами очков, Рачкова больше походила не на врача, а скорее на характерную комедийную актрису, играющую роли подпольных самогонщиц, ростовщиц, старых своден и тому подобных малосимпатичных персонажей. Только тот, кто долго общался с ней, мог оценить ее живой юмор и острый ум и поверить, что в молодости она была неотразимо обаятельна и даже по-своему пикантна. Впрочем, муж Тамары Сергеевны помнил об этом очень хорошо и до сих пор относился к ней с нежностью и уважением.

Осматривая Настю, измеряя давление, считая пульс и слушая фонендоскопом сердечные тоны, Рачкова думала о том, что молодой женщине и в самом деле не мешало бы подлечиться в госпитале. Состояние-то у нее не ахти какое.

— Вам бы надо в госпиталь лечь, — сказала она, не поднимая головы от карты, в которую записывала результаты осмотра. — У вас очень плохие сосуды. Один криз уже был, похоже, что и до второго недалеко.

— Нет, — резко и быстро ответила Настя. — В госпиталь я не хочу.

— Почему? — Врач оторвалась от карты и полезла в сумку за бланками больничных листов. — В нашем госпитале хорошо. Полежите, отдохнете, вам это пойдет на пользу.

— Нет, — повторила Настя, — я не могу.

— Так не можете или не хотите? Кстати, ваш начальник Гордеев очень обеспокоен вашим здоровьем. Он просил вам передать, что не возражает, если вы ляжете в госпиталь. Вы ему нужны здоровой.

Настя молчала, зябко кутаясь в теплый халат и укрывая ноги пледом.

— Я не могу ложиться в госпиталь. В самом деле не могу. Может быть, попозже, через месяц-другой. Но сейчас — нет. А вы что, разговаривали сегодня с Гордеевым?

— Да, он мне звонил, просил отнестись к вам повнимательней, поскольку вы сообщили ему, что заболели. — Рачкова заполнила больничный лист, аккуратно сложила тонометр в футляр и внимательно посмотрела на Настю. — Гордеев волнуется за вас. Вы ничего не хотите ему передать?

— Передайте ему, что он был прав. Еще передайте, что я хотела бы сделать очень многое. Но я не могу. Я связана по рукам и ногам. Я дала слово и обязана его сдержать. Спасибо ему за заботу. И вам спасибо.

— Пожалуйста, — со вздохом ответила врач, тяжело поднимаясь из-за письменного стола. — Кстати, прелестный юноша на подоконнике этажом ниже — не ваш ли поклонник?

— Кажется, мой, — Настя скупо улыбнулась.

— Муж в курсе?

— Да, конечно, правда, он не муж.

— Это неважно. Гордееву сказать?

— Скажите.

— Ладно, скажу. Лечитесь, Анастасия Павловна, я говорю совершенно серьезно. Вы относитесь к своему здоровью просто безобразно, так нельзя. Воспользуйтесь передышкой, раз уж все равно дома сидите, попейте лекарства, отоспитесь. И ешьте как следует, у вас нездоровая худоба.

После ухода Рачковой Леша молча начал одеваться.

— Ты куда? — удивилась Настя, глядя, как он с остервенением стягивает с себя спортивный костюм и влезает в джинсы и свитер.

— Тебе лекарства выписали. Где рецепты?

— Нельзя же, Лешенька, он тебя все равно не выпустит. Слышал, что врач сказала? Сидит на лестнице, этажом ниже.

— Плевать я хотел! — взорвался Чистяков. — Ты тут помрешь у меня на руках, пока эти псы за свою кость дерутся.

Он с демонстративным грохотом открыл замок и вышел на лестницу.

— Эй, ты, бультерьер! — громко позвал он.

Раздались едва слышные шаги, с нижнего этажа, легко прыгая через ступени, поднялся смазливый белокурый паренек.

— Сходи в аптеку, — безапелляционным тоном приказал Леша. — Вот рецепты, вот деньги, сдачу вернешь.

Паренек молча взял рецепты и купюры, повернулся и легко и неслышно побежал вниз.

— И хлеба купи, черного! — крикнул Леша ему вдогонку.

— Ну зачем ты его дразнишь, — укоризненно сказала Настя, когда он вернулся в квартиру. — Мы же полностью от них зависим. Уж лучше пусть будет худой мир, чем открытая война.

Леша не ответил. Он быстро подошел к окну и стал смотреть на улицу.

— Побежал, — прокомментировал он, глядя на фигуру, удаляющуюся спортивной трусцой в сторону аптеки. — Только это не он. Стало быть, нас с тобой стерегут, как минимум, двое. Серьезная организация.

— Уж куда серьезнее, — грустно подтвердила она. — Давай я хоть обед приготовлю, что ли. Господи, угораздило же меня так вляпаться! И девчонку жалко, и Ларцева.

— А себя не жалко?

— И себя тоже жалко. Такое дело было интересное, такая задачка! Обидно до слез. И Вику Еремину жалко. Я ведь знаю, почему ее убили. Хотя, если не кривить душой, я и так была готова к тому, что мне не дадут раскопать эту историю. Только я не знала, в какой момент меня остановят и как именно они это сделают. Раньше меня вызвал бы начальник МУРа и вежливо приказал бы оставить это дело и заняться другим преступлением, которое гораздо более опасно и сложно для раскрытия и поэтому на него бросаются лучшие силы, и я должна посчитать за честь, что его сиятельство лично меня вызвал и, высоко ценя мои знания и умения, лично просит поучаствовать во всенародном празднике поимки страшного кровавого убийцы. Ну или что-нибудь в таком же роде. А Колобок тяжело вздыхал бы и советовал не брать в голову, а сам кипел бы от ярости и втихаря делал бы по-своему, но уже сам, чтобы не подставлять меня под гнев руководства. Раньше все было известно заранее: и их методы, и наша реакция. А теперь — сам черт ногу сломит, никогда не знаешь, кто и где, и в какой момент, и каким способом возьмет тебя за горло. И защиты от них нет никакой. Богатых людей стало слишком много в расчете на душу одного нищего милиционера, и за деньги они могут купить боевиков, которые будут на нас давить, даже если мы все вдруг станем поголовно честными, бескорыстными и добровольно захотим жить в малогабаритных квартирах с детьми и парализованными родителями, не имея возможности нанять для них квалифицированную сиделку. Да что говорить! Ты прав, Лешик: псы за свою кость дерутся. А молодая женщина погибла...

* * *

Просматривая список вызовов и стараясь рационально построить свой маршрут, Тамара Сергеевна Рачкова обнаружила, что один из адресов находился неподалеку от ее дома. Это было кстати. Тамара Сергеевна решила навестить больного, а потом заскочить домой выпить чаю и заодно позвонить Гордееву. Жила Тамара Сергеевна очень далеко от поликлиники, в те дни, когда она работала с 8 утра, вставать приходилось ни свет ни заря, и к 11 часам она обычно испытывала нестерпимый голод.

Войдя в свою квартиру, она сразу услышала доносившиеся из гостиной голоса. «Опять филателисты», — поняла Рачкова. Муж ее недавно вышел на пенсию и с головой погрузился в свое хобби, занимаясь бесконечными обменами, покупками, продажами, выставками, конференциями, специальной литературой и даже лекциями. В доме постоянно были визитеры, а телефонные звонки раздавались так часто, что ни дети Рачковых, ни друзья и коллеги самой Тамары Сергеевны, случалось, не могли дозвониться им по нескольку дней. Кончилось все тем, что при помощи связей и подарков в квартире появился второй телефон с другим номером, специально для филателистов, и жизнь вошла в нормальную колею.

Тамара Сергеевна тихонько, насколько это вообще было возможно при ее комплекции, прошла на кухню, зажгла газ под чайником и подсела к телефону.

— Плохи дела у вашей Каменской, — вполголоса сообщила она Гордееву.

— Что с ней? — всполошился Колобок.

— Во-первых, она действительно больна. Я совершенно серьезно порекомендовала ей лечь в госпиталь, для этого есть все основания.

— И что она ответила?

— Отказалась наотрез.

— Мотивы?

— Ее стерегут, причем совершенно открыто, не стесняясь. Это во-вторых. А в-третьих, она просила вам сказать, что вы были правы. Она хотела бы сделать очень многое, но не может, потому что дала слово и обязана его сдержать.

— Кому она дала слово?

— Виктор Алексеевич, я передала вам все дословно. Больше она ничего не сказала.

— Тамара Сергеевна, у вас сложилось какое-нибудь личное впечатление о ситуации?

— Ну... Более или менее. Каменская подавлена, удручена, она знает о том, что ее стерегут. По-видимому, отказ от госпитализации продиктован тем, что ей запретили выходить из дома под угрозой причинения неприятностей кому-то из близких.

— Она одна в квартире?

— С ней какой-то рыжий лохматый мужчина.

— Я его знаю, это муж.

— Это не муж, — возразила Рачкова, привыкшая называть вещи своими именами.

— Ну, неважно, — уклонился от уточнений Гордеев. — Пусть будет друг. А кто сторож?

— Юноша с лицом херувима. Сидит на подоконнике, на лестничной клетке между этажами.

— А других не заметили?

— Честно признаться, не смотрела специально. Я и этого-то увидела только потому, что он поднялся по лестнице и посмотрел, кто звонит в дверь к Каменской.

— Нахально, однако, — заметил Виктор Алексеевич.

— Я же говорю вам, он не скрывается. По-моему, на нее пытаются таким способом оказать давление.

— Вполне возможно, — задумчиво согласился полковник. — Спасибо вам, Тамара Сергеевна. Вы даже не представляете, как много вы для меня сделали.

— Почему же, представляю, — улыбнулась в трубку Рачкова.

Закончив разговор, она повернулась, чтобы выключить закипевший чайник, и заметила входящего в кухню мужа.

— А я и не слышал, как ты пришла, мамочка, — сказал он, подходя и целуя жену в седую макушку.

— Ну еще бы, у тебя опять сборище марочных фанатов. Квартиру обворуют — и то не услышишь, такой у вас гвалт стоит.

— Неправда, мамочка, — обиделся муж, — никакого особого гвалта не было. Ты насовсем вернулась?

— Нет, чаю выпью и побегу. Сегодня много вызовов, началась очередная эпидемия гриппа.

— Неужто так прямо все гриппом заболели? — усомнился супруг, признававший только два диагноза — инфаркт и инсульт, и считавший все остальные заболевания формой отлынивания от служебных обязанностей. — Небось среди твоих больных — половина симулянтов. В такую мерзкую погоду не хотят на работу ходить, вот и гоняют тебя, старушку, почем зря.

Тамара Сергеевна молча пожала плечами, сделала большой глоток обжигающе горячего чая и откусила толстый кусок сдобной булки, обильно смазанной сливочным маслом, да вдобавок с внушительным слоем апельсинового джема. Она всегда была любительницей мучного и сладкого.

— Как твоя поясница? — спросила она.

— Ноет потихоньку, но уже гораздо лучше.

— Опять побежишь сегодня на свое филателистическое сборище?

— Мамочка, относись, пожалуйста, с уважением к моему невинному хобби, — с улыбкой сказал муж Тамары Сергеевны. — Это достойное и интеллигентное занятие. Ты же не хочешь, чтобы я опустился, начал пить и целыми днями забивал «козла» во дворе?

— Конечно, не хочу, — миролюбиво согласилась она, залпом допивая чай и торопливо дожевывая булку. — Все, папочка, я убежала, можешь напоить чаем своих гостей. Целую! — крикнула она уже из прихожей, надевая пальто и открывая дверь.

* * *

«Негодяи», — гневно твердил про себя Виктор Алексеевич Гордеев, вялым неспешным шагом двигаясь от метро к зданию на Петровке. Несмотря на приближающийся Новый год, в Москве было промозгло, сыро и слякотно, изредка выпадавший снег тут же смешивался с водой и грязью. Небо было тяжелым и серым, и таким же было настроение полковника Гордеева. Он шел, опустив плечи, засунув руки глубоко в карманы пальто и глядя под ноги.

«Чем же они взяли Стасеньку? Чем-то очень простым, но эффективным. Не зря говорят, против лома нет приема. Пока они осторожничали, подбирались к ней из-за угла, она, как умела, уворачивалась от них. Теперь они пошли напролом, открыто и не стесняясь. Правда, у народной мудрости есть и продолжение: против лома нет приема — окромя другого лома. Где же взять этот другой лом? Эх, если б знать, чем же они держат Стасеньку».

И еще одна вещь не давала покоя Виктору Алексеевичу. Почему Настя не воспользовалась помощью доктора Рачковой? Она могла передать через нее Гордееву всю необходимую информацию на словах или в записке, а уж он придумал бы что-нибудь. Почему же она не сделала этого? Колобок слишком хорошо знал свою подчиненную и не допускал и мысли о том, что она просто-напросто не догадалась сделать это. Такого быть не могло. А что же могло быть? У Гордеева было такое чувство, что в самом этом факте и заключена самая главная информация. Настя, не передав через врача практически ничего нового, ценного и интересного, тем самым хотела что-то ему сказать. Но что же? Что?

Колобок внезапно резко ускорил шаг, вихрем промчался по сумрачным коридорам Петровки, 38, влетел в свой кабинет, швырнул влажное от уличной сырости пальто на стул в углу и вызвал своего заместителя Жерехова.

— Что у нас происходит? — отрывисто спросил он.

— Ничего сверхсрочного, — спокойно ответил Жерехов. — Обычная рутина. Провел вместо тебя утреннюю оперативку. Лесников закончил работу по изнасилованию в Битцевском парке, следователь очень им доволен. Селуянов в очередном запое, к вечеру появится. Он, оказывается, позавчера ухитрился слетать к детям, после этого, как всегда, пребывает в глубокой депрессии. На нас повесили убийство члена правления банка «Юник», его я поручил Короткову и Ларцеву. Каменская больна. Все остальные живы-здоровы, работают по старым делам. Как твой зуб?

— Зуб? — недоуменно сдвинул брови Гордеев. — Ах, да, спасибо. Мышьяк положили, там, оказывается, нерв обнажился.

— Чего ты крутишь, Виктор? — тихо спросил его Жерехов. — Не болит у тебя зуб и ни у какого врача ты не был. С каких это пор ты стал мне врать?

«Ну вот, теперь придется с Пашей объясняться. Господи, ну за что мне эти напасти, ну почему я все время должен что-то скрывать, кому-то врать, о чем-то недоговаривать? Почему инженер или слесарь могут позволить себе быть честными, открытыми и искренними, не врать без необходимости и спокойно спать по ночам, а я не могу? Что же это за профессия такая, Богом проклятая, людьми презираемая, судьбой обиженная! Ах, Паша, Пашенька, ты без малого два десятка лет у меня на глазах, ты — моя правая рука, ты — мой первый помощник, моя надежа и опора. Ты плакал вот в этом самом кабинете, когда врачи сказали, что у твоей любимой женщины рак, потому что ты — женатый человек и не можешь провести вместе с ней последние месяцы ее короткой и не очень-то счастливой жизни. А потом ты снова плакал, но уже от радости, потому, что врачи ошиблись, и твоя возлюбленная, хоть и тяжко больная, жива до сих пор и, вполне вероятно, нас с тобой переживет. Я всегда верил тебе, Паша, и ни разу, ты слышишь, ни разу за эти два десятка лет ты меня не подвел. Мы с тобой всегда на разных орбитах, потому что ты вечно споришь со мной и, как правило, не соглашаешься ни сразу, ни потом, когда я выложу тебе все свои аргументы. Но в процессе наших споров оттачиваются и шлифуются комбинации и ходы, хотя, честно тебе скажу, иногда мне хочется тебя убить. В тебе нет фантазии, полета, творчества, в тебе нет широты и размаха, но зато все это есть во мне, даже в избытке, опасном для окружающих. Ты — педант и крючкотвор, ты — зануда и перестраховщик, ты — ворчун и брюзга, ты моложе меня на восемь лет по паспорту и старше лет на семьдесят по жизни. Мы с тобой всегда на разных орбитах, но все эти годы я любил тебя и верил тебе. Что же мне делать сейчас? Может, ты меня научишь?»

Мысленно перекрестившись, полковник Гордеев принял решение.

— Видишь ли, Паша, — начал он ровным бесстрастным голосом, стараясь унять внутреннюю дрожь и заглушить мерзкий липкий голосок, ехидно нашептывающий: «А если и он тоже? Откуда ты знаешь, что он не с ними?»

Жерехов слушал начальника не перебивая. Его маленькие темные глазки внимательно поблескивали, обычно чуть сутуловатые плечи сейчас так согнулись, что, казалось, шеи у него вовсе нет, как, впрочем, и груди, и низко опущенный подбородок навечно сросся с ладонью, о которую опирался.

По мере того как Виктор Алексеевич рассказывал, губы Жерехова становились все тоньше, пока наконец щеточка аккуратных усиков не сомкнулась с подбородком. Сейчас он был вызывающе, отчаянно уродлив, напоминая съежившегося и готовящегося к атаке хорька.

Когда Гордеев умолк, его заместитель некоторое время помолчал, потом глубоко вздохнул, распрямил плечи, расцепил сжатые в замок пальцы рук и, болезненно поморщившись, принялся массировать затекшую поясницу.

— Что скажешь, Паша? — прервал молчание Гордеев.

— Много чего. Первое. К делу это не относится, но я все-таки скажу, потому что мы с тобой давно работаем вместе и, Бог даст, поработаем еще. Ты подозреваешь всех, в том числе и меня. Тебе трудно было решиться на разговор со мной сегодня, потому что ты думаешь, что Ларцев может оказаться не единственной фигурой в этом деле. Ты и сейчас до конца не уверен, не совершаешь ли ошибку, обсуждая со мной дело Ереминой. И я хочу, чтобы ты знал, Виктор: я на тебя не в обиде. Я понимаю, как тяжко тебе подозревать тех, кого ты любишь и уважаешь. Но ты должен признать, что это — темные, если хочешь, грязные стороны нашей работы. Их нельзя избежать, от них нельзя уклониться, поэтому тебе не должно быть неловко. Не ты это придумал, и не ты в этом виноват.

— Спасибо тебе, Паша, — тихо произнес Гордеев.

— Не за что, — усмехнулся Жерехов. — Теперь второе. Ответь мне, Виктор: чего ты хочешь?

— В каком смысле?

— Перед тобой две проблемы: убийство Еремúной и твои подчиненные. Ты должен отдавать себе отчет, что обе они одновременно не решаются. Силенок у нас маловато. Вот я и спрашиваю тебя, какую из двух проблем ты хочешь решить, а какой — пожертвовать.

— А ты изменился, Паша, — заметил Гордеев. — Помнится, еще год назад мы с тобой чуть не поссорились, когда я убеждал тебя, что поимкой наемного убийцы можно пожертвовать, если взамен получить возможность понять, как работает нанимающая его организация. Ты тогда категорически со мной не соглашался и грозил мне всеми карами небесными за предательство интересов правосудия. Не забыл?

— Не забыл. Кстати, это было не год назад, а полтора. Ты всегда соображал быстрее меня, все перемены на лету улавливал, поэтому из нас двоих начальник не я, а ты. Я, Витя, тугодум, ты же знаешь. То, что для тебя было очевидным еще в прошлом году, я начинаю постигать только теперь. Вот и скажи мне, рассчитываешь ли ты раскрыть убийство Ереминой?

— Честно?

— Честно.

— Если честно, то нет. Я могу это сделать, но не хочу.

— Почему?

— Людей жалко. Человек, который задействовал такие силы, чтобы скрыть изнасилование, по которому срок давности истек, и даже совершил ради этого новое преступление, — такой человек ни за чем не постоит. Суд и тюрьма ему не грозили, потерпевшая в милицию не заявляла, так что к уголовной ответственности его нельзя привлечь ни при каких условиях. Переправка рукописей за границу и их использование, даже если приносит огромные доходы, уголовно ненаказуемы, это сфера авторского права. И если он так перепугался, что организовал убийство девушки, как только чуть-чуть запахло паленым, это значит, что под угрозой оказалась его репутация, которая, по-видимому, стоит в данном случае куда дороже, чем свобода. А дороже свободы, Паша, ничего нет. Только жизнь.

— Ну и что дальше? Ты хочешь сказать, что за его репутацией стоит целая группа людей, которые его не пощадят, если он их подведет?

— Вот именно. Или на нем есть еще какие-то грехи, которые обязательно вылезут на свет божий, если будет продолжена работа по убийству Ереминой. Поэтому он будет драться до последнего. Он жизнь свою спасает. Сегодня на него работает Ларцев, уж не знаю, за какие такие золотые горы. А завтра он возьмется за кого-нибудь другого. Методов-то всего два: подкуп и шантаж. Каждый из нас живет только на зарплату, и у каждого из нас есть близкие. Вот тебе, Пашенька, и весь расклад. За Анастасию они уже принялись. Дальше рисковать я не могу.

— Согласен с тобой, — кивнул Жерехов. — Я бы тоже не стал рисковать. Я бы сделал по-другому. У тебя есть какие-нибудь соображения?

— Никаких, — вздохнул Колобок.

Внезапно он вскочил с кресла и заметался по кабинету, вмиг превратившись в прежнего Колобка Гордеева.

— Я ничего не могу придумать, пока не пойму, что произошло у Каменской, — нервно выкрикнул он, пробегая за спиной у Жерехова и огибая длинный приставной стол для заседаний. — У меня руки связаны, я боюсь сделать что-нибудь не то и навредить ей. Пойми, Паша, тот факт, что она ничего не передала через врача, говорит только об одном: она откуда-то узнала, что в игре — не только Ларцев, что есть и другие, и неизвестно, кто они, поэтому на всякий случай доверять нельзя никому. Откуда она это узнала? Что там у нее случилось? Есть тысячи вариантов и комбинаций, которые можно было бы сейчас же задействовать, но это можно делать только тогда, когда понимаешь, что на самом деле происходит. А вслепую можно такого напороть!..

— А ты, Витя, не суетись, — вдруг спокойно перебил его Жерехов. — Ты делай, как они велят.

— Что?!

Гордеев замер как вкопанный и с недоверием уставился на своего заместителя.

— Что ты скааал?

— Я сказал: делай, как они велят. Они хотят, чтобы следствие по убийству Ереминой было приостановлено и преступление осталось нераскрытым? Как говорится, за-ради Бога и с нашим удовольствием. Устрой им итальянскую забастовку. А потом сядешь на холме и будешь наблюдать бой тигров в долине.

Глава тринадцатая

Леша Чистяков задумчиво переложил бубновую даму на бубнового валета и, протянув руку, увеличил громкость стоящего на кухонном столе радиоприемника, потому что как раз начали передавать новости. В кухню заглянула Настя и раздраженно сказала:

— Убери звук, пожалуйста.

— Но я хочу послушать новости.

— Сделай потише.

— Потише мне не слышно, сковородки шипят. Между прочим, если ты обратила внимание, я готовлю обед.

Он методично перекладывал карты из одной кучки в другую в соответствии с правилами пасьянса «Могила Наполеона».

— Но ты же знаешь, посторонние звуки мне мешают, я не могу думать, когда рядом кто-то бубнит.

В раздражении Настя даже не замечала, как меняется лицо ее друга, она не почувствовала, что атмосфера в квартире постепенно накаляется и сейчас достигла той критической точки, при которой ее требования и капризы не просто смешны и нелепы, но опасны.

— Ах, вы не можете думать? — язвительно спросил Леша, постепенно повышая голос и собирая разложенную на столе колоду карт. — Вы, сударыня, весьма удобно устроились. Выписали из деревни няньку, он же — кухарка, он же — горничная, он же — сторожевой пес и по совместительству процедурная медсестра. Денег за это вы не платите, рассчитываетесь натурой. Я у вас работаю за стол и койку. Поэтому со мной, как с прислугой, можно сутками не разговаривать, меня можно не замечать, мной можно помыкать, меня можно даже подставить под дуло пистолета в руках у сумасшедшего, который врывается в квартиру посреди ночи. Можно наплевать на мою работу, на мои обязанности перед друзьями и коллегами, запереть здесь, ничего не объясняя, и после этого требовать, чтобы я не включал радио. У моего аспиранта через неделю защита диссертации, а я сижу здесь и стерегу квартиру, вместо того чтобы отрабатывать профессорскую зарплату и помогать ему готовиться. Я не пошел на свадьбу, на которую был приглашен еще два месяца назад, я не пошел на юбилей к своему научному руководителю и смертельно обидел старика, я не встретился с другим моим аспирантом, который живет на другом конце России и приехал специально ко мне, потому что мы об этом договаривались заранее, а теперь он живет в институтской гостинице, просаживает на московских ценах свою нищенскую инженерную зарплату и терпеливо ждет, когда его величество профессор Чистяков соизволит оторваться от своей любовницы и явится, наконец, на службу. Я причиняю многим людям неудобства и обиды, мне придется потом объясняться с ними и восстанавливать испорченные отношения. И я хотел бы все-таки знать, во имя чего все эти жертвы.

Насте казалось, что она видит, как волны гнева, зарождаясь в голове, под темно-рыжими волнистыми волосами, стекали по плечам и рукам и через длинные гибкие пальцы уходили, как в песок, в нервно тасуемую колоду карт. Она на секунду представила себе, что, не окажись под рукой карт, этот долго копившийся гнев выплеснулся бы из рук прямо на нее. Картинка получилась такая яркая и правдоподобная, что она поежилась.

— Лешенька, я же объясняла тебе... — начала было Настя, но он сердито прервал ее:

— Это тебе только кажется, что ты мне что-то объясняла. На самом деле твои объяснения сродни командам, которые подаются служебным собакам. И меня, сударыня, это никак не устраивает. Либо ты уважаешь меня настолько, что рассказываешь мне все с самого начала, чтобы я понимал, что, черт возьми, здесь происходит, либо купи себе собаку, а меня отпусти на все четыре стороны.

— Ты обиделся?

Настя присела на корточки возле Леши, оперлась подбородком о его колени, обхватила руками мускулистые икры.

— Обиделся, да? — повторила она. — Прости меня, Лешик. Я очень виновата, я не права, но исправлюсь, прямо сейчас. Только не сердись, я тебя умоляю, у меня никого нет на свете ближе и дороже тебя, и если мы с тобой поссоримся, особенно теперь, когда все так сложно, мне будет очень тяжело. Ну скажи, что ты меня простил.

Настя автоматически подбирала и говорила нужные слова, Лешина вспышка ее ничуть не задела. Она знала, что рано или поздно это произойдет, Леша не станет долго терпеть, когда его держат за «болвана», как бывает в преферансе, и она надеялась, что ситуация разрешится еще до того, как лопнет его терпение. Она просчиталась, а тут еще Ларцев со своей безумной выходкой нагнал на Лешку страху. Конечно, он испугался, он не мог не испугаться, и после этого вполне естественно возникло желание хотя бы понимать, за что тебя могут пристрелить. «Дрянь, — говорила она про себя, — ты глупая самоуверенная дрянь. Ты пытаешься воевать с призраком и при этом забываешь о простых человеческих чувствах, из которых самые сильные — любовь и страх. Ты посадила Лешку в свою квартиру, совсем не подумав о том, что ему, должно быть, точно так же страшно, как было тебе в ту первую ночь, когда ты обнаружила свою дверь открытой. От того, что ты сменила замок, опасность меньше не стала: если они смогли достать старый ключ, то и новый достанут. И Лешка сидел здесь целыми днями один на один со своим страхом и делал спокойное лицо, как и подобает мужчине. Более того, сама ситуация совершенно недвусмысленно показывает, что ты впуталась во что-то серьезное, и он жил в постоянной тревоге за тебя, успокаиваясь, только когда ты возвращалась по вечерам домой, а ты, мерзавка самовлюбленная, забывала днем снять трубку и лишний раз позвонить ему, дать знать, что ты жива-здорова. Любовь и страх. Ларцев и его дочка. Любовь и страх. Леночка Лучникова и ее подонок-муж. Партийный функционер Александр Алексеевич Попов и его внебрачный сын Сережа Градов. И снова партийный функционер Сергей Александрович Градов и непутевая красавица, алкоголичка и проститутка Вика Еремина. Градов и призрак...»

Аналитическая машина в Настиной голове работала без остановки, и, даже думая о своих взаимоотношениях с Лешей, она все равно сбивалась на мысли об убийстве Ереминой. Даже лучше, если рассказать сейчас все по порядку, Лешка — внимательный и въедливый слушатель, он увидит в ее рассказе явные несостыковки.

— Жили-были в городе Москве двое лимитчиков — Лена и Виталий, — начала Настя, удобно устроившись за кухонным столом и обхватив замерзшими пальцами чашку с горячим кофе.

На детальный рассказ о событиях семидесятого года ушло почти полчаса. Прежде чем переходить к убийству Вики, Настя остановилась на издательстве «Космос».

— У них существует правило, согласно которому рукописи авторам не возвращаются. То есть автор может забрать свой нетленный труд в любой момент, но если он за ним сам не явится, никто не возьмет на себя заботу отослать неподошедшую рукопись обратно. Экономят на почтовых расходах. Эти невостребованные рукописи куда-то исчезают, а потом отдельные эпизоды или идеи из них появляются в творениях известного западного беллетриста Жан-Поля Бризака, триллеры которого издаются огромными тиражами и имеют довольно большую читательскую аудиторию. Следователь Смеляков, решив на старости лет взяться за перо, описал в своей повести эпопею с убийством Виталия Лучникова и с сокрытием свидетелей преступления. Отнес рукопись в «Космос», оттуда она прямым ходом отправилась к таинственному Бризаку и материализовалась в виде книги «Соната смерти». Конечно, повесть Смелякова была корявая, как первая работа дилетанта, а из-под рук мэтра Бризака вышла конфетка в яркой обертке, но факт плагиата совершенно неоспорим. Далее. По радио передают что-то типа литературных чтений, читают на русском языке отрывки из нового бестселлера. И, как назло, Вика Еремина слышит эту передачу. То, что двадцать три года назад произошло у нее дома, то, что видел своими глазами и описал в своей повести следователь Смеляков, перекочевало в бессмертное творение загадочного Бризака как один из наиболее эффектных и жутких эпизодов «Сонаты смерти», который и был прочитан в рекламных целях в передаче радиостанции, вещающей для русскоязычной аудитории. Но для Вики-то это выглядело совсем по-иному. Эта сцена запечатлелась в ее детском мозгу накрепко, и хотя она не имеет представления, откуда все это взялось, кровавые полосы и прочерченный цветным портняжным мелком скрипичный ключ снятся ей всю жизнь. Поэтому, когда она случайно слышит описание своего сна по радио, ей становится не по себе. После этого все развивалось бы по типичному сценарию, она, скорее всего, заработала бы себе психиатрический диагноз, если бы в дело не вмешался Валентин Косарь. Человек открытый, общительный, а главное — неравнодушный и доброжелательный, он рассказывал о странной болезни Вики всем кому ни попадя, в том числе и своему товарищу Бондаренко, работающему в «Космосе». А Бондаренко возьми и вспомни, что про этот злополучный скрипичный ключ зеленого цвета он уже где-то читал. Другой бы пропустил мимо ушей, но только не Косарь. Он собирается позвонить Борису Карташову и сообщить ему о разговоре с Бондаренко.

Настя умолкла и налила себе еще кофе.

— Собирается? А дальше? — нетерпеливо спросил Леша.

— А дальше — одни догадки. Я могу предположить, что он все-таки позвонил. Борис в это время был в отъезде, звонок записался на автосекретарь. Вика, у которой были ключи от квартиры Бориса, пришла к нему, прослушала записи на автоответчике, услышала сообщение Косаря и связалась с Бондаренко. Бондаренко попытался найти рукопись, но безуспешно. Но он хотел помочь красивой девушке, поэтому вызвался съездить вместе с ней к автору пропавшей рукописи Смелякову. Они договорились ехать через два дня, в понедельник, но в понедельник Вика не объявилась, и Бондаренко о ней благополучно забыл. А через неделю Вику нашли задушенной и со следами истязаний. Причем нашли ее неподалеку от поселка, где живет Смеляков. Можно полагать, что она все-таки поехала к нему, хотя почему-то не с Бондаренко.

— Погоди, — Леша поморщился, — я не понял, что именно здесь факты, а что — догадки.

— Косарь собирался звонить Карташову, это факт, об этом говорит сам Бондаренко. Ключи от квартиры Карташова у Вики были, это установлено. Вика встречалась с Бондаренко, он искал по ее просьбе рукопись, не нашел и договорился с ней о поездке к бывшему следователю, это следует из показаний того же Бондаренко. А вот то, что Косарь позвонил Борису, оставил координаты Бондаренко, а Вика приходила в квартиру Бориса и прослушивала записи, — это домыслы.

— Ну, по сравнению с количеством фактов твоих домыслов не так уж много. И с фактами они вполне увязываются. Давай дальше.

— А дальше я не знаю. Только кто-то, кто очень заинтересован в том, чтобы семидесятый год не выплыл наружу, узнает, что Вика была в издательстве и в понедельник собирается ехать к Смелякову. Вика не скрывает своего интереса к пропавшей рукописи, и точно так же она не скрывает, откуда узнала телефон Бондаренко. Следующий факт, который установлен точно, говорит о том, что запись телефонного звонка Косаря была с автоответчика стерта. В виде догадки могу предположить, что люди, которые держали у себя Вику целую неделю, прежде чем ее убить, взяли у нее ключи от квартиры Бориса, пришли туда и стерли запись. А потом убили Косаря.

— Как убили?!

— Наезд. Водитель с места происшествия скрылся и до сих пор не установлен. Косарь умер сразу же. Вика и Косарь погибли, запись уничтожена, таким образом, все подходы к «Космосу» перекрыты.

— И во имя чего такие грандиозные усилия?

— Если бы знать! Но это еще не все. После того, как возбудили дело об убийстве, предпринимаются еще более грандиозные усилия к тому, чтобы преступление не было раскрыто. Сначала следствию навязывается версия о том, что сошедшая с ума Вика ушла из дома в неизвестном направлении и попала в руки к какому-то негодяю. Потом, когда выплыла фигура Бризака и сомнения в психическом здоровье девушки отпали, началось прямое давление сначала на меня, а потом на Ларцева. Результат ты видел сегодня ночью своими глазами.

— Но при чем тут Ларцев?

— Они заставили Володю искажать свидетельские показания, чтобы ярче обрисовывалась выгодная для них версия. Когда это не прошло, взялись за меня, но ты мне помог какое-то время продержаться. Понимаешь, Лешик, они очень осторожны. С Ларцевым они уже имели дело и знают, что он от страха за ребенка совершенно теряет рассудок. С ними он общается не как профессионал, а как отец, который ради безопасности своей дочери сделает все что угодно. Они нашли у него слабое место, они хорошо его изучили. Что делать со мной — им пока не очень ясно, я веду себя глупо и нестандартно, и они еще не разобрались, то ли я дура, то ли очень хитрая. Поэтому они решили на всякий случай таскать каштаны из огня чужими руками. Они похитили дочку Ларцева и велели ему заставить меня делать то, что им нужно. Ведь если Володя их до сих пор слушался, то будет слушаться и дальше. А со мной никаких гарантий дать нельзя.

— Не знаю, — пожал плечами Леша. — Я бы на его месте...

— Вот именно, — жестко ответила Настя. — Ты бы. Но ты — Леша Чистяков, со своими мозгами и со своим жизненным опытом. А он — Володя Ларцев, со своей прожитой жизнью, со своими утратами и со своими ценностями, со своим характером и со своим жизненным опытом. Все люди разные, оттого и поступают все по-разному. Многие наши беды как раз от того, что мы пытаемся мерить других людей собственной меркой.

— Когда Ларцеву вернут дочь? Можем мы с тобой

сделать что-нибудь, чтобы это произошло побыстрее?

Настя не ответила. Она молча разглядывала остатки кофе в чашке, как будто пыталась увидеть там ответ на Лешин вопрос.

— Ты меня слышишь? — настойчиво повторил он. — Что можно сделать, чтобы помочь девочке?

— Боюсь, что ничего, — едва слышно сказала она.

— То есть как?..

— Заложников не возвращают, как показывает опыт.

— И ты так спокойно об этом говоришь?! Не может быть, чтобы ничего нельзя было сделать. Я тебе не верю. Просто у тебя опустились руки, и ты не можешь ничего придумать. Ну встряхнись же, Настя, надо же что-то сделать!

— Помолчи, — резко оборвала она Лешу. — Ты, видно, плохо меня знаешь, если думаешь, что у меня могут опуститься руки. Девочка слишком большая, чтобы ее можно было вернуть домой. Если бы ей было года два-три — тогда был бы шанс, потому что от нее как свидетеля никакого толку. А одиннадцатилетняя девочка их всех запомнит и детально опишет. И расскажет, чем ее кормили, и о чем они между собой разговаривали, и какие любимые словечки употребляли в разговоре, и какой вид из окна, и какие звуки доносились с улицы, и много чего другого. После этого их найти — дело терпения и техники. Именно поэтому заложников никогда не возвращают. Но есть и еще один закон, и мы можем надеяться только на то, что он сработает.

— Какой закон?

— Через неделю после совместного пребывания преступнику становится трудно убить заложника. Они привыкают друг к другу, между ними складываются какие-то отношения, они вынуждены общаться. И чем дольше держат заложника, тем труднее его убить. Тогда у нас появляется пусть микроскопический, но шанс. Они девочку, конечно, не отпустят так запросто, но и не убьют, по крайней мере сразу. Ларцев ничего этого не хочет понимать, он в отчаянье и вынужден верить им. Если это опытные преступники, то девочки, скорее всего, уже нет в живых.

— Ты — чудовище, — выдохнул Леша. — Как у тебя язык поворачивается спокойно рассуждать о таких вещах.

— Ты еще скажи, что я моральный урод. Просто у меня хладнокровия и рассудительности больше, чем у Ларцева. Может быть, потому, что у меня нет детей, тут он прав. И от того, что я начну рвать на себе волосы, рыдать и причитать, ситуация, к сожалению, не изменится. Если девочка мертва, мы можем делать все, что считаем нужным, но с риском, что Ларцев явится нас с тобой убивать. Если же она еще жива, то нужно сидеть тише воды, ниже травы, чтобы, не дай Бог, не спровоцировать преступников, и молиться о том, чтобы затянуть игру на как можно больший срок. Каждый день, каждый лишний час, который Надя проводит с ними, — это, конечно, травма для нее, это дни и часы переживаемого страха, но это и надежда на то, что она останется в живых. Вот я и пытаюсь придумать, как потянуть время, не вызывая у них подозрений. А ты со своими новостями по радио мне закатываешь скандалы.

— Ну извини, старушка. Сойдемся на том, что мы оба не правы. Но согласись...

Леша не успел договорить, как его прервал телефонный звонок.

— Как чувствуешь себя, Стасенька? — заботливо осведомился Колобок.

— Плохо, Виктор Алексеевич. Был врач, дал мне больничный на десять дней, велено лежать, спать и не дергаться.

— Хорошо тебе, — с завистью вздохнул Гордеев. — А на меня тут ушат помоев выливают.

— Кто?

— Сначала Ольшанский. Его, видите ли, вызвал начальник следственной части и устроил разнос за дело Ереминой. Кричал, что если не знают, как раскрыть преступление, так пусть честно признаются в своей несостоятельности и приостанавливают дело, а не изображают видимость активности. Попросил принести дело, сам лично его прочитал, ткнул носом в то, что в деле после шестого декабря не появилось ни одного нового документа, обозвал Костю бездельником и велел немедленно готовить постановление. Костя, конечно, на меня собак спустил, ну а я, как водится, на него. У меня сыщики по горло загружены, света белого не видят, а такие следователи, как он, тянут резину, ничего сами не делают, все только и дожидаются, пока им оперативники дело раскроют. На том и расстались. Потом Гончаров, который наружниками командует, прилетел весь в мыле отношения выяснять. Орал, что у него людей не хватает и, если я у самого генерала рапорт не подпишу, он своих ребят с наших объектов снимает. Так что все, кто у нас фигурировал по делу Ереминой, остаются без прикрытия.

— Ну так подпишите бумагу у генерала, в чем проблема-то?

— Ходил.

— Ну и?

— Как пришел, так и ушел. Еще и наслушался и про себя, и про тебя, и про Божью матерь. Ты, может, еще не слышала, убит председатель правления банка «Юник», так что теперь это у нас будет преступление номер один, все силы бросаем на него, а убийство каждой проститутки расследовать — без штанов останешься, зато с кучей выговоров. Вот так примерно.

— Лихо, — посочувствовала Настя. — Достается вам.

— Это точно. Только сдается мне, деточка, что кто-то где-то давит на все клавиши, чтобы мы дело Ереминой прикрыли.

«Все пропало, — вмиг похолодев, подумала Настя. — Черт его дернул говорить об этом. Он ничего не понял. Или врач ему ничего не передала. Все пропало».

290

— И... что же теперь? — осторожно спросила она.

— А ничего. Дело-то мы и так собирались прикрывать, ты же мне сама сегодня утром сказала, что все возможности исчерпаны, да и Костя Ольшанский с этим в принципе согласен. Просто мы оба не любим, когда на нас пытаются давить. Строптивый я стал к старости. Одно дело, когда ты сам решение принимаешь, и совсем другое — когда тебе его навязывают. Времена-то уже не те, чтобы с прежним аппетитом жрать такое дерьмо. Когда на меня начальство давит, меня так и тянет назло ему сделать наперекор.

— Да ладно вам, Виктор Алексеевич, нынешние начальники те же, что и раньше были, откуда им новых привычек набраться. Вот и работают по-прежнему. Не обращайте внимания, здоровье дороже, — посоветовала Настя.

— И то сказать. Ну вот, поплакался тебе в жилетку, вроде легче стало. Тебе нужно что-нибудь? Может, продукты, лекарства?

— Спасибо, у меня здесь Леша, так что я всем обеспечена.

— Слушай, а может, тебя к тестю в клинику отвезти на консультацию? Все-таки сердце, с этим не шутят.

Тесть Гордеева профессор Воронцов был руководителем крупнейшего кардиологического центра и как врач пользовался мировой известностью.

— Не надо, я еще не при смерти, — отшутилась Настя. — Полежу несколько дней, и все пройдет.

— Ну смотри. Если что надо — звони.

Положив трубку, Настя присела на диван, чтобы унять бешено колотящееся сердце. Колобок вступил в игру. Пора и ей, Насте, делать свой ход.

* * *

Евгений Морозов, распрощавшись с Настей, с удовольствием занялся работой самостоятельно. Перво-наперво он решил все-таки разыскать неизвестно куда запропастившегося Александра Дьякова и для этого отправился в Северный округ, где был прописан Дьяков и где у самого Морозова жил надежный источник информации. Имя у «источника» было замысловатое — Нафанаил Анфилохиевич, но окружающие называли его проще — Нафаня. С возрастом к смешному сокращенному имени прибавилось слово «дед».

Отсидок у деда Нафани было не счесть, но к воровской элите он не принадлежал, сидел в основном по хулиганскому пьяному делу, в кратких перерывах между ходками исправно работал, пил, правда, не менее исправно. Природа наградила Нафаню завидным здоровьем, и несмотря на систематическое пьянство, алкоголиком он не стал. К старости решил осесть поближе к детям и внукам, и хотя понимал, что никакой любви родня к нему не испытывает, но все же надеялся, что в старческой немощи его не бросят подыхать под забором.

Пенсию дед Нафаня себе своими приключениями в зоне не высидел, поэтому, несмотря на возраст, продолжал по мере сил работать вахтером в трех разных местах по режиму «сутки через трое». Ну и еще кое-чего по мелочи. Надо же расплачиваться за предоставление московской прописки с таким-то ворохом судимостей.

Морозов познакомился с Нафаней, когда был еще старшим лейтенантом, отчего и называл его дед не иначе как «старшой». Отношения их были ровными, скорее теплыми, чем прохладными. Нафаня Морозову ничем обязан не был, но из всех милиционеров, которые пользовались услугами деда, «старшой» был единственным, кто платил, во-первых, всегда, во-вторых, наличными, а главное — сразу, а не откладывал на потом.

— Здоров, старшой, — приветствовал капитана дед Нафаня, увидев знакомую фигуру в вестибюле учреждения, где в этот день старик нес вахту.

— Здравствуй, дед, — приветливо кивнул Морозов. — Как живешь-можешь?

— Живем-то хорошо, а вот можем плохо, — выдал традиционное приветствие Нафаня. — С чем пожаловал?

— Покалякать, чайку попить. Примешь?

— А чего ж, дело хорошее. Сегодня короткий день, в час дня все уж по домам разбегутся, так что мы с тобой и чаю напьемся в тишине, и накалякаемся. Или тебе горит?

Морозов посмотрел на часы. Без четверти двенадцать. С одной стороны, полтора часа погоды не сделают, тем более что бег наперегонки с пигалицей окончен, но с другой... Чем черт не шутит.

— Не то чтобы горит, но припекает маленько, — признался капитан.

— Во как, — удовлетворенно хмыкнул дед. — Как припекает, так все к Нафане бежите, куды вам без меня-то. Садись-ка вот сюда, в креслице, да ты подвинь ко мне поближе, подвинь, чтобы нам и разговаривать удобно было и чтоб мне до телефона можно было дотянуться. Во дожил! — Старик торжествующе улыбнулся. — Милиция ко мне приходит вроде как на прием, а я ей предлагаю в креслице присесть. Прямо предрайисполкома из лучших времен. Ну, выкладывай, старшой, в каком таком месте у тебя припекает.

Старческая болтовня не могла обмануть Морозова. Он слишком давно знал Нафаню, чтобы придавать значение его демонстративной радости по поводу усаживаемой «в креслице» милиции. Капитан знал, что за дружелюбной болтовней скрывается напряженная работа мысли: зачем пожаловал старшой и что ему можно сказать, а что — нельзя, дабы не разгневать другую сторону.

— Паренька я ищу, Сашу Дьякова. Пропал куда-то, найти не можем.

— А чего ищешь-то? Провинился чем этот Дьяков или так, из любопытства?

— Ну, ты, дед, даешь! Ты же знаешь, я розыском пропавших занимаюсь. Кто пропал, того и ищу, и не спрашиваю, в чем и перед кем он провинился. Мое дело — найти.

— А чего ж ты его здесь ищешь?

— А он здесь прописан, в Северном округе. Это ж азбука милицейская: начинать надо с места жительства, с родителей и друзей.

— Это ты меня, что ли, к нему в родители записал? Или в друзья?

— Ладно, дед, пошутили — и будет. Можешь чем помочь?

Дед Нафаня вмиг стер с лица дурашливую ухмылку. Имя Саши Дьякова было ему незнакомо, поэтому он успокоился и стал всерьез старательно соображать, как помочь старшему.

— Адрес говори.

Выслушав адрес, по которому был прописан Дьяков, дед тут же назвал капитану несколько «точек», где тусуются живущие в микрорайоне молодые парни, а также дал имя человека, который «держит» эту часть территории и все про всех знает. Этот человек, по сведениям деда Нафани, много лет работал на КГБ, потом его за ненадобностью «забыли», а он от обиды пошел и продался одновременно милиции и местной торговой мафии, контролировавшей черный рынок автомобильных запчастей.

— Если уж он не знает, то не знает никто, — заверил капитана дед. — Только ты не вздумай сказать, что ты из милиции или от меня. Ты сперва пойди к Саиду, он на рынке главный, можешь на меня сослаться, а уж он тебя, если захочет, к этому мужику сведет. Но с Саидом трудно договориться, недоверчивый он, уж и не знаю прямо, что придумать, чтобы он тебя принял.

— Не бойся, дед, Саида твоего я уговорю. Не первый день на свете живу. Или ты забыл, сколько раз ты мне такие наводки давал? И ведь ни разу у меня осечек не было. И тебя ни разу не подвел. Я же не с пустыми руками к ним хожу, не новичок.

— И то верно, — кивнул дед Нафаня, насыпая в заварочный чайничек индийский чай и заливая его кипятком. — С тобой, старшой, мне всегда спокойно было, твое слово — кремень. Ты старой закваски мент, теперь таких уж и не осталось почти, повывелись все. А эти-то, молодые, они разве знают, как работать надо? Они и разговаривать с нами, стариками, не умеют. Тебе покрепче?

Дед разлил в стаканы заварку, долил кипятком, открыл коробку с сахаром, достал откуда-то из-под конторки полиэтиленовый пакет с сушками.

— Обижаешь, старик, — укоризненно сказал Морозов, доставая из спортивной сумки большую круглую коробку, на которой были нарисованы веселые конькобежцы на катке. — Нахлебником никогда не был. Угощайся, печенье голландское.

— Это дело, — оживился Нафаня. — Вот народ скоро разойдется, мы с тобой по пять капель в чай примем в честь наступающего Нового года. Вкусное! — похвалил он, открыв коробку и сунув в рот пару печений разом.

— Ешь на здоровье, — улыбнулся Морозов. — А насчет молодых — тут ты, дед, прав на все сто. Нет больше старой школы, не умеют они ничего. Черт его знает, то ли не учат их этому больше, то ли сами не хотят. Раньше, когда раскрываемость надо было держать на уровне, так мы из-под себя выпрыгивали, чтоб преступление раскрыть. Не дашь процент — выговор получишь, а то и в должности понизят. Получишь выговор — премии не будет. Пять выговоров — с очереди на жилье снимут, и так далее. Нас в ежовых рукавицах держали, вот мы и старались. А теперь на раскрываемость всем наплевать, бесплатные квартиры кончились, партию отменили, кого бояться? Вот они и работают кое-как, и учиться ничему не хотят. А на нас, которые постарше, смотрят свысока.

— Вот-вот, — подхватил старик, — это ты верно

заметил, ничего они не умеют, но главное — учиться не хотят. Ко мне тут подвалил один, мол, парнишка в местное отделение придет, на месячишко всего, навроде практикант, так ты уж помоги ему, Нафана-ил Анфилохиевич, показатель сделать, чтоб, значит, с блестящими характеристиками с практики вернулся.

Это ж ты только представь себе, старшой, как мир должен был перемениться, если ко мне, многократно судимому, милиция обращается, чтобы я кому-то помог за просто так высокую раскрываемость сделать, чтоб потом этот «раскрыватель» одним махом хорошее место получил за блестящие успехи в работе. Ладно бы меня попросили его уму-разуму научить, территорию показать, обсказать, что у нас тут к чему, у кого какие расклады, подсказать, если надо. Одним словом, если б тот парнишка к нам работать пришел и его надо было в курс дела ввести — это я бы понял. Но помочь чистую липу выдать? Совесть совсем потеряли.

— А что же парнишка? — полюбопытствовал Морозов. — Помог ты ему?

— Не довелось, слава Богу.

— Что так?

— Так не появился он. Упреждали, с первого декабря появится, и вот до сих пор нету. Может, передумали или в другое какое место практиковаться направили. Вот тебе еще пример, — разволновался старик. — Необязательные они какие-то. Пришел, договорился со мной и пропал. Ну, не нужен я, не придет парнишка на практику, так подними задницу-то, дойди до меня и предупреди: мол, извиняйте, накладочка вышла, услуга ваша не потребуется. Мне-то, конечно, никакого беспокойства, не пришел — ну и не надо, но порядок должен быть. Ты как считаешь, старшой?

Слова деда Нафани доходили до капитана как сквозь вату. Он вспомнил, как стажер Мещеринов говорил: «Я на Петровку в последний момент попал.

Вообще-то я должен был проходить стажировку в Северном округе, отделение «Тимирязевское».

Кем же должен быть обыкновенный слушатель школы милиции, чтобы о нем так заботились? По меньшей мере, сыном министра внутренних дел. Или... Он-то, дурень, удивлялся, что пигалица от дела отказалась, руки опустила. А вдруг это стажер ее запутал? Вдруг он так же, как и сам Морозов, скрывал от нее информацию, только с другой целью? Зачем? Ответ на этот вопрос был не просто неприятным. Он был пугающим.

Но еще более страшным казался капитану завтрашний день. Если в нераскрытии убийства Ереминой оказались заинтересованы такие силы, то завтрашнего дня он, Евгений, может уже не увидеть. Он шел напролом, хваля себя за профессиональную хватку, настойчивость, розыскной опыт, за то, что сумел на кривой обойти пигалицу Каменскую. А оказывается, он ходил по краю пропасти, и просто чудо, что он до сих пор жив.

Не сегодня, так завтра вдруг дед Нафаня скажет, кому надо, что интересовались Сашей Дьяковым, после чего Морозов пробудет на этом свете от силы сутки. Просить старика, чтобы не говорил? Тогда он тем более проинформирует своего покровителя из местной милиции, а может, и не только его.

— Ты чего, старшой? — окликнул его старик. — О чем задумался?

— Да так, — вяло ответил капитан, — о жизни. На пенсию мне пора, устал я. Выслуга есть, чего лямку тянуть понапрасну, все равно с новыми, с молодыми-то, мне не договориться. Сживут они меня. Я вот к тебе пришел парня искать, а у самого мысли про садовый участок, парник надо ставить, сам-то не умею, а денег нет, чтобы рабочих нанять. Да и вообще...

Выйдя на улицу и вдохнув холодный воздух, Евгений немного взбодрился. Он попытался припомнить все, что знал об Олеге Мещеринове, как тот ходит, как говорит, как работает.

Но сколько ни напрягал капитан свою память, не смог он увидеть ни одного признака того, что стажер так или иначе противодействовал их работе. Зато он ясно, как в кино, увидел, что пигалица никому не доверяла, в том числе и стажеру.

Выходит, она уже тогда знала, что он — с «той стороны»? Мысли капитана очень быстро сбились с направления и запутались, осмысливать сложные комбинации он не умел, ему не хватало четкости и умения анализировать. Выругав себя за бестолковость, он попытался начать все сначала и вдруг понял, что это бесполезно. Преступники нынче уже не те, что прежде. И работать против них старыми методами нельзя. То есть можно, конечно, но теперь этого недостаточно. Теперь нужны такие, как Каменская, которая сутками вчитывалась в иностранные книжки и по три раза читала одно и то же архивное дело двадцатитрехлетней давности. А он, старый пень, хотел голыми руками, в одиночку раскрыть убийство и справиться с такой махиной, которая даже слушателей-стажеров своих имеет. Нет, это действительно чудо, что он еще жив.

Капитан Евгений Морозов сел в поезд метро, вышел на станции «Чеховская» и направился на Петровку, 38.

Но еще до того, как он успел ступить на эскалатор, информация о том, что капитан Морозов ищет Сашу Дьякова, достигла нужных ушей, и из этой информации были сделаны соответствующие выводы. Дед Нафаня добросовестно оплачивал свою спокойную старость. И в отличие от Морозова, к новому криминальному поколению приспособился уже давно.

* * *

Пронзительные светлые глазки Арсена метали молнии. Он с самого начала чувствовал, что добром это дело не кончится. Все, все было не так, все пошло не по разработанной схеме, и вот результат. Не надо было браться за него, ох, не надо было!

Первой ошибкой было то, что он подключился к работе слишком поздно. Те, кто пользовался услугами конторы не в первый раз, знали, что лучше всего идти к Арсену не после совершения преступления, а до того. Опытные консультанты подскажут, что и как надо сделать, чтобы потом можно было обойтись минимальным давлением на минимальное число людей. Чем меньше работы, тем меньше доход, но и риск меньше, это Арсен усвоил твердо. Поэтому за такие консультации брал огромные гонорары. Идеальные клиенты спрашивали у него совета не только о том, «как» сделать, но и о том, «когда» и «где», и Арсен назначал время и место в соответствии с графиком дежурств «своих» людей, которые будут выезжать на место происшествия. Девиз Арсена — «работай на упреждение» — оправдывал себя всегда и во всем. А с этим Градовым он вступил в дело спустя несколько дней после двух убийств, да еще потом оказалось, что до убийства девчонку целую неделю держали в деревенском доме. Одним словом, люди Градова сработали непрофессионально и оставили много следов, которых только слепой не заметит. Основные усилия пришлось направить на замывание и затирание этих следов.

Второй промах Арсен допустил, когда согласился использовать людей Градова. Не надо было этого делать, надо было настоять на том, что всю работу сделает его собственная бригада, а не Черноморовы пацаны. Градов скуп, да что там скуп, откровенно жаден, те деньги, которые он платит дяде Коле, ни в какое сравнение не идут с колоссальными тарифами, установленными Арсеном. Решил сэкономить, уговорил, что работать будут его ребята, а Арсен согласился. И оказался не прав.

Третью ошибку Арсен допустил, когда пропустил мимо ушей причитания Градова о том, что он зря связался с его конторой. Ведь не один раз, а два, целых два проговаривался Сергей Александрович, что был у него выход на группу, курирующую следственную часть прокуратуры, и надо было бы, наверное, обратиться к ним, а не к Арсену. В первый же раз, когда только Градов заикнулся об этом, следовало бы немедленно и жестко поставить его на место, а еще лучше — преподать наглядный урок. Столько сил было потрачено Арсеном на то, чтобы создать маленькие независимые агентства с абсолютно непересекающимися полями воздействия. Стоит только кому-то заподозрить, что сетью охвачена вся система правоохранительных органов, а не только то подразделение, в котором он работает, — и под угрозу будет поставлено все.

Только что Арсену сообщили, что Каменской звонил ее начальник, и по содержанию разговора стало понятно, что Градов задействовал какие-то дополнительные рычаги, поставив под сомнение его, Арсена, способности довести дело до конца. Каков наглец, вы только подумайте! Задетыми оказались не только интересы безопасности, но и самолюбие Арсена. Он знал, что в этом случае следует немедленно расторгать контракт с клиентом, можно даже заплатить ему неустойку, а можно и не платить, а примерно наказать за нарушение правил безопасности, дабы другим неповадно было. С Градовым надо кончать немедленно, но, к сожалению, Арсен был вынужден признать, что это не так-то просто сделать. Выходка Сергея Александровича привела к определенным последствиям, волна этих последствий докатилась до Каменской, и теперь надо постараться выйти из ситуации с наименьшими потерями.

Она считает, что на нее давит тот, кто убил Еремину. Если вдруг это давление прекратится, не принеся желаемого результата, она может сообразить, что у того, кто организовал все это, нет собственного интереса. А тут уж недалеко и до мысли о посредниках. Каменская девочка умненькая, хоть и неопытная, но из нее может выйти крепкий профессионал, если ее поднатаскать. Делать она, конечно, ничего не умеет, несколько дней за ней по пятам ходили люди Арсена и дяди Коли, а она ни одного из них не засекла. Но головка у нее светлая и устроена правильно, поэтому надо с девочкой дружить, у Арсена на ее счет появились далеко идущие планы. Девочке четкости мышления и хватки досталось от Господа полной мерой.

Арсен вообще определял людей по тому, сколько каких качеств им досталось от Бога: одному — большим ковшом, другой опоздал и урвал лишь горстку, а третий поленился стоять в очереди и остался ни с чем...

Встречаться с Градовым Арсен не боялся. Если бы на Петровке докопались до Сергея Александровича, давно бы уже с ним побеседовали или на худой конец пустили за ним «наружку». Но к Градову никто не приходил, а наблюдателей люди Арсена не обнаружили. Каменская, конечно, что-то пронюхала про семидесятый год, но явно недостаточно, чтобы выйти на Градова. Другое дело дядя Коля — его мальчишка, Дьяков этот, почти наверняка прокололся, но это пока не особенно опасно, он про Градова ничего не знает.

К месту встречи Арсен пришел с опозданием на восемь минут. На самом деле он явился в условленное место загодя, внимательно осмотрелся, проверился, потом понаблюдал за улицей после прихода Градова и только после этого, убедившись в отсутствии подозрительных личностей, зашел в бар.

— Вы, Сергей Александрович, ведете себя неправильно, — спокойно начал он, переливая ликер из крохотной рюмочки в чашку с кофе.

— Что вы имеете в виду? — вздернул красивые брови Градов.

— Вы прекрасно знаете, что я имею в виду. Ругаться и скандалить с вами я не собираюсь, давайте разойдемся по-хорошему.

— Но почему? Что произошло?

— Дорогой мой, вам уже достаточно лет, чтобы забыть детсадовские замашки. Только маленькие дети, зная за собой вину, упорно отрицают ее, надеясь на то, что взрослые ничего не знают. Я не блефую, или, выражаясь уголовным языком, не беру вас «на понт».

— Хоть убейте, не понимаю, о чем вы.

— А что, это неплохая мысль! — усмехнулся Арсен. — Это решило бы разом множество проблем. Может быть, убийство — это единственный способ заставить вас прекратить вашу дурацкую самодеятельность. Более того, вы упорно продолжаете мне врать. Почему вы скрыли от меня историю с Никифорчуком? Вы мне не доверяете? Прекрасно, крутитесь сами, как умеете, вместе со своим придурковатым Черномором и его бандой недоносков. Я свою задницу подставлять не собираюсь.

— Я ничего не понимаю, — растерянно пробормотал Градов. — Я вам клянусь... Я ничего не сделал такого, что могло бы повредить нам...

— Сергей Александрович, дискуссия окончена. Сейчас мы с вами попрощаемся и расстанемся, я надеюсь, навсегда. Вы с самого начала мешали мне работать, вы утаивали от меня важную информацию, из-за чего мне и моим людям приходилось по нескольку раз на ходу перестраивать продуманные комбинации. Вы подсунули мне своих мускулистых ублюдков, заверив меня, что они опытные и квалифицированные исполнители, а они оказались безмозглыми идиотами, провалившими все дело. А все потому, что вам жалко денег. И я подозреваю, что вы и сейчас не все рассказываете мне, а это для меня опасно, потому что из-за вашего, простите, жлобства я могу попасть в сложную ситуацию. Вы не доверяете мне, я не доверяю вам, поэтому нам лучше всего расстаться, и немедленно. Считайте наш договор утратившим силу.

— Но как же... Как же мое дело?

— Оно меня больше не интересует.

— Но ведь я заплатил вам! Арсен, вы же не можете меня бросить на произвол судьбы! — взмолился

Градов. — Вы сами говорили, что осталось потянуть всего несколько дней, до третьего января, почему же вы меня бросаете? Если я где-то был не прав — ну простите меня, если я что-то сделал неправильно — так ведь не со зла, Арсен, я умоляю вас, вы не можете так...

— Я? — холодно удивился Арсен. — Я могу все. И так, и не так, и как угодно. Вы мне неинтересны, вы мне не нужны, поймите это наконец. У меня своя работа, свое дело, я его делаю с удовольствием и, смею надеяться, неплохо. Потом появляетесь вы и пытаетесь заставить меня работать не так, как я привык, и не с теми людьми, как обычно. В этих условиях работа у меня не клеится, вы мне мешаете, ну и ради чего я буду корячиться и лезть из кожи вон? Ради ваших прекрасных глаз? Вы, господин Градов, в Думе имеете большую силу, а для меня вы никто, ничто и звать вас никак. Ради гонорара? Вы со своей местечковой жадностью добились только одного: я готов вернуть вам все выплаченные вами деньги, потому что личная безопасность мне дороже. Может быть, вы думаете, что, расторгнув с вами договор, я испорчу себе репутацию в том мире, который пользуется моими услугами? Уверяю вас, эта история только пойдет мне на пользу. Завтра же все заинтересованные лица будут знать, что, во-первых, я ставлю интересы безопасности выше денежных расчетов, а во-вторых, что меня надо слушаться и мне нельзя мешать, иначе я брошу своего клиента на произвол судьбы без малейших сожалений. Запомните, Сергей Александрович, еще не родился на свет такой клиент, ради которого я пошел бы на уступки. Вы хотите что-то сказать?

— Я хочу... Что я должен сделать, чтобы вы продолжали работать? Называйте свои условия, я согласен на все.

Арсен с интересом разглядывал породистое красивое лицо Градова. Даже в растерянности и страхе оно не потеряло своей привлекательности, лишь приобрело какое-то трагическое выражение. Поторговаться с ним, что ли? Конечно, ни о какой дальнейшей работе не может быть и речи, с такими типами надо рвать сразу и бесповоротно, но просто любопытно, на что он готов пойти ради спасения собственной шкуры. Если отозвать людей с дела Ереминой, оно может быть раскрыто за сутки, максимум — за двое. Интересно, Градов это понимает или нет?

Молчание затянулось и стало для Градова невыносимым. Он сорвался и уже не контролировал себя.

— Почему вы не отвечаете? Вам нравится мое унижение? Вам нравится видеть мой страх? Вы меня ненавидите, вы всех нас ненавидите, потому что мы разрушили вашу старую систему, при которой у вас был кусок хлеба с маслом и черной икрой, у вас была власть, а теперь вы никому не нужны, вас никто не боится, вот вы и ненавидите весь мир и отыгрываетесь на таких, как я! Вы думаете, вы очень могущественный, да? Да вы просто маленькая злобная крыса, да-да, именно маленькая вонючая злобная крыса, которая жрет отходы на помойке общества и первая бежит с корабля, как только запахнет опасностью. Крыса! Крыса! О Господи...

Градов закрыл лицо руками. Арсен молча поднялся, подошел к бармену, расплатился за выпитый кофе и ликер, потом, подумав, достал из бумажника еще несколько банкнот.

— Этот человек очень расстроен, — сказал он, кивнув на сидящего в углу Градова. — К сожалению, мне пришлось сообщить ему неприятное известие, и он тяжело переживает. Если минут через пять он еще не уйдет, принеси ему двести граммов коньяку. Только хорошего.

— Сделаем, — кивнул бармен. — А если коньяк не понадобится?

— Тогда деньги оставь себе.

Арсен не торопясь вышел на улицу и с удивлением обнаружил, что разговор с Градовым оставил в его душе неприятный осадок. За его долгую жизнь у Арсена было много неприятных разговоров, и он научился выходить из них без эмоциональных потрясений. Но Градов чем-то задел его, то ли подозрениями в ненависти ко всему белому свету, то ли тем, что обозвал вонючей крысой... Но теперь Арсен был абсолютно уверен: он правильно сделал, прервав работу на Градова. Человек, который так легко выходит из себя и теряет над собой контроль, опасен. С ним нельзя иметь дело. А маленькая вонючая злобная крыса — что ж, крысу он ему еще припомнит.

* * *

В кабинете у следователя Ольшанского полковник Гордеев осторожно положил телефонную трубку на рычаг, перевел дыхание и вытер сверкающую лысину огромным голубым носовым платком.

— Ну как? — спросил он, вставая и отправляясь в поход по периметру захламленного сумрачного кабинета.

— Никогда не слышал, чтобы вы за один раз выдали столько вранья, — заметил Константин Михайлович. — Я даже пальцы загибал, чтобы не обсчитаться.

— И сколько насчитали?

— То, что я на вас кричал, — раз. То, что вы на меня собак спустили, — два. Если память мне не изменяет, мы с вами знакомы больше десяти лет, и прожили мы этот срок без явных конфликтов. Во всяком случае, друг на друга мы голос никогда не повышали. Или я ошибаюсь?

— Нет, не ошибаетесь.

— Хорошо, пойдем дальше. Гончаров к вам не приходил, а вы, в свою очередь, не ходили к генералу — это три и четыре. То, что последний документ из уголовного дела об убийстве Ереминой датирован шестым декабря, — пять. Достаточно?

— Вполне. Вам не кажется странным, что приходится все это делать во имя интересов правосудия? Я спрошу по-другому: вам не кажется странным, что профессия, требующая от людей самого большого количества лжи, имеет своей целью защиту интересов правосудия? Парадокс какой-то!

— Что ж поделать, Виктор Алексеевич, война есть война. Мы же не в игрушки с ними играем.

— Да не война это, в том-то все и дело! — взорвался Колобок, вцепившись крепкими пухлыми пальцами в спинку стула, который в этот момент попался ему на пути. Стул под тяжестью полковника угрожающе скрипнул. — У войны есть свои правила, которые обязательны для всех воюющих сторон. Все участники находятся в равных правовых условиях. И потом, они хотя бы пленными обмениваются. А мы? В нас стреляют, когда и как сочтут нужным, а мы за каждый выстрел отчитываемся, тонны бумаги на рапорты изводим. У них деньги, люди, оружие, автомобили с мощными движками, техника новейшая, а у нас — следственный чемодан послевоенного образца, эксперты-самоучки, денег на бензин нет. Да что я вам рассказываю, будто сами не знаете! В войне всегда есть надежда на силы ООН, которые помогут, если уж совсем невмоготу станет. А нам кто поможет? Миротворческий батальон авторитетнейших паханов? Нет, Константин Михайлович, мы с вами, к сожалению, не воюем. Мы из последних сил обороняемся, пытаясь сохранить жалкие остатки того, что раньше называлось профессиональной гордостью и честью.

Ольшанский задумчиво глядел на Гордеева, в глубине души соглашаясь с ним, но не желая развивать опасную тему. Еще немного, и придется, может быть, говорить о Ларцеве. Знает полковник правду или нет? Лучше не рисковать.

— Как вы думаете, ваш спектакль сработает? — постарался он уйти в сторону.

— Хотел бы надеяться.

Гордеев грузно опустился на стул, щелкнул замками «дипломата», вытащил тюбик валидола и сунул таблетку под язык.

— Расклеился я что-то в последнее время, — устало пожаловался он. — Дня не проходит, чтобы сердце не прихватывало. Что касается Анастасии, то я рассчитываю только на то, что она тоже пальцы загибала, как и вы. Больше мы ничего сделать не можем, ни помочь ей, ни подсказать. Сообразит — честь ей и хвала, а нет — так нет.

— Допустим, она сообразит. Каких действий вы от нее ожидаете?

Колобок недоуменно воззрился на следователя, продолжая машинально потирать левую сторону груди.

— Константин Михайлович, может, вы не поняли, что такое моя Анастасия? Она тем и отличается от всех остальных, что ее поступки непредсказуемы. Ожидать от нее чего-либо, кроме конечного результата, — пустое дело. Результат она даст, если это в принципе возможно, но как она будет это делать — одному Богу известно. Мой Коротков говорит, что у нее голова непонятно как устроена.

— Вы просто рабовладелец какой-то! — расхохотался Ольшанский, снимая очки. — Моя Анастасия, мой Коротков. А все другие сотрудники тоже ваши или только эти двое?

— Вы напрасно смеетесь, — очень серьезно возразил Гордеев. — Они все мои, они — мои дети, которых я обязан воспитывать и защищать, что бы ни случилось. Ни один из них, вы слышите, ни один ни разу не был на «ковре» у начальства, потому что за все их промахи и ошибки отдувался я. Сам ходил, скандалил, уговаривал, доказывал, просил. Я для моих ребят — каменная стена, за которой они могут спокойно работать, не тратя время и нервную энергию на начальственные выволочки. Я всех их люблю и всем им верю. Поэтому они — мои.

«И Ларцев?» — мысленно спросил Константин Михайлович. Вопроса Гордеев, конечно, не услышал. Но он увидел его в больших красивых глазах следователя, не скрытых и не искаженных толстыми линзами очков.

«Почему ты спрашиваешь? Ты догадался? Да, и Володя Ларцев тоже мой, и то, что он совершил огромную, непоправимую ошибку, — отчасти и моя вина. Я не смог заставить его поверить в то, что ко мне можно прийти с этим, и он предпочел справляться со своей бедой сам, в одиночку, не заглянув вперед и не подумав о последствиях. В этом виноваты мы оба, оба и будем расплачиваться. От того, что он совершил ошибку, он не перестал быть одним из моих детей, которого я обязан защитить по мере сил и возможностей», — ответил про себя полковник, а вслух продолжил:

— Так вот, Анастасия сидит в своей квартире и мало что может сделать. Ей чем-то угрожают, и весьма серьезно, поэтому она боится делать неосторожные движения. Телефон ее прослушивается, на лестнице сидит какой-то парень и следит, чтобы она никуда не выходила и чтобы к ней никто не пришел. Я так понял, что стоит ей сделать хоть какой-нибудь подозрительный шаг, и угроза немедленно будет приведена в исполнение. Поэтому лезть напролом мы с вами не можем.

— Вы сказали, что у нее утром был врач. Как же врача к ней пустили?

— Вероятно, это было одним из условий: она должна вызвать врача и взять больничный, чтобы иметь законные основания сидеть дома и не ходить на работу.

— А как они узнали, что тот, кто приходил, был врачом, а не вашим сотрудником? Они что, документы спрашивали?

Гордеев замер. А в самом деле, почему к Насте пропустили Рачкову, не удостоверившись, что она действительно врач? Тамара Сергеевна сказала, что наблюдатель, не скрываясь, поднялся по лестнице и посмотрел, кто звонит в квартиру Каменской. Но этого явно недостаточно, чтобы быть уверенным, что у дверей стоит не сотрудник уголовного розыска, а настоящий врач из поликлиники. Или Рачкова чего-то недоговаривает? Черт, как же он об этом не подумал? Стареть начал, что ли, хватку потерял, реакция уже не та, что раньше, очевидные вещи мимо глаз пропускает...

Виктор Алексеевич схватился за телефон.

— Паша? Что там у нас? Морозов? Хорошо, пусть подождет меня, я сейчас приеду. Паша, мне нужны данные на Тамару Сергеевну Рачкову, это терапевт из нашей поликлиники. Срочно. Только ювелирно, чтобы тише комариного писка. Я буду через полчаса.

Но что-то мешало Виктору Алексеевичу уйти из кабинета следователя Ольшанского. То ли это была боль в глазах Константина Михайловича, то ли боль в сердце самого Гордеева, но он знал, что не может, не должен уйти сейчас, ничего не сказав и не спросив. Если бы существовали волны, передающие информацию от человека к человеку без специальных приборов, то полковник уже несся бы сломя голову к себе на Петровку, моля судьбу, чтобы не опоздать. Но если такие волны существуют, то Виктор Алексеевич был не из тех людей, которые умеют их улавливать и расшифровывать, и потому он, превозмогая чувство неловкости и привычную осторожность, все-таки заговорил о Ларцеве.

Разговор занял добрых четверть часа, но многое прояснил для Гордеева.

— Если вы не ошиблись и Ларцев действительно обрадовался, когда вы его ткнули носом в подделку протоколов, то это может означать только одно: он тяготится той ролью, которую играет под диктовку преступников, и полагает, что теперь, когда его фокусы раскрылись, его оставят в покое, потому что использовать его и дальше уже рискованно. У него появились свободные деньги?

— Откуда?

— Оттуда. Не бесплатно же он на них работает? Константин Михайлович, вы знаете Володю давно, скажите мне, что-нибудь изменилось в его жизни в последние месяцы? Крупные покупки, траты какие-нибудь, ну, я не знаю...

— И я не знаю. Хочу надеяться, что знал бы, если бы что-либо подобное случилось. Еще вчера я вам с уверенностью сказал бы, но сегодня я уже ни за что ручаться не могу, — глухо произнес Ольшанский.

— Вы простите меня, я знаю, что вы очень дружны с Ларцевым, — виновато сказал Гордеев. — Мне не нужно было затевать этот разговор, все это одинаково тяжело и вам, и мне. Но ведь есть еще Анастасия, которой чем-то угрожают, я не хочу причинить ей вред, поэтому я должен знать как можно больше, чтобы понимать, что я могу сделать, а чего не могу. Простите меня, — повторил он, с трудом поднимаясь из-за стола.

«Как же сильно я сдал, — подумал полковник, негнущимися пальцами застегивая пуговицы на тяжелом, не просохшем от мокрого снега пальто. — Вялость какая-то, рука немеет, встал со стула — и голова кружится. Мне же всего пятьдесят четыре, а я за два месяца превратился в развалину. Ах, Ларцев, Ларцев, ну зачем ты это сделал? Почему сразу не пришел ко мне? Чем же они тебя так скрутили?»

Борясь с головокружением, он спускался по лестнице, крепко ухватившись за перила и внимательно глядя под ноги. И в этот момент понял, чем же «они» держат Володю Ларцева. И понял, что тем же самым они связали руки и Насте. Так быстро, как позволяло здоровье, он добрался до сержанта, несшего вахту у входа в городскую прокуратуру, и, не спрашивая разрешения, пододвинул к себе телефонный аппарат.

— Паша? Где Ларцев?

— В тюрьме, у него сегодня два допроса.

— Найди его, Паша, кровь из носу, найди немедленно.

— Ты где ходишь, между прочим? — язвительно

спросил Жерехов. — Обещал быть через полчаса. Не забыл, что тебя Морозов дожидается?

— Забыл. Я уже выхожу, на крыльце стою. Он у тебя в кабинете?

— Пошел сигарет купить.

— Ты извинись за меня, Пашенька, пусть еще немного подождет. Я, честное слово, уже иду.

Путь от прокуратуры до Петровки был недолгим, а полковник Гордеев очень старался идти побыстрее. Но он все равно опоздал.

Глава четырнадцатая

Настя сняла халат и надела джинсы и строгий черный свитер.

— Ты чего? — удивился Леша. — Ждешь кого-нибудь?

— С мыслями собираюсь, — коротко ответила она и ушла в ванную.

В ванной она долго и тщательно расчесывала волосы, потом собрала их в тугой узел на затылке и закрепила шпильками. Внимательно всматриваясь в свое отражение, достала из висящего на стене зеркального шкафчика несколько коробочек с гримом. «Я злая, жесткая, суровая, наглая, уверенная в себе, холодная, расчетливая стерва», — повторяла она, прикасаясь к лицу едва заметными движениями широких и тонких кисточек. Работа была кропотливая и сложная, и к тому времени, когда лицо было «сделано», произносимые заклинания возымели эффект. Теперь из зеркала на Настю глядела строгая, холодная женщина, глаза которой не знали слез, сердце — жалости, а ум — сомнений.

Она еще немного постояла в ванной, потом осторожно прошла в комнату, стараясь, чтобы Леша не увидел ее лица, и встала перед большим, в полный рост, зеркалом. Плечи расправить, спина прямая, подбородок вздернут, все тело — как натянутая струна. Она закрыла глаза, стараясь отключиться от зрительного образа и привести себя в соответствующее душевное состояние. «Люди — грязь, и во имя собственного благополучия ими можно пренебречь. Я не хочу, чтобы обезумевший от горя Ларцев застрелил меня и Чистякова, поэтому я готова предать всех и вся, лишь бы остаться в живых. Мне наплевать на его дочку, но я понимаю, что если с ней что-нибудь случится, мне не жить. Я спасаю себя. И дело я имею только с самым главным, а все эти ларцевы, гордеевы, ольшанские и прочие — такая же шушера, как и те пацаны, которые стерегут меня на лестнице и в подъезде. Шавки, которыми можно пренебречь во имя спасения собственной жизни...»

— Что с тобой? — ошарашенно спросил Леша, увидя свою подругу.

— А что?

— От тебя веет холодом, как из морозильной камеры. И лицо какое-то...

— Какое? — Она не могла позволить себе улыбнуться, чтобы не вывалиться из с трудом созданного настроения.

— Чужое. Вроде твое, а в то же время вроде это и не ты. Снежная королева.

— Так надо. Ладно, я пошла. Сиди тихо, не вмешивайся.

Она уверенно открыла дверь и встала на пороге, не сделав ни одного шага на лестничную площадку. Мгновенно снизу послышался тихий шум шагов, в пролете показалась голова симпатичного блондина с ясными глазами и пухлыми губами. Ангельское личико Настю не обмануло, она сразу заметила и оценила мягкость и гибкость походки, налитую мускулатуру, настороженно напряженную шею. «Десантник», — определила она и вполголоса сказала:

— Подойди ближе.

— Зачем? — так же тихо спросил блондин, но с места не двинулся.

— Я сказала — подойди.

Металла в голосе было достаточно, чтобы охранник послушался. Он поднялся на несколько ступеней, после чего вытащил пистолет и сделал еще два шага.

— Скажи, чтобы мне позвонили, — так же холодно произнесла Настя.

— Кому сказать? — оторопел блондин.

— Не моя забота. Мне нужен Дьяков. Пусть его пришлют.

— Зачем?

— А это не твоя забота. Ты — «шестерка» дешевая, тебе только меня охранять и доверили. Пусть мне позвонят, объясню, зачем нужен Дьяков. Жду десять минут.

Она отступила назад в прихожую и закрыла дверь. Не слишком резко, чтобы движения не казались нервными. Но и не слишком медленно.

— Ася, что происходит? — требовательно спросил Чистяков, преграждая ей дорогу.

— Помолчи, — процедила она сквозь зубы, отстраняя Лешу, и, пройдя в комнату, встала у окна.

— Ася!

— Я прошу тебя, не мешай мне. Мне очень трудно сосредоточиться, ты меня сбиваешь, — холодно произнесла она.

Леша ушел в кухню, хлопнув дверью. «Стерва, — подумала Настя, — какая же ты стерва. Но, может, это и к лучшему. Примадонна из провинциального театра. Держись, подруга, извиняться будешь потом. Две минуты прошло, осталось восемь. Мальчонка, который бегал в аптеку, побежал куда-то за угол. Наверное, в автомат, звонить. А может, у него там машина стоит радиофицированная. Проверим, угадала ли я. Наружники, которые отслеживали того человека, который проверял меня в поликлинике, сказали, что он звонил в строго условленное время, но ни с кем не разговаривал. Какая-то хитрая система передачи информации, без личного контакта. Интересно, как эта система сейчас сработает? Если я не права, в течение десяти минут мне позвонят. А что будет, если я права? Забудь о девочке, забудь о Ларцеве, забудь обо всем, ты решаешь задачку, просто математическую задачку, соберись, не волнуйся, ты спасаешь свою жизнь, люди — грязь, они не стоят твоих волнений, думай только о себе. Нет таких слов, как «справедливость», «правосудие», «возмездие», «преступление», ты забыла эти слова, ты их никогда не знала. Есть ты, есть Чистяков. И есть жизнь. Просто жизнь. Форма существования белка. Четыре минуты. Ты будешь делать все, чтобы угодить им, чего бы тебе это ни стоило. Ты трезво мыслящая женщина и отчетливо понимаешь, что с ними тебе не справиться и поэтому не надо с ними воевать. Их много, а ты одна. Никто тебя не осудит, никто не посмеет тебя осудить. Пять минут...»

Она не отрывала взгляда от окна. Мокрая хлюпающая грязь на тротуарах, мокрая темная одежда на прохожих, грязные брызги из-под колес проезжающих машин. Неужели всего десять дней назад было яркое средиземноморское солнце, белокаменные дворцы, вечнозеленые деревья, синяя вода фонтанов, веселая мама и влюбленный в нее профессор Кюн, неужели всего десять дней прошло с тех пор, как она впервые за много лет почувствовала себя свободной и счастливой?

Кажется, что этого не было вообще. Никогда. Ее жизнь всегда — в холоде, грязи, страхе и боли. Даже если это лето. Даже если не болит спина. Все равно ее жизнь— холод, грязь, страх и боль. Семь минут. Мальчонка бежит обратно. Быстро бегает, сучонок...

Звонок в дверь раздался, когда до истечения назначенного Настей срока оставалась минута. Она щелкнула замком и царственно возникла на пороге. Блондин-десантник вполне грамотно стоял в нескольких шагах от двери: будь у обитателей квартиры нехорошее намерение схватить охранника и рывком втащить внутрь, им это никак не удалось бы.

Настя стояла молча, источая волны надменности и холодного презрения. В глазах не должно быть вопроса, она уверена в себе и прекрасно владеет ситуацией.

— Меня просили перед вами извиниться, — ровным негромким голосом сказал блондин. — Ваша просьба будет выполнена через двадцать минут.

— Ты что-то напутал, малыш, — ответила она с ледяным высокомерием. — Это была не просьба, а требование.

Она демонстративно взглянула на часы.

— Но ты хорошо несешь службу, в десять минут уложился. Пойди возьми на полке пирожок, заслужил.

Шаг назад, мягкий щелчок дверного замка.

Она прислонилась лбом к косяку, не в силах двигаться. Сволочи, они будут держать ее в тонусе еще двадцать минут. Она не выдержит. Двадцать минут ожидания, а потом надо будет провести разговор. Разговор этот будет коротким, подолгу они не рискуют беседовать, и она должна успеть выложиться за эти минуты так, чтобы они поняли: она на все согласна, она хочет сделать так, как лучше для них. Они должны ей поверить. Другого шанса не будет. А они не поверят ей, если она будет оставаться милой интеллигентной девочкой, потому что милая интеллигентная девочка с хорошим гуманитарным образованием никогда не пойдет на сделку с преступниками. Сделать это может хладнокровная, расчетливая и совершенно бессовестная дрянь, каковой она, Настя, и должна стать.

Она медленно, будто неся хрустальный сосуд с драгоценным содержимым, пересекла прихожую и усадила себя в кресло перед телевизором, стараясь не расплескать с таким трудом созданное состояние духа. Взяла сигарету, задумчиво покрутила ее пальцами, закурила. Почему ее просьба будет выполнена через двадцать минут? Выходит, мальчонка-спринтер бегал не звонить. Видно, время для сеанса связи еще не подошло. А куда же он бегал? За углом его кто-то ждал, и этот кто-то и позвонит кому надо, когда придет время. Надо же, елки-палки, дисциплинка у них! Значит, она все-таки права, это какая-то сложная система бесконтактной связи. Ладно, займем мозги этим, чего зря время терять. Если бы ей, Насте Каменской, предложили организовать такую систему, как бы она это сделала?

Ей было трудно думать, сидя в кресле, не имея под руками стола и бумаги. Настя привыкла обдумывать сложные вопросы, сидя с чашкой кофе и черта на бумаге замысловатые схемы. Но за кофе надо идти на кухню, а там сидит незаслуженно обиженный Лешка и дуется на нее. Выяснять с ним отношения сейчас не ко времени, ей надо суметь сохранить в себе надменную оледенелость. Итак, что нужно, чтобы получать информацию и чтобы в то же время никто никогда не смог тебя найти, если, конечно, ты сам этого не захочешь?

Ответ оказался на удивление несложным. Правда, организовать такую систему очень трудно, но сама идея невероятно проста. Как дважды два. И если все так, как она придумала, то становится понятным, почему посланные Колобком-Гордеевым люди так и не смогли обнаружить машину, с которой велось прослушивание ее домашнего телефона. Такой машины просто не существовало. Сегодня все кругом помешаны на новейшей изощренной технике, совершенно забыв, что всегда и во всем самым главным остаются люди. Деньги и люди. Деньги и люди смогут то, чего не сможет даже самая совершенная техника.

Если верить часам, прошло двадцать три минуты. Нехорошо, некрасиво заставлять даму ждать...

Когда зазвонил телефон, Настя с удовлетворением обнаружила, что даже не вздрогнула. Она вполне владела собой.

— Я вас внимательно слушаю, Анастасия Павловна.

Голос все тот же бархатный, но заметно напряженный. Еще бы, с чего это вдруг строптивая и неуступчивая Каменская сама попросила их позвонить.

— Я буду предельно краткой, — сухо ответила она. — Я еще достаточно молода, чтобы не бояться смерти. Ваш друг Ларцев в плохом состоянии и является собой вполне ощутимую угрозу моей жизни. Поэтому я самым кровным образом заинтересована в том, чтобы с его дочерью ничего не случилось. Мне нужно, чтобы вы прислали ко мне Дьякова.

— Зачем вам Дьяков?

— Он глупо попался в квартире Карташова. Следователь может попытаться в оставшиеся дни предпринять какие-нибудь шаги, в том числе он может попробовать расколоть Дьякова. Поскольку я точно знаю, какие следы он оставил в квартире Карташова, я проинструктирую его, как и что он должен говорить, если до него доберутся. Вы поставили меня в положение, когда я заинтересована в том, чтобы никаких осечек не случилось. Вы меня поняли?

— Я вас понял, Анастасия Павловна. Дьяков будет вам доставлен в течение часа. Я рад, что мы с вами стали союзниками.

— Всего доброго, — сдержанно ответила Настя.

Какая насмешка судьбы! Только недавно те же самые слова сказал ей Борис Карташов. Тоже радовался, что они стали союзниками.

Ну и сколько времени они будут искать Сашу Дьякова? За час его не найдут, это уж точно. Через час приятный баритон с огорчением сообщит ей, что искомого мальчика придется подождать еще какое-то время. Этот разговор будет еще короче, и усилия от Насти потребуются минимальные. Только легкое недовольство. Ну, может быть, еще недоумение по поводу того, что в такой серьезной организации не могут, когда нужно, быстренько найти человека. Можно расслабиться.

На кухне Леша демонстративно гремел посудой. Он, наверное, голоден, но, несмотря на обиду, в одиночестве обедать не будет. Станет ждать, когда она соизволит к нему присоединиться. Не стоило его обижать...

Настя сделала несколько глубоких вдохов, ослабила напряженные мышцы спины и шеи, привычно ссутулилась и открыла дверь в кухню. Леша сидел за накрытым к обеду столом и читал, пристроив книгу между хлебницей и бутылкой с кетчупом.

— Если ты считаешь, что я тебя обидела и должна быть наказана, — я согласна. Но, пожалуйста, давай отложим воспитательные мероприятия на потом. Сейчас мне нужны твои мозги.

Леша оторвался от книги и поднял на нее злые глаза.

— Ты по-прежнему держишь меня на подсобных работах?

— Леша, мне нужна твоя помощь. Давай не будем выяснять отношения сейчас. У нас для этого вся жизнь впереди.

— Ты уверена? Если исходить из твоих объяснений, у нас впереди может оказаться совсем немного времени. Твой сумасшедший дружок Ларцев может в любую минуту явиться сюда и пристрелить нас. Но даже в этой ситуации ты продолжаешь относиться ко мне как к кухонной утвари. Что за переговоры ты вела с этим бультерьером? Кто тебе звонил?

— Я тебе все объясню, но сначала помоги мне решить задачку.

— Ну давай... — тяжело вздохнул Чистяков.

* * *

Первое, что бросилось в глаза Колобку-Гордееву, когда он поднялся по лестнице и свернул в длинный казенный коридор, было белое как мел лицо Павла Васильевича Жерехова. Потом он увидел и толпившихся возле него сотрудников, за головами которых посверкивали вспышки фотоаппарата. Не сказав ни слова, Гордеев протиснулся сквозь небольшую толпу и увидел лежащего на полу в кабинете своего заместителя человека с огнестрельным ранением в голову. Пуля вошла точно в середину лба, и капитан Морозов был мертв.

— Как это случилось? — сквозь зубы спросил Гордеев.

— Он сидел у меня в кабинете и ждал тебя. Позвонили, сказали, чтобы я зашел к девочкам в секретариат за срочным документом. Не выгонять же было парня в коридор ради пяти минут. Я запер все бумаги в сейф и вышел. В секретариате ни о каком документе не слышали и мне не звонили. Я понял, что дело неладно, и обратно уже бегом бежал. Ну и вот... Выстрела никто не слышал, наверное, убийца пользовался глушителем.

— Ясно. Морозов тебе что-нибудь говорил? Зачем он меня ждал?

— Ничего не говорил, но сильно нервничал. Прямо сам не свой был.

— Что при нем было?

— Сумка. Спортивная, — уточнил Жерехов.

— Сумку спрячь подальше, пока до нее никто не добрался. Дым рассеется — посмотрим, может, там какие-нибудь записи остались. Ты Ларцева нашел?

— Он уже едет сюда.

— Беги к воротам, лови его и по запасной лестнице тащи прямо ко мне. Мимо своего кабинета его не веди и о Морозове ни слова.

* * *

Николай Фистин, он же дядя Коля, он же, по образному выражению Арсена, Черномор хренов, пребывал в растерянности. Арсен велел срочно найти Саню Дьякова и доставить его на квартиру к Каменской. Требование это казалось дяде Коле дурацким и нелепым. Хуже того, оно, судя по всему, было невыполнимым.

Коля Фистин впервые прогулялся на зону в 17 лет за особо злостное хулиганство, через три года вышел, но, поскольку ума на нарах не набрался и единственным способом выражения неудовольствия по-прежнему считал мордобой, тут же снова сел, на этот раз уже на восемь лет, за причинение тяжких телесных повреждений, повлекших смерть потерпевшего.

Результатом такой боевой юности стало лишение московской прописки и высылка за 101-й километр. Николай жил в общежитии, работал на кирпичном заводе, много пил, наворотисто матерился, и жизнь его была, казалось, предопределена на долгие годы вперед. Но ему повезло, и он сумел свое везение использовать на все двести процентов.

Как-то в Загорске он познакомился с женщиной, приехавшей на экскурсию. Тоня работала в ЖЭКе, на территории обслуживания которого находились престижные дома улучшенной планировки. Слава Богу, в застойные времена появилась практика отдавать работникам ЖЭКа квартиры на вторых этажах таких домов, благодаря чему незаметная, несчастная, одинокая старая дева была обладательницей более чем приличного жилья. Брак с москвичкой позволял восстановить утраченную прописку, но корыстные мотивы были очень скоро вытеснены тем, что Николай считал любовью. Если он сошелся с Тоней, принуждая себя к этому, то через месяц понял, что она — единственное светлое пятно в его жизни. В детстве — пьяная ругань родителей вперемежку с рукоприкладством, одиннадцать лет — в колониях; братья — кто сидит, кто спился, кто умер. А Тоня — теплая ласковая баба, которая любит его, жалеет и ничего не требует, принимает таким, какой он есть. Первый робкий восторг перед неизведанным ранее чувством близости и нежности сменился отчаянной любовью, и Николай готов был немедленно убить любого, кто хотя бы косо посмотрит на его жену.

Переехав в Тонину квартиру, Фистин устроился слесарем в тот же ЖЭК. Семейная идиллия, увы, не сделала его законопослушным, и с 1987 года он начал потихоньку включаться в криминальный бизнес, благо приятелей в этой сфере у него было много: сам в Москве вырос, да и по малолетке сидел с москвичами. Жизнь теперь казалась ему вполне удовлетворительной, понемногу стали появляться деньги, и он испытывал удивительное наслаждение, принося своей Антонине очередной подарок в виде браслета, костюма или дорогой косметики и каждый раз видя ее смущение и плохо скрываемую радость. Откуда деньги, она, конечно, не знала, Николай морочил ей голову сказками о том, что подрабатывает на стороне, в автомастерской.

— Ну что ты, Колюша, мне ничего не надо, лишь бы ты был здоров и счастлив. Не надо мне этих подарков, ты столько сил тратишь в своей мастерской, совсем не отдыхаешь. У нас же все есть, зачем тебе дополнительные заработки, — говорила Тоня, и от этих слов у дважды судимого Фистина таяло сердце.

Однажды поздним вечером Антонине стало нехорошо. Она долго крепилась, стараясь выглядеть бодрой и веселой, списывая недомогание на естественные причины, вызванные беременностью. Когда началось кровотечение, она не на шутку перепугалась, а муж впал в панику. Через 30 минут «Скорой» все еще не было, и Николай решил везти жену в больницу сам. На собственную машину он к тому времени денег не скопил, собирался ловить частника и со страхом думал о том, как Тоня зальет кровью сиденья и как потом придется объясняться с владельцем машины. Больше всего на свете в этот момент он боялся, что не удастся сохранить ребенка. Вторым по степени интенсивности был страх не удержаться и накатить в рыло водителю, если тот начнет скандалить. Это грозило третьей судимостью, и весь налаженный семейный быт пойдет прахом...

Слетев по лестнице и метнувшись с поднятой рукой к перекрестку, Фистин чуть не угодил под резко затормозившую «Волгу», за рулем которой сидел Градов, жилец с шестого этажа, сразу же признавший слесаря, неоднократно чинившего в его квартире импортную сантехнику.

— Ты чего, Николай? — спросил Градов.

— Жену надо срочно в больницу, вот вызвал «Скорую», а они что-то не едут. Боюсь, Антонина кровью изойдет, хочу частника поймать.

— Я отвезу, — не раздумывая отозвался Градов. — Она сама выйти может, или понесем?

— Да вы что, Сергей Александрович, — растерянно произнес Николай, — она вам все чехлы перепачкает...

Чехлы в машине у Градова были и впрямь знатные, из белого меха.

— Ерунда, поехали, — скомандовал Градов. — А о чехлах не беспокойся, испортишь — натурой отслужишь, будешь до самой смерти мне сортир бесплатно чинить.

Сергей Александрович отвез Тоню не абы куда, а в хорошую клинику, представил ее своей родственницей. Фистин как увидел все это благолепие с отдельной палатой, немыслимой аппаратурой, услужливыми и сноровистыми медсестрами, с черной икрой на завтрак, так и поплыл. Беременность удалось сохранить, и после рождения сына Николай считал себя вечным должником жильца с шестого этажа Сергея Александровича Градова.

В 1991 году Градов, будучи с друзьями в ресторане, стал свидетелем довольно крутой разборки с кастетами и даже стрельбой. Несколько участников показались ему знакомыми.

Поднявшись в кабинет директора, которую он знал много лет, Градов спросил, почему не вызвана милиция.

— А зачем? — пожала плечами директор. — Это мальчики, которые здесь порядок держат. Вот они и разбираются с разными нахалами. Милиция тут ни при чем.

— Вроде бы я видел несколько раз этих мальчиков возле своего дома, они с нашим слесарем разговаривали, с Колей Фистиным, — задумчиво произнес Градов.

— А вы разве не знаете? — искренне удивилась

директор. — Он же у них главный. Они и зовут его дядя Коля.

Когда через некоторое время Градов пригласил Николая к себе и аккуратно предложил ему сменить профиль деятельности, тот с радостью согласился. Фистин чувствовал, что контролировать территорию становится с каждым днем все труднее. Ему удалось нахрапом урвать себе кусок и какое-то время удерживать его, но постепенно стали появляться более зубастые молодые крокодилы, не признающие правил игры, тягаться с которыми Николаю оказалось не по силам. В новых условиях требовалась не только мускульная сила, но и мозги, с которыми у дяди Коли было туговато. Сначала от подконтрольной ему территории отхватили бензозаправку, потом квартал с гостиницей, теперь подбирались к станции метро с окружившими ее коммерческими палатками. Попытки навести порядок зачастую упирались в то, что дяде Коле показывали какие-то хитрые документы на муниципальную собственность, которую облагать данью бессмысленно, так как все доходы строго контролируются городскими властями. Предложение Сергея Александровича пришлось кстати, оно позволяло, не теряя лица перед мальчиками, отойти от рэкета и заняться другой, хорошо оплачиваемой и более спокойной работой. Да и сам Градов настаивал на прекращении уголовного бизнеса: он делает политическую карьеру, ему нужны люди для охраны, поддержания порядка во время проводимых его партией массовых мероприятий, а также для выполнения различных конфиденциальных поручений. Мальчиков будут видеть рядом с ним, поэтому не нужно, чтобы они оказывались втянутыми в криминальные разборки. Дядя Коля смутно представлял себе характер будущей работы, но готов был служить Градову верой и правдой, как преданный пес.

С тех пор прошло два года, и сейчас дядя Коля впервые почувствовал опасность. Опасность эта исходила не от милиции, которая, надо признать, могла бы выставить ему солидный счет, а от Арсена. Его дядя Коля невзлюбил с первой же встречи. Зачем хозяин пригласил этого плешивого сморчка?

Дядя Коля сделал все, как велел Градов: снял дом, которым и раньше пользовался, нашел девчонку, мальчики сказали ей, что, мол, они друзья Бондаренко, у него не получается отвезти ее к Смелякову в понедельник, поэтому он попросил их съездить с ней в поселок в воскресенье. Увезли ее в тихое место, вытрясли из нее все, что она знала, правда, знала она мало, только дала наводку на какого-то Косаря. Мальчики убили обоих, сходили на квартиру к художнику, стерли запись телефонного звонка этого Косаря с координатами Бондаренко, и концы в воду. Так для чего нужен Арсен? Кроме того, Арсен все время его критиковал. С самого начала он выразил недоверие Колиной команде и пытался заставить хозяина платить его собственным людям. Хозяин, правда, не подвел, уверял, что его люди вполне квалифицированные и сделают все, что нужно, в лучшем виде. От этих слов на душе у Фистина потеплело, и чувство благодарности и преданности Градову стало еще крепче. Но Арсен все равно при каждом удобном случае тыкал его мордой в дерьмо, унижал и говорил все время непонятное.

Дядя Коля мучительно переживал оттого, что хозяин беседует с Арсеном на каком-то им одним понятном языке, соглашается с приказами и требованиями этого маленького старикашки, а он, Николай, как ни тужится, не может уловить чего-то главного. А вдруг хозяин поймет, что дядя Коля, что называется, не тянет, и прогонит его, а вместо него наймет старую гниду Арсена? Конечно, утешал себя Фистин, хозяин не может его прогнать, уж слишком много некрасивых и даже кровавых дел их связывает. Но утешение это было слабым, дядя Коля не хотел, чтобы Градов, видя его несостоятельность, держал его при себе из страха. Самолюбие у Фистина было недюжинным и мириться с таким положением не могло. Во время переговоров дядя Коля изо всех сил пытался вникнуть в суть беседы хозяина с Арсеном, стараясь не показать нараставшего страха и отчаяния и улыбаясь своей странной улыбкой. Это был оскал загнанного в угол шакала, который знает, что противник сильнее и вот-вот настанет конец, но все-таки надеется его запугать...

В этот день, 30 декабря, Николай Фистин понял, что решающий момент настал. Арсен заявил, что разорвал контракт с хозяином и больше работать на него не будет, хотя дело и не завершено. Только дядя Коля вздохнул с облегчением, как Арсен огорошил его требованием немедленно найти Саньку Дьякова. Зачем? Зачем нужен Дьяков, если контракт разорван? И потом, Арсен же сам велел с ним разобраться. Дядя Коля и разобрался, велел Саньке ехать в другой город и затаиться месяца на три-четыре, а дома пусть так и скажет: мол, уезжаю по делам, вернусь к весне. Тут же отдал команду в другой город, чтобы Дьякова «встретили». До апреля его искать не будут, а в апреле снег сойдет, да пока его обнаружат, пока опознают... Чего же хочет этот старый хрыч? Правда, Арсен вежливо объяснил Фистину:

— Каменская требует, чтобы к ней пришел Дьяков. Она его проинструктирует на всякий пожарный случай.

— Мало ли чего она требует! — окрысился дядя Коля. — А завтра она у вас миллион зеленых потребует, так что, тоже побежите искать?

Сегодня Арсен был на удивление терпелив и словно бы не заметил злобного выпада.

— Ее требования вполне разумны и должны быть выполнены, — спокойно ответил он. — Я никогда не ссорюсь с правоохранительной системой, я с ней сосуществую. Со-су-щест-вую, — повторил он по слогам. — Это понятно? Если бы я с ней ссорился, я бы не смог делать то, что делаю. Каменская должна понимать, что со мной можно иметь дело и мне можно верить. Только так я могу добиться желаемого результата. Чтобы через час Дьяков был у нее.

Тон у Арсена был таким безапелляционным, что дядя Коля не посмел ничего сказать. Он судорожно принялся названивать в город, куда уехал Санек, в надежде на то, что приказ еще не выполнен. Как назло, никого из своих людей он застать не смог, видно, все разъехались готовиться к встрече Нового года. Каждые полчаса дяде Коле звонил Арсен и все более тихим и зловеще спокойным голосом спрашивал о Дьякове.

Наконец Фистин решился.

— У меня возникли небольшие осложнения, надо бы встретиться, — попросил он.

Встреча с Арсеном прошла гораздо тяжелее, чем ожидал Николай.

— Козел ты винторылый, — шипел на него старик, — видно, когда Бог раздавал мозги, ты отошел пописать. Ты что, русского языка не понимаешь? Я тебе велел убивать Дьякова? Я сказал, что с ним надо разобраться.

— Я и разобрался.

— Ни хрена ты не разобрался, мудак ублюдочный! Ты и такие, как ты, нувориши от преступности, закона не понимаете. Разобраться — это значит именно разобраться, вникнуть в дело, выяснить, кто прав, кто виноват, и вынести решение. Ты с настоящими ворами общался когда-нибудь? Вот они законы знали и никого никогда за просто так жизни не лишали. Тебе говорят «разберись», а ты понимаешь это как команду свернуть шею или на перо поставить. Ума-то у тебя на большее не хватает. Чтобы разобраться, надо мозги напрягать, вдумываться, а тебе напрягать нечего. Дерьмо ты полное, а не Черномор. Ты же не только думать, ты, поди, и убить-то сам не можешь, только команды раздаешь. А как до дела дойдет, будешь стоять, зажав пушку в потной ручонке, и ссать в штаны от страха. Что я теперь должен Каменской говорить? Мол, Дьякова убили, а я и не знал? Так что же это за организация у меня такая, если моих людей убивают, а я этого не знаю? С такой несерьезной организацией она дела иметь не захочет.

— Ну и пусть, — брякнул дядя Коля. — Вы же все равно на хозяина больше не работаете. Чего вы так волнуетесь? Не захочет она иметь с вами дела — ну и не надо.

— Нет, ты все-таки полный кретин. Ты хоть понимаешь, что тебе нужно спасать свой эпидермис?

— Чего спасать?

— Шкуру свою, придурок. Если Петровка вцепится в труп Дьякова, то до тебя останется один шаг. Ты что же, думаешь, что ты один — плод страстной любви, а все остальные — пальцем деланные? А ну как сейчас сыскари захотят допросить Дьякова по факту проникновения в квартиру художника? Они ведь до весны ждать не будут, не надейся. Они его уже сегодня с утра разыскивали. Будь он жив, девчонка научила бы его, как себя вести и что говорить, и торпеда бы прошла мимо. А теперь они начнут его искать, и даже если найдут только весной, все равно к сегодняшнему дню привяжут. А если привяжут — дело опять Каменской поручат. Поэтому мне и надо с ней дружить. А ты, как всегда, все испортил. Думаешь, я не вижу, как ты меня ненавидишь? Ты же ни одному моему слову не веришь, хотя я дело говорю и тебе было бы полезно у меня поучиться. Сколько раз я тебе указывал на твои ошибки? Сколько раз объяснял, как и что нужно делать? Ты хоть раз меня послушался? У тебя один свет в окошке — Градов твой ненаглядный, только его слово для тебя что-то значит. Ты, как поганый пес, понимаешь команду только тогда, когда получаешь тапком по морде. А Градов твой такой же недоумок, как и ты, и никогда он ничего умного тебе не скажет. Так и сдохнешь, ума не набравшись, потому что у знающих людей учиться не хочешь.

Дядя Коля терпеливо все сносил, потому что теперь у него была цель. Теперь он понял, что должен помочь хозяину. Для этого нужно заставить Арсена вернуться к выполнению контракта. Видно, Сергей Александрович не смог его уговорить. Ну что ж, он, Фистин, уговаривать не будет. Он его заставит. Но прежде нужно хоть что-то о нем узнать. Поэтому он и вызвал Арсена на встречу, готовясь принять на себя ушат грязи.

После встречи за стариком пойдут мальчики, чтобы для начала выяснить его адрес. А там видно будет. Ушат, правда, оказался побольше, чем дядя Коля ожидал, и грязь была в этот раз уж очень грязной. «Ничего, — твердил себе Фистин, возвращаясь со встречи, — сам ты тапком получишь по своей поганой сморщенной морде».

Дядя Коля скудным своим умишком даже представить себе не мог, что такое Арсен и его контора.

* * *

Полковник Гордеев смотрел в окно. Почему-то в грязную зимнюю непогоду все улицы становятся одинаковыми, и в самом центре Москвы взгляду представала такая же картина, как и на окраине, на Щелковском шоссе, где жила Настя.

Виктор Алексеевич видел те же слякотные тротуары, коричневую грязь, выплевываемую колесами машин, те же потемневшие от мокрого снега с дождем пальто и куртки. Или это происходило не всегда, а только в этот день? В день, когда и он, и Настя вынуждены были невероятным усилием воли перестать быть самими собой и превратиться в отвратительных, циничных и злобных существ...

Гордеев смотрел на улицу через давно не мытое мутное стекло окна и думал о том, что сейчас он будет загонять в угол одного из тех, кого долгие годы любил, уважал, считал «своим», к кому относился как к сыну. Сейчас он должен будет смертельно испугать человека, перенесшего тяжелую драму и без того ведущего далеко не сладкую жизнь. Он должен будет сделать ему больно, очень больно, он будет испытывать его честность и стойкость, его ум и выдержку, и все для того, чтобы вынудить его сделать то, чего нельзя добиться ни логическими доводами, ни уговорами. Он, Гордеев, опять будет врать. В который уже раз за сегодняшний день? Он почувствовал, что увязает во лжи, как в болоте, с каждым следующим шагом все глубже и необратимее, и кажется, что пути назад уже не будет, ему так и придется всю оставшуюся жизнь лгать, лгать, лгать, жене, коллегам, начальникам, друзьям. Он никогда уже не вернется к себе самому, он станет другим, придуманным, искусственным, фальшивым...

Гордеев услышал, как тихо открылась дверь, но не обернулся.

— Вызывали, Виктор Алексеевич?

— Вызывал.

Он медленно отвернулся от окна, тяжело опустился в кресло и вяло махнул рукой, приглашая Ларцева сесть.

— Извини, что пришлось сорвать тебя с допроса.

— Да ничего, я в принципе успел все закончить.

— Ну да, ну да, — покивал Гордеев. — Я вот хотел с тобой посоветоваться, ты же у нас лучший психолог в отделе. Беда у нас, сынок.

— Что такое? — напряженно спросил Ларцев. На лице его не дрогнул ни один мускул, оно было окаменело-спокойным. И за этой окаменелостью полковник видел огромное внутреннее напряжение человека, у которого все складывается так плохо, что уже нет сил на проявление эмоций.

— Боюсь, что наша Анастасия сломалась.

«Господи, прости меня, как у меня язык поворачивается такое говорить? Стасенька, деточка моя, как же я, дурак старый, смог допустить, чтобы дело зашло так далеко? Все высчитывал, выгадывал, сомневался, тянул, надеялся, что обойдется. Ан нет, не обошлось. Это ведь ты мне всегда повторяла, что в нашей жизни ничего не обходится и не рассасывается само по себе».

Ларцев молчал, и в глазах его полковник ясно увидел застывший ужас.

— Еще вчера у нее были интересные идеи по делу Ереминой, а сегодня утром она мне заявила, что перспектив раскрытия не видит, все ее версии лопнули и ничего нового она придумать не может. И вообще она плохо себя чувствует и взяла больничный. Что из этого следует?

Ларцев по-прежнему молчал, только ужас в его глазах стал постепенно сменяться безысходностью.

— Из этого следует, — монотонно продолжал Виктор Алексеевич, глядя куда-то мимо Ларцева, — что либо она взяла деньги у преступников, либо ее запугали и она струсила, сдалась сразу же и без борьбы. И то, и другое одинаково мерзко.

— Да что вы, Виктор Алексеевич, быть этого не может, — наконец произнес Ларцев каким-то не своим, чересчур звонким голосом и полез в карман за сигаретами.

«Конечно, не может, — подумал полковник. — Это ты правильно сказал. Только фокус-то весь в том, что ты так не думаешь. Ты прекрасно знаешь, что ее запугали. Ты говоришь про Анастасию чистую правду и в то же время врешь. Вот ведь какие штуки жизнь выкидывает! Ладно, стало быть, признаваться ты не хочешь. Я дал тебе шанс, но ты им пренебрег. Твой страх перед ними сильнее, чем доверие ко мне. Давай, доставай свою сигарету, сейчас будешь зажигалку полчаса искать, потом она у тебя сработает на двадцать пятый раз. Тяни время, думай, как меня убедить, что Настя честная, но слабая. Валяй, сынок, убеждай, я сопротивляться не буду. Поломаюсь для виду и, может быть, соглашусь. Я уже так сам себе противен, что готов согласиться с чем угодно».

Ларцев наконец прикурил, глубоко затянулся, еще несколько секунд искал пепельницу.

— Мне кажется, вы преувеличиваете, Виктор Алексеевич. Это ее первое живое дело, она с ним ковыряется полтора месяца, результата нет, ну и естественно, что она устала. Ведь до сих пор она чем занималась? Сидела в кабинете и анализировала информацию, цифирки складывала, проценты считала. Да она преступника-то живьем никогда толком и не видела. А как стала работать наравне со всеми, сразу поняла, что ее теоретические изыски никуда не годятся, с ними убийство не больно-то раскроешь. Вот и распсиховалась. Да и кто бы стал на нее давить? Чего такого особенного она могла нарыть в этом убийстве? Дело примитивное, потерпевшая — пьянчужка, кому она нужна-то? Какой такой мафии это может быть интересно? Нет, это совершенно неправдоподобно. А Настасья у нас девушка нервная, впечатлительная, здоровьем не блещет, так что итог, по-моему, вполне закономерный. Не надо думать о ней плохо.

«Нехорошо, сынок, нехорошо. Или ты забыл, как она целую ночь провела один на один с наемным убийцей Галлом, который пришел, чтобы ее убить? А может быть, ты не знаешь, как два месяца назад она раскрыла опаснейшую группу преступников, с которыми общалась ежедневно и за которыми числилось полтора десятка трупов? Ничего ты не забыл, сукин сын, но ты гнешь свою линию, и я тебя понимаю. Иначе ты и не можешь. Ты должен меня убедить в том, что Настасью никто не запугивал, что ее отказ от работы по делу — решение совершенно добровольное. Ну что ж, валяй, старайся. Свой интерес ты все-таки блюдешь и пытаешься заодно из меня информацию вытащить. Ждешь, что я кинусь рассказывать тебе, чего такого особенного она нарыла в убийстве Ереминой? Жди, жди».

— Дело-то, Виктор Алексеевич, тухлое, это же было ясно с самого начала. Пьющая неуравновешенная девица, у которой крыша поехала, могла уйти из дома с кем угодно и куда угодно, и концов тут не найдешь. А Настя себя переоценила, вцепилась в свои заумные версии, потратила столько сил, а в результате получила нервный срыв и дырку от бублика. Я ее понимаю, первое самостоятельное дело, конечно, хочется, чтобы оно оказалось каким-нибудь заковыристым, с мафиозной подоплекой. Но давайте не забывать, что, несмотря на рост организованной преступности, половина убийств, если не больше, все равно остается «бытовухой». Ревность, месть, деньги, зависть, семейные скандалы — одним словом, простые человеческие чувства. И никакой мафии там даже близко не лежит. Настя не хотела с этим смириться, ей нужно было громкое убийство, она принялась придумывать версии одна заумнее другой и на их проверку израсходовала все силы и время.

— Нет, Володя, не верю, что все так просто, — покачал головой Гордеев. — Мы с тобой знаем ее не один год, хватка у нее мертвая, Настасья никогда рук не опускает. Да, она может разнервничаться и заболеть, но она не отступит. Умирать будет — сцепит зубы, но дело сделает. Нет, не верю. Нечисто здесь, сынок, я чувствую. Надо с ней что-то делать. Вот выздоровеет она, выйдет на работу, и я доложу по команде, пусть назначают служебное расследование. Буду настаивать, чтобы ее уволили из органов. Хоть я ее люблю, как и каждого из вас, но предательства и трусости терпеть не стану.

«Все, Стасенька, сдал я тебя с потрохами. Поглядим теперь, какой у нас Ларцев, кровожадный или добрый. Увольнять тебя он, конечно, не позволит, ему это служебное расследование ни к чему. Сейчас он должен из себя корчить благородного и будет мне советовать перевести тебя с оперативной работы куда-нибудь в тихое место. Интересно, какую должность он для тебя присмотрел? Вроде ему полегче стало, он понял, какой линии ему надо придерживаться. Сейчас я его совсем успокою, пусть дух переведет перед последним ударом, а уж потом... Или пан, или пропал. Ох, Стасенька, деточка, знала бы ты, как мне сейчас больно, сердце разрывается. Жалко

Володьку, дороже дочери у него никого нет на свете. Ведь по святому бью, будь я проклят!»

— Ну зачем вы так, Виктор Алексеевич, сразу уж и увольнять. Не надо девчонке жизнь ломать. Вы правы, для оперативной работы она не годится, слабовата в коленках. Но она не может быть нечестной, я вам ручаюсь, голову готов прозакладывать. Самое милое дело — перевести ее в Штаб, в информационно-аналитическое управление, пусть там свои любимые цифры складывает. Там от нее пользы больше будет, да и работа спокойная, без нервных перегрузок.

— Не знаю, не знаю.

Гордеев поднялся с кресла и принялся медленно ходить по кабинету. Для его подчиненных это было верным признаком, что начальник находится в процессе принятия сложного решения. Он остановится только тогда, когда решение будет принято.

— С этим надо как следует разобраться. До истечения двухмесячного срока еще есть время, так что закрывать вопрос рано. Я сам этим займусь. Или поручу кому-нибудь. Да вот хоть тебе, ты это дело начинал, тебе и карты в руки.

— Конечно, Виктор Алексеевич. Если в деле Ереминой что-то есть, я докопаюсь, а нет — так нет. Хотя я уверен, что убийство банальное.

Гордеев посмотрел на часы. С момента появления Ларцева прошло полчаса. Полковнику удалось уложиться в срок, о котором он договорился с Жереховым. Он начал произносить какие-то общие необязательные фразы, когда резко распахнулась дверь.

— Виктор Алексеевич, у нас ЧП. В кабинете Павла Васильевича убит капитан Морозов!

* * *

Когда от толпы людей, сгрудившихся возле кабинета Жерехова, отделился майор Ларцев и направился к выходу, два человека, сидящих в машине во внутреннем дворе здания ГУВД, получили сигнал «приготовиться». Держась на почтительном расстоянии, они проследовали за объектом до станции метро, сократили дистанцию на эскалаторе, сели вместе с ним в поезд. Ларцев вышел из метро неподалеку от своего дома, купил в киоске пачку сигарет, прошел немного вперед до сквера, сел на лавку и закурил.

Наблюдающие получили задание проследить, не попытается ли Ларцев с кем-нибудь связаться. В пути следования он несколько раз задевал прохожих и пассажиров и коротко извинялся, и было нелегко понять, не являлось ли это условным контактом. По телефону он не звонил, никуда не заходил и ни с кем не разговаривал. Просто сидел на лавочке и курил.

Наблюдающие купили по паре горячих чебуреков и задумчиво жевали их, не сводя глаз с неподвижной фигуры в сквере.

* * *

Майор Ларцев купил в четвертом по счету от метро киоске пачку сигарет «Давыдофф», подав тем самым условный сигнал о необходимости срочной связи, и стал наблюдать за киоском.

Он вовсе не имел намерения вступать в контакт с теми, кто его шантажировал. Убийство Морозова ошеломило его. Ведь Анастасия сделала все, как они хотели, почему же они нарушили обещание? Почему убили Морозова? Выходит, верить им нельзя и все их слова о том, что Надя будет возвращена немедленно, как только уляжется волна и опасность минует, могут оказаться ложью. Может быть, девочки уже нет в живых? Он не имеет права ждать, он должен найти их и сам спасти своего ребенка. Больше никаких переговоров и обещаний, на них полагаться, как выяснилось, нельзя. Надо проследить, кто снимет сигнал, и взять его за горло. Так, по цепочке, можно дойти до Главного, а уж у него он вырвет свою дочь, даже если придется его убить.

Ларцев внимательно смотрел в сторону киосков, но ничего интересного пока не происходило. Сам продавец никуда не выходил, продавцы из соседних киосков — тоже. Надежда была на то, что сигнал должен снять кто-то из постоянно находящихся в торговой зоне, то есть продавец, который и должен выйти, чтобы позвонить и сообщить о подаче сигнала. В случае, если этим человеком оказывался не продавец, а покупатель, которому продавец просто сообщает, что Ларцев купил пачку сигарет «Давыдофф», вся затея теряет смысл. Отследить покупателей он не сможет. Но все-таки надежда была... Он мерз на мокрой холодной лавке, наблюдал за киосками и думал о Наде. Как она там? Кормят ли ее? Не заболела ли?

Мысли его плавно перетекли на то, что шантажировавшие его люди обладали практически всей мыслимой информацией о девочке: куда и когда она ходит, когда и чем болеет, какие отметки получает, с кем дружит. За Надей следили постоянно, но информация была такая, которую не всегда можно получить обыкновенным наружным наблюдением. Казалось, этих людей информируют и учителя, и врачи из поликлиники, и родители ее подружек. Хотя Ларцев понимал, что этого просто не может быть. Как же это у них получается?

Внезапно он напрягся. Эта женщина. Лет за 40, крепкая, полноватая, с простым лицом, незамысловатая и слегка небрежная одежда, гладкие русые волосы, в которых заметна седина, стянуты на затылке простой резинкой. Он в последние полтора года видел ее на каждом родительском собрании.

Когда умерла жена, Ларцев перевел дочь в самую ближнюю к дому школу, чтобы ей не приходилось много раз переходить дорогу. Раньше ее отводила и приводила Наташа, поэтому они могли позволить себе роскошь учить ребенка во французской спецшколе. Теперь для Ларцева главным стало другое — близость дома к школе, и девочка уже полтора года училась в обыкновенной школе, от которой до дома было десять минут ходьбы и только один перекресток.

На родительские собрания он ходил исправно, но

ни с кем не знакомился, кроме родителей Надиных подружек.

Запоминать лица на таких собраниях ему казалось бессмысленным, потому что, во-первых, не все родители считают нужным посещать школу, во-вторых, ходят то мамы, то папы, то бабушки. Собрания проводились каждую четверть, и каждый раз Володя видел новые лица. Только эта женщина... Она была на собраниях всегда. И всегда — что-то записывала. Это было совершенно не похоже на остальных, которые откровенно умирали от скуки, потому что про своего ребенка и так все знают, перешептывались, комментируя слова классного руководителя, некоторые женщины вязали, засунув клубки шерсти поглубже в парту, отцы, как правило, читали спрятанную на коленях газету или детектив. И только эта женщина внимательно слушала. Ларцев наконец поймал и сформулировал смутное впечатление: все родители отбывали повинность, а она — работала.

Чем больше он думал о ней, тем больше странных деталей выплывало из памяти.

... Он опоздал на собрание и, войдя в класс, не стал пробираться к задней свободной парте, а сел сразу же у двери, рядом с ней. Она, как всегда, что-то писала, но с появлением Ларцева мгновенно убрала блокнот. Он тогда еще в душе улыбнулся, подумав, что ей, должно быть, точно так же скучно, как и всем остальным, но она придумала себе занятие и сочиняет что-то, письмо или, может быть, стихи. Потому и спрятала написанное...

...Классный руководитель объявляет родителям результаты городской контрольной по русскому языку.

— Хотите посмотреть, насколько грамотно пишут ваши дети? — спрашивает она, собираясь раздавать тетради родителям.

Женщина закашлялась, прижала к губам платок и вышла из класса.

... После собрания все родители толпой подходят к столу «классной» сдавать деньги на завтраки. Все, кроме этой женщины, которая сразу же направляется к двери...

...Он выходит из школы после собрания и на соседней улице, за углом, видит, как эта женщина садится в машину, на водительское место. ВАЗ-99, цвета «мокрый асфальт», с мощными противотуманными галогеновыми фарами, мишленовской резиной на колесах, дорогие чехлы из натуральной цигейки. «Надо же, — отметил про себя Ларцев еще тогда, — такая невзрачная с виду женщина, а ездит на такой машине».

Присмотревшись, он заметил на заднем сиденье большой рюкзак, болотные сапоги и охотничью куртку с патронташем...

Ларцев выругал себя за то, что не обратил на нее внимания раньше. Конечно, почти вся информация о Наде пришла с этих чертовых собраний. Надю, которой стало плохо на втором уроке, приводили в пример, когда напоминали родителям, что детей надо обязательно плотно кормить по утрам. Про Надю говорили, когда просили родителей не давать детям в школу игрушки, потому что игрушки эти порой бывают очень дорогими, они доступны далеко не всем, и из-за этого случаются конфликты. «Вот недавно Надя Ларцева чуть не подралась на уроке с Ритой Бирюковой, потому что Рита принесла в школу куклу Барби, дала Наде поиграть, а когда хотела взять ее обратно, Надя не смогла расстаться с красивой игрушкой». Надю упоминали, когда строго внушали родителям, что нельзя отправлять в школу детей, которым нездоровится, потому что они могут быть носителями инфекции. Ах, если бы он раньше обратил внимание на все это!

Он сорвался со скамейки и быстро пошел к метро. Проехав две остановки, пересел на другую линию и доехал до станции «Университет», где находилось Московское общество охотников и рыболовов.

Когда по его просьбе перед ним выложили около тридцати учетных карточек на женщин-охотниц, с фотографиями и адресами, он сразу увидел знакомое лицо, мгновенно запомнил адрес и имя и, собрав карточки в стопку, вернул их сотруднице МООиРа, не делая никаких записей.

— Нашли, что искали? — спросила она, запирая карточки в сейф.

— Нашел, спасибо.

Итак, Дахно Наталья Евгеньевна, Ленинский проспект, 19, квартира 84.

Глава пятнадцатая

— На место, Цезарь! — услышал Ларцев из-за двери властный голос. Послышались шаги, дверь распахнулась. На пороге стояла та самая женщина.

— Здравствуйте, вы меня не узнаете? Мы с вами встречались на родительских собраниях в шестьдесят четвертой школе. Помните? Я отец Нади Ларцевой.

Женщина охнула и привалилась к двери.

— Вы хотите сказать, отчим? — уточнила она.

— Да нет, именно отец. А почему, собственно, отчим?

— Но как же так... — она растерянно заморгала. — Я думала, Надин отец...

— Что вы думали? — жестко спросил Ларцев, входя в прихожую и закрывая за собой входную дверь.

Женщина разрыдалась.

— Простите меня, ради Бога, простите меня, я знала, что добром это не кончится, я чувствовала... такие деньги... я чувствовала.

Ее бессвязное бормотание постоянно прерывалось всхлипываниями, потом она капала себе валокордин, судорожно пила воду, но в конце концов Ларцеву удалось составить из разрозненных слов некое подобие рассказа. В прошлом году к ней обратился один человек, который попросил ее посещать родительские собрания в шестьдесят четвертой школе, в классе, где учится Надя Ларцева. Он — отец Нади, но с женой расстался плохо, с тяжелейшим скандалом, она слышать о нем не хочет и не пускает его к дочери. А ему так хочется хоть что-то знать о девочке, о том, как она учится, как ведет себя в школе, какие у нее проблемы, не болеет ли. Он казался таким искренним, таким любящим и страдающим отцом, что отказать ему было невозможно. Тем более что он предложил хорошее вознаграждение за столь необременительную услугу.

— Кто он такой? — спросил Ларцев.

— Я не знаю. — Наталья Евгеньевна снова принялась плакать.

— Как он вас нашел?

— Мы вместе стояли в очереди в магазине. Очередь была длинная, мы разговорились, он пожаловался на семейные проблемы... Вот и все. Больше я его не видела. Он сам мне звонит.

— А как вы получаете от него деньги?

— Он кладет их в конверте в мой почтовый ящик, после каждого собрания, на следующий день. Вечером после собрания он мне звонит, я ему все рассказываю, а на другой день — конверт в ящике. Вы должны меня понять, — всхлипнула Дахно, — я охотница, а это требует огромных денег. Машина нужна, чтобы возить снаряжение, оружие нужно, боеприпасы, лицензии... А я без охоты не могу, умру без нее. Я ведь родилась в Сибири, в заповеднике, мой отец, егерь, к охоте приучил меня с младенчества. Отнимите у меня ее — я задохнусь в городе.

Дахно оправдывалась, то и дело хватаясь за сердце, принимая сердечные лекарства, всхлипывая и сморкаясь. Они сидели в просторной, но неуютной комнате с разнокалиберной мебелью, явно купленной в разное время по случаю, без единого замысла и стиля. Все стены большой трехкомнатной квартиры были увешаны охотничьими трофеями и оружием. На пороге двери, ведущей из комнаты в прихожую, торжественно возлежал огромный чистейших кровей доберман по кличке Цезарь.

— Постарайтесь успокоиться, Наталья Евгеньевна, — мягко сказал Ларцев. — Давайте попробуем с самого начала восстановить все, что вы помните об этом человеке. Не торопитесь, подумайте как следует.

— Зачем вам этот человек? — вдруг с подозрением спросила Дахно.

— Видите ли, Наталья Евгеньевна, мою дочь похитили, и похищение организовал именно он.

— Как?! — Дахно опять схватилась за сердце. — Боже мой, какой ужас, какой ужас, — причитала она, схватившись за голову и раскачиваясь на стуле. — Это я виновата, дура доверчивая, за деньгами погналась, поверила подонку...

И все сначала: рыдания, капли, вода, покаянные слова, битье себя в грудь. Ларцеву стало отчаянно жалко эту немолодую уже женщину, которую огни большого города сначала привлекли, как глупого мотылька, а потом обожгли. Девчонка из сибирского заповедника стала задыхаться в огромном каменном, задымленном и загаженном городе, и единственной ее отдушиной все годы была охота, как глоток свежести и природной чистоты.

* * *

От станции «Университет» к Дахно Ларцев ехал на метро, но при пересадке на Кольцевую линию наблюдатели его потеряли. Наступил «час пик», толпы людей врезались друг в друга, толкались, мешали проходу, огибали многочисленные книжные и газетные лотки, расплодившиеся в тоннелях и переходах.

— Давай быстро назад в МООиР, — скомандовал тот, что был пониже ростом и постарше. Его напарник, симпатичный темноволосый паренек, ловко лавируя, вывернулся из толпы и влился во встречный поток, расчищая собой дорогу для старшего в паре.

Рабочий день закончился, и сотрудница МООиРа, с которой разговаривал Ларцев, уже ушла. Взяв у дежурного ее адрес, наблюдатели сообщили о проколе на Петровку, Жерехову, и помчались в Кунцево. Женщину с трудом уговорили сесть в машину и вернуться на работу. Не скрывая раздражения, она открыла сейф и швырнула на стол учетные карточки.

У нее были свои, вполне определенные планы на этот вечер, и странные милиционеры, бегающие друг за другом, ничего, кроме злости, у нее не вызывали.

— Он кем-то заинтересовался? — вежливо спросил высокий паренек, перебирая карточки с фотографиями женщин-охотниц.

— Не знаю. Он ничего не записывал. Только посмотрел, и все.

— Припомните, пожалуйста, может быть, он чью-то карточку разглядывал дольше других, что-нибудь спрашивал у вас, уточнял? Нам важна любая деталь.

— Ничего такого не было. Просто внимательно просмотрел все карточки, поблагодарил и ушел.

— Так может быть, он не нашел то, что искал? Как вам показалось?

— Я спросила его, он ответил, что нашел. Вы еще долго меня будете задерживать?

— Сейчас уйдем, вот адреса только перепишем. Слушай, — обратился вдруг паренек к тому, кто был постарше, — а ведь большинство этих женщин работают здесь же, в МООиРе. Если Ларцев не остался здесь и не стал ничего выяснять, значит, та, кто его интересует, не из их числа. Женщин, работающих в других местах, совсем немного.

— Уже легче, — обрадовался старший. — Ты молодец, котелок варит. Быстро составляем список адресов, намечаем план объезда и просим подмогу у Жерехова.

Первым в план они поставили адрес на Домодедовской улице, вторым — дом на Люблинской, чтобы отработать южную часть Москвы и двинуться через центр сначала на Восток, потом на Север. Адрес Натальи Евгеньевны Дахно в начале Ленинского проспекта стоял в плане объезда третьим. Было 19 часов 40 минут.

К семи часам вечера Сергей Александрович Градов наконец понял, что дела его совсем плохи. Когда около половины третьего он расстался с Арсеном и, сидя в баре, попытался привести мысли в относительный порядок, его вдруг осенило. Произошло какое-то недоразумение! Арсен упомянул Никифорчука, и Градов так испугался, что совсем потерял способность соображать и тем более сопротивляться натиску Арсена. Теперь же, припоминая в деталях разговор, он вспомнил, что Арсен упрекал его в самодеятельности. Что он имел в виду? Никакой самодеятельности он, Градов, себе не позволял. Это ошибка, досадная ошибка, которую следовало разъяснить, и Арсен вновь вернется к контракту и доведет дело до конца. Надо срочно с ним связаться.

Сергей Александрович торопливо вышел из бара, сел в машину и поехал домой. С домашнего телефона он несколько раз позвонил по условленному номеру и стал ждать ответного звонка, чтобы договориться о месте и времени встречи. Но звонка не последовало. Он повторил попытку, но с тем же результатом. Градов начал нервничать и связался со своим знакомым из Министерства внутренних дел с просьбой проверить, где и на чье имя установлен номер интересующего его телефона. Ответ пришел быстро и был обескураживающим: такой номер ни за кем не зарегистрирован и в течение предыдущих пяти лет оставался свободным.

Был еще один путь, тот самый, которым он впервые пришел к Арсену. Сергей Александрович позвонил человеку, давшему ему первый выход на контору.

— Петр Николаевич, это Градов говорит, — торопливо произнес он. — Подскажите, как мне срочно связаться с вашим знакомым.

— Градов? — удивленно пророкотал в трубке бас. — Не припоминаю. Вы от кого?

— Ну как же, Петр Николаевич, я вам звонил два

месяца назад, и вы мне дали телефон для связи с человеком, который может помочь в одном щекотливом деле. Этот человек мне срочно нужен.

— Не понимаю, о чем вы. Может, вы номером ошиблись?

Градов и не подозревал, что предусмотрительный и осторожный Арсен немедленно после разговора с ним позвонил Петру Николаевичу и сказал:

— Если ваш протеже посмеет меня искать, объясните ему, что он не прав.

Сергей Александрович в ужасе подумал, что все пропало. Ему не найти Арсена. Никогда. Оставалась последняя надежда. Этой последней надеждой был Фистин.

* * *

Сережа Градов рос заласканным и избалованным ребенком. Он искренне страдал от того, что у всех его друзей отцы постоянные, а у него — приходящий, да и то в редкие его визиты мать, как правило, отправляла мальчика поиграть во двор. Отец всегда приходил с подарками, игрушками, гостинцами, мать безумно любила его и постоянно повторяла: наш папа самый лучший, просто у него есть другая жена и двое детей, которых он как честный человек не может бросить. Отец же, в свою очередь, твердил Сереже: «Сынок, если что — я всегда помогу, я в беде не брошу, ты можешь на меня рассчитывать, вы с мамой у меня самые любимые». Много раз Сережа совершал обычные детские и подростковые глупости, но никогда не бывал за них наказан, наоборот, папа с мамой, испытывая вину перед ребенком за отсутствие полноценной семьи, сами сглаживали ситуацию и не ругали сына, а вроде как даже жалели.

С годами у Сережи развилось абсолютное неумение и нежелание думать о последствиях своих поступков, смотреть хотя бы на шаг вперед. Он делал все, как считал нужным, предоставляя родителям почетное право исправлять его опрометчивые, а порой и опасные шаги. Результатом явилось то, что у психологов называется аффективной дезорганизацией мышления. В стрессовой ситуации мозги у Сережи отказывали, он плохо соображал, начинал говорить и делать глупости. А стрессом для него становилось любое изменение обстановки, которое требовало внимания, осмысления, реакции, принятия решения. Малейшее психологическое напряжение становилось для него невыносимым.

После армии папа устроил Сергея в Институт международных отношений. В МГИМО учились преимущественно дети высокопоставленных родителей, у которых хватило связей «поступить» своих чад сразу после окончания средней школы, поэтому прошедших армию студентов было немного. Они привлекали внимание своей взрослостью, знанием армейского быта, сальными анекдотами, разговорами о бабах и пьянках, замашками, сильно отдающими «дедовщиной». Их внимания искали, их уважали, к ним прислушивались.

Из своего окружения Сергей особо выделял Аркадия Никифорчука, так непохожего на него самого. Аркадий вырос за границей в семье дипломата, детство провел за книжками, роялем и изучением языков, общался в основном с матерью, варился в соку ограниченного контингента советской колонии. 10-й класс отучился в Москве и сразу поступил в институт. Вырвавшись на студенческую свободу, Аркадий, целиком и полностью попавший под влияние Градова, словно с цепи сорвался. Родители его снова уехали в долгосрочную командировку за рубеж, предоставив в распоряжение сына квартиру и систематически снабжая его деньгами и модными тряпками.

После того, что произошло в лесу, Градов и Никифорчук легко решали проблему выплат мужу пострадавшей, продавая то одно, то другое из присылаемого Аркашиными родителями барахла. Но Градов, не имея возможности брать деньги у матери, не хотел вечно одалживаться у обеспеченного салаги.

Идея избавиться от навязчивого вымогателя принадлежала ему. Тамара Еремина была его знакомой, и ему нетрудно было уговорить Виталия Лучникова после передачи очередного взноса пойти всем втроем выпить-посидеть «у одной сладкой бабенки». Тамару напоили быстро до состояния полной невменяемости и уложили спать, с Лучниковым пришлось повозиться, но в конце концов и его довели до Тамариной постели. Били кухонным ножом по очереди. Потом сидели в кухне и ждали, когда Тамара прочухается. Никифорчук ерзал, как на иголках, и хотел скорее уйти, но Сергей авторитетно объяснил ему, что непременно нужно дождаться, пока Тамара обнаружит труп, и разыграть перед ней сцену, дабы убедить ее, что это она, напившись до беспамятства, убила парня. Иначе неизвестно, как дело обернется.

— Ситуацию нельзя выпускать из-под контроля, — важно говорил Градов, накладывая себе картошки и отрезая еще кусок хлеба. Только что совершенное убийство не отбило у него аппетит. Он даже не обращал внимания на трехлетнюю дочку Тамары Вику, тихонько возившуюся под столом и сопящую над какими-то своими малышовыми проблемами.

Ждали долго. Наконец из комнаты послышались звуки, сначала невнятные, но скоро перешедшие в дикий вой. На пороге кухни возникла позеленевшая от ужаса Тамара с перепачканными кровью руками. Кровь капала с пальцев, и она, недоуменно поглядев на руку, как заторможенная, отерла ее о белую оштукатуренную стену. Зрелище было настолько чудовищным, что Аркадий с трудом сдержал рвоту. Ему очень не хотелось терять лицо перед лучшим другом, и, чтобы продемонстрировать самообладание, он схватил с буфета зеленый портняжный мелок и нарисовал поперек оставшихся на стене кровавых полос скрипичный ключ. В тот момент он счел свой поступок оригинальным и нестандартным и довольно рассмеялся. Он мог гордиться собой.

Дальше все шло, как и задумывал Сергей. С криком: «Б..., что ты наделала, ты его зарезала!» — они кинулись на лестницу, привлекая внимание соседей и создавая, как выразился Градов, общественное мнение. Приехала милиция, молодые люди дали показания, и тут только Аркадий спохватился:

— Они записали наши адреса и место учебы. А вдруг они пришлют в институт телегу, что мы проводим время с алкоголичкой-убийцей? Нас в три секунды отчислят.

Этого Градов не предусмотрел. Но и не сильно перепугался. Есть же папа, в конце концов, он всегда поможет.

Папе Сергей принялся излагать ту же версию, что и работникам милиции. Но Александр Алексеевич Попов слишком хорошо знал сына, чтобы проглотить такое вранье.

— Это вы сделали? — спросил он без обиняков.

— Ага. А как ты догадался? — Сергей с вызовом посмотрел ему прямо в глаза. Он уже стал совершенно бессовестным, а постоянная безнаказанность в прошлом лишила его последних остатков страха перед родительским гневом.

Отец разъяснил сыночку в емких, образных, но весьма конкретных выражениях, что тот не прав и совершил весьма дурной поступок. Но помочь все-таки обещал. И помог.

После окончания института пути Сергея Градова и Аркадия Никифорчука разошлись. Александр Алексеевич, продвинувшись дальше по партийной лестнице, добился распределения сына в МГК КПСС. С выездной работой ничего не получилось, потому что Сергей ленился учить редкие языки, а с английским, тянувшимся еще со школы, и средненьким французским, кое-как освоенным в МГИМО, рассчитывать было особо не на что. Сергей вполне удовлетворился распределением, не спеша принявшись строить свою партийную карьеру. К началу эпохи перестройки он оброс многочисленными связями и придумал легкий способ зарабатывания валюты, организовав в Париже кучку молодых голодных литераторов и переводчиков из эмигрантской среды и поставляя им сырье для литературной обработки и написания душераздирающих триллеров.

После путча 1991 года, когда одна партия умерла окончательно и на ее месте, как грибы, стали появляться во множестве новые партии и партийки, Сергей Александрович с воодушевлением, подкрепленным хорошо конвертируемой материальной базой, стал ковать новую страницу в своей жизни. И тут на его пути после многолетнего перерыва возник Никифорчук...

Аркадий прожил восемнадцать лет, прошедших после распределения, совсем иначе. На последнем курсе он женился на студентке того же института, худощавой невысокой брюнетке с маленькой соблазнительной грудью и большими претензиями, из очень хорошей семьи и с очень плохим характером. После случая в лесу он инстинктивно избегал женщин ярко выраженного русского типа, крупных, светловолосых, сероглазых и круглолицых, он просто представить себе не мог, как дотронуться до них, не то что спать с ними. Сам он, изящный, высокий, с красивым нежным лицом, привлекал внимание девушек, но из всех претенденток выбрал ту, которая меньше всего похожа была на русскую красавицу Леночку Лучникову. Никифорчук, с детства приученный к иностранным языкам, с удовольствием изучал в институте голландский, что и помогло ему через год-другой получить назначение в Нидерланды в качестве представителя одного из объединений Внешторга. Жена была в восторге. Все шло так, как она себе представляла, выходя замуж за Аркадия. Родилась девочка.

Но блистательно начавшаяся карьера вдруг застопорилась. Аркадий периодически напивался и впадал в хандру, слушал грустную музыку и рассуждал о смысле жизни, греховности и прочей ерунде. Жена стала нервничать, она ваяла из него дипломата и считала, что он должен работать, угождать нужным людям, ходить на приемы, а он вместо этого валяет дурака. А потом на одном из ответственнейших приемов Никифорчук безобразно напился, потерял лицо, говорил глупости — одним словом, вел себя неправильно. Основной темой его пламенных пьяных высказываний было то, что, мол, все мы тут сидим сытые и благополучные и делаем вид, что все в порядке, а на самом деле каждый из нас пришел сюда по трупам и на каждом лежит грех. В течение суток его отозвали в Москву. Он стал невыездным, на зарубежных поездках можно было ставить крест, поэтому жена, долго не раздумывая, забрала дочку и все совместно нажитое и без сожалений покинула брачное ложе. Шел 1977 год. К 1980-му Аркадий допился до увольнения из Внешторга и с тех пор обретался в издательстве «Прогресс» в качестве переводчика. Когда в 1981 году родители окончательно вернулись из-за границы, жизнь его стала совсем невыносимой. На собственную квартиру он заработать не сумел, поэтому был вынужден ежедневно выслушивать родительские причитания и упреки. Он терпел сколько мог, потом женился на официантке и ушел жить к ней. С задушевным другом Сергеем Градовым он виделся за эти годы только один раз, в 1983 году, на встрече выпускников 1973 года, перекинулся с ним парой слов, обменялся телефоном, помялся и потихонечку покинул праздник. Хвастать ему было нечем.

По мере появления совместных предприятий дела у Аркадия пошли чуть получше, его стали приглашать для устного перевода на различных серьезных и несерьезных переговорах.

В 1991 году его в очередной раз пригласили переводить на переговорах с каким-то голландским фирмачом. Голландец вмиг положил глаз на красивую секретаршу Вику, подававшую кофе и напитки, и после окончания официальной части пригласил ее в ресторан. Заодно позвал и Аркадия, так как объясняться с девушкой без его помощи не мог. В ресторане все крепко набрались, и фирмач повез их к себе в гостиницу, в двухкомнатный «люкс». Пока он развлекался с Викой, Никифорчук успел слегка вздремнуть на диванчике в соседней комнате. Голландец вышел из спальни с усталой улыбкой и предложил Аркадию объедки с барского стола. Девушка была необыкновенно хороша, и Аркадий, кляня себя в душе за слабость и превозмогая отвращение к самому себе, предложение принял. Вика смутно напоминала ему кого-то, и он спросил ее фамилию, надеясь вспомнить, где мог с ней встречаться.

Услышав фамилию «Еремина», вздрогнул и помертвел, но тут же принялся утешать себя тем, что фамилия распространенная и это не более чем совпадение.

Но отделаться от болезненного интереса к Вике оказалось не так просто, поэтому Аркадий вызвался отвезти ее из гостиницы домой, зашел к ней и остался до утра. Посреди ночи она проснулась с криком, вся в поту, в слезах, вскочила с постели, налила стакан водки, выпила его залпом и рассказала Никифорчуку про сон, который ее пугает. Потом она рыдала, билась в истерике, ее рвало, Аркадий вытирал ей слезы и с ужасом думал о том, что это они с Градовым виноваты в искореженной жизни и поломанной психике девушки. Ему было мучительно жалко Вику и так же мучительно стыдно. После двадцати лет угрызений это стало последней каплей.

Наутро он позвонил Градову и стал нести какую-то околесицу о том, что они-де должны помочь Вике, они виноваты в том, что ее жизнь сломалась, на них лежит тяжкий грех. Градову удалось на некоторое время успокоить старого приятеля.

— Какой сейчас из тебя помощник, — ласково уговаривал Сергей Александрович, — ты же дня прожить не можешь без стакана. Давай мы сначала тебя в порядок приведем, а потом подумаем, как помочь девочке. Отведу тебя к своему доктору, он тебе вошьет эспераль, поправишься, вот тогда и будем решать.

На какое-то время уговоры помогли, но потом Аркадий все чаще стал звонить Градову по ночам с бредовыми идеями наложить на себя руки и написать покаянное письмо, или пойти к священнику исповедаться, или признаться во всем Вике и вымолить у нее прощение. Градов понял, что Никифорчук становится опасен. И решение Сергей Александрович принял, как обычно, грубое и радикальное.

* * *

— Ну, как она? — тихонько спросил Арсен, зябко поеживаясь и согревая дыханием замерзшие руки.

В комнате был полумрак, тихо жужжал электрокардиограф, самописцы вычерчивали загадочные кривые, в которых был зашифрован ответ на заданный вопрос.

— Пока ничего, держится, — ответил врач, отлепляя от тела девочки провода и складывая аппарат в чемоданчик. — Пульс хороший, тоны чистые.

— Но долго так продолжаться не будет? — уточнил Арсен.

— Как вам сказать... — неопределенно протянул врач. — Вы мне скажите, что вам нужно, а я тогда отвечу, как лучше это сделать.

Он заискивающе поглядел в лицо Арсену, для чего ему пришлось сильно наклонить голову, так как старик был намного ниже ростом.

— Не подстраивайтесь под меня, — резко сказал Арсен. — Вы врач, вот и скажите мне совершенно определенно, сколько еще можно держать девочку на препарате без риска для ее здоровья. Вы называете мне конечный срок, и я в соответствии с ним буду принимать решение.

— Видите ли, — помялся врач. Ему очень хотелось угодить Арсену, и он пытался понять, какой ответ тот хочет услышать. — В общем... Это зависит от состояния сердечной деятельности... Вообще от того, насколько она здорова, не переносила ли тяжелых заболеваний в последнее время.

— Перестаньте морочить мне голову, — рассердился Арсен. — С вашей женой мне гораздо легче работать. Она всегда четко оценивает и ситуацию, и свои возможности и не боится настаивать на своих оценках. Я вас держу как специалиста, так имейте же свою точку зрения. Если бы я сам мог решать медицинские вопросы, я бы не платил вам бешеные деньги за услуги. Так вы уж будьте любезны отрабатывать их добросовестно. Вот вы сейчас сделали ей укол. На сколько его хватит?

— На двенадцать часов.

— Стало быть, завтра в восемь утра нужно делать следующий?

— Ну... В принципе — да.

— Что значит «в принципе»?

— Это уже становится опасным. Следующий укол может убить ее. Она уже не проснется.

— Так, уже какая-то ясность, — хмыкнул Арсен. — А может так случиться, что и следующий укол ей не повредит?

— Конечно. Я же говорю, это зависит от ее здоровья, от сердца...

— Значит, ситуация выглядит таким образом, — подытожил Арсен. — Завтра утром вы осматриваете девочку и сообщаете мне, можно ли делать следующую инъекцию. Если можно — делайте. Если нет — я приму решение, будить девочку или все-таки держать на препарате. К утру у меня будет достаточно информации, чтобы принять такое решение.

— Но вы понимаете, что после завтрашнего укола она может... — врач запнулся и судорожно сглотнул.

Арсен чуть приподнял голову и впился своими маленькими, очень светлыми глазками в лицо врача. Он затягивал паузу, и молчание его было куда более выразительным и угрожающим, чем любые самые строгие и бранные слова. Наконец злобный блеск в глазах погас, лицо старика снова стало обыкновенным и ничем не примечательным.

— Как поживает император? — почти весело спросил он, изучая вытащенное из кармана расписание пригородных электричек.

— Цезарь-то? Отлично. Ест за двоих, капризничает за троих, зато злобности в нем на десяток псов хватит, — в голосе врача слышалось нескрываемое облегчение. Он не только хотел угодить Арсену. Он смертельно боялся его.

— Про сына не спрашиваю, о нем я и так все знаю. Супруга здорова?

— Спасибо, у нас все в порядке.

— Что-то холодновато у вас тут, — старик снова зябко поежился. — Девчонку не простудите?

— Она тепло укрыта. А вообще-то в помещении и должно быть прохладно. В жаркой комнате наркотический сон переносится плохо, — авторитетно пояснил врач. — Видите, здесь только один обогреватель, его вполне достаточно, а в соседней комнате, где ваши мальчики сидят, намного теплее. Там у них два калорифера, да еще вдобавок плитка постоянно включена, они все время чайник кипятят.

— Ладно, друг мой, мне пора, — Арсен наконец выбрал удобную электричку и засобирался. — Завтра в восемь утра вы осматриваете девочку, в восемь пятнадцать я жду вашего звонка. Если я приму решение больше инъекций не делать, скажете охранникам, чтобы везли ее в город и оставили в сквере, они знают, где это.

— А если...? — робко спросил врач.

— Тогда сделаете укол. И не забивайте себе голову разными глупостями.

Арсен вышел из комнаты, спустился с крыльца и ступил на поскрипывающий под ногами снег. Здесь, за городом, зима была настоящей, снег не стаивал под ногами и колесами, а лежал ровным белым сахарным слоем. Старик знал, что от пустующего зимой пионерского (в прошлом, а ныне просто детского) лагеря до платформы ровно двадцать три минуты средним шагом. Он отправился в путь за двадцать три минуты до прихода электрички, чтобы ни одной лишней секунды не торчать на платформе и не светиться понапрасну.

Разговор с врачом оставил в нем, как всегда, чувство легкой брезгливости. Старательный, но трусливый и угодливый, хотя и безусловно преданный, он нравился Арсену куда меньше, чем его жена. Вот она была истинной находкой. Просто сокровище. Но и без врача не обойтись, его надо держать на коротком поводке, нельзя его совсем уж отпугивать. Вот и с девочкой он помог. Арсен прекрасно понимал, что возвращать Надю опасно, она уже все понимает и может помочь нащупать какие-то ниточки, ведущие к нему. И в то же время возвращать ее надо, чтобы не потерять влияние на Ларцева, а потом и на Каменскую. Вариант с усыплением девочки идеально решал проблему: она ничего не видит и не слышит, поэтому ее можно вернуть безо всякого риска, но строптивый папаша будет понимать, что поведи он себя плохо, в следующий раз с девочкой поступят по-другому. Практика показывала, что до следующего раза дело никогда не доходило, непокорные родители становились тише воды, ниже травы, ужаса, пережитого за время отсутствия их ребенка, им хватало на всю оставшуюся жизнь. Похищение Нади Ларцевой было уже пятым в деятельности Арсена и его конторы, и врач был в этих делах совершенно незаменим.

Арсен ступил на платформу в тот момент, когда прямо перед ним раздвинулись автоматические двери. Он шагнул в тепло вагона, уселся в уголке и, прислонившись головой к стенке, прикрыл глаза.

* * *

Полковник Гордеев обдумывал сведения, которые Олег Мещеринов привез от вдовы Аркадия Никифорчука. Вчера, 29 декабря, Виктор Алексеевич получил первую информацию о соучастнике Градова по эпизоду в квартире Тамары Ереминой. Жаль, что следователь Смеляков не помнил, в каком именно институте учились молодые люди, которых пришлось срочно «убирать» из материалов уголовного дела. Пока Настя «вычисляла» Градова, найдя его по совпадению адресов с одним из фигурантов нынешнего дела, пока собирали о нем данные и выясняли, в каком институте он учился, пока искали его сокурсника Никифорчука, прошло немало времени. В обычном исчислении это было всего несколько часов, сущая безделица, но в жизни оперативных работников эти несколько часов превращались в непреодолимую пропасть, перешагнуть через которую Гордеев не успел: когда перед ним легли документы двухлетней давности об обнаружении трупа Аркадия Никифорчука, Настя уже была дома, и позвонить ей было нельзя. Сейчас Виктор Алексеевич искренне сожалел об этом, потому что в этих документах содержалась очень важная деталь. Тогда, два года назад, гибель Никифорчука была признана несчастным случаем. Мало ли алкашей помирают, не сумев справиться с непреодолимым влечением к спиртному, невзирая на строжайшее предупреждение врача-нарколога, вшившего им эсепераль? Работники милиции делали все добросовестно, но никаких врагов у спившегося переводчика найти не сумели, корыстные мотивы тоже не просматривались. Но сегодня эта деталь, обрамленная всем тем, что случилось за два последних месяца, проливала свет на обстоятельства смерти Аркадия.

Поэтому Гордеев вчера же велел стажеру Мещеринову съездить к вдове погибшего.

Виктор Алексеевич не мог знать, что сразу же после получения задания Олег позвонил Арсену и обо всем доложил.

— Съезди, но прежде чем докладывать Гордееву, свяжись со мной, я тебя сориентирую, — скомандовал старик.

Вечером Мещеринов женщину не застал, она работала официанткой и освобождалась не раньше половины второго ночи, а беспокоить ее на работе по такому деликатному вопросу стажер не решился. Он явился к ней утром, выяснил все, что его интересовало, и в деталях живописал Арсену. К этому моменту руководитель конторы уже знал, что Гордеев звонил Каменской и жаловался на интенсивное давление «сверху». Информация о Никифорчуке только укрепила его в решимости порвать с Градовым, предоставив ему самому выпутываться.

«Экий, право же, подлец наш Сергей Александрович», — с усмешкой размышлял Арсен, слушая четкий и лаконичный рассказ стажера. Мало того, что скрыл ту давнюю историю с убийством Лучникова, так еще и о подельнике своем промолчал. Совсем за дурака держит старого Арсена. Руководитель конторы привык к тому, что люди, обращавшиеся к нему за услугами, доверяли ему безраздельно, как больные доверяют врачу. Разве нормальному человеку в голову придет скрывать от врача половину симптомов своей болезни и потом надеяться на то, что ему помогут выздороветь? А если Градов не понимает таких простых вещей, то нечего ему надеяться на контору и на него, Арсена.

— Можешь рассказать своему начальнику все как есть, — милостиво разрешил он Олегу.

Если бы полковник Гордеев знал правду, он бы, вероятно, посмеялся над тем, что, совершив ошибку и доверившись стажеру, получил в результате достоверную информацию. Но правды он в тот момент не знал, потому и не стал задумываться над сложными перипетиями борьбы истины с ложью.

Вдова же Никифорчука поведала, что в последний месяц перед смертью Аркадий пил больше обычного и часто по ночам звонил какому-то Сергею, плакал, упоминал имя «Вика». Кто такие эти Сергей и Вика, женщина не знала, и два года назад искать их в многомиллионной Москве было бессмысленным.

Да и зачем, если смерть Аркадия не выглядела криминальной? Кроме того, она рассказала, что муж много раз затевал с ней разговор о детях.

— Как ты думаешь, — спрашивал он, — трехлетние дети понимают, что вокруг них происходит? А как ты думаешь, они, когда вырастают, помнят о том, что было, когда они были маленькие? Вот ты помнишь себя в трехлетнем возрасте?

Чем вызван такой горячий интерес к психологии младенцев, Аркадий никогда не объяснял, но однажды обмолвился, что ему, мол, хочется знать, будет ли дочка его помнить, когда вырастет. Первая жена его, забрав ребенка и создав новую семью, напрочь вычеркнула Аркадия из жизни девочки.

Объяснение казалось достаточно убедительным для второй жены, но совершенно не удовлетворило Гордеева, который, имея перед собой детальное жизнеописание несостоявшегося дипломата, сразу увидел, что в момент развода дочери Никифорчука было не три года, а всего полтора.

Самой же важной деталью оказалась личность прохожего, случайно обнаружившего труп Никифорчука в темном закоулке возле здания станции метро. Он случайно наткнулся на лежащего неподвижно человека, хотел уже бежать вызывать «Скорую», думая, что тот, может быть, еще жив, но, увидев проезжающую рядом патрульную машину, замахал руками и позвал на помощь милиционеров. Имя этого прохожего было Николай Фистин.

Виктор Алексеевич зашел к Жерехову. Работа в его кабинете уже закончилась, труп Морозова унесли, эксперты сделали все необходимое и удалились, оставив после себя легкий запах реактивов.

— Что Ларцев? — с порога спросил полковник.

— Был в обществе охотников и рыболовов, потом ребята его потеряли, сейчас пытаются найти.

— Паша, он что-то нащупал. Он ищет кого-то конкретного, пошли дополнительно людей ему вслед.

Надо его подстраховать. У него от отчаяния может притупиться чувство опасности.

— Сделаю, — коротко кивнул Жерехов.

— Сведения о докторе Рачковой?

— Ничего подозрительного. Живет с мужем — пенсионером. Муж увлекается филателией. Излишний достаток в семье не наблюдается. Дети живут отдельно. Ничего, за что можно уцепиться.

— Ладно, значит, я с перепугу перестраховался. Совсем чутье потерял. Теперь другое. Усильте наблюдение за Фистиным. Это может оказаться очень интересным.

— Виктор, думай, что говоришь! — с досадой покачал головой Павел Васильевич. — Где людей взять? У нас их не бездонная прорва. Если бы дело было на контроле у министра, тогда нам бы давали столько сил и средств, сколько попросим. А это дело даже не на контроле у начальника МУРа. Что я тебе, рожу людей, что ли? Чтобы проверить сегодня обстановку у дома Анастасии и выполнить твое задание по доктору Рачковой, я снял наблюдение с Фистина. Теперь тебе понадобились люди бегать за Ларцевым. Это я сделаю. А где взять наружников для Фистина — ума не приложу. Гончаров меня сегодня уже трижды посылал, и с каждым разом все дальше и затейливее. И он, между прочим, прав, Виктор. У нас нет четкого плана операции, у нас вообще нет никакого плана, мы шарахаемся из стороны в сторону, делаем судорожные телодвижения, совершенно не понимая, что будет происходить в следующую минуту. Но это ведь наши с тобой трудности. Немудрено, что Гончаров взбесился. Мы без конца перетасовываем его людей, отменяем задания, не успев их толком выполнить...

— Когда-нибудь я тебя все-таки убью, — рассвирепел Гордеев. — И ты так и помрешь крючкотвором и занудой. У тебя что, друзей нет в отделениях милиции? Ты что, первый год в Москве живешь, связями не оброс? Звони, проси, умоляй, обещай цистерну водки и вагон закуски, в ногах валяйся, но чтобы за Фистиным через полчаса был «хвост». Все, Паша, обсуждение закрыто. Я знаю, ты терпеть не можешь делать то, что не положено, а уж тем более не любишь просить кого-то нарушить инструкцию. Наплюй на то, что ты любишь и чего не любишь. Считай, что это приказ. Если что не так — я сам буду отвечать.

Тяжело вздохнув, Павел Васильевич потянулся к телефону.

* * *

Мальчики, посланные дядей Колей следить за Арсеном, растерянно глядели вслед уходящей электричке. У них было задание выяснить адрес старика, но с места встречи с дядей Колей он отправился на Ярославский вокзал и сел в пригородный поезд. Мальчики доехали вместе с ним до нужной ему остановки. Старик ровным шагом пошел в сторону леса по совершенно пустой дороге. Идти за ним на небольшом расстоянии было рискованным, поэтому мальчики поймали возле платформы толстую тетку с сумками, сошедшую с этого же поезда.

— Скажите, поселок в той стороне? — спросили они, указывая рукой в направлении, в котором удалился Арсен.

— Не, поселок во-он туда, — охотно объяснила женщина. — А там, куда вы показываете, ничего нет, только пионерский лагерь.

— А далеко до лагеря?

— Да с полчаса будет. Вы-то молодые, вам, может, и меньше понадобится.

— Спасибо, мамаша, — поблагодарили мальчики.

Решение было принято простое. Раз нельзя преследовать Арсена на небольшом расстоянии, потому что дорога пустая, и бессмысленно идти за ним на большой дистанции, потому что уже совсем темно и ничего не видно, надо отпустить его и подойти к лагерю попозже. Все равно никуда, кроме как в лагерь, он идти не может.

Расчет оказался правильным. Дойдя до лагеря и помёрзнув минут тридцать, мальчики увидели, как старик вышел из ворот и ровным уверенным шагом направился к станции. Они отпустили его подальше, чтобы не был слышен скрип их шагов по снегу, и, придерживаясь темпа, заданного Арсеном, пошли следом. Ошибка стала очевидной, когда вдали послышался гудок и перестук колес. Арсен в этот момент был в тридцати метрах от платформы, а мальчики — намного дальше. Они прибавили шаг, потом, воспользовавшись шумом приближающейся электрички, перешли на бег. Но все равно не успели. В самую последнюю секунду путь им перекрыл электропоезд, шедший в противоположном направлении. Немного посовещавшись, мальчики дяди Коли вернулись в лагерь, осторожно обошли все постройки и обнаружили в административном корпусе двух мужчин, сидевших в темноте в директорском кабинете. Вообще света не было нигде, лишь в двух помещениях они заметили слабый отблеск включенных электрообогревателей.

— Хренота какая-то, — недоуменно пожал плечами невысокий рыжеватый парень по имени Славик, в прошлом чемпион-автогонщик. — Не пойму я, сколько их там. Трое, что ли?

— Вроде двое, — неуверенно прошептал его напарник, невысокий рыхловатый блондин, напряженно вглядываясь через окно в тускло освещенное помещение. — Черт его разберет, видно плохо.

— Мужики здоровые, — оценил Славик. — Прячутся от кого-то, что ли?

— Что ли, что ли, — злобно передразнил его блондин. — Может, не прячутся, а стерегут кого-нибудь. Или засаду устроили и поджидают.

— Кого поджидают? — обеспокоился Славик. — Нас, что ли?

— Тьфу, придурок. Ты хоть слово можешь сказать без этого твоего «что ли»?

— Да пошел ты, — равнодушно бросил бывший автогонщик. — Чего дальше делать будем?

— Надо дяде Коле позвонить, пусть распорядится, — ответил блондин, поправляя под просторной курткой короткоствольный автомат. — И пожрать бы неплохо. Все равно мы старика упустили, так что спешить некуда. Свой пистон от дяди Коли получить всегда успеем.

— Это точно, — отозвался Славик. — Вставит он нам по самое некуда.

Они добрались до платформы, дошли до поселка и нашли почту, с которой можно было позвонить в Москву.

Дядя Коля был крайне недоволен, но время на разнос терять не стал. То, что упустили старикашку, — плохо. Но зато нашли каких-то его людей, это уже хорошо. Что там Арсен говорил про мокрые штаны и потную ручонку? Пусть теперь узнает, что Коля Фистин обиды помнит. И не просто помнит, но и платит за них. Конечно, Николай хотел поквитаться с вредным и опасным стариком, но не это было сейчас главным.

Главное — напугать Арсена, дать ему понять, что в руках у дяди Коли серьезная сила, что не так прост и глуп Фистин, как казалось сначала. Главное — подчинить себе плешивого сморчка и заставить выполнить контракт с хозяином. Спасти хозяина и укрепить свое положение — вот первоочередная задача.

— Возвращайтесь в город, возьмите машину и еще двух человек, поезжайте в лагерь и наведите там порядок. Грязь не оставляйте, приберите за собой и выбросьте в лесу, под сугробы, — распорядился он.

Все-таки фантазия у Фистина была бедновата, убить человека и выбросить труп в лесу было максимальной высотой ее полета.

* * *

Наталья Евгеньевна Дахно в очередной раз капала в мензурку валокордин, не забывая вовремя всхлипывать, и хладнокровно думала о том, что выпускать гостя из квартиры нельзя. Ей нужно немедленно связаться с Арсеном, но пока она одна, без мужа и сына, сделать это невозможно. Придется тянуть время, пока кто-то из них не придет домой. К сожалению, ситуация может затянуться на неопределенно долгий срок. Муж уехал за город, туда, где Арсен держит дочь Ларцева, и может приехать еще не скоро. Сын вообще неизвестно когда вернется, может, через минуту, а может, среди ночи.

Она чувствовала, что спектакль удался и несчастный отец ей поверил. У нее было необыкновенное чутье, она ощущала запах агрессивности и недоверия, как животное, и это позволяло ей безошибочно оценивать ситуацию и точно определять ту грань, за которой начинался опасный риск, но до которой еще можно играть. Это качество особенно ценил в ней Арсен, неоднократно повторявший:

— Когда Бог раздавал чувство меры и способность к разумному риску, вы, наверное, стояли в очереди первой. А благодаря охоте к вам пришли умение чувствовать опасность и выдержка. Поэтому вашему чутью я доверяю абсолютно.

Наталья Евгеньевна и в самом деле была родом из Сибири, родилась в заповеднике в семье егеря, тут она Ларцева не обманула. Поступила в мединститут в Москве, окончила его ленинской стипендиаткой, занималась стендовой стрельбой, выступая за команду своего института и неизменно выигрывая все соревнования, потом были интернатура, ординатура, диссертация, назначение на работу в поликлинику КГБ. Замуж она вышла за своего сокурсника, который столь блестящей карьеры не сделал, работал анестезиологом-наркологом в одной из городских больниц. Наталья, будучи офицером КГБ, зарабатывала куда больше мужа, поставив тем самым его в зависимое положение, усугублявшееся его собственной слабостью и ее недюжинной моральной силой. Одно было плохо — не было детей. Наталья Евгеньевна, пользуясь широкими связями в медицинском мире, прошла все мыслимые и немыслимые курсы лечения, но ничего не помогало. Не оставляя надежды на рождение собственного ребенка, супруги Дахно предприняли попытку усыновить кого-нибудь, но в этом им было отказано из-за несоответствующих жилищных условий: они жили в однокомнатной квартире вместе с престарелым отцом мужа, и хотя стояли в очереди на получение квартиры, но очередь эта дойдет до них лет через десять, не раньше.

Беда обрушилась на Наталью Евгеньевну в одночасье. Накануне, после завершения очередного, мучительно болезненного курса лечения, ей был вынесен окончательный приговор: детей у нее никогда не будет. Такие формы бесплодия не излечиваются нигде во всем мире, и все дальнейшие попытки будут только подрывать ее здоровье, но результата не принесут.

Она проплакала всю ночь, утром наглоталась транквилизаторов и поплелась на работу. Голова раскалывалась, болело сердце, то и дело подступали слезы, жизнь казалась потерявшей всякий смысл. А тут генерал, заместитель начальника одного из управлений, с красной испитой рожей, запахом похмелья и командирским басом. В боку у него, видите ли, болит. Ничего, поболит и перестанет, раздраженно подумала хирург Дахно, выписывая генералу лекарство от почечной колики и назначая ему прийти на прием через три дня.

Через три дня генерал явился, несколько побледневший, но все с тем же стойким запахом алкоголя. И умер. Прямо в кабинете у хирурга Дахно. Оказалось, что у генерала был аппендицит, плавно перешедший в перитонит, с которым он и проходил все четыре дня, заглушая непереносимую боль старым испытанным народным средством. Заключение врачебной комиссии гласило, что симптомы аппендицита были налицо на момент первого обращения больного к доктору Дахно, но последняя не провела необходимых исследований и назначила неправильное лечение, проявив тем самым преступную халатность, повлекшую смерть больного. Перспектива лишения свободы замаячила совсем близко, Наталья Евгеньевна уже чувствовала на своем лице ее дыхание. И тут возник Арсен.

— Я могу вам помочь, Наталья Евгеньевна, — ласково говорил он, — ведь вы хороший человек, прекрасный врач, просто судьба подставила вам подножку, о которую вы споткнулись. В тюрьму должны идти настоящие преступники, отпетые сволочи, а не приличные люди, с которыми случилась беда. Вы со мной согласны?

Дахно молча кивала и утирала слезы.

— Сегодня я помогу вам, а завтра вы поможете мне, договорились? — продолжал между тем Арсен. — Мы с вами вместе будем выручать из беды хороших, достойных людей. Если вы станете моей соратницей, у вас будет хорошая квартира, и я помогу вам с усыновлением. У вас будет не лишь бы какой-нибудь ребенок, с неизвестно какими генами алкоголизированных родителей, а самый лучший, самый здоровый, самый способный, самый талантливый, какого только можно найти. Правда, это будет не младенец, а подросток, но ведь мы с вами должны быть уверены в его здоровье, психике и интеллекте, а с маленькими детьми можно ошибиться. Кроме того, вы получите возможность заниматься своей любимой охотой. Ну как, вы согласны?

Разумеется, она была согласна. Да и не могло быть иначе. Арсен никогда не пытался вербовать людей, не присмотревшись к ним заранее. Все, что он узнал о Наталье Евгеньевне Дахно, неоспоримо свидетельствовало в пользу того, что она — именно то, что нужно. Она станет верной соратницей. И он не ошибся.

После неприятностей с генералом медицинскую практику пришлось оставить. Арсен устроил ее на работу в отдел учета и эксплуатации одного из московских телефонных узлов. Зарплата была мизерной, но поручения Арсена оплачивались столь щедро, что вскоре стали сбываться все самые заветные мечты Натальи Евгеньевны и ее мужа. Появилась прекрасная квартира, машина, дорогие ружья, потом последовала дача, в которую вкладывались все деньги, чтобы сделать ее настоящим дворцом на природе. Свою городскую квартиру Наталья Евгеньевна не то чтобы не любила, просто не считала нужным демонстрировать свое благосостояние московским знакомым.

Зато в дачу они с мужем вложили всю душу. И сына супруги Дахно воспитывали так, как требовал Арсен...

Наталья Евгеньевна бросила взгляд на часы. Почти девять вечера. Сколько еще она сможет тянуть волынку, чтобы не вызвать подозрений оперативника? Дважды она была «на грани обморока», третий раз уже будет излишним, она никогда не переигрывала. Надо попробовать разговорить Ларцева.

— Ваша жена, наверное, в отчаянии, — виноватым голосом произнесла она. — Никогда себе не прощу... Нет ничего больнее материнского горя.

— Моя жена умерла, — скупо бросил Ларцев. — И все-таки, Наталья Евгеньевна, давайте еще раз постараемся восстановить все, что вы знаете об этом человеке.

В дверном замке клацнул ключ, хлопнула дверь.

— Мама, ты дома? — услышал Ларцев. Голос показался ему смутно знакомым.

Он обернулся к двери и уперся глазами в висящее на стене чучело головы лося. И в этот момент понял, что совершил чудовищную, непоправимую ошибку. Та женщина, которая разговаривала с ним вот уже два часа, не могла быть охотницей. Слезы, причитания и обмороки, которыми его накормили здесь в избытке, никак не могли принадлежать женщине, привыкшей по нескольку часов терпеливо ждать, стоя «на номере» в зимнем лесу в полном одиночестве и ожидая, когда на нее выскочит разъяренный кабан, женщине, плывущей в лодке в зарослях двухметрового камыша во время утиной охоты, когда так легко потерять ориентацию и заблудиться, женщине, приученной свежевать дичь и спускать кровь. И собака в квартире не охотничья, а полицейская, породистый доберман, который выполняет функции телохранителя, не даст в обиду хозяина и не впустит в дом нежелательного гостя. Если истинный охотник может позволить себе собаку, то заведет, конечно же, лайку, сеттера или кого-нибудь из терьеров. А если охотник держит добермана, это означает, что есть в его жизни вещи куда более важные и более опасные, чем охота... Он, Ларцев, позволил себя обмануть. В нем, измученном и сломленном, ослепшем от страха за свою одиннадцатилетнюю дочь, слишком поздно проснулся профессионал.

Ларцев схватился за пистолет, но вошедший в комнату Олег Мещеринов успел сорвать ружье со стены. Выстрелы прозвучали одновременно.

Глава шестнадцатая

Восемь лет назад... Позвонил Арсен и довольным голосом сообщил:

— Наташенька, я нашел для вас очаровательного маленького негодяя. Тринадцать лет, умница, абсолютно здоровый физически и морально, никаких глупостей и интеллигентских закидонов в его детской головке нет. Поезжайте, директор вас ждет.

Наталья Евгеньевна тут же подхватилась и помчалась в детский дом, находившийся в соседней области. Директор, заблаговременно получившая вознаграждение за то, что к мальчику допустили специально приехавших из Москвы врачей и психологов, с распростертыми объятиями встретила Наталью и с готовностью показала ей все документы на Олега Мещеринова.

— Он из очень хорошей семьи, — засуетилась директор детского дома, ибо ей весьма прозрачно намекнули, что если Дахно согласится усыновить Олега, это не будет оставлено без внимания и поощрения. — Родители — научные работники, кандидаты наук, погибли два года назад в высокогорной экспедиции на Памире. В семье никто не имел хронических заболеваний, алкоголь не употребляли. Мальчика правильно воспитывали, у него сформировался прекрасный характер, спокойный, уживчивый. Вообще Олег у нас самый воспитанный и вежливый мальчик. Хотите, я его позову?

— Зовите, — кивнула Дахно.

Она сильно волновалась. Наталья Евгеньевна была достаточно умна для того, чтобы отчетливо понимать: она обязана взять этого ребенка, даже если он ей категорически не понравится, потому что это приказ Арсена. И пусть с виду это было похоже на искреннюю заботу о ней, и пусть подавалось как помощь в поисках ребенка для усыновления, Наталья не пыталась себя обманывать. Она прекрасно понимала, что есть что.

Если мальчик ей не понравится, она все равно его усыновит, но это превратится в тяжкий крест на всю жизнь.

Дверь осторожно открылась, в кабинет директора вошел рослый широкоплечий подросток со светлыми волосами, прямым взглядом и волевым подбородком.

— Здравствуйте, — без малейшего смущения сказал он. — Я — Олег Мещеринов. Директор сказала, что вы хотели меня видеть.

Наталья Евгеньевна мгновенно разглядела и мучительное напряжение, и то отнюдь не детское усилие воли, которым паренек пытался подавить волнение или хотя бы скрыть его.

— Здравствуй, Олег, — улыбнулась она. — Тебе, вероятно, сказали, что я хотела бы усыновить тебя. Но, разумеется, нужно твое согласие. Поэтому решай, хочешь ли ты побывать у нас дома и поближе познакомиться со мной и моим мужем, или для тебя будет достаточно, если я прямо здесь и сейчас отвечу на все твои вопросы.

— У вас есть дети? — ни с того ни с сего спросил Олег.

— Нет, — покачала головой Дахно.

— Значит, если вы меня усыновите...

— ...ты будешь нашим единственным ребенком, — закончила за него Наталья Евгеньевна.

— Я согласен на усыновление, — твердо ответил мальчик.

— Но ведь ты совсем меня не знаешь, — растерялась она. — Ты даже не спросил, как меня зовут, чем я занимаюсь, где работаю... Ты уверен, что можешь принимать решение прямо сейчас?

— Мне очень хочется назвать вас мамой, — тихо сказал Олег и смело посмотрел прямо ей в глаза.

И в этот момент Наталья Евгеньевна многое поняла про тринадцатилетнего Олега Мещеринова. Пусть не все, но очень, очень многое. «Не зря Арсен назвал тебя маленьким негодяем. Ты действительно негодяй, и уже не маленький. Ты умный, начитанный, рано повзрослевший негодяй. В свои тринадцать лет ты неплохо разбираешься в людях. Видно, в семье с родителями тебе было очень хорошо, тебе было удобно и комфортно, тебя любили, баловали, ласкали, задаривали подарками. Или, может быть, не баловали и не ласкали, а относились с уважением к твоим увлечениям и маленьким причудам, не лезли с нравоучениями, не изводили гиперопекой, не стояли над душой, не дергали по пустякам. Ты вырос спокойным и волевым, ты совершенно точно знаешь, чего хочешь в этой жизни, и готов добиваться своего, чего бы это ни стоило. Ты не любил своих родителей безрассудно и безоглядно, просто потому что это твои отец и мать. Ты любил их, как любят вкусную еду, удобное кресло, хорошую книгу. Они для тебя были источником удобства и комфорта, а когда они погибли и ты волею судьбы оказался в детдоме, ты решил, что сделаешь все возможное, чтобы как можно скорее снова оказаться в семье, снова получить свою миску с домашним супом, мягкую постель и неказенную одежду. Ты спросил, есть ли в моей семье дети. Конечно, для тебя важно, чтобы ты оказался единственным, чтобы наше внимание и любовь не делились между тобой и кем-то еще. Мы не благотворители, мы бездетные супруги, и это означает, что правила игры будешь диктовать ты, а мы будем покорно им подчиняться. Ты хочешь называть меня мамой? Это хорошо, только не думай, что я от этих слов растаяла и потеряла способность трезво мыслить. Ты слишком умен для своих лет. И немножко больше негодяй, чем тебе полагается по возрасту. Но я все равно усыновлю тебя. Потому что чувствую: мы с тобой одной крови...»

— Я очень рада, что мы понравились друг другу, — мягко улыбнулась Наталья Евгеньевна. — Надеюсь, что мне удастся быстро утрясти все формальности, и если ты не передумаешь, то через два - три дня мы уже будем жить вместе. Но знаешь, Олег, я побаиваюсь скоропалительных решений. Ты все-таки еще подумай. И если передумаешь, я сумею тебя понять и не обижусь.

— Я не передумаю, — тихо и серьезно ответил мальчик.

— Ну что ж, тогда мы сейчас распрощаемся, и я начну оформлять документы на усыновление. В самое ближайшее время мы заберем тебя отсюда. До свидания, Олег.

— До свидания... мама, — с некоторым усилием выговорил он и уже свободнее произнес: — Можно, я вас поцелую на прощание?

«Ах, мерзавец! — с восхищением подумала Дахно, подставляя Олегу щеку для поцелуя. — Где же ты этому научился? Ясно одно: ты ведешь себя как воплощенная мечта. Любая женщина, желающая усыновить ребенка, хочет, чтобы этот ребенок вел себя именно так, как ты».

Она уверенно вела машину по шоссе, обдумывая предстоящий разговор с мужем. Нужно создать у него впечатление, что с ним советуются, хотя Наталья

Евгеньевна решение уже приняла: Олега она усыновит. Сердце ее не рванулось навстречу мальчику, как чудилось ей когда-то в мечтах, когда она представляла себе кудрявого ангелочка с ямочками на щеках и синими глазками, пахнущего молочком и детской невинностью.

От Олега пахло волей, холодным умом и опасностью. Но мужу совсем не обязательно об этом знать.

Когда она вошла в квартиру, муж с упоением смотрел по телевизору футбол.

— Где ты была? — равнодушно спросил он, не отрывая глаз от экрана.

— Я тебе все расскажу, — загадочно улыбаясь, ответила Наталья Евгеньевна. — Давай подождем, пока закончится тайм, а потом поговорим. Я пока поужинаю.

Она верно рассчитала: муж будет покладистым и сговорчивым в благодарность за то, что она проявила понимание и не стала отрывать его от футбольных страстей.

— Я сегодня ездила в детский дом, — осторожно начала она, когда муж вышел во время перерыва на кухню.

— Почему без меня? — недовольно вскинулся супруг. — Кажется, не ты одна хочешь усыновить ребенка. Это ведь и мое дело тоже.

— Прости, милый, но ты говорил, что у тебя сегодня сложная операция. Я решила тебя не дергать. Знаешь, мальчик, которого я видела, очень необычный. Умный, самостоятельный, здоровый, хорошо воспитан. Но в то же время он перенес страшную трагедию, потерял одновременно обоих родителей, так что душевный склад у него непростой... В общем, я не знаю, что решить. Что ты посоветуешь? Как ты скажешь, так и сделаем.

— Сколько лет ребенку?

— Тринадцать.

— Такой большой? — удивился муж.

— Малыша найти труднее, — терпеливо объясняла Наталья. — Ты же помнишь, сколько мы мучились, пока искали ребеночка помладше. А подростка найти проще, их не очень-то охотно берут в семьи. Так что ты мне скажешь?

Муж задавал множество вопросов, на которые Наталья давала обстоятельные ответы. В какой-то момент она вдруг поняла, что загнала его в тупик: он, как обычно, старается угодить ей и сказать то, что ей хочется услышать, но он никак не может понять, что же именно она хочет от него. Нравится ей мальчик или нет? Хочет она его усыновлять или ищет предлог, чтобы отказаться от задуманного? А она, в свою очередь, никак не проявляет своего истинного отношения к Олегу, дабы у супруга не сложилось, упаси Бог, подозрение, что она давит на него и навязывает свое решение. А в самом деле, нравится ли ей Олег Мещеринов? Наталья совершенно точно знала, что мальчик не имеет ничего общего с тем образом сына, который она выносила и выпестовала в своей измученной несбывшимися надеждами душе. Но знала она и другое: мальчика выбрал лично Арсен, и выбрал для совершенно определенной судьбы.

Ее, Натальи, задача — воспитать парня так, как велит Арсен, сделать из него сначала помощника, потом единомышленника, потом соратника. И не имеет никакого значения, нравится ей Олег или нет, хочет ли она стать ему матерью. Значение имеет только одно: годится ли мальчик для той судьбы, которую ему предназначил Арсен. И в детский дом она ездила не сына выбирать, это все ритуальные игры на тему «помощь в усыновлении», дабы хоть немного прикрыть чудовищный цинизм ее союза с Арсеном. Она ездила оценивать кандидата на должность сотрудника органов внутренних дел, работающего на криминальные структуры. Что ж, кандидат получил высокий балл. Теперь нужно провести еще одну ритуальную игру, на сей раз с мужем, по сценарию «ты в нашей семье главный, тебе и решение принимать». Мужа обижать ни в коем случае нельзя, на этом категорически настаивал Арсен, да и сама Наталья прекрасно это понимала. Муж у нас слабый, легко попадает в зависимость, достаточно вспомнить, как она при помощи энергии и напора женила на себе этого красивого, безвольного, задумчивого юношу. Это она-то, одна из самых неинтересных, чтобы не сказать некрасивых, студенток на курсе, без денег и без московского жилья! Так что с мужем вести себя следует чрезвычайно осмотрительно, не отталкивать его, не оскорблять, чтобы он не стал легкой добычей для другой женщины. Муж слишком много знает, чтобы его можно было выпустить из семьи, а точнее — из цепких лапок Арсена. И у мужа нужная, ценная специальность — анестезиолог-нарколог. Без такого специалиста Арсену не обойтись, а искать и покупать нового сложно и небезопасно.

«Надо дать ему понять, что мальчик мне понравился, а иначе он никогда ни на что не решится», — подумала Дахно и сказала:

— Знаешь, с этим мальчиком нужно обращаться очень бережно, чтобы помочь ему восстановиться после такой душевной драмы. Мне кажется, я бы сумела это сделать. Как ты думаешь?

И муж с облегчением вздохнул...

... Шесть лет назад... Она бежит по скользкому тротуару, едва не задыхаясь от волнения и нежности. На груди, под каракулевой шубой, шевелится крошечный теплый комочек — щенок, которого она сегодня купила. Из всего помета она выбрала именно его, потому что от одного взгляда на этого кутенка в груди разлилась теплая волна безрассудного обожания.

— Посмотри, кого я принесла! — торжествующе воскликнула она, врываясь домой и распахивая шубу.

На лице у Олега равнодушное недоумение, потом — вежливый интерес. Он не любит собак. Однако уже через полчаса он вместе с Натальей ползает на коленях вокруг щенка, умиляется, сюсюкает, щекочет ему пальцами животик, целует в крутой лобик и влажный нос.

— Мам, можно, я буду с ним гулять?

— Можно, сынок, но только через несколько месяцев. Он еще совсем маленький, ему нельзя на улицу, нужно сначала сделать прививки.

— А можно, я буду его сам кормить? Я куплю специальные книжки и буду все делать строго по науке. Можно?

— Конечно, сынок, — улыбалась Наталья Евгеньевна, от которой не укрылась внезапная перемена в настроении мальчика. Во-первых, он не любит собак, это было известно и раньше, и в первые минуты он не смог скрыть неудовольствие от появления нового члена семьи. Во-вторых, он хочет быть единственным объектом любви и внимания, и ему ни в коем случае не мог понравиться факт появления в квартире еще одного существа, требующего заботы и ухода. Но он справился с этим. Он сумел. Он в свои пятнадцать лет смог переступить через себя настоящего и стать таким, каким его хочет видеть приемная мать. Имитатор. Воплощенная мечта. Из него выйдет толк...

...Четыре года назад... Наталья Евгеньевна возвращается с охоты, таща на себе огромный рюкзак. Муж никогда не одобрял ее увлечение. Собственно, ему было глубоко безразлично, на какие хобби тратит его жена свое свободное время, но вот последствия... Привезенное с охоты мясо нужно рубить, с зайцев — сдирать шкуру, уток — ощипывать. Это тяжелая, грязная, кровавая работа, после которой вся кухня от пола до потолка заляпана кровью и ошметками внутренностей. Запах парного мяса тоже довольно специфичен, к нему надо долго привыкать. Муж никогда не помогал Наталье управляться с мясом, он просто уходил из дома к приятелям или заранее договаривался о том, чтобы его на этот день поставили дежурить по отделению в больнице.

С появлением Олега все переменилось. Он живо интересовался рассказами об охоте, задавал вопросы, сопереживал матери, охал в особо драматичных местах, совсем по-взрослому утешал, когда однажды Наталья в темноте по ошибке убила лебедя и так расстроилась, что даже не привезла подстреленную ею дичь, оставив все егерям. Но самое главное — он не сторонился грязной кухонной работы, помогал Наталье рубить мясо и приводить его в порядок, терпеливо выщипывал шерсть и перья, замывал лужи крови, надраивал стены и кухонную мебель. Иногда ей удавалось краем глаза увидеть Олега, когда он расслаблялся и не следил за лицом, и тогда она понимала, какое усилие ему требуется, чтобы не показать отвращения от вида и запаха крови. Он был мужественным, самоотверженным помощником матери в ее охотничьих делах. В этот раз Наталья Евгеньевна привезла кабана.

Огромный секач выскочил прямо на нее. Наталья выстрелила с двадцати шагов и попала зверю в лоб, но набранная им скорость была так велика, что он продолжал нестись вперед, и полутонная туша неминуемо раздавила бы женщину. Дахно не помнила, как выстрелила во второй раз, и совершенно не понимала, как в состоянии полного беспамятства от ужаса ухитрилась попасть точно в глаз животного. Зато она очень хорошо помнила пережитый страх. Дрожь в ногах ощущалась даже теперь, когда она сидела на кухне и пила чай вместе с Олегом. Конечно, вместо чая она предпочла бы что-нибудь покрепче, но не считала возможным пить на глазах у семнадцатилетнего юноши. Она почему-то стеснялась показать свою слабость.

— Ты здорово испугалась, да, мам? — спросил Олег, заглядывая ей в глаза.

— Да, сынок, чего уж скрывать. До сих пор в себя не приду, — честно ответила Наталья.

Олег встал, открыл холодильник и достал початую бутылку водки.

— Давай хлопнем по рюмашке, а, мамуля? Тебе нужно расслабиться, а то спать не будешь, — сказал сын, деловито доставая из шкафчика рюмки и делая бутерброды на закуску.

— Спасибо, Олежка, — благодарно вздохнула она. — Мне ужасно хотелось выпить, но я стеснялась.

Олег отложил нож, подошел к Наталье, прижался щекой к ее щеке.

— Я — твой сын. Ты никогда не должна меня

стесняться, слышишь? Потому что ты — моя мать, и ты всегда будешь для меня самой лучшей, самой достойной, самой правильной, самой мудрой, что бы ты ни натворила.

— Спасибо, мой хороший. — Она нежно потрепала его по густым светлым волосам, погладила по шее, по плечу. — Я ценю твое отношение к себе. Но может быть, тебе не стоит пить вместе со мной?

— Во-первых, пить в одиночку неприлично, это признак алкоголизма, — засмеялся Олег. — А во-вторых, я не меньше тебя испугался, когда представил себе, что могло случиться. Ты у меня отважная, мать, но ты все-таки береги себя. Я не хочу остаться без тебя.

Наталья Евгеньевна физически ощущала, как раздваивается ее душа. Одна половина понимала, что все это — умелая игра, имитация того, чего в каждый данный момент ждет от Олега собеседник. Мальчик редкостный, тончайший психолог, улавливающий настроение других людей и мгновенно выстраивающий свою линию поведения в соответствии с самыми требовательными ожиданиями, с самыми высокими стандартами. Недаром его обожают все без исключения. За четыре года — ни одного поступка, ни одного слова, за которые его можно было бы порицать.

Но другая половина ее души так хотела верить в то, что все это — правда, что Олег действительно нежный, заботливый, чуткий сын, боготворящий свою мать, что он талантливый, целеустремленный, честный, порядочный мальчик!

«Не распускай слюни, — постоянно одергивала себя Наталья Евгеньевна, — ему нельзя верить, ты ведь отлично понимаешь, что он такое. Он твой воспитанник, и он никогда не станет тебе сыном. Он играет в любящего сына только для того, чтобы заставить тебя быть заботливой матерью». Но так хотелось верить в воплощенную мечту...

...Два года назад... Наталья впервые взяла Олега с собой на стенд. Обычно она ездила тренироваться одна, сын жил по собственному графику и занимался стрельбой в другое время и в других местах. О спортивных успехах Олега Наталья Евгеньевна узнавала только с его слов, да из грамот и кубков, которые он частенько приносил домой. Кроме стрельбы были еще плавание, борьба, шахматы.

Результаты совместной тренировки ошеломили ее. Олег стрелял не просто хорошо. Он стрелял лучше ее. Но еще больше потрясло Наталью Евгеньевну неизведанное ею ранее чувство восторга от того, что кто-то умеет стрелять лучше, чем она. В ее кругу равных ей не было никогда, она всегда была первой, лучшей, она была чемпионкой, она была эталоном.

И мысль о том, что рано или поздно найдется человек, который побьет ее рекорды, была ей неприятна. Совершенно неожиданно такой человек нашелся, и еще более неожиданным было то, что ей захотелось плакать от радости. Радоваться тому, что кто-то превзошел твое мастерство, могут только настоящие учителя и любящие родители.

— Спасибо тебе, сынок, — пробормотала она, обнимая Олега и пряча лицо, чтобы скрыть навернувшиеся слезы.

— За что? — удивился тот.

«За то, что дал мне возможность испытать это невероятное чувство радости и гордости за тебя. За то, что я, кажется, действительно люблю тебя», — подумала Дахно, но вслух отшутилась:

— За то, что не посрамил честь матери-чемпионки.

— Ну что ты, мамуля, мне до тебя еще далеко. Это сегодня мне черт люльку качал, просто повезло. Второй раз я такой результат не покажу. Но я очень старался, честное слово. Я всегда хотел быть похожим на тебя, так что твои результаты — это для меня идеал, к которому нужно стремиться...

...Год назад... Впервые за много лет Наталья Евгеньевна изменила мужу. И не просто изменила, а влюбилась без памяти. И влюбилась настолько, что порой теряла осторожность.

Рано или поздно это должно было случиться. Она приехала с любовником к себе на дачу, будучи уверенной, что муж находится на дежурстве, а сын — на занятиях в Высшей школе милиции. Когда на крыльце раздались шаги и голоса, Наталья помертвела. Муж не должен узнать о любовнике, это может стать катастрофой для всех. Еще будучи студенткой, Наталья умело внушила ему мысль о его необыкновенных сексуальных достоинствах и, играя на этой струне, быстро превратила сокурсника сначала в любовника, потом в жениха, а затем и в мужа. На самом деле он был не особенно силен, но что еще хуже — он не был умелым партнером и не желал ничему учиться. Да и зачем, собственно, учиться, если жена уверяет, что все так здорово — прямо лучше и желать не надо.

Попав в сети собственной лжи, Наталья терпеливо сносила ритуал супружеских обязанностей, неизменно изображая восторг и упоение, ибо помнила: все что угодно, только не разрыв и не развод. Нет, нет, ни в коем случае этого допускать нельзя, он слишком много знает о конторе и слишком нужен Арсену. В случае конфликта его придется убрать.

Наталья Евгеньевна, собрав все свое недюжинное мужество, накинула халат и выскочила из спальни в холл. На пороге стояли Олег и симпатичная барышня в длинном кожаном пальто с небрежно наброшенным сверху изумрудно-зеленым шарфом. На лице у барышни была написана нескрываемая насмешка. Наталья приехала сюда на машине любовника, и то обстоятельство, что у дома стоит чужая машина, а из спальни выскакивает всклокоченная баба средних лет в едва застегнутом халатике и с перекошенным от паники лицом, возможностей для двойного толкования не оставляло. Барышню явно забавляла мысль о том, что эта некрасивая немолодая женщина занимается любовью так же, как это делают юные обладатели стройных и прекрасных тел.

— Олег, проводи гостью в гостиную, предложи ей что-нибудь выпить и приходи в папин кабинет. Нам надо поговорить, — холодно произнесла Наталья Евгеньевна.

Она села в глубокое кресло в кабинете мужа и попыталась собраться с мыслями. Во что бы то ни стало надо перетянуть Олега на свою сторону, пообещать ему все, что он захочет, только бы заручиться его молчанием. Может быть, состряпать на скорую руку какую-нибудь ложь, сославшись на задание Арсена?

Олег вошел в кабинет и молча остановился перед ней.

Всего несколько мгновений они, не говоря ни слова, глядели друг на друга, но этих мгновений ему хватило, чтобы понять настроение матери и быстренько сориентироваться. Он опустился на колени перед креслом, взял Наталью за руку.

— Мать, я очень рад за тебя. Я за семь лет ни разу не видел тебя такой красивой, с горящими глазами! Ты необыкновенная женщина, а что ты видишь в своей жизни? Скучного отца, скучную работу, скучного меня. Наш отец — замечательный, он добрый, порядочный, спокойный, но тебе нужно хотя бы иногда встряхиваться, иначе ты совсем закиснешь. Честное слово, я очень рад, что нашелся человек, который оценил тебя, твой ум, твою красоту, твою незаурядность. И ты можешь быть абсолютно спокойна, отец ничего не узнает. Более того, если я впредь могу быть тебе чем-то полезен, ты можешь на меня рассчитывать.

Еще не родилась на свет женщина, которую нельзя было бы купить лестью. Вопрос только в степени тонкости этой лести. Великолепный юный негодяй. Воплощенная материнская мечта.

...Месяц назад...

— Ты посоветовался с дядей Арсеном?

— Да. Он сказал, что нужно сделать крепкого середнячка. Отказываться от стажировки в МУРе глупо, это сразу бросается в глаза. Но надо сделать так, чтобы отзыв о стажировке был похвальный, но чтобы они не захотели через полгода взять меня на работу.

— Почему?

— Я нужен дяде Арсену в Северном округе. Даже если я пройду стажировку в МУРе, распределение я все равно получу в Северный. У него свои планы.

— Что ж, дяде Арсену виднее...

...Неделю назад...

— Ослабь хватку, сынок. Не нужно выглядеть

слишком умным. Судя по информации, которая у нас есть, Каменская вовсе не так проста. Как бы она тебя не разглядела.

— Советуешь сбавить обороты?

— Вот именно.

— Слушаюсь, мой генерал! Ну и чутье у тебя, мамуля...

* * *

Выстрелы прозвучали одновременно. Ларцев рухнул как подкошенный, а Олег стал медленно оседать, привалившись к дверному косяку. Наталья Евгеньевна едва успела осознать случившееся, как раздался звонок в дверь. Немедленно отозвался злым лаем Цезарь. У мужа есть ключи, так что это не он. Никому другому она дверь открывать не собиралась.

Звонок прозвенел еще раз, Цезарь залаял громче, потом в дверь заколотили, послышались голоса:

— Откройте, милиция!

Через несколько секунд удары стали сильнее, Дахно поняла, что неизвестно откуда взявшаяся милиция взламывает дверь. «Почему они здесь? Неужели Олежка? Где-то ошибся, прокололся, заставил себя подозревать и притащил за собой «хвост»? Олежка, сынок, как же ты так!»

Ей хотелось кричать. Она слишком часто видела смерть и как врач, и как охотница. Олег был мертв, никаких сомнений. Олег, ее воспитанник, которого она со временем стала считать родным сыном, которого потом полюбила как сына, который дал ей пережить минуты непереносимо острого материнского счастья, гордости за своего ребенка, дал ей почувствовать особую прелесть дружбы и соратничества между матерью и сыном. За эти восемь лет она испытала столько радости, сколько не наберется во всей ее прошлой жизни. Никто никогда не сумеет так, как Олег, поддержать в минуты сомнений, утешить в горькие минуты, сказать в нужный момент нужные слова. И пусть все это было неправдой, пусть это было умелой, искусной игрой, но ведь было же, было! И было так хорошо!..

Но кроме Олега есть еще муж, и есть она сама, и есть лет тридцать жизни, которые надо прожить в нормальных условиях, а не на нарах.

Затрещала выломанная дверь. Лай Цезаря стал истошным и хриплым. Наталье Евгеньевне хотелось завыть и разрыдаться. Она чувствовала острую боль в груди и потеряла сознание.

* * *

Поздним вечером 30 декабря Настя с удовлетворением убедилась в том, что затеянная Колобком и ею игра дала некоторый результат. Человек с приятным баритоном звонил регулярно, вежливо извинялся за то, что не может прислать ей Александра Дьякова, спрашивал, не нужно ли для наилучшего завершения дела чего-нибудь еще, и не высказывал никаких претензий. Чуткое Настино ухо улавливало в его голосе нарастающее напряжение, которое он, впрочем, весьма умело скрывал. Пока все шло так, как она задумывала: тянуть время, демонстрируя полную готовность к сотрудничеству во имя спасения своей жизни от разгневанного Ларцева.

Страх, владевший ею все последние дни, растаял под горячими лучами нечеловеческого напряжения, в котором держала Настю неожиданно обернувшаяся ситуация. Она готова была сделать все что угодно, только бы с Надюшей Ларцевой ничего не случилось. Все что угодно! Пусть останется нераскрытым преступление, пусть преступники уйдут от ответственности, пусть ее уволят с работы, только бы не повредить ребенку.

Но Настя не была бы Настей, если бы позволила эмоциям полностью вытеснить профессиональный интерес. Можно ли сделать так, чтобы преступление все-таки было раскрыто? Можно ли, делая все возможное и невозможное для девочки, все-таки зацепить хотя бы одного убийцу?

Решение одной задачки порождало потребность

решить следующую. Вместе с Лешей она набросала несколько схем, позволяющих осуществлять бесконтактную связь. Самой оптимальной показалась им схема, в которой были бы задействованы несколько сотрудников телефонного узла (по их прикидкам, не более четырех человек) и еще один фигурант, проживающий на территории обслуживания этого узла. Заняв мозги решением задачи просто для того, чтобы убить время, Настя пришла к огорчительному выводу о том, что подтверждаются самые худшие ее опасения. Создавать такую систему для противодействия расследованию только одного уголовного дела было столь же нелепо, как годами ткать гобелен со сложным рисунком, чтобы в результате один раз вынести в нем мусор из квартиры. Значит, Ларцев не ошибался, она имеет дело с посредником, не имеющим кровного интереса в деле Ереминой.

Кто же он, этот посредник? Руководитель клуба «Варяг», которому подчиняется Дьяков? Вполне возможно. Градов с ним знаком, они живут в одном доме, естественно, что в экстремальной ситуации Сергей Александрович обратился именно к нему. А если не он, то кто же? И какую роль в этом случае играет Фистин со своими варягами?

Настю беспокоила мысль о том, сколько еще ей удастся морочить голову посреднику своими требованиями найти Дьякова. В один прекрасный момент ее обман обнаружится. О том, что случится потом, было даже страшно подумать.

Саша Дьяков был задержан и надежно упрятан в камеру в тот момент, когда садился в поезд, чтобы отбыть из Москвы. Занимающиеся им сотрудники получили информацию о том, что Санек всех поставил в известность об отъезде и предупредил, что его не будет три-четыре месяца. Человек, отправляющийся в бега, так себя не ведет, рассудили они, очень похоже, что Дьякова просто-напросто собираются убрать и готовят почву для того, чтобы его не кинулись искать сразу. Поэтому паренька аккуратно довели до вагона, дав возможность провожающим, если таковые были, убедиться в благополучной посадке в поезд, и за минуту до отправления вывели его через нерабочий тамбур на пути по другую сторону от посадочной платформы.

Когда Гордеев начал по телефону петь ей песни про то, что «кто-то давит на нас сверху», Настя сообразила, что Колобок тоже учуял идею о возможном посреднике и предпринял попытку поссорить его с Градовым. Она же, в свою очередь, попробовала столкнуть посредника с Фистиным, заставив их безуспешно искать Дьякова. Пока его ищут, можно считать, что Надя в безопасности. Если, конечно, с ней ничего не сделали сразу. Но в любую минуту может выплыть наружу правда о задержании Дьякова, и посредник поймет, что Настя водит его за нос. Она не может не знать о задержании, поскольку произошло оно тогда, когда она еще не была в строгой изоляции, как сегодня. Теперь вся надежда только на Колобка-Гордеева, на то, что он сможет предотвратить утечку информации о Дьякове, хотя один Бог ведает, как ему это удастся, если на Петровке информаторы посредника чуть ли не в каждом кабинете, ну уж, по крайней мере, на каждом этаже и в каждом подразделении. «Может быть, все не так страшно, — утешала она себя, — может быть, Ларцев с перепугу преувеличил их количество, конечно, они есть, это несомненно, но популяция этих уродцев все-таки намного меньше». Но пока Дьякова еще искали, и это вселяло некоторую надежду. По крайней мере, давало Насте время придумать что-нибудь еще, чтобы потянуть время.

Ей и в голову не приходило, что девочку держат на лекарствах и все происходит «с точностью до наоборот». Если к утру Дьякова не найдут, Арсен даст указание сделать ей еще одну инъекцию. Пока Дьяков представляет для него потенциальную опасность, ему нужно сохранить рычаг воздействия на Ларцева. Утренняя инъекция может оказаться для девочки последней. Если бы Настя Каменская это знала...

В ночь с 30 на 31 декабря Николай Фистин срочно покинул свою квартиру, сел в неприметные «Жигули» и помчался на улицу Сталеваров, где жил Славик-автогонщик. Полчаса назад ему позвонили мальчики, которых он послал разобраться с людьми Арсена, засевшими в закрытом на зиму лагере, и растерянно сообщили, что обнаружили там больную девочку.

Сначала они подумали, что она спит, но разбудить не смогли, видимо, она без сознания.

«Заложница, — похолодел Фистин. — Вот теперь ты у меня попрыгаешь, сморчок вонючий. Будет тебе тапком по морде!»

— Везите девочку к Славику, он один живет, — приказал дядя Коля.

Всю ночь он просидел возле девчушки, пытаясь привести ее в чувство, но все безрезультатно. Пульс был замедленным, но ровным. Глаз она не открывала и на голос не реагировала.

К утру Николай уже собрался было вызывать «Скорую помощь», его останавливало только отсутствие легенды: что это за ребенок и откуда он взялся в квартире Славика.

Рассказывать про лагерь было бы подобно самоубийству: там кровищи — как на скотобойне. Можно было бы сказать, что ее подобрали на улице, но случай уж больно странный, не дай Бог в милицию сообщат, а разбираться с милицией Фистину сейчас было не с руки.

Он уже почти впал в отчаяние, когда девочка стала понемногу оживать. Около девяти утра она открыла глаза и попыталась что-то сказать, но губы ее издали только невнятное шипение. Дядя Коля приободрился. Он плохо представлял себе, как помочь девочке, но где-то читал, что после наркоза (а он не сомневался, что это был наркоз или что-то очень похожее) нужно много пить, чтобы вместе с жидкостью из организма выходило лекарство. Бутылки с минеральной водой стояли наготове, за ними дядя Коля послал Славика еще на рассвете.

Давая девочке то воду, то горячий сладкий чай, он смог добиться от нее первых слов:

— Где мой папа?

— А кто твой папа, детка? — ласково спросил Фистин.

— Милиционер, — прошептала девочка. — Он работает на Петровке, в уголовном розыске. Позвоните папе, пусть он меня заберет.

— Сейчас позвоню, — с готовностью подхватился Николай. — Говори телефон и фамилию папы.

Это был неплохой шанс. Заложница Арсена — дочка работника милиции. Значит, вот как он делает свои дела. Что ж, теперь он, Фистин, будет вместо Арсена командовать этими милиционерами и диктовать им свою волю, чтобы помочь хозяину. Если удастся сторговаться с легавыми, Градов век не забудет, что дядя Коля сумел сделать то, что не удалось этому старому хрычу.

Телефон, названный девочкой, не отвечал.

— Тогда нужно звонить на работу, — едва слышно прошелестела она и продиктовала другой телефон.

Но и на работе Надиного папы не оказалось.

— Он будет попозже, — ответили Фистину. — Кто его спрашивает?

— Знакомый. Он просил меня позвонить сегодня с утра.

— Оставьте ваш номер телефона, он вам перезвонит.

— Он знает мой телефон, — соврал дядя Коля. — А когда можно позвонить, чтобы его застать?

— Не могу вам сказать, не знаю.

Николай налил Наде еще чашку горячего чаю и успокаивающе сказал:

— Не расстраивайся, маленькая, папа куда-то отлучился по делам. Вот дозвонимся до него, и он за тобой приедет.

Но девочка чувствовала себя плохо, у нее открывались то рвота, то понос, она внезапно покрывалась синюшной бледностью и испариной. Видно, доморощенных средств медицинской помощи было недостаточно. А у папы на работе по-прежнему отвечали:

— Его сейчас нет, он будет позже.

Фистин постепенно расставался с надеждой найти рычаг воздействия на сотрудника уголовного розыска. Ему казалось, что девочка вот-вот умрет у него на руках, и надо было постараться выторговать за нее хоть что-нибудь. Хоть самую малость. И делать это следовало как можно скорее, пока ей еще можно помочь. Нельзя допускать, чтобы ребенок погиб. Что ж, раз не получается договориться с милицией, можно попробовать договориться с Арсеном. Обменять заложницу на обещание выполнить контракт и помочь хозяину.

Николай помчался в клуб, потому что выходить на связь с Арсеном он мог только оттуда. Он несколько раз пытался сделать это с других телефонов, но ничего не добился. Только звонок из клуба приводил к тому, что через некоторое время Арсен ему перезванивал. Фистин очень торопился, потому что время для связи было точно оговорено. Если ему нужно было передать срочное сообщение, звонить следовало за шесть минут до каждого четного часа. На часах было 13.45. Если через девять минут он не успеет позвонить, то на любой другой его звонок ответ последует не раньше чем через час. Если успеет, то он поговорит с Арсеном уже минут через двадцать.

Дядя Коля успел. Когда он набирал номер, на электронных часах, стоящих на столе в комнатке позади спортзала, было 13.54.

В 14.15 зазвонил телефон, и Фистин рывком снял трубку.

— Ты никак Дьякова нашел, — послышался насмешливый голос старика.

— Ошибаетесь. Я нашел вашу заложницу. И у меня есть к вам предложение. Я возвращаю вам девочку, видно, она вам очень нужна для каких-то дел. А вы взамен доводите до конца дело моего шефа.

— Какую девочку? — неподдельно изумился Арсен. — Что ты мелешь?

— Девочку из пионерского лагеря, — злорадно

произнес дядя Коля. — И с теми, кто ее охранял, я разобрался. Вы их теперь долго искать будете. Так как, вы принимаете мое предложение?

— Я не знаю ни о какой девочке и ни о каком пионерлагере, — тихо и внятно сказал Арсен в трубку. — И вообще, Черномор, не пошел бы ты на х..?

Сказано это было точно с такой же интонацией, с какой в хороших английских домах говорят: «Сегодня прекрасная погода, не правда ли?»

Короткие гудки в трубке отрезвили Фистина. И здесь сорвалось, в отчаянии подумал он. Он уже смирился с тем, что перестал понимать Арсена и его действия. Сейчас он думал только о том, как помочь одновременно хозяину и девочке. И решил возвратиться к Славику, чтобы предпринять еще одну попытку найти Надиного папу-милиционера.

* * *

В том, что сказал Фистин, не было для Арсена ничего нового. Не дождавшись утром звонка от врача, он сам поехал в лагерь и увидел следы побоища. Девочка исчезла. Догадаться, что это дело рук не милиции, а дяди Коли и его пацанов, было несложно. Милиция оставила бы в лагере засаду.

Едва Арсен вернулся домой, как позвонила Наташа Дахно и рассказала о вчерашней трагедии. Олег погиб. Ларцев ранен.

Их с мужем всю ночь продержали на Петровке, допрашивали, выясняли, как это произошло. У нее хватило выдержки и хладнокровия свалить все на Олега. Мол, Ларцев пришел к нему, а не к ней. Зачем, она не знает. Просто сказал, что ему нужен Олег, и два часа ждал его, ничего не объясняя. Все равно мальчика больше нет.

— Как ты думаешь, Ларцев выживет? — спросил Арсен.

— Вряд ли. Ранение слишком тяжелое. Но даже если его успешно прооперируют, он, как минимум, неделю будет без сознания, а потом получит инвалидность, — авторитетно заявила бывший хирург.

— Ну что ж, значит, как минимум, неделя у нас с тобой есть, чтобы вы с мужем могли на время оборвать концы, — констатировал Арсен. — Если Ларцев через неделю сможет что-то рассказать, это уже ничему не поможет. Хорошо, милая, к вечеру у меня будет ясность по всем вопросам, тогда и решим, как действовать. А ты сегодня после обеда пошли монтера, пусть снимет номер. И скажи Валере, что прослушивать телефон Каменской больше не нужно.

Валера был главным инженером телефонного узла и тоже питался из кормушки Арсена.

В свете этих событий Арсен не стал беспокоиться о Наде. Раз Ларцев надолго, если не навсегда, выбывает из игры, девочка ему, Арсену, больше не нужна. Пусть Фистин делает с ней, что хочет. Сегодня после обеда номер телефона, по которому с ним связывались дядя Коля и его хозяин Градов, перестанет функционировать. Градов вчера весь вечер пытался связаться с конторой, но Арсен на его звонки не отвечал. Энергичный Сергей Александрович даже предпринял попытку через своих милицейских дружков выяснить, что это за номер телефона и где он установлен, но Наташенька Дахно, как всегда, оказалась на высоте. За распределение и учет свободных номеров отвечает на телефонном узле только она, и официальные справки дает тоже она. У нее вся документация в таком порядке, что ни подкопаться, ни разобраться. В принципе номер можно было бы снять еще вчера, обычно Арсен делал это немедленно после окончания каждого контракта, но ему нужно было сохранить связь для Фистина на случай, если он найдет мальчишку Дьякова. Теперь номер больше не нужен.

Даже если Фистина или Градова арестуют, а скорее всего так и произойдет, никто не сможет найти таинственного Арсена, и все их рассказы на Петровке будут выглядеть сущими бреднями, придуманными, чтобы обелить себя и снять часть ответственности.

Однако разговор с Фистиным разозлил Арсена не на шутку. Что себе позволяет этот уголовник? Задумал торговаться с ним! Ишь, чего захотел. Дерьмо железнозубое. Давно нар не нюхал, забыл, поди, что его место — возле параши.

Арсен вышел на улицу, прогулялся до ближайшего телефона-автомата, снял трубку и набрал 02.

— У вашего сотрудника майора Ларцева похитили дочь. Это сделал дважды судимый Николай Фистин, проживающий по адресу: Федеративный проспект, дом 16, корпус 3, — и отключился.

* * *

Звонок о дочери Ларцева поступил на Петровку, когда дядя Коля еще не успел выйти из клуба. Служба наружного наблюдения сообщила, что всю ночь и часть дня он провел по адресу на улице Сталеваров. Туда немедленно была выслана группа захвата. Через час после разговора с Арсеном Николай Фистин и хозяин квартиры Славик-автогонщик были арестованы, а Надя Ларцева отправлена в больницу.

* * *

С самого утра 31 декабря Сергей Александрович Градов разыскивал дядю Колю. Антонина сказала, что он уехал куда-то посреди ночи и до сих пор не возвращался.

— Как появится, пусть немедленно свяжется со мной, — попросил Градов.

Шли часы, а Николай не объявлялся, в клубе его тоже не было, и никто не знал, где он. Дурные предчувствия одолевали Градова, он понимал, что все происходящее связано с отказом Арсена от выполнения контракта. Около пяти вечера он в очередной раз позвонил Фистину домой.

— Сергей Александрович, — прорыдала в трубку Антонина, — Колю арестовали.

В момент паники Градов соображал плохо, и ему понадобилось по меньшей мере несколько минут, чтобы понять, что Коля Фистин был последним рубежом между ним, Градовым, и органами правопорядка. Если Николая арестовали, то следующим будет Градов. Сергей Александрович по укоренившейся привычке попытался определить в своем окружении человека, на которого можно будет положиться и который все устроит. С самого детства у него был добрый папа, опекавший Сережу чуть ли не до женитьбы, потом появились секретари, порученцы, референты, помощники, жополизы, наконец, был Арсен. Все эти люди в один голос твердили: «Не волнуйтесь, мы все устроим, все будет в порядке». Сейчас ему пришлось взглянуть в глаза неприятному факту: никто на себя его проблемы больше не возьмет.

Следующая мысль, пришедшая в голову Градову, была о том, а так ли сложна и неразрешима проблема, как кажется? Может, ну ее совсем? Пусть себе никак не решается, ничем особенно ужасным это ему не грозит. Еще несколько минут напряженных размышлений привели Сергея Александровича к неутешительному выводу о том, что ареста и тюрьмы не миновать. Дядя Коля, конечно, преданный пес, но от этого не легче. Что он может в своей бесконечной преданности сделать при своем-то скудноватом умишке? Вариант первый: замкнуться в гордом молчании и никаких показаний не давать.

Но для сыскарей с Петровки молчание — знак согласия с выдвинутыми обвинениями. Их видом оскорбленной невинности не проведешь. Раз молчишь — значит, боишься давать показания, раз боишься говорить — значит, есть что скрывать. Или кого покрывать. Вариант второй: дядя Коля придумывает ловкое вранье, при котором берет на себя всю вину, а Градов ко всему этому вообще ни малейшего отношения не имеет. Это было бы идеально, но беда вся в том, что туповатый, хотя и старательный, Николай просто не в состоянии придумать такое ловкое, ладно скроенное и крепко сшитое вранье. Так что на этот вариант надежды нет. Третье: Фистин, сука подзаборная, падла, добра не помнящая, в первую же секунду выложит все, что знает про Градова. Ну, тут уж все ясно и двух мнений быть не может.

Выходило по здравом размышлении, что из трех

возможных вариантов реальны только два, и оба они ведут к аресту и суду. Так, с этим тоже все понятно.

Но может быть, арест и суд — это не так страшно? Может быть, это можно пережить?.

Сергей Александрович Градов знал твердо, что ни камеру, ни зону он не перенесет. Это даже не обсуждалось. Первый звоночек прозвенел, когда его, одиннадцатилетнего, впервые отправили в подмосковный пионерский лагерь. Лагерь был по тем временам хороший, один из лучших, для детей московской партийной элиты, и добиться путевки было не так-то просто даже для Сережиного отца. В первый же день, зайдя в лагерный туалет, Сережа увидел загаженное нечистотами «очко», вдохнул смешанный запах хлорки, мочи и фекалий, и его вырвало. Когда терпеть нужду не было больше сил, он повторил попытку, но все обернулось еще хуже: его не только рвало, он еще и обмочился. Каждая минута пребывания в пионерском лагере превратилась для мальчика в пытку, ребята смеялись над ним, дразнили «зассанцем», несколько раз устраивали ему «темную». Сережа не мог есть, отвратительный запах туалета преследовал его повсюду, даже в столовой, его постоянно мутило. Нормально оправиться он тоже не мог, ему приходилось каждый раз терпеть до последнего, а потом вставать перед мучительным выбором: или рвота в туалете, или побег из лагеря с попыткой добраться до ближайшего лесочка, или поиск укромного местечка на территории лагеря с риском, что тебя кто-нибудь увидит и покроет несмываемым позором на линейке. Все остальные проблемы померкли перед этой, главной, а ведь и их было немало. Сережа совершенно не мог жить в коллективе, быть таким, как все, вставать вместе со всеми, выходить стройными рядами на зарядку, потом на линейку, есть противную жидкую кашу или политые комбижиром жалкие кусочки жил и хрящей, называемые «азу» или «бефстроганов».

Через десять дней родители забрали Сережу из лагеря. Впечатление оказалось настолько сильным, что при слове «лагерь» мальчика начинало трясти.

Ко времени ухода в армию Сергей значительно окреп и физически, и морально. Его уже не рвало от вида и запаха общественного сортира, он мог заставить себя проглотить казенную еду из общего котла и избежать насмешек и издевательств. Но все равно он прочувствовал и выстрадал каждую минуту из бесконечных двух армейских лет. К тому же ему не повезло: в той воинской части, где он служил, «дедовщина» процветала достаточно пышно, так что и от нее пришлось изрядно натерпеться.

Пройдя армейский ад, Сергей твердо сказал себе: «Все что угодно, только не тюрьма». Страх перед зоной он пронес через всю взрослую жизнь, и с годами страх этот не только не ослабел, став привычным, а, напротив, еще более укрепился. Свобода печати принесла с собой множество публикаций, и художественных, и документальных, о том, «как там, на зоне».

Градов с болезненным любопытством, замешенным на ужасе и отвращении, читал жуткую правду про порядки в исправительно-трудовых учреждениях и содрогался оттого, что все оказывалось еще хуже, чем ему могло привидеться в самых страшных снах. А потом и опытный «сиделец» дядя Коля подтвердил: все так и есть, только на самом деле еще чудовищнее, потому что о некоторых вещах писать как-то не принято, вроде неудобно. Например, о том, что в следственном изоляторе в одной камере сидят человек по 30—40, спят в три смены и пользуются парашей на глазах друг у друга.

Градов боялся тюрьмы так сильно, как ничего другого в этой жизни не боялся. Когда зона замаячила в первый раз, он, ничтоже сумняшеся, пошел на убийство Виталия Лучникова. Своими руками засадил в тюрьму несчастную Тамару Еремину. Все это казалось ему ничтожными, мелкими глупостями по сравнению со сжигающим его страхом. Во второй раз зона замаячила, когда этот придурок Аркадий начал приставать со своими бредовыми идеями признаться во всем и покаяться. Его тоже пришлось убрать с дороги, чтобы не путался под ногами.

Потом угроза возникла со стороны Тамариной

дочки Вики. Градов и ее уничтожил, в очередной раз разорвав ниточку, протянувшуюся между ним и ненавистной тюрьмой.

Сегодня, 31 декабря, накануне нового, 1994 года, Сергей Александрович вдруг осознал, что он опять пытается найти, кого еще можно убить, чтобы снова избежать камеры. И выходило, что, кроме него самого, убивать больше некого.

Отрицательные качества Градова можно было бы перечислять долго, ибо был он человеком глубоко безнравственным. Но даже самые строгие недоброжелатели вынуждены были бы признать, что среди этих качеств не было нерешительности.

Через два часа, сидя в кресле на своей уютной теплой даче, Сергей Александрович Градов, непосредственный убийца Виталия Лучникова и Аркадия Никифорчука и организатор убийств Вики Ереминой и Валентина Косаря, в последний раз посмотрел на дуло зажатого в руке пистолета и медленно закрыл глаза. Двадцать три года он носил в себе это. Его не грызло раскаяние, не мучила совесть, только иногда тревожили опасения, что когда-нибудь выплывет наружу страшная тайна квартиры Тамары Ереминой. Половина этой тайны умерла вместе с Аркадием два года назад. Другая половина умрет сейчас.

Через несколько секунд он плавно нажал спусковой крючок.

* * *

К середине дня 31 декабря Настя с трудом держала себя в руках. Посредник больше ни разу не позвонил, от Гордеева не было никаких известий, и она чувствовала, что полностью утратила ориентацию в происходящем.

Она лежала на диване, отвернувшись лицом к стене, стараясь унять нервный озноб, и просчитывала варианты. Что могло произойти? Они узнали о Дьякове? Тогда можно ожидать, что вот-вот раздастся звонок в дверь и в квартиру ворвется обезумевший Ларцев с пистолетом в руках. Что еще могло случиться?

Как назло, телефонные звонки шли не переставая: друзья и знакомые поздравляли ее с наступающим Новым годом. При каждом звонке она дергалась, как от электрического разряда, сердце начинало колотиться где-то в горле, на ладонях выступала испарина. А они все не звонили...

Около восьми вечера наконец объявился Колобок. Голос у него был грустный.

— Как дела, Стасенька?

— Нормально, — как можно спокойнее ответила она. — А у вас?

— А у нас плохо. Женя Морозов погиб. Стажер твой Олег Мещеринов — тоже. Володя Ларцев тяжело ранен, боюсь, не выживет.

— О Господи...

У Насти подогнулись ноги, ей пришлось опереться рукой о шкаф, чтобы не упасть.

— Какой ужас. Что произошло, Виктор Алексеевич?

— Долго рассказывать. Давай-ка, деточка, бери своего рыжего гения да приезжай к нам. Надежда Андреевна моя напекла и наварила на роту солдат, праздник все-таки.

— Виктор Алексеевич, я не могу, честное слово.

— Можешь, Стасенька. Никто тебя больше не стережет.

— Как... Что вы... — изумленно пробормотала она.

— Вот так. Фистин арестован, дочка Ларцева освобождена, а депутат Государственной Думы Сергей Александрович Градов решил свою судьбу самостоятельно, без нашей помощи.

— То есть?

— Застрелился.

— Так что же, все? Все кончилось?

— Кончилось. Совсем не так, как мы хотели, но кончилось. Ты чего умолкла?

— Я плачу, — выдавила Настя сквозь слезы. Нечеловеческое напряжение отпустило ее из своих цепких лап, и наступила реакция.

— Ладно, поплачь. А потом одевайтесь и приезжайте. Здесь все обсудим.

* * *

Встреча Нового года в доме полковника Гордеева получилась грустной. Виктор Алексеевич с женой и Настя с Лешей выпили шампанского и вяло поковырялись вилками в тарелках с вкусной едой. Никто и не пытался делать вид, что все в порядке. Надежда Андреевна, имеющая тридцатилетний стаж жены сыщика, все понимала без слов и при первом же удобном случае поднялась из-за стола.

— Вы уж отведите душу, поговорите, а мы с Алексеем пойдем фильм посмотрим. Мне сегодня принесли кассеты с какими-то оскаровскими лауреатами.

Настя подняла голову и встретилась глазами с Лешей. Лицо у него было напряженное.

— Пусть Лешка останется, — попросила она Гордеева. — Он имеет право знать.

Начинать разговор никто не решался. И Насте, и Виктору Алексеевичу было одинаково тяжело и муторно.

— Дьяков и Фистин дали показания, — наконец произнес Гордеев. — Дьяков — пацан, всего-то и есть, что мускулатура. По эпизоду в квартире художника держится прежней версии: мол, ключи дал ему какой-то мужик и обещал заплатить, если он принесет из квартиры Карташова записку. Дальше все по схеме: не знаю, не помню, не видел. При таком раскладе ему и вменить-то нечего, если бы он хоть говорил то же самое, что и Карташову, мол, воровать пришел, можно было бы обвинить его в покушении на кражу с проникновением в жилище. А проникновение в жилище с целью поиска записки, не имеющей материальной ценности, — что с этим делать? Вячеслав Кузин, на квартире у которого обнаружили Надю, оказался владельцем машины, покрашенной точно в такие же цвета, как и автомобиль, сбивший

393

Косаря, так что можно попробовать плясать от этой печки, чтобы раскрутить остальных. Фистин — тот покруче. Начал торговаться, обещал сдать нам какого-то всемогущего Арсена, который организовывал все убийства и похищение девочки. Это он пока своего друга Градова выгораживает. Вот сообщу ему, что Сергей Александрович покончил с собой, поглядим, чего он запоет. Никакого Арсена мы, конечно, не нашли.

— Но ведь он есть, — полувопросительно сказала Настя.

— Есть, конечно, — вздохнул Гордеев, — но ищи его свищи. Растаял, как призрак на рассвете. И телефона, по которому Фистин с ним связывался, не существует. Одна надежда на Ларцева. Если он выживет, то, может, что-нибудь расскажет. Например, зачем он пошел домой к стажеру? И почему они стреляли друг в друга?

— Стажер был человеком Арсена, — твердо сказала Настя. — Теперь я уверена. Это он снял слепок с моих ключей, когда я вернулась из Италии и впервые заговорила о Бризаке. И он был у вдовы Косаря, забрал у нее записную книжку, а мне не отдал, потому что в ней были телефоны Бондаренко. Соврал, что потерял.

— Ну и что? Чего Ларцев с ним не поделил?

— Может быть, Ларцев узнал, что Олег — человек этого неуловимого Арсена, и думал, что он причастен к похищению Нади? — предположила она.

— Может, и думал, — согласился Гордеев. — Но тогда почему не поговорил с ним, не попытался узнать, где девочка, а с ходу принялся стрелять? Мать Олега говорит, что они не обменялись ни словом. Есть еще вариант: Ларцев мог узнать, что именно Олег убил Морозова, поэтому пришел расправиться с ним как с предателем. Тут разговоры не нужны. И ведь что обидно: ребята наши всего на полминуты не успели, они уже с лестницы выстрелы слышали.

— Не верю, — покачала головой Настя. — Прийти, чтобы убить на глазах у матери? Кто угодно, только не Володька.

— И я не верю. Перед тем как ехать к Олегу, Ларцев побывал в обществе охотников и рыболовов. Вероятно, ему срочно нужен был адрес Мещеринова, а Олег ему, наверное, сказал, что мать у него — охотница, и живет он на Ленинском проспекте. Такой способ добывания адреса оказался проще и эффективнее, чем возвращаться на Петровку и ждать стажера или через Центральное адресное бюро устанавливать адрес. Есть другие версии?

— Пока нет. Но я буду думать. У меня какое-то нехорошее чувство, что всей правды мы в этой истории не узнаем никогда. А что случилось с Женей?

— С Женей, Стасенька, история некрасивая вышла. У него в сумке оказался блокнот с записями по делу Ереминой. Оказывается, он вел расследование самостоятельно, а от тебя информацию утаивал, хотел, наверное, сам убийц найти. Ты — в дерьме, а он весь в белом. В этих его записях достаточно всего, чтобы привязать Фистина и его команду к убийству Вики, так что хоть за это ему спасибо. Но, видно, вчера произошло что-то такое, что сделало его крайне опасным для посредника. Что именно — мы теперь никогда не узнаем. Паше Жерехову он ничего не рассказал, все меня дожидался. Вот и дождался. Хоть и не говорят о покойных плохо, но дурак он. Нельзя правила игры нарушать, если играешь в команде. Это всегда плохо кончается. Заметь себе, его убили, даже не попытавшись выяснить, поделился ли он с кем-нибудь своим очередным открытием. Ты понимаешь, что это означает?

— Это была воспитательная мера, направленная в том числе и против меня, — ответила Настя. — Мол, мы слов на ветер не бросаем, ты пообещала, что больше никто ничего предпринимать по убийству Ереминой не будет, и не выполнила. Вот тебе наглядный урок. Господи, какие же они чудовища, если способны убить человека только для того, чтобы кому-то что-то доказать! Морозова убил Олег?

— По всей вероятности. По крайней мере, у стажера найден пистолет с глушителем, а экспертиза будет готова только после праздников. Боже мой,

Боже мой, — Виктор Алексеевич покачал головой и устало оперся лбом о кулак, — неужели я совсем не гожусь для этой работы? В мальчишке-стажере врага не разглядел. Володьку упустил. Ведь своими же руками толкнул его прямо в пасть к зверю, а подстраховать как следует не сумел. Все надеялся на его профессионализм да на наружников. Если бы они его не потеряли, может, все по-другому обернулось бы. Не прощу себе до самой смерти. Не первый раз людей теряю, но так грубо я еще никогда не ошибался.

— Не стоит так казниться, Виктор Алексеевич, — попыталась утешить его Настя. — Если бы у вас было достаточно помощников и после того, как Ларцева потеряли, вы могли бы послать людей в десять адресов одновременно, трагедию можно было бы предотвратить. А так...

— Знаешь, о чем я сейчас подумал? — вдруг оживился Гордеев. — Почему Олег, все время мешавший нам установить истину, вдруг рассказывает мне всю правду о Никифорчуке?

— И почему же?

— Да потому, что мы с тобой играли вслепую, а гол все-таки забили. Мы поссорили Градова с посредником, и тот перестал ему помогать. Ты думаешь, мы случайно два месяца топтались на месте, а потом в течение суток всех переловили? Посредник устранился от дела, и вот результат. Мы поссорили посредника с Фистиным и благодаря этому спасли девочку, хотя и руками дяди Коли.

— Получается, Виктор Алексеевич, что мы с вами такие же манипуляторы-кукольники, как этот посредник. Так чем мы лучше его?

— Больной вопрос, Стасенька. Как ни трудно в этом признаться, но в нашей работе невозможно сохранить моральную чистоту. Надо смотреть правде в глаза, потому что идеалистические сказочки хороши только для дураков. А мы с тобой не дураки. Мафия, конечно, бессмертна, но ведь и толковые сыщики пока не перевелись. И не переведутся. Может, в этом есть какой-то социально-биологический закон, а? Рассуди нас, Алексей, ты как-никак профессор.

— С точки зрения естественного отбора, мафия будет матереть, а сыщики — крепнуть, слабейшие погибнут, сильнейшие выживут, — ответил Леша Чистяков очень серьезно. — А с точки зрения математики, вы всегда будете существовать параллельно. И никогда не пересечетесь. Никогда. Они вас не сломают. Но и вы их не задавите.

— Ну спасибо, обрадовал, — невесело усмехнулся Гордеев.

* * *

Тамара Сергеевна Рачкова отрезала аппетитный ломоть запеченной со специями вырезки и положила на тарелку мужу.

— Спасибо, мамочка, — поблагодарил тот и поднял бокал с вином. — Давай выпьем с тобой за Новый год, пусть он будет таким же хорошим, как и предыдущий. Мы с тобой уже старенькие, многого от жизни не хотим, дал бы Бог здоровья да тихих радостей. Верно?

— Верно, папочка, — согласилась Тамара Сергеевна. — Давай — за Новый год и за нас с тобой. Все-таки сорок лет вместе, не шутка. Ты хоть и сумасшедший филателист, но я тебя все равно люблю.

— И я тебя люблю, — улыбнулся Арсен и маленькими глоточками осушил бокал.

Литературно-художественное издание

Маринина Александра Борисовна

УКРАДЕННЫЙ СОН

Книга опубликована в авторской редакции
Художественный редактор *А. Сауков*
Коллаж *Е. Волков*
Технический редактор *Н. Носова*
Компьютерная верстка *Е. Кумшаева*
Корректор *Е. Дмитриева*

ООО «Издательство «Эксмо»
127299, Москва, ул. Клары Цеткин, д. 18/5. Тел. 411-68-86, 956-39-21.
Home page: **www.eksmo.ru**   E-mail: **info@eksmo.ru**

Подписано в печать 14.07.2010.
Формат 70х90 $^1/_{32}$. Гарнитура «Таймс». Печать офсетная.
Бумага тип. Усл. печ. л. 14,6. Уч.-изд. л. 18,1.
Доп. тираж 6 000 экз. Заказ № 7944.

Отпечатано с электронных носителей издательства.
ОАО "Тверской полиграфический комбинат". 170024, г. Тверь, пр-т Ленина, 5.
Телефон: (4822) 44-52-03, 44-50-34, Телефон/факс: (4822)44-42-15
Home page - www.tverpk.ru Электронная почта (E-mail) - sales@tverpk.ru

ISBN 978-5-699-28808-3

Оптовая торговля книгами «Эксмо»:
ООО «ТД «Эксмо». 142702, Московская обл., Ленинский р-н, г. Видное,
Белокаменное ш., д. 1, многоканальный тел. 411-50-74.
E-mail: **reception@eksmo-sale.ru**

*По вопросам приобретения книг «Эксмо»
зарубежными оптовыми покупателями
обращаться в отдел зарубежных продаж ТД «Эксмо»*
E-mail: **international@eksmo-sale.ru**

*International Sales: International wholesale customers should contact
Foreign Sales Department of Trading House «Eksmo» for their orders.*
international@eksmo-sale.ru

*По вопросам заказа книг корпоративным клиентам,
в том числе в специальном оформлении,*
обращаться по тел. 411-68-59 доб. 2115, 2117, 2118.
E-mail: **vipzakaz@eksmo.ru**

*Оптовая торговля бумажно-беловыми
и канцелярскими товарами для школы и офиса «Канц-Эксмо»:*
Компания «Канц-Эксмо»: 142700, Московская обл., Ленинский р-н,
г. Видное-2, Белокаменное ш., д. 1, а/я 5.
Тел./факс +7 (495) 745-28-87 (многоканальный).
e-mail: **kanc@eksmo-sale.ru**, сайт: **www.kanc-eksmo.ru**

Полный ассортимент книг издательства «Эксмо» для оптовых покупателей:
В Санкт-Петербурге: ООО СЗКО, пр-т Обуховской Обороны, д. 84Е.
Тел. (812) 365-46-03/04.
В Нижнем Новгороде: ООО ТД «Эксмо НН», ул. Маршала Воронова, д. 3.
Тел. (8312) 72-36-70.
В Казани: Филиал ООО «РДЦ-Самара», ул. Фрезерная, д. 5.
Тел. (843) 570-40-45/46.
В Самаре: ООО «РДЦ-Самара», пр-т Кирова, д. 75/1, литера «Е».
Тел. (846) 269-66-70.
В Ростове-на-Дону: ООО «РДЦ-Ростов», пр. Стачки, 243А.
Тел. (863) 220-19-34.
В Екатеринбурге: ООО «РДЦ-Екатеринбург», ул. Прибалтийская, д. 24а.
Тел. (343) 378-49-45.
В Киеве: ООО «РДЦ Эксмо-Украина», Московский пр-т, д. 9.
Тел./факс (044) 495-79-80/81.
Во Львове: ТП ООО «Эксмо-Запад», ул. Бузкова, д. 2.
Тел./факс: (032) 245-00-19.
В Симферополе: ООО «Эксмо-Крым», ул. Киевская, д. 153.
Тел./факс (0652) 22-90-03, 54-32-99.
В Казахстане: ТОО «РДЦ-Алматы», ул. Домбровского, д. 3а.
Тел./факс (727) 251-59-90/91. rdc-almaty@mail.ru

Полный ассортимент продукции издательства «Эксмо»:
В Москве в сети магазинов «Новый книжный»:
Центральный магазин — Москва, Сухаревская пл., 12.
Тел.: 937-85-81, 780-58-81.
Волгоградский пр-т, д. 78, тел. 177-22-11; ул. Братиславская, д. 12.
Тел. 346-99-95.
В Санкт-Петербурге в сети магазинов «Буквоед»:
«Магазин на Невском», д. 13. Тел. (812) 310-22-44.